思露心雨

曹震 著

上

黄河出版传媒集团
宁夏人民出版社

图书在版编目（CIP）数据

思露心雨：全3册／曹震著. —银川：宁夏人民出版社，2018.11

ISBN 978-7-227-06979-9

Ⅰ. ①思… Ⅱ. ①曹… Ⅲ. ①随笔—作品集—中国—当代 Ⅳ. ①I267.1

中国版本图书馆CIP数据核字（2018）第256610号

思露心雨（全3册） 曹震 著

责任编辑 姚小云
责任校对 陈 晶
封面设计 伊 青
责任印制 肖 艳

黄河出版传媒集团
宁夏人民出版社 出版发行

地 址 宁夏银川市北京东路139号出版大厦（750001）
网 址 http：//www.yrpubm.com
网上书店 http：//www.hh-book.com
电子信箱 nxrmcbs@126.com
邮购电话 0951-5052104 5052106
经 销 全国新华书店
印刷装订 宁夏凤鸣彩印广告有限公司
印刷委托书号 （宁）0011556

开本 880mm×1230mm 1/16
印张 81.5 字数 1200千字
版次 2018年11月第1版
印次 2018年11月第1次印刷
书号 ISBN 978-7-227-06979-9
定价 128.00元（全3册）

序

人生如旅，无论是崇山峻岭的坎坷崎岖，还是江河湖海的蜿蜒曲折，总有攀登者的克艰攻难，总有跋涉者的拼搏进取；无论成败得失，荣辱褒贬，都是生命意蕴的呈现，犹如一幅璀璨缤纷的山水画卷。

人生如梦，无论是时代的风云变幻，社会的云诡波谲，还是生活的阴晴圆缺，人生的悲欢离合，都会蚀刻实践者的倾心尽力，都会萦绕思考者的殚精竭虑；无论高低贵贱，雅俗清浊，都是生命真谛的彰显，就像一曲高歌低吟的心灵乐章。

有时经意或不经意间，采撷了一些晶莹碧透的露珠；有时专注或随意里，收集一些清逸飘洒的雨滴。任情使意的轻轻串起，率性随心的静静融汇，有一点返璞归真的感悟，有一点明心见性的启迪。虽然简单粗糙，直白卑微，繁杂琐屑，但也是心灵的真实闪烁，精神的诚挚映照，于是就有了《思露心雨》。

一粒沙石，渺小卑微，也有崇山峻岭的劲拔伟岸；一滴水珠，转瞬即逝，也有江河湖海的深邃辽阔；只是平常地抒发，平静地孕育，平淡地涵化，平凡地精萃。

二〇一七年十月十六日于银川

思露心雨

目录 contents

上册

中册

下册

第一集　琐言碎语

DIYIJI SUOYAN SUIYU

一

年年岁岁，岁岁年年。天地周而复始，人世几度沧桑。我们经历了行程的风雨雷电，刀光剑影，也领略了阳光灿烂，春风和煦。在人生的风景线上，一路奔忙，一路艰辛，一路高歌，一路低吟。不负苍天，无愧大地，更对得起自己的良心，以海纳百川的气度，壁立千仞的挺拔，矗立着自我的尊严和人格，既影响着周围的人和事，也赢得了自己的自由心灵和开放的思想。

二

近读古书，有“大德不报”之语。大德乃秉天地之正气，承万民之正义，顺天时，适地利，益百姓，故其大也。而大必至极，是以世间之极以为此誉。大德不报，不是不报，是难以报也。故君子有大德于国于民者，自当求退隐而自适矣；如强求所报，而能以得，违天逆地，反遭其殃。庸人俗子，以一时之小德而苟求于万世，托为大德，此其谬矣。然世间自诩者汹汹，无一不自欺也。

大德者，形化于天地，融会于万物，顺天时地利人和也，非图有报，是以不报也。

三

文章绝妙，史论兼秉，字词共诣，造化天地，气韵灵杰。大凡世间诸事，上顺其天，下适其地，中和其人，彰显千秋。然时势不同，气韵则殊，陈指所兴，千奇百怪。然精乎其词章，熟乎其道理，深谙其三味，每读之，令人拍案惊绝，无不感天动地，气贯长虹。是谓文章千古事，兴衰在人心也。

论天下之事，大矣；论巷间之事，琐也。然大小相益，禀赋各异，而形理一也，论道载事，续前断今，以飨后世，不易逝去，思之存也。

四

愈学愈觉识浅，愈学愈感德弱，愈学愈悲行戾；是以学之以贯其精神，犹日月之辉，普天照地；是以学之贯其真情，万物皆备于心。仁者大学，顺乎天地，合乎民心，思其正，行其端，于繁乱中把数度，于烦躁中孕灵性，是以学而后知不足，不足而愈学，相砥相砺，是以学以成也。

五

追求心灵的宁静，与其说是一种境界、目的，不如说是一种阶段、过程；往往在烦躁中，通过多种方式，以求得一种恬静自如的状态，而其本身则充满了躁动和不安，一瞬间的顿悟，使心灵刹那间呈现出愉悦的感觉，但其时间却稍纵即逝。所以，追求宁静，实际上是在追求的过程中的渴望，它比享有更为重要。

六

寻章摘句行为乖张，似傻似狂时精时荒；嬉笑怒骂皆成气候，也晴也阴自显风光；天地玄黄一气三清，六道轮回释迦佛光；清明真谛唯和而立，天主教皇自得佳章；世界之大，万宗同显，究其根本，如出一源。

七

深思慎行，故思之愈广，识之愈宽，悟之愈深，明之愈透。深思必须建立在广识多虑之上，由此及彼，由表及里，去伪存真，去粗存精，犹如一番逻辑抽象，方能悟得天地人之精谛。故深思非状态也，而是一种过程、意境，不历其全程，不展其全境，则深思不得也。慎行不是不行或小行，而是建立在深思指导下的行；有科学依据，有现实基础，有实施条件，有承载主体，故为慎，其含义为虑之全面，思之精深，行之有据，有利，有益也。然慎又有进程控制之意，临机处置，变与不变洞然于胸，是所谓行半步而知千里；切勿主观臆断，盲人瞎马，虎头蛇尾，随意破坏整体进程；又切忌不善识变，临机不断，识之似远，实丧其时，有碍大局者也。深思慎行，千锤百炼，成此之道，修炼亦难矣。故人之读此句，莫不百念丛生。

八

大凡处理事务，一定要构之而详，预之而远，明其要旨，涉及裙边。论证要科学，构造要合理，运作要流畅，机制要和谐，操作要简洁。凡事思之愈广愈深，其理愈明，处之愈周详，其效易显。故成事首在谋，重在施，绩在效，是谓至功。

九

坐而论道，亦不可废，不可沉溺。胸有百万，口若悬河，辨析之巨，议论之细，貌似广言博纳，实则清谈误事，空谈毁业也。是谓君子成事，思之深，行之敏，做之洁，以求理义相通，事务皆成，切不可象牙之塔，清谈空泛，误事殆民也。

十

江流几千载，人事数沧桑；山河空地形，国势多更张。千古兴亡事，谈笑一瞬间；把酒酹长风，唯有暗自伤；仰天邀明月，清辉正芒芒。

十一

阿谀善谄之人，必小利于前，利己于顶，置大义而不顾，视公务为琐屑，管中窥豹，只求一点，毛中取毫，只见一纤，是眼小思浅德劣志低而已，真正的仁智之人，乃秉大义，轻小利，视全局，兼小隅，是谓头悬日月，胸有百川，而处世择善从良，事达处小，相得益彰也。

十二

心胸狭窄，终会志大才疏，以眼前之利，障千里之目。小事越计较，盘算越精细，看似周全，实则遗漏大矣。全局不握，一隅能明其多长久？胸怀不广，一能何以搏众务？是谓高屋建瓴之势，亦是解决秋毫之末的灵魂和境界。

十三

大道无形，小技有矩，根本的区别，在于处世理事待人的出发点之高低也。人无境界，不过是鼠目寸光，蝇头小利，视为巨珍，而声誉自毁也。是谓君子者，不能不以小而戒之，细微之处见本性是矣。

十四

人生经过的事从纵向讲，再简单不过了，无非是随着岁月流逝的几个年龄断层的累积而已；但从横向言，却又异常的复杂和繁琐，横枝立叉，盘根错节，令人沉在其中而不知时光流逝。内心的丰富性全在于横断面的内容，内心的深刻性则来自纵向的凝练与概括。

十五

狂涛起伏的大海，内心其实非常平静，外在的激荡是激烈运动后内心的倾泻；波平如镜的大海，内心其实是非常激烈的，外在的平静只是内心动荡的表象承应；一静一动，一动一静，大自然的造化，人性的精凝，莫不在这动静中体现着，莫不在人生中折射着。

十六

煎熬是一种痛苦，酿出的果也可能是苦的，就像中药一样，但其留下的余味则可能是甘甜芬芳的。有时我们忍受不了内心痛苦的折磨，极想倾诉，殊不知过多的宣泄又会失掉痛苦中的真谛，就像中药炮制和服用过程的美味一样。煎熬吧，心虽柔软但韧性是任何东西无法比拟的。

十七

宽容地对待一切，也要宽容地对待自己，理想主义要求我们达到真善美的极致，但现实生活又制造着不完美的缺憾。有时外在的压力不会击倒人，而内心的痛苦则会摧毁一切。从痛苦中能生长出幼芽，长成参天大树；也能盘根错节，生成奇枝怪叉；也会干涸，变成残石，点缀花草。

十八

沁润几缕细流，痛苦是一个过程，充满着千奇百怪，充满着艰辛酸楚；痛苦是一种幻象，于有形中生出更多的无形，时时萦绕在脑际；在精神殿堂筑起自己的堡垒，固守顽强，形成强大的持久力，贯穿于人的一生之中。

十九

脱苦赎罪，一生的磨折把身心皆废；眼瞅云霄，凭风展翼，脚踩碧波，临海生辉；入泥泞之地，蒙纷尘界，身心何曾洒脱；一样七上八下，颠倒高低，错乱古今，混淆是非；唯静时，心随月归。

二十

唯有月上柳梢，风拂湖面，万籁俱寂之时，才真正有心的飞跃；唯有日出东隅，电光云涛，万象峥嵘之际，才真正是心的寂寥。人类的内心与外表和世界何其相通，唯有顺其自然，才能达到完美。

二十一

智慧不是聪明，智慧不是博识，智慧不是灵巧，虽然它以诸多要素为基，而实则是一种境界。唯有大修炼，才能达到大境界，唯有大境界才是大智慧。很多人的差异，就在于其有无智慧，有什么样的智慧。

二十二

正确地认识分析事物，科学地把握其表象和内在规律，抓住本质性的内容，升华成一种见识，一种思想，一种境界，这样才能说经历了一个比较完整的过程。境界高低，与认识分析事物的简或详有一定的关系，正所谓析之越细，思之越深，虑之越远也。

二十三

古井深潭也是一种境界，一种历经起伏后最难得到的深沉境界；幽深莫测，平静得让人心灵净化。但这只是一种外在的表象，所谓大静乃大动，寓藏着丰富的思想和激情。

二十四

大凡超脱的心灵，处于凡尘闹市之中，一种无谓的表象，让人能感知但也未必全是如此。因为往往表面的无谓之所，隐含着意想不到的名尘利锁，欲望冲动，在静态的外观下，蕴藏着炙热的冲动。人的复杂性在于其心灵的丰富，想象的跳跃，远不是一两种表象所能呈现的。

二十五

有时瞬间就是永恒，有时永恒就是瞬间。人们感悟的天地太大，以至于我们收获的却甚少，在永恒与瞬间的交替中思索感悟吧！

二十六

善待万物，也就善待了自己。我们能以什么样的心态和情怀对待万物，我们也就享受了什么样的精神和结果。与天地者，与天地同在；与日月者，与日月同辉；与人善者，与善永存。

二十七

平静地看待万事万物，激情地投入一事一物，热情地爱护一草一木，宽容地善待自然和自我。平静淡泊真善美的心灵才能容纳一切，才能把各种喧嚣的浮尘沉淀安静下来，以凝结，以提炼，以升华。

二十八

像初冬的太阳照在游人的身上，把爱洒在万事万物的心里，你会感到无比的欣慰和愉悦。为什么让自己非常有限的狭小心灵被愁苦挤满，让愤怒填充呢？多一点爱，照亮一切，也暖了自己的心灵，因为它一直在燃烧。

二十九

思如波涛，心如止水，此人生一境界也。万物涌动于胸，何不神飞思扬，感悟万千，九天揽月，五洋捉鳖，形动而神溢矣。然思之愈烈愈广愈浓，则心之愈静愈深愈淡，是谓一静一动相互之谐也。

三十

春夏秋冬，四季轮回；岁月不居，时光如流。在年年岁岁、岁岁年年中，太多的心血付予了世俗的应酬，而忽略和丧失了心灵的自由；想说的未必直说，弯曲如黄河九十九道弯，弯弯有险滩；想做的不能做，懒散得像寂静的空山，不蓄树木花草和生灵，唯有应付。僵硬的外壳，教条的思想，柔的表象，悲的内心，人的自然之性沦落为尘世的油滑与玲珑。说是为了事业，可成就了什么样的业绩；说是为了名声，可铸就了什么样的伟岸；说是为了利禄，可挣得了什么样的斗酬。心灵空空，思想空空，抬眼天高深邃，俯地辽阔苍茫，立于天地之间，就是一株草、一粒沙、一滴水，也有自己的激情，可我们呢？只是在天地之间做一番有限的空间适应，长不成参天大树，也形不成绿地草圃；铸不成高山峻岭，也难显沙石之异尊；汇不成江河湖海，也成就不了一滴露珠、一洼清泉、一道小溪的幽静。只是默默地忍受，只是淡淡地乘应。好像命运早已铸定这僵壳，好像生活早已形成这轨迹，让你默默地忍受着，心里慢慢地死亡，智慧悄悄地消失，激情缓缓地熄灭。

极度的压抑，心欲飞，而根须扎地，百般缠绕，五斗米折腰失英雄本色；思欲畅，而世俗红尘蒙污含垢，恶势俗禄失名士之风；身欲行，而俗网恢恢，恶利交交，乏强健之躯；是我者，天地一寄生，人间一浮游。何以万夫心胸，开关闯隘；何以舒展胸怀，高歌扬情。附着在腐烂的机体上，漂泊在污浊的池塘中，但愿能滋养一朵出淤泥而不染的青莲，开一朵洁白自守的花，结一颗心灵千千的蓬。

三十一

地平线上笼罩着一层灰色的云，与蓝天的交接处，呈现一缕玫瑰红，那是太阳升起前发出的信号，它刚刚睡醒。

鸟儿在寒冷的树枝上鸣叫着，晨风清冽地吹着裸露的大地，城市从夜的朦胧中复苏了，从梦幻中开始了一天的行程。

坐在窗前，凝视着这个早晨的城市，说不出的惆怅在心头萦绕。

三十二

浓云锁天，淡灰色的幕上不时飞过一群白鸽，闪过几只麻雀，愈显得枯燥寂寥；在这灰色的遮盖下，忙碌的城市依然有条不紊地输送着车流人流物流，还有那神经般的网络信息载体，织就这一天的喧嚣与躁动。历程的平淡如这一天天的循环，在时钟的摆动中，画着周而复始的圆，放射着肆意的线。

三十三

走上坡路要抬头，走下坡路要低头；一种极自然的现象却孕育着深刻的哲理。从古至今，书籍浩如烟海，文章灿若星辰，而至纯至真的哲理，却来自最基本的自然之形，自然之意，可谓是一种神奇的命运安排，但从匆匆行走在历程中的人们往往忽视了这一点。

三十四

人生的大起大伏，看似随波逐流，无一定式，实则有其内在的规律和趋向性。浪花飞溅，离不开海洋的涌动和风的助威，离不开岸礁的阻滞；狂风怒吼，离不开地球各纬度的气压不均和地形差异导致大气的环流，离不开山石的阻挡，树木的相挽。大凡人生的起伏有一条规律把持着，只不过在不同的时间地点阶段，有不同的表现而已。生死与共，荣辱与共。

三十五

急之则促，缓之则舒；然极端做法，可谓冰炭不相宜，水火不相容也。是谓合适之道，把握其度，掌握其时，顺之其势，谓之过犹不及，中庸而已。哲学上的适度，是质和量的有机统一，保持事物某一阶段的和谐性，同时孕育其质的飞跃性。任何事务的处理莫不以度为适，谓之切中时弊，运筹有理也。

三十六

恬淡而自然，发自于心，扬之于胸，呼之于口，抒之于形，是谓天然无饰之处，便是人的真性情。水之潺淡，石之岭峻，云之散漫，是谓自然之真性情，也是人的真性情，只不过看每个人如何感悟了。

三十七

心灵压抑太久，失去了应有的自由，僵硬如一块顽石，在岁月的风雨中不断风化，蚀刻出斑驳的印迹，留下尘世的沧桑。无奈地承受着很多很多，逃避的地方一点也没有，只有默默地思索着梦幻般的空间，做一番自由自在地遨游，殊不知笼中鸟、池中鱼的囚徒感受。

三十八

把事物看淡，唯不能把心灵的重负卸掉，淡了一切，殊不知加重的却是思想上的承载。一挥而就的爆发，起码能瞬间燃起火的舒畅；持久的沉哀，无异于永恒黑夜的死寂。心灵的悲哀不在乎物理的承担，而在乎太多的牵绕，以致有形无法战胜无形，在思的深渊沉寂。

三十九

要有坦荡的心胸，要有开明的心胸，要有纯正的心胸。虽然淡不上冰清玉洁，但要有做人的本分。有些人阴暗得连人世的常情都荡然无存，还披着一副笑盈盈的虚假之皮，正所谓粉饰不成，反露其形。

四十

公生明，廉生威，其意可乎？立于千年之籍，存乎治世之道，然当今豪吏诸蠹尽失其意，恣肆妄狂，化公为私，行小利而饱己腹，失其大义而损国家，更为恶者，饰名以公，行廉以私，挂羊头卖狗肉，欺世也。

是谓君子行事于正，处事以公，秉天地之正气，承世间之公允，以国事民心为本，弃小利而存大义。是谓之明以千里，淡泊而已；是谓行之有束，廉俭有约，是可正己正人，成事成名成人于世。

斯民，日月朗照，岂敢存陋黑之心乎。昭昭天日。

四十一

唯有坦荡平和的心，才能应对尘世的俗；唯有宁静致远的思，才能阻隔嘈杂的烦；唯有一页一章一书的精髓，才能营造一个无人可入的境界；唯有一石一木一水的有形，才能悟出一个海阔天空的天地；唯有平静地看待生活的整体，才能感到自我和自由。

四十二

对春的企盼比直观地感受到春的抚慰更让人激动，因为心灵上的追求是美轮美奂的。有一点虚无的灵动，有一点出幻的境景，有一番臆断中的描绘，有一番本我的认可和设计。有时想象中的翅膀搏击和深邃的天空，要比现实更具有激情。现实中的直观很实在，但会随时粉碎任何一个想象的灵镜，瞬间变成碎裂的残片，让人有凌乱的感觉。有时真应该享有一点梦幻。

四十三

极度地挑剔，刻意地非难，在小事上的大作，反映出一个人狭隘的心胸和促狭的气度。有智慧者，以天地为容，以万物为胸，岂在乎一点一滴的计较，犹以小事看大气。不拘小节者固有不精练之意，然过分追求技末之术亦不是大手笔。试想成就伟业岂能以小事斤斤计较，以小节泄其大势。人情所致，必以温柔仁爱为本，岂能只以拔剑施怒逞其淫威，不足取也，性情之中，宽容仁爱乃是根本。

四十四

把任何事看得淡一点，似乎并不是一件难事，但关键要看境界如何。一味的使气，剑拔弩张，逞匹夫之勇，虽一时痛快淋漓，但浅薄庸俗了许多。唯有真正的由浓到淡的分解与化合，生成一种淡简的意境，才能达到真正的彻悟。心境的高低，取决于修养，而修养来自于生活的磨炼和感悟，既能知天命，岂可在红尘禄蠹中枉费精神。

四十五

道不同，不与谋。没有共同的境界，是难以殊途同归的，只能是同床异梦，心同陌路。人者，仁也。唯有大仁者，才能有大境界。然体味仁何其难也。势利小人，不求其品，专求其利，是以小境界赢得小实利，岂会求大仁之境界。然仁只能在生活学习中培养生成，还有待于一定的悟性，否则难以达到。

四十六

大道之行，天下为公。道既是对未来社会的描述，也是对理想社会的追求，更是对现实的一种希望和规范。对人对事，以大道待之，必出自于公，合乎于众；诺以无道相待，则出自于私，行止于己。是以大道而论天下，莫不公生明矣。然现实中诸小人，以己心度天下之心，以己腹测天下之腹，妄自菲薄，独行其断，隐奸藏滑，而面似公允，其大奸之心，谁示之乎。

四十七

只有静，才能全面正确地把握事物的方方面面；只有静，才能客观公正地对待成绩与问题；只有静，才能尊听而纳百家之言；只有静，才能明断而成可行之策；只有静，才能真正用心灵去感悟世界与人生；只有静，才能夜深人静之时，和自己共语，相互切磨，以求境界的升华；只有静，才能善待一切，探寻真善美的本真。

四十八

唯有善，才能宽容地对待事物，才能全面把握正反两方面的情况，才能纳百川，容寸土，以成理性的江河、事业的峰峦。

唯有善，才能仁慈地对待自然，对待社会，对待芸芸众生，对待自我。

唯有善，才能抑制邪恶，清除贪欲，抛弃世俗，明心净思，清身洁志，和谐以共。

然而善是在复杂的环境中存在的，是在混乱的条件下孕育的，是在恶的陪伴里成长的。在自觉或不自觉的潜移默化中，或彰显或寂寞，但它从来都是永恒的本真。

四十九

从眼中看到的现实与心中悟出的道理有很大的不同，我们相信感官的直接性，却忽视了心灵的理性与顿悟。表面的东西让人眼花缭乱，而复杂背后的规律却如清澈的小溪自然流淌。我们让表层的现实遮住了双眼，以至于迷蒙了清静的心，睿智的思；沉溺于苟且偷生的残存之中，人的悲哀恰恰就是一种狂妄地自我迷失，就是一种自作聪明的陶醉和麻木。

五十

求细节于精微，而置大义于不顾，不能谓其雄；探末俗于精致，而置大流于不视，不能谓其略。是谓大丈夫者，不必拘泥于细琐，而失其宏志；不可沉溺于细小，而失其大略。此谓之戒也。

五十一

“无情未必真豪杰，怜子如何不丈夫”。我惦念孩子，喜欢孩子，天性之中，对孩子的爱是深沉的诚挚的。一方面，要让他们去奋力拼搏，实现人生价值的要求鼓舞着我，一方面，千里之遥，异国他乡的思念又缠绕着我，真是矛盾啊。人生一世，团圆和谐可是至福也。

五十二

真实的心灵感受，并不在乎深入到某一特指的境地，实现物景情的有机统一。真实的心灵感受更多的是一种瞬间的独悟，是一种积长久之势，呈一叶之态，迸一时之发，惊一心之举。所谓佛家顿悟，立地成佛；所谓道家超脱羽化，飘然致玄。集天地于一身，而一刹空灵弥心，物我两忘也。是谓生活中心灵感受的真实性，有时是实，有时则很虚幻，但却是一种大实。

五十三

退得出，才能真正的静下来；静下来，才能真正的去思索。往往红尘禄云遮住双眼，在不切实际地努力中，泛起死水微澜，在没有希望的磨折中，闪现一丁点火花。苟苟且且，逝去年华，终而一事无成。谓其真退，方能心进，此至理也。

五十四

顺其天命者，以适四时而动，以顺循环而序，以承天地之精，以融人间万物之情，烂熟于胸，淡泊于心，是谓与天地同寿，与万物同乐；应时而做，以理为行，身闲心恬只是一种奢望，而身忙心闲则是一种意境了。

五十五

把党和人民赋予的权力当成自己揽功诿过、捞取名利的砝码，好像一切都是自己的，小人之心，鸡肠狗肚，素质太低，蕴含太差。做官首先做人，没有人品何以谈官品，何以谈为业为民为国尽其智出其力。我为此类人悲哀，更为此辈羞耻，难与其为伍矣。

五十六

理想主义者心中是悲情的，行动上也带着悲剧性的色彩。因为对事业的憧憬与执着，对目标的理想化设计和尽善尽美的追求，迫使他们以心血去努力，身体力行，忘我工作，但现实的冷峻，环境的复杂，条件的苛刻，人心的叵测，使他们的知与行受到重重阻碍，甚至遭到恶意的破坏。所以，理想主义者很多是悲剧性的人物，具有悲剧性的心理，呈现悲剧性的过程，得出悲剧性的结果，留下悲剧性的启示，但在人类文明的天空，永远放射着灵幻的光芒。

五十七

小题大做，实在没有必要。我们正确地看待世界，宽容地接纳事物，全面地评判社会，公正地臧否人物，要有宽容之心，海纳之度。

拘一小事而失其大义，究一枝末而忽其宏业，是谓因小失大也。大处着眼，小处着手，高屋建瓴，细微知著，才是做好工作的有效方法。

五十八

苛刻寡恩，究其小节而失其大义，断不能长久也。观历史上一些有大手笔的著名人物，莫不胸有大志，腹有良谋，事大事小，心中皆明，孰轻孰重，各有分寸，是谓举轻若重，举重若轻，把握尺度；不以一叶障目，不以一滴失流，可谓“不畏浮云遮望眼，只缘身在最高层”。可惜现实中难遇其才，难施其才，悲夫。

五十九

秋雨秋风，万物萧瑟，大地露出其本色，将以坦荡承接冬的拥抱。人生如四季，岁月一瞬间，我们走过了短暂而丰富的历程，经过了狭小而广阔的社会，领略了风云变幻的时代。春风秋月，风雨雷电，阴晴圆缺，荣辱成败，千磨万击，赢得了岁月赋予心灵的苍凉和深厚，淡泊与安然。

六十

苍凉是一种美，是一种感悟，是一种状况，更是一种境界。大凡有此感者，必当思世之深，醒悟之早也。红尘禄利，世俗风云，迷失本色，消解自我，已如俗套不知其俗；身处繁闹之中，能生苍凉之感，此人之幸也。能脱眼前之利而修炼心灵忘俗之境界，达到苍凉胸襟者，乃大美矣。

第二集　东鳞西爪

DIERJI DONGLIN XIZHUA

一

思考是一种重要的学习，把心灵的感悟一点一滴汇集起来，积小流以成江河，聚沙石以成峰岭，这是一种大境界，大智慧，不敢奢求，更无能力，仅把星星点点的露珠采撷，穿成朴实的项链，哪怕一瞬即逝，也是一种学习或学习中的乐趣。

二

静心正气，大凡世间万物，唯有静才能孕育生机，勃动激情。看自然之境，心之不入，思之不踸，任其云卷云舒，花开花落，一副安详、恬淡，自生自灭之美是难以用人的心态去领略和描述的。有时，一棵小草的意境比某些哲人智者的思想要高深得多，而其给人的感受却又那样清新自然，让人感到欣慰，没有丝毫的压抑感。

三

所谓真实地看待世界，认识自我，其实也是一种虚幻。我们经历了很多实实在在的人与事，就觉得好像真实了，其实，只是领略了造化的表幻之象，而未得其真谛。即便有所把握，也是点滴之见，没有什么值得自豪的。在行云流水般的过程中去品味去感悟，在殚精竭虑的思索中去提炼去萃取，终不过是水中月镜中花。正所谓大象无形，何以可得。虚幻之美，也是大象之美也。

四

太阳高悬在深秋的蓝天上，照在人身上暖洋洋的；几分温柔，几分懒散。读了几篇文章，坐在桌前，一阵孤独惆怅之感油然而生。大千世界，可谓五花八门，热闹得很，可静思时的孤独是难以消除的，深思不愿用浅显的语言表述，灵感的心不愿被世俗的尘所遮蔽；唯有孤独中的一阵无奈和无望，顺着思的散射向宇空弥漫，高处不胜寒，低处何尝不也是一样清冷吗?

五

太阳跃上蓝天，在秋云的伴随下，开始了一天的行程。人间苏醒后的第一件事，便是打开封闭的门窗，迎来四面八方的喧嚣，在熙攘的人流车流物流声流中，编织着有形或无形的网，索取着各自生根开花结果的养分。唯有天上的云散淡地承受着太阳的抚摸，被清风送到四面八方，轻拂着碧蓝的镜面，呈一面人们向往的幽静宇空，留一扇人们心灵寄托的深邃与宁静。

六

虽然置身于红尘禄利的包围和重压之下，但也可求得心灵上的绿洲和恬静。飓风的激荡狂暴，摇山动海，但在风暴眼中却是格外的平静。外在的惊天动地和内心的和谐平静，形成巨大的反差，但又是那样的统一，呈现在人们面前的，是一种内在与外象的完美。但人们往往只会看到表象的形态，越是激荡的表象越给人们留下深刻的痕迹，却忽视和淡忘了本质的平和与深沉。

七

靠小聪明小手段生活是一种普遍，是芸芸众生的一种生存方式，因为眼前的利益直接影响着每个人的生存基础和生活质量，所以有时人们会失去对内心最深刻内涵的探究，沉醉于既得利益的享受和感觉之中。所以，要小聪明，玩小手段的人很多，又都自以为很聪明，殊不知，这是人性的悲哀，自我的嘲弄，因为它缺乏大象无形的气度，大智若愚的境界，大道至简的蕴含，终为鸡鸣狗盗之末也。

八

心的平静在于量的深广和质的精粹。小溪流淙淙作响，虽有天真可掬之态，可纳之情，但终失博大深邃之怀，宏远之境。究其缘由，无非是大与小、浅与深之别了。一个人要保持心灵的平静，就要有生的磨难和活的历练，在汲取各种营养中成长，在欢乐与痛苦中提升，从对自然社会的实践认识，达到对自我的解析和升华，才能有宽广的胸怀和高尚的心灵境界，达到真正的平静。

九

所谓时时处处提醒自己看淡看轻的东西，实际上是抓拿不下的心态。心之所系，而未达到真正的豁达。为现实生活所迫，为五斗米折腰，制约着思想上的超脱和心灵的超越，像一只迷途的蜂蝶，枝头花间，离不开原点的停驻，周而复始，无所突破。世事的点滴蚀刻着心灵，划出世俗的痕迹，消掩刻苦的创伤，抚慰痛苦的思索，把心灵熨烫得像一块平静的湖面，只有天光云影的飘动，只有岸柳草花的倒影。

十

对着贫困山区孩子那纯朴天真的脸庞和清澈透亮的眼神，我的心里充满了温暖，沁满了爱意。虽然我们送去了有限的物质，一些简单的桌椅和体育用品，字典之类的材料，而回报的却是难以估量的精神财富。简陋的教室，昏暗的宿舍，两人一块的狭小床板，四人一张的破旧课桌，但心里是实诚的希望，嘴里是爽朗的吟诵，行动像是流水行云，古朴淳厚，欣欣向荣。深山里的初冬，残雪点点，太阳高悬，寒风阵阵；人生的洗礼有很多内容，却往往在这不经意的点滴中，我被人世间的很多事感动着，也为其营养滋润着，所以成就了心灵的健康与博大，培养了天性中的善良与慈爱。清亮的眼睛，黑里透红的脸庞，破旧的衣衫，在简陋的教室和宿舍映衬下，是那样朴素纯真，却也深深地刺痛着我的心。

十一

轻轻地飘来，淡淡地挥去；春雨润物般的细腻，浮云淡雾样的弥漫。大凡智者，必然有自然般的恬淡和风骨；大凡仁者，必然有海阔天空的胸怀和气度，更有空谷足音的自悟和净洁的意境。沉湎于尘世纷争久了，心会麻木，人会无情，心灵尘垢浓重，很难生长出激情和灵性的新芽。唯有缓缓而默默地淡出，真正从心灵中安静，才是一种超脱。

十二

细细的雪粒，从灰蒙蒙的天空轻轻地撒下，空中弥漫的是似现非现的晶莹；而地上暖气开始复苏，落下的雪粒即刻化为湿润的水。冬到极致，也会做一番表示，对过去做些简单的总结，对将来做一番有形的铺垫；天幕低垂，好像暂时拉上，掩隐一些；云羽滚动，好像又要拉开，透出一些。一切都在苍茫中，唯有心灵感知到一种对冬的回味和对春的憧憬。

十三

真正的智者，实际上是自然和散淡的，因为要洞知天地，通挠万物，究其深理，探其细微，揽其大势而不拘一格，统其全局而不限一隅，执其长久而不偏一时，因而顺天地之势，造风云际会，以成伟业。正所谓仰天俯地，以成其宏；寻幽探胜，以成其精，博采众长，以成其大。同样，真正的智者，也会知时而隐，遇流而退，绝不拘于一时一事之意而失其天地本心。正所谓大道至简，返璞归真是也。

十四

人们对消极这个字眼赋予了过多的贬义，然而世间万物生存发展，都有其顺势而行、应运而生的积极意义。有时被动式的适应，也是一种规律内制而环境外限的自然选择，虽然看似消极，但实际上是一种适者生存的积极。人们在自然社会自我的发展中，会遇到诸多的问题，而观念和方法也会多样，所谓消极也算是一种吧。不要过分伤害自然，不要过度搅乱社会，不要过量自我讨伐，这种消极不也是一种积极吗？还一个正常而自然的消极也是积极。

十五

思想要更深邃，智慧要更灵哲，胸怀要更宽阔，精神要更昂扬，气度要更淡雅，处事要更平和，善待一切。用阳光雨露清风温馨去对待和感悟世界，感悟人生，感悟社会，新年新气象新境界也。

十六

世间万事万物，皆有其命中注定的表现形态和丰富的自我内容，以及客观的规律和本质自律。我们看待一切，也要以这种气度，这种胸怀，这种思想为根本。尽管有时我们思之不深，研之不精，探之不细，视之不准，但只要尽心去思考去感悟，尽力去探索去实践，就一定会有收获，就一定能升华，一滴露珠可以反射整个太阳。

十七

太阳隐去，星辰跃上，喧嚣的白昼慢慢退去，沉默的夜缓缓拉上厚重的天幕，宁静悄悄的来临。坐在窗前，凝视远望，万家灯火，星星点点。此时的心灵，犹如掉下深渊，在急剧的下降中是那样的自然和平淡，似乎一切都停止静止凝固了，一切都回归了自然。殊不知这表象下的喧嚣依旧，更具有刺激和艳俗，任凭天上的星辰和残月如何冷清，人间的繁闹依然在沸腾，似乎不肯停下欲望的强烈冲动，夜以继日地奏着笙歌艳曲，舞着红绫锦缕，泛起无谓的噪音。唯有心灵中能贮存一点宁静，在孤独中享有思的抚慰，在寂寞里有点身的安闲，一切于我为浮云，但也遮蔽了一点真实的内心，有时看不清自我的天性。

十八

母亲显老了，真正的老了，因为我也老了。身体慢慢开始衰弱，两鬓白发丛生，应承着岁月，凝聚着历程，多少艰难曲折，多少风雨兼程，化为夕阳晚照，桑榆烟云。母亲的内心却孩童般的纯净，往事如烟云，渐渐地散去，而真诚无邪的童心却是无比的温馨，看着她，感到时光中的宁静，一如明月清辉抚慰忧愁的心灵。

十九

冯唐易老，李广难封。大凡命运时机，必是一种造化的安排。人在世上，不过是行走的过客，而天道自然却是永恒的。有时我们拘于一时一事，把问题看得有点狭窄，其实是未悟天道和自然之真谛，正所谓正其道，顺其势，与天道为体，至于命运的多舛，看淡看轻也就自然了。

二十

人世间的所谓荣辱，其实也是一种心灵的感觉。要求生存谋发展，思公事惠自己，都在与人与物的交道中。于是有了评价的人群，有了可参照的坐标，人们把自己放到历史和现实的镜子面前，左顾右盼，上照下视，总喜欢得出一个自我感觉良好的形象，殊不知镜子只能简单的照射，任何感悟只能来自内心。所以说，荣辱虽然来自外部映衬，却是内心的感受。

二十一

心淡淡地滑过世俗的时空，浏览着风云变幻的社会，在悲欢离合荣辱成败中，由清纯变得混浊，由激越变得平缓，由浓郁变得清淡。心地的造化是一种历程的磨难，最柔弱的却是最坚韧的。取得淡淡的心态，乃是一种修炼和提升，这是深奥的意境，只能去品味，但无法描述，任何笔墨语言在它面前都会黯淡无力，欲说还休。

二十二

幕云低垂，冬去春来的早晨，天空像是未被拉开的云絮；大地流动地喧嚣，显得有些烦躁。远处的云层微微透出闪烁不定的光，偶尔有一两声鸟鸣，滑过空间的某一隅，转瞬间逝去。一群白鸽在空中舞着，搅动着城市中浓郁的压抑，透出一些灵性的动感。坐在窗前，思维凝固了，精神麻木了，仿佛与世隔得很远很远。

二十三

心的静才能抑制行的动，唯有静到无意，才能无声，这是造化的自然，所以老子云大音无声，不是无声，而是此处的声音是天籁之音，唯有用心去品味。同样，内心真正的大音也是在内心中表现的。深刻内涵的意境，就像古潭深影，幽幻而哲理，就像蓝天白云的飘逸，辽阔而悠远，唯有静中才能品味，才能有所思考，发出心的呼唤和真正的大音。

二十四

任何开始都是结束，就如任何结束都是开始一样。天地的轮回，季节的更替，人事的变迁，无不是辞旧迎新，革故鼎新；由无限的发展链条串起众多的偶然，在螺旋式的上升中，由原点到更高原点的曲折前行着。当我们告别一段岁月时，留下很多回忆和惆怅；当我们迎来新的时光时，寄托着希望和幻想。当我们在探索的行程时，把新旧扯在一起，连成混沌的天地，开始迷失，又开始清醒。

二十五

门可罗雀是一种现象，门庭若市是一种现象，但都是一种精神和风尚的表现，更是一种境界的呈现。从物质的时空特点上讲，都是一种实与形的表象，而从内心去感悟，却别有一番天地在里边了。门可罗雀，居高位，享盛誉，受尊崇之时有此境界，必是心静气雅韵洁之人；门庭若市，居寒舍，陋生活，蒙耻羞之时，要有此境界，必是心正气豪坦荡之人。生活在红尘禄利的世间，万象纷纭，千姿百态，都是极自然的现象，只不过我们有时受心之迷失，世俗之缠绕，不能以一种平和冷静的心态去对待起伏变幻的势与利罢了。人生活在世上，似一粒沙，一粒石，一滴水，一棵草，然苟存一时一隅，不能长久也；唯有汇入江河，融入山岭，纳入大漠，植入林野，方能衬共而映异也。群生群议坐标多设，此心彼心相较，形成万象众生，或罗雀之门，或门庭若市，但归其一点，皆来于自然归于自然，万物同体，这是最大的平等。在现实中要有高洁的境界，才是造化的根本。

二十六

善待自己，善待他人，不虚此生，不负此生。人生之短，犹朝露暮霭，人生之长，犹山高海阔。不论长短，以身度之，以心悟之，总有一番情趣在里头。对人对事对己，总要待之真诚质朴情理慈善，这是小我大我之辨，是造化的必然。

二十七

静以制气，和乎于中，是谓平和也。然小事小议，非要大喧以示其尊，实在有失体统。不拘大礼而事小议，看似精明，实则愚蠢也。求大道，证宏理，成伟业，以养其境界；议小事，处琐微，以验其行，二者相兼，相得益彰是矣。

二十八

春的脚步在塞上是那样的蹒跚羞涩，但它毕竟在风沙的陪伴下姗姗而来了。嫩草从枯萎的残枝枯叶中露出好奇的小脑袋，近看星星点点，远看绿雾萦绕，树枝鼓起青春的躯干，枝杈上膨胀起绿色的光泽。不时有一芽一叶的突兀而起，沉睡了一冬的大地，在深呼吸中与天空交流着心情话语。

二十九

江南的雨，塞外的风，一样是清明的风韵，别有一番情趣，正所谓同春不同态，和而不同也。自然的造化，季节的更替，岁月的轮回，与人类社会的发展特征息息相关，何其相似。因为人类是大自然之子，所以必须以子女的情怀去感知和感恩自然之母。

三十

自然的季节轮回是那样的执着，步伐是那样的坚定，犹如时代进步，社会发展一样，势不可当。但自然的变化又是那样的和谐，始终保持着一种内在的平衡，而人类社会则一味地向前向上，不顾自然的规律和自身的缺陷，形成畸形的发展，过分的掠夺和破坏，走入了一种竭泽而渔、断流绝缘的死胡同。现在是要警醒反思、擦净人类心灵窗户的关键时刻。

三十一

人生如梦，一刹那间便荡然无存；人生如境，一瞬间要经历多种欢乐与痛苦。人生是一个过程，起点终点之间的一段，以特有的人迹境遇而呈现；周而复始的连续，螺旋式的上升，曲折前行，又是其发展的特点。虽然传统社会和现代社会有着很多不同，但人类社会的基本特点和本质属性依然，心灵的起始和归宿也是一致的，古人今人都是人。

三十二

世间最简单的往往是最复杂的，最平凡的往往是最伟大的，最平静的往往是最激越的，最平淡的往往是最浓重的。简单的呈现与表述，实际上是最深刻最抽象的精粹。人们往往把最基本的道理搞得复杂化了，让垃圾般的语言和臭脚布般的思辨，把天地至明的道理扭曲变形，以致面目皆非，造就了一大批所谓的学者和学说，实则编织了天大的笑话，蒙蔽了天下的众生。

三十三

追求淡泊，追求简约，追求纯朴，追求宽厚，儒家的最高境界是仁，而仁的核心是爱人，己所不欲，勿施于人。只有心灵简约了，才能有更大的空间去领略自然社会人生；只有心灵宽厚了，才能博纳百川，以成沧海。心灵的容纳空间和消解能力是很强的，只是人们有时把它用的小了，以致形成狭隘的心理和偏执的气度。

三十四

把很多事细想一下，是那样的小且俗，但有时就压在人的心头，挥之不去，形成沉重的包袱，造成很大的压力。其实，人从小到大，不断取得东西，有了物质和精神的负担，形成了复杂的心理，而且愈加愈重，不能自持，往远看，要取得的东西还多着呢。回头一望，则历程已不短，留下无数遗憾。所以要善于适度放弃，特别是心灵的负担，愈少愈好。留一个洁净而空灵的心境是最幸福的。

三十五

道不同，不与谋，此谓至理名言。苟求于俗物之中，苟且于俗事之间，苟生于俗人之际，同列庙堂，不足以成国事；同坐案牍，不足以成民意；同餐同会，口是心非，巧言令色，曲意逢迎，权横态戾，蒙上欺下，身为同僚而各怀鬼胎，各施其计，是谓君子与小人于一席，何谈洁净之地。由是乎，该去之时亦当速去，不与为谋，自求清静淡泊也。

三十六

混迹于十里官场，心怀鬼胎，蒙上欺下，谄媚横暴，苟求于一权一势；活跃于名利之间，争之毫厘，计较锱铢，苟求于一名一利；蹿动于上下之间，纵横左右，苟且于片刻风光气焰，此乃人际之大俗也，但也是世间最普遍的现象。可悲的是，人处其中，而不知其丑，不知其恶，自以为油滑得意，自醉于秽名浊利之中，可悲也。

三十七

把人生拘于世间一役，把心灵控制于一隅，实在是一种悲哀。性情中人，思想本身就非常活跃，但发散性的思维往往被束缚于为五斗米折腰的具体事务之中，仰人鼻息，屈膝谄媚，迎俗接烦，实则是人生悲剧。是一农人，躬耕于田亩，勤闲倦乐，一张一弛，自谓消遣，由心也。是一工人，操作技巧，作业工厂，精雕细琢，自为自乐，由心也。何必此俗吏，既无境界，又无气度，更无品性，悲夫。

三十八

人生不断畅其意而陷于世俗之中，仰上鼻息，俯下俗套，左右逢源，八方来风，是谓庸夫俗人矣。究其根本，无非躬职于五斗之米，勤事以养家之资，既无大志，又无胸怀，浑浑噩噩，不知老将至也，悲夫。心之所由，不拘于形，然世俗之形，难以为脱，只有心香一瓣，天音几声，自谓解脱是也。

三十九

天空中滑失一颗星辰，大地上折损一枝草木，人世间失去一个人杰，在某一个点上，引起人们的关注和深思；在一个面上，只有轻微的波澜，而在更宏观的层面上，则是生生不已的正常循环。天道如此，人何以堪。只能沉湎于过去的追忆，此时的依恋，一种沁入心里的思念。往事历历，浓缩成一滴沉重的心头之泪，作为祭奠。仁慈的造物主，接受每一个生命，让它们在永恒中升华延续。

四十

像大海中被海浪推上沙滩的一滴水，像大风中被气流扬起的一粒尘，心的孤独像一只断线的风筝，寂寞地在思想的天宇中挣扎，任东任西，飘忽不定。倘若孤独地执着于一事一物一思，也是一种深沉；倘若寂寞地放任于宏伟宇宙，大千世界，也是一种豁达；可它恰恰是一种心灵的寂寞与苍凉，其难耐程度令人窒息，就像长不出新芽的种子，只能在黑暗的泥土里。

四十一

自古至今，一些功高震主的文臣武将或能官巧吏健卒，如果没有心明身退的远虑，没有淡化权势利禄的超脱，没有自我的度量和对时势的把握，必然会招致飞鸟尽，良弓藏，狡兔死，走狗烹，敌国败，谋臣亡的命运。对于用人者而言，卸磨杀驴是也；对事人者而言，则是功成不退之愚。当然，范蠡五湖游，诸葛尽忠死，皆是一种解脱，只不过形式不同，结果有异，本质却是一样的。

四十二

忠君勤事奉公的臣子，重要的在于对任何问题度的把握，因为，在封建社会中，家天下而行，奉事以成，是谓君威；处事以败，是谓臣耻，家国人三位一体也。然成事之后，则返誉与君，败事之际，诿过与己，这是对所谓忠诚的基本要求和必须把握。有些臣子忽视了其封建性质的根本约束，而一味逞忠，则落得个失败或灭顶的下场，这是时代的悲剧，但一些贯穿时空的刚直品格和豪迈精神却是人性的精粹，得以流芳千古。

四十三

一场初夏的小雨，给干涸的大地带来了生机和灵气。天空被洗得碧蓝碧蓝，树木小草翠绿翠绿的，空气中弥漫着清新，和前一段沙尘飞扬、混混沌沌相比，两重天地，别有一番情趣。自然界如此，人类亦如此，来自天上的雨水和来自心里的泪水，都能作一番外在或内里的洗涤和滋润，将忧伤和欣悦融为一体，生长出希望的新芽。

四十四

市井小人，泼皮无赖，混迹于十里官场，浪荡于巷闾之间；然凭其狡狯之机，善谀之计，应合世俗，苟且权贵，巧言令色，鸡鸣狗盗，而取得一名一位，挺胸鼓肚，而不知其贱质薄相也。是谓自知者明，自胜者强，然此辈之徒，不自知不自明，唯我独尊，殊不知，天底下贱陋无耻小人而已，悲夫。

四十五

青春的企盼和中年的思考，有着很大的差别，其出发点和着力点是有所不同的。所有，对于日常的生活和工作，各自的看法和行动也是不一样的。这是正常的，也是矛盾的，正常的是年龄的差别决定着经历和思考的差异，矛盾的是，要想交流达成共识，缺少共同的基础。让说教贯穿其中，味同嚼蜡；让散漫渗透其间，又显草率。深不得，浅不得，这是现实，必须客观正确对待。

四十六

孩子是父母的宝贝，也是一种企盼，因为孩子代表着未来，继承着过去，体现着当下。三点一线，连接两端，凸现当今，这是一个特点。所以，从孩子身上，我们看到了自己过去的身影，看到了现在的状况，也寄托着我们对未来的希望，当然，不能简单僵化地看待孩子们的现在和将来。寄希望于孩子们的生机勃勃，充满活力，富有激情和向往，这是最大的企盼。

四十七

生活本身是非常平淡和枯燥的，但把它过得富有活力和激情却不容易。人世间，平凡是最基本的状态，但把平凡过得不平凡，那就是意义。以一颗平凡的心去对待世界，以一颗平常的心去对待生活，犹如小溪淙淙流淌，自然地滑过岁月的时空，流入大海永恒的怀抱。这就是生活，一种心境上提升的生活。

四十八

内心非常孤独，思想有些寂寞，以至于不去想，也不去做，只是在孤独中寂寞，在寂寞中孤独。这是一种正常的无奈，也是一种深刻的反思。要以前无古人，后无来者的空旷去承接思想的煎熬和内心的独炼。希望地狱之火腾腾升起，将这烦乱得愁思焚烧，化为青烟，凝入蓝色的宇空，消幻得无影无踪。

四十九

心里拿得起放不下，沉着而又欣慰的，莫过于对孩子们的宠爱和期望了。像一颗幼芽，在成长中不断向上伸出自己的躯干，向大地扎下自己的根系，领略空中的风雨雷电，经历地下的水土泥石，只有上下的努力，才能有自己蓬勃的青春和灿烂的前程，小树终会成为栋梁，小溪流定会成为江河湖海。

五十

生活中遇到的事千奇百怪，但都有其必然的原因。偶然的情况令人有时手足无措，思无对应，但深究其由，已早在必然之中了，只不过受我们知识、阅历、智慧和应变能力等多种因素的制约，被一时一事的现象所迷惑，因而产生迷茫。大凡表象是千姿百态、千变万化的，但其本质和规律性特征却是抽象和单一的，需要我们透过现象的迷幻，去把握简洁的本质，这种认识和把握是需要一定的实践基础和理论功力了。

五十一

人会被各种东西所伤害，而最大的伤害则来自人本身。人们彼此不信任，互相伤害；而个体的自我也在主观与客观的矛盾中自我伤害。外在的和内在的相互交织，造成一种弥漫性的破坏，它导致人们彼此之间的隔阂和自己内心的痛苦与封闭。时间愈长，这种毒素会长出仇恨的幼芽，生出嫉妒的荆棘，导致善良的弱化和美的消萎，更失去了真的纯净。

五十二

何敢言情。世间万物诸事皆可深究，其情难测也。有多少自诩情种，只不过是俗海欲浪里的小鱼虾；有多少自谓情圣，不过是红尘禄利中的小沙尘。空言山盟海誓，海阔天空，实则无根无基，更无品味，极缺境界。以小利为大义，以小腻为恒久，自以为得情之真谛，其实谬之千里，只不过是风花雪月俗情而已，何敢言情。甚畏之，神圣不可轻也。

五十三

以小利相交，以世俗相识，既无品味之同尊，又缺性情之烈焰，如萍之相偶逢，絮之暂遇，却无命运之相通，义气之相投。如风所袭，虽有漫天声势，却无性情之碰撞，行之平平，诉之淡淡，行云流水，落花流年，过客一瞬而已。心灵不能久驻，足迹岂肯留鸿，是谓不知者不为罪，不识者不为过，不言者不为愚也。

五十四

像一个静禅入定的老僧，孤寂地面对着空灵的湖泊和幽幻的山峰，无一言可发，无一步可行，只有安静沉默地应对。偶尔的清风，点滴润雨，几声鸟鸣，数阵松涛，一轮明月，更映衬着心的宁静和安谧。默默地看着世间的一切，让心沉寂，寂静得毫无形影，只有在感悟中才能领略点滴。一任风雨，一任淡泊，斜风细雨，白眼傲世。

五十五

轻轻地抚去笼罩在心头的忧伤，让思绪的线射向四面八方，织成天地的网络，捕捉那幽乎闪烁的星光。希望在追求中，追求在希望里，它们是彼此相依的翅膀。默然地沉思在苦与甜的磨合中，把痛苦和欢乐呈上；那是一棵小草，生机勃勃，无论土地肥沃还是贫瘠，无论多少雨露阳光，只要心灵一滴清澈的泪，就会有大海的情怀和宽广。

五十六

思想者是孤独的，痛苦者是寂寞的，唯有心灵的分解与化合，把一切消化或提炼，从伤痛中长出新的幼芽，以期一种解脱，以求一种希望。心的熬煎，在孤独沉寂中，就像暴风雨前的安静，令人感到郁闷，让人压抑，但在煎熬过程中的凝练，又似一枚利刃，将要刺破无形的黑暗，透出一丝亮光，吹来一缕清风，捧来一份柔情，期待着一刹那的顿悟和超越。

五十七

顺其自然，这句话非常好说，就像小溪淙淙流淌，遇洼则聚，遇石则绕，遇崖而跃，千曲百折，融入江河，汇入大海。但在现实社会中却不是这样，遇到任何事都会产生各种波澜，带着繁杂，涉及方方面面，引起各种猜度和想法，以致形成了复杂的桎梏，抑制着活跃的思维，变成一种情绪压力，内外扭曲，搞得心灵相当疲惫。顺其自然，是一种大境界，要达到这个境界不是说说那么简单。

五十八

常常被现实和书本中的有些人与事所感动，带来心灵的震颤和激情，由此又想到了很多很多令人感动的人和事。因为善良的心是为流泪而准备的，但总是缺少一些自我的感动。几十年了，风雨飘摇，行程不定，沧桑已有，童稚未尽，只是以一颗自警善良的心去尽量完善地处事待人，以求得公正诚信，合理合情，但结果却是千姿百态，各有不同。付出的心血，耗在了繁杂的琐屑之中，即使有很多闪光的事，也淡如烟云，引不起内心一丝的感动。真的，完美主义者可能天生是为别人生存的，自己为什么不能感动自己呢。

五十九

命运嘲弄人只是在一点上，但这又是非常关键的一点。机会稍纵即逝。在市场经济条件下，在信息科技高度发达的今天，尤其是这样。处理的很多事，总是优柔寡断，不去大胆探索，大胆创新，而是墨守成规，画地为牢，以致失去机会，贻误战机。当然，有时并不是所有机会都能把握，也不会完全顺人之意，所谓人算不如天算。但一定要敢于创新，善于思考，勇于探索，大胆实践，认准方向，把握时机，适使方法，努力做到公平公正公开，合情合理合度，达到好的效果。

六十

悲剧性的色彩太浓太重，把心灵置于一种痛苦的煎熬中，让愁思织成的茧将自我窒息。这样就太脆弱了，以致承受不了很多事情。有时想的非常多，并把一切考虑得非常完善，殊不知世界上没有十全十美的，有困难才会有努力，有问题才会有机遇；考虑过多，反而失去了必要的决断，适时适度，当机立断，是一种思想成熟和驾驭能力的体现。

六十一

好的心情似乎很少，总是被现实中的一些事情所打乱，心里的万般缠绕，像一只自我封闭的茧。想把事情做得非常完善，希望生活更加平淡，憧憬未来美不胜收，但这些想法和做法也不断伤害着自我，因为，事事非能遂愿。自己把自己织进了矛盾的茧中，不能解脱，只能是心灵的烦乱和自我的责罚。造物主博大的智慧给人以启迪，但它却无言，一任自然的生生灭灭，只呈现深邃的天宇，辽阔的大地，无垠的海洋。唯有自我的心，自我的思在躁动，唯有自我的悟，自我的醒在呼唤。随着时光的流逝，岁月的轮回，熨平波澜般的思潮，抚平心灵的起伏，化为永恒的安然。

六十二

很多平凡小事，都会被岁月沉淀成为美好的回忆。我们往往注重于目标的宏伟，享受了达到目标后的喜悦，而忽略了一路的征程，以及征程中的风景和各种事件。当我们真正沉浸在回忆中时，那些历史长河的小事，犹如浪花飞溅，星辰灿烂，让思的线穿成动人的项链，挂在我们的心头，何等的欣慰，何等的欢悦，因为，那是纯朴和实实在在的永恒纪念。

六十三

平静地看待一切，并不是淡漠；激情地对待一切，也不是狂热。我们丰富的内心世界和对外部世界的感触，会使我们所思所想，所行所为，有千姿百态的表现和深刻的内涵。平静地大海，深层也有激荡的潜流；狂涛四起的大海，不一定深层不平静。大自然的物象告诉我们，不能用简单的模式和僵化的思维定势去看世界看人类。率性的自然，深刻的思辨，感性的起伏，理性的精深，在我们身上和心中，就是由这些零件和魂魄构成的，只不过组合的方式有所不同罢了。

六十四

不要把事情想得太细，不然会织成自我封闭的茧，束缚住思维的放射和行动的步伐。不要把问题想得太全，不然密不透风的屋子空气浑浊，令人窒息，缺乏敏捷和灵感。有时靠感情的步伐就能迈过的坎，没必要反复理性思考千遍万遍；有时非要靠理性思维才能解决的事，也可以让感性淋漓尽致地参与和表现。谋事在人，成事在天，有时顺其自然，更是一种很好的生存方式；有时无为之举，恰恰孕育着有为的灿烂。可能是一种自慰吧，也可能这就是生命的本然。

六十五

生命的效率和生命的效果，有着必然的联系，也有着本质的区别。因为，人是万物之精灵，所以效率对于生命可以有不同的表现，效果对生命也会有不同的结果。不能以效率的高与低，给生命以苛刻或怠慢；不能以效果的好与坏，给生命以褒奖或贬斥。效率和效果对于生命应当是和谐的伴侣，在不同的生命主体上，有着天衣无缝的合作，有着相互融合的凝结。效率效果在生命中是一种崇高的境界。

第三集 蜂采芳菲

DISANJI FENGCAI FANGFEI

一

采些思想的花粉，撷取知识的蜜汁，酿成美酒，带月一酌，清风拂面，冷辉入怀，自是一番情趣，写些乱七八糟的文字，舒扬胡思乱想的情怀，缀成一网糊涂，迷茫不得解脱，只是顺其自然，求得大梦一场，也是一番感受。其实，这些都是一种学习思考，也是一种遐想和享受，自言自语中感悟一切，一切感悟皆在自言自语中，相得益彰，自慰是矣。

二

整天为一些无聊的事纠缠着，虚耗着太多的精力，以至于无法集中时间，凝聚焦点，让思维的光束照射到一个方面一个领域，取得一点哲理上的收获，灵性上的升华。有很多事情，名之为运转，实则为润滑；名之为枢纽，实则为平衡；把各种主体放在一个有限的平台上，分解组合，选出符合某种需要的效果，看似可圈可点的成绩，实则是一串琐屑的堆砌；明看有条有理，实则杂乱无序，只不过被所谓的逻辑进行了粗暴的梳理，从而显得很有成就感。其实，人心的悲哀不在于此，而在于知其然，不知其所以然，深陷其中，空对岁月。

三

平心而论，很多事情都是顺理成章，靠自然惯性就可以进行的，而且，顺乎常理，合乎常情。但有时把它扩大或固化，以致让人感到不必要的繁琐。简单是事物最本质的反映，而往往我们把简单的事搞得非常复杂，以致让人摸不着头脑。一些白话被包装成哲理与逻辑的杂烩，一些小事被夸大成惊天动地的伟业，一句随意的话甚至成为圣旨，一个简单的动作被赋予了博大的意象。唉，可怜啊，现实中的人们，纯粹是作茧自缚而不知其悲也。

四

给孩子们一种精神的支柱比什么都强，当然，也要创造一定的条件，因为生活毕竟是现实的，需求也是多样的。但唯有精神昂扬不倒，任何困难都是可以战胜的。这种精神就是乐观向上，富有激情与进取，也富有善良与宽容，能凌霄不屈己，能得地本虚心，这是最重要的。给孩子一种精神，是父母和社会的最大责任。

五

现实的表象是五花八门的，但其运作则是有规律可循的，时间的不可逆性贯穿始终，阶段性的特点各自纷呈；时代的内容为人们所享用，空间的置换在不同的物质精神形态下各有千秋。所以，我们看变化万千的时代和它所呈现的千姿百态时，要看到其内在的发展规律，把握其贯穿其始终的精神主线，这是统领一切的总纲。

六

有很多东西在于我们如何领略和对待的心境。现实就是现实，并不会因为我们的想法而变化不定，也不会因为我们的意志而激荡涌动，客观存在的现实，要以一种实事求是的理念，积极的心态，高远的境界去对待，正确地处理事物，接触人际，也就会升华出一种崇高的精神和宗教般的情怀，弥漫于人世间的慈爱会滋润心灵，赢得永恒。

七

历史是一面镜子，但它折射出的并不完全是真实的，因为客观的历史和人们修饰后的历史是不一样的，更何况还有伪造的历史。当人们主观的色彩笼罩于历史的各个方面和具体环节时，就不可能得到真实的面貌和深刻的内容。历代修史者，以自己的主观选择和好恶取舍为主线，串连历史的人物事件场景，带有极大的主观性特征和不客观评述。所以，读史也要善于思考，特别是所谓正史，一定要有自己的分析和判断，否则，人云亦云，不知其真实所在，受谬说影响，贻害无穷也。

八

人要有真实的自我，光明磊落地展示自己，客观公正地对待别人和事物。人性的至善和品格的高尚，要在自主中才能实现。故陶渊明不为五斗米折腰，安于心远地自偏的境界，实际上是追求一种心灵和人性上的超脱，一种精神的升华。在红尘禄利的现实中，人们受到生存利益的制约，环境氛围的影响，必然导致心灵的萎靡和人格的弱化，附着于一定的利益群体和权势范围中，苟且而存。要保持自己的人格和境界，需要刻苦学习，深入思考，自警自省，光明磊落，一生修炼，以求清明洁净。

九

秋雨淅沥，秋风萧瑟，又是一个秋意深浓的季节。大地呈现着丰收的五彩缤纷，林木开始做迎接冬天的准备，燃起漫野的灿烂。我们品味着一年的味道，在收获的季节沉思下来，总不能简单地算计春种秋收的利益，总不能无所事事将所有的历程淡忘，多少有些感悟，但最多的莫过于一种无奈的心境，看岁月匆匆而逝，一股苍凉感油然而生。收获的果实不少，但最根本的是思想内核的深刻；在没有起伏的平淡中轻轻滑过一年，留下几多令人回味的事呢。我喜欢秋天，因为它让我从炽热的表象走进清醒的苍凉，从热烈走向冷静。

十

当我们满足夏天的浓烈时，秋天悄然而至，它以五彩缤纷的欢乐，向人们告示着丰收，也提醒人们的冬储，更多的却是让人们从逐渐的萧瑟中，去品味逝去的岁月。历史一页页翻开又合上，时代一段段结束又开始，岁月如流，季节轮回，我们呢？唯有在四季的交替中，淡淡地品味一切，静静地思索一切，爽朗地敞开心胸，善良地把一切融入真善美的和谐之中。秋风中，一个头颅的价值是在冷静中凝练，在自省中升华的。

十一

时间是个大熔炉，任何事物在它永恒的滚动中，都会发生变化。我们信誓旦旦地发出一些山盟海誓的豪言壮语，不要说让急风暴雨考验了，只需过上几天，便会烟消云散了。所以，说到考验，说到永恒，在时间面前，一切都苍白无力。可我执着地坚守着自己的理想追求、信念和情怀，总想在时间中得到验证，但收获的却是五味杂陈。

十二

个人的心质和心度是统一的整体，所谓成熟的人，应当是两者的兼容。所谓心质，即视事皆明皆公，有凌云俯物的气度；所谓心度，即处世待人皆适时适度，有海纳百川的胸襟。二者的有机统一，才是心的真正自知自明，才是思想的升华，心灵的超越。一个人只有修炼如此，才能成为真正的仁善之人。

十三

冬天虽然寒冷，但冬天的太阳却格外温暖，在冷清的空气中，阳光像个调皮的孩子，尽情地洒在万物身上，温馨而柔暖，给人以舒适和安逸。有时冷热之感受并不在于直接的接触，而在于接触时的情景相融与意境的生成。一丝暖意有时胜过炽热，一份情意，有时胜过盟誓。短暂的未必短暂，永久的未必永久。

十四

读苏轼《满庭芳》一词，甚感其意境深远，胸怀博大，气质非凡。此词所述，为官宦从业者，皆要有气度胸襟与境界，才能进退有度，不失纯真本色也。人之失于迷幻，皆自心也，心明则事理，心暗则事乱；心公则事正，心私则事败。度量肺腑，评价时事，臧否人物，皆不出此词之意蕴也。

十五

平常心最难，因为它深刻地反映者一个人最真实的状态。但由于受到环境制约和自我意境的控制，或激情四溢，或沉默寡言，以致平常心被蒙上了浓重的色彩雾霾，迷幻了他人，也失去了自我的本真。大部分时间，人们都觉得是在自我安慰的平常心中度过的，其实并非如此，真正的平常心是一种精神的超越，灵魂的升华，回归自然的天赋。

十六

我们为自己而羞愧，当大自然以其仁爱和慈祥孕育了人类这个万物之精灵后，满以为可以让地球更好地运转，岂不知选择了一个致它于绝望的逆子。人类从自然中走出后就很难回到其胸怀，而是以残暴的主人身份，疯狂地榨取和掠夺，有时以共同的名义，有时以个人的行为。造物主的选择很善良美好，但其结果却难以想象，现实中的罪恶往往包裹着发展的外衣，人们要自省自警自觉啊。

十七

让心情平静下来很难做到，因为知识和智慧尚未达到出神入化的境界。只是在烦乱中喘息片刻，又毫无目标地冲在世俗的波峰浪谷，习惯地随波逐流。非常羡慕山岭的宁静，月夜的清朗，荒野的寂寥，深林的幽幻。其实，只想让心灵有一个安静的港湾，停泊下来，无思无虑，无索无求，唯有寂寞与孤独，享受那一刹那的超越，领略心灵真正的平静。

十八

当迫于某种压力而进行抉择时，是一种无奈，是一种被异化后的自我在不自主中的随波逐流。因为受诸多条件的制约，受诸多因素的影响，有时人们并不能真正地实现本义上的自我，只不过是永恒链条中的一环一节，始终被异化的时俗所压迫。有时觉得能够自我把握，自我决断，其实只是一种无奈的应付而已。以貌似英明的决断掩饰着内心的苦痛和思想上的创伤，无奈的人们，精神家园何在?

十九

五十而知天命，但这天命不只是经历磨难后的总结和对命运的顺从，而是一种拼搏进取的精神。人生中最昂扬的天性得以五十年的挥洒，虽然有些苍凉悲情，但血性中的豪迈激扬依然澎湃汹涌；在知天命的时节，更能发挥出原始性的气质，彰显刚毅和雄宏，这是人的根本。天命即己命，己命乃天命。

二十

不能用时间的利刃割去血脉贲张的人性之本，不能用经历的甜酸苦辣圆滑了人性之灵，不能让提炼了过多感性事物而形成的理性思维束缚住人性的张扬，不能在所谓的成熟中失掉人性中永远向往的永恒。人啊，永远不能丢掉自己的本性，那是原始和未来的基础，那是历史和现实的凝结，那是真善美的结晶，是我们永恒的灵魂

二十一

五十年说短也长，几经磨折，历经沧桑，总把英烈和柔情付与岁月时光；凭栏回首，多少成败，几多荣辱，赢得风吹云散，明月清辉，晚霞残阳，一缕追思难忘。天以命，难思量，寄予春风夏雨，冬雪秋霜。遥看江山，一枝劲梅，自有芬芳。

二十二

把酒问天，深邃无言，有多少追忆，化繁星一片；欲说征程，付与清风淡雨，几多枉然。岁月飞度，可记得朝日冉冉，谈笑间，残辉暮照，西风古道，苍茫人烟。江山依旧，湖海无限，人世茫然，且酒淡意澜，正如初年。

二十三

创造一种制度文化远比改革某些具体事物要难得多，要用天才般的智慧和能力，去科学地设计勾画出制度的蓝图，形成系统的概念和合理的运作程序；它既包含深层次的文化理念，价值取向，又涵盖社会生活的方方面面，内容深刻，规则合理，逻辑顺畅，用最简洁的方法和程序，易于让人们接受和实际操作。天才的设计和能被众人接受的制度才是合理的，这话有一定的道理。

二十四

大海的激情与小溪流的激情，其深度广度，内涵外延是不一样的，表现形式天差地别，但其本质却是相同的，它们都是水。无论它来自雪山高原，还是江河湖泊；无论它从天上降下，还是从地下涌出，都代表着旺盛的激情和持久而永恒的生命。赞美它们吧，无论大小，无论深浅，都是水不同层次的表现，自然因为这样才显得五彩缤纷，富有激情和活力，充满生机和蓬勃欣荣的精神，气象万千的意境。

二十五

以一粒沙尘石块枝叶水滴为载体，去承接高山大海，似乎太难了，以致于心灵的膨胀，理想的蓝图，具有了迷幻的色彩和巨大而无形的诱惑，导致了心有余而力不足的困顿，久而久之，理性主义的完美情结笼罩心头，使之成为挥之不去的抑郁。小草只期盼春风雨露阳光，小溪流只希望欢快的流淌，树木在四季轮回中变幻着自己的色彩，叶儿在岁月中生绿渐黄变红，从泥土里出生又融入大地的怀抱；它们的向往很简单，安宁自适，恬淡平静，却充实而丰满。

二十六

心灵的孤独和寂寞是两回事，孤独是一种崇高，一览众山后的惆怅，高处不胜寒的清冷，精神上的超越，灵性的畅想，却没有知音的承应，由此而生成的一种感悟，形成一种幽深的境界。寂寞则是一种心境的荒凉，纵有千思万理，纵有千奇百怪，而胸中无波澜，脑里无灵感，一任流水自然，不及汲取，任凭心灵处于一种灰暗中，麻木地拖延时间。所以，孤独是高贵的，而寂寞则是肤浅的，但二者何其相似。

二十七

辞旧之际，心情格外的沉寂，仿佛走入一片荒漠，只有清风冷月，空旷中游荡着灵魂的孤独和精神的暗淡。收获后的喜悦与享受荡然无存，复杂的往事和琐屑的生活，没有一点深刻的回味和思考，只觉得心里空荡荡的，一任无奈和惆怅驰骋；孤寂地看着夕阳西下，繁星渐起，面对万家灯火，唯有沉默。

二十八

迎新之时，犹如从晨雾的慢慢消散中，看到太阳从地平线冉冉升起，浓重的赤红，柔和的光芒，温馨的抚摸，令人感动，产生无限的希望。对于年过半百的人来讲，这种激情是非常稀缺的，但对于一个恬淡豁达而博学雅性的人来讲，也是正常的，当然，这种感悟是沉默的，而内心则是热烈的，像火的激越，澎湃而富有理性。

二十九

蓝天白云，苍茫原野，一切在冬季是那样的清亮，一切在萧瑟中是那样的纯净。人们在走过一段时间，度过一定空间后，会有一种经纬交错、纵横万物、贯通天地的感慨，也有一份清醒的自我定位和安然。明镜似的心灵，可以映照一切，博大的胸怀，可以承载万物，一份好的心情和坦诚可以化解诸多的烦恼和忧闷。

三十

应当正确地看待客观存在的一切，公平公正地去处理各种事务和人际关系；要承认客观存在的人和事都有其内在的规律，都有其存在和发展变化的必然性；同时，也要看到其表象的千姿百态，具有特殊性的色彩。对待和处理时应该一视同仁，客观公正，切不可主观臆断，妄下结论，这是从处世待人的本质上而言的；但对具体问题的解决，则要有详细的具体思路和办法，力求达到最佳的结果。

三十一

人要保持平常心，但有时总让一些既得利益蒙住双眼，让红尘禄雾迷住心扉，以功利的心态去对待世间万象，由此产生了多少人间的纷扰和怨恨。人是大自然之子，就应以赤子之心对待一切，这就是平常之心。其实，这平常心也是不平常的，能达到其境界，没有一定的历练和智慧，没有一定的胸怀与境界是实现不了的。打造一颗平常心，对谁都是非常重要的。

三十二

历史是一面平面的镜子，映照着一切的真实表象形态；历史是一面凸凹的镜子，反射着虚幻的千姿百态。但历史像一条大河，裹挟着千溪百流的万象峥嵘，汇入永恒的大海；历史更像是无垠的大海，博大精深，涵盖万象，用其深邃的哲理诉说着久远的过去，当下的现实和朦胧的未来。和历史交谈，你是一个稚嫩的孩子，可以得到启蒙的教育，得到正确的判断，得到过去现在未来的思索与展望，因为，你就是历史，历史也是你自己。

三十三

善良是人的天性之一，只不过在人世的历程中，有时善良被红尘禄利所控制，以至于变成了邪恶。所谓教化，就是要抑恶扬善，彰显人类最本质的秉性。在现实中，从根本上崇善就要建构和谐的基础和纯真的出发点；如果从本质上否认善的原点，而以恶为原点来教化人们，那会充斥着强制和暴力，用桎梏束缚人性，以恶制恶的结果是单向的，不足取。

三十四

我们只不过是芸芸众生中的一员，犹如大海一滴，高山一石，沙漠一粒，没有什么高人一等的，只不过在现实中，因为某种机缘和努力，得到了世俗社会的某一层次或位置，涂抹上了一定的色彩和光环；其实，也只是一种过眼云烟的幻象而已。有些人则把它看成一种高人一等的砝码，盛气凌人，不能自知自制，对大多数人来说，服从的只是你暂时的地位和权势，并不是你的人格和品性，更不是你的精神境界。人不可以失去自己最本质的特点，你始终是一个普通的人。

三十五

善待每一个人，这是为人处世的出发点，当然，也要因其对象本质和表现的差异，施治以不同的方法。有时大善无形，大善无极，本质一样，形式却五花八门，而且反差也会很大。制服罪恶有激烈地方式，强劲专用的暴力，而对于芸芸众生，则需要公平公正和谐的善待，千万不能置人以被压制被愚弄的境地，千万不能践踏人的尊严和本性，不分青红皂白，是非真假，视人为仇雠。对于人来言，从人性的本质上去认识和从具体问题上去把握，是辩证的两个方面，相互区别又相互统一。

三十六

读史明智，此话有道理，但也有失偏颇。一部历史浓缩天地，涵盖古今，人繁事杂，内容丰盈，给人以长河般的恢宏，峻岭般的壮阔，其教化启迪之功是全方位的。以一词而括，有点狭窄之嫌。因为历史乃过去一切的总括，成败得失，主客之情，皆在其中，特别是时光已逝，旧迹模糊，主观所为，各取所需，很多人与事已不能还其真相了，所以读史必须要有分析和思考，要有辨别和证实，更要有客观的态度和求实的精神，才能真正达到读史明智也。舒卷阅之，细微之处，令人入胜；磅礴之处，令人神清气爽；细细品味，千情涌动，万感勃发；如入之境，不能自已矣。

三十七

应当恬淡安闲一些，起码从心里要做得到。为利为官为禄之事，只是生活中的过程性点缀，转眼即逝，而心灵的安然却在于对人世间一切的感悟和超越。囿于我们已成的行为习惯和思维定势，特别是受制于时空中难点热点焦点问题的炙烤，形成了一种纠结性的障碍，思想僵化，精神萎靡，不能自已。所以，时时的修炼和提升，时时的自省自警，是实现自我境界净化的必修之径，而安然恬淡的心态，也总是在磨折中实现的。

三十八

我们现在的心灵世界，只不过是一些被包装和精心打扮后的微缩盆景而已，虽然千姿百态，各有特点，从精微的角度，不失为一种境界，但缺乏一种天然的野性和大气，没有壁立千仞的品性，海纳百川的襟怀。所以，只能是一种消遣的低吟浅唱，品味的花前月下，散淡的悲情愁意，无法升华出惊天地泣鬼神震世界的意境。盆景的自我与堆积，成了一种普遍的格式，人们也就麻木于其中了。

三十九

当小有成绩的时候，有些人会意满志得，因为在人类的天性中有一种自我表现和自我满足的基因，始终起着刺激的作用，特别是在众人的赞赏甚至谀媚中，往往更把持不住。这时的表现就像老虎吃独食，容不得他人染指。所以，功成身退，事成心退，是智者的一种选择；这种退是心灵的解脱，是思想的超越，守住心灵的那一份寂寞，把持住精神上的那一份孤独，冷眼看世间，淡泊视人事，便是心灵的安然。

四十

境由心造，并不是一种主观上的狂妄和臆想，而是通过对客观存在的适应把握后的一种精神升华。试想，山河依旧，人世沧桑，但每一个人的生存轨迹和心路历程又是何等的不同，即便是同一人同一事同一处境，也会生出千千之心，万万之意，得出五彩缤纷的果实，留下蜿蜒曲折的印迹。所以，造境由物到心，由外到内，由形到灵，乃是一种创造与发展，一种历练后的觉悟与提升。造境是平和的，恬淡的，平常的，是一种行云流水般的过程。

四十一

无效劳动和劳动无效是有区别的，前者在于没有科学的预测和谋划，违背常识或规律，是主观臆断下的盲目冲动所造成的结果；而后者则是在实现目标任务中，由于主客观的原因，没有达到预期的目的。所以，二者文字的置换反映的问题是不一样的。没有科学目标和合理方法的盲动，只能是瞎干，而没有有效的手段和方法，也无法取得预期的效果。要克服这两种错误，把无效的成分降低到最低点，就要注意世界观和方法论的辩证关系，注意目标和方法的有机统一，注意理想和现实的结合。

四十二

把心沉到一个冰点的位置，把情放到一个黑暗的深渊，把行为静止成一座孤耸的峰巅，把言语压抑在大海的深处，一切都让它归于沉寂，进入无思无行的混沌状态。人类的美感有时就要靠这种无的状态去实现；因为我们在现实中被太多的有形之物所束缚，以致产生了很多实体享受后的幻觉压抑，迷失了灵魂，丢掉了本性，失去了自我。

四十三

读书时常被书中的人和事所感动，也为自己的坚持学习而感动。虽然年过半百，知天命而顺其自然了，但总被生活所激荡，总被那些有意义的人和事所感动。从那里我获得了自然社会人类真善美的熏陶，精神的愉悦，智慧的启迪和心灵的净化。大爱无垠，大善无限，大美无形，承接它们的心灵是最幸福的。

四十四

人们物质生活的逐渐变好，并不能说明一切都好，只有心灵上真正感悟到美好的真谛时，那才是好。这美是万物真的结晶，善的硕果，孕育着一切，呈现在有形无形的方方面面。常被美的事迹和美的心灵所感动，也被它们教育和熏陶，使自己不敢亵渎这个天地间最圣洁的精灵。美渗透于一切，体现着一切，蕴含着一切，充溢于心灵，弥漫于天地，是生命的源泉，生活的根本。

四十五

有时对人们的信任很可能化成失望，寄希望于一些人以很大的期望，但在关键时刻的退缩与无奈，思想上的麻木，情感上的冷漠，没有激情，缺乏解决问题的针对性方法，推责诿过，使工作处于被动。事无巨细，一人独揽，这是管理的大忌，但事情无论大小，都不能在处理时持一种被动的态度和消极的方法。寄托之重，期盼之诚，但播下龙种，收获跳蚤，是一种悲哀；而鞋里几颗小石粒，更让人烦恼，虽不影响万里征程，但却销蚀精神，不能不引以为戒也。

四十六

大雾笼罩，太阳在天空露出微微发红的脸庞，羞怯地凝视着大地，将光芒融入雾中，弥漫着柔和的色彩。一切都在这朦胧中涌动着，似隐非隐，似现非现。雾给人以神秘的感受，让原野村庄如画似梦，田园诗般的安谧；雾给人以灵动的感觉，让钢筋铁骨水泥堡垒的城市，有了一种灵动和幽幻；让人们赤裸裸的烦躁，有了温柔的滋润，亲切感油然而生，仿佛回到了自然的源头，回到了田园牧歌的时代。有时的朦胧可以净化人的心灵，还你一个清静的精神家园。

四十七

以平常的心态去看待世界，虽然比较平和了，但也少了一点激情。世界是五彩缤纷千姿百态的，所谓平常心，是对获取一些成绩的态度，是一种价值的判断，是一种心灵的境界，但绝不是一种随便。对于我们所遇到的真善美，应有欣悦的激情去承接，超越的心态去领略，感恩般地去享有，在彻悟中要有冷静的思考，深刻的精萃，精神的超越，灵魂的净化。对于真善美而言，平常心是不平常的。

四十八

人类最纯真的天性，在不同的时代，不同的发展阶段，不同的发展水平上，其表象是不一样的，但其本质的属性是永恒的。虽然，其表现的内容形式千差万别，程度高低不同，范围大小不一，但透过时间的长河，社会的光影，生活的杂尘，天性之光依然明净温馨。保持这种天性非常重要，但要给它套上狭隘的视野，浅陋的思想，庸俗的情怀，势利的追求，那就会导致巨大的灾难。天真很可爱，但天真被用来干坏事，那就很可怕了。

四十九

瑞雪丰年，人们沉浸在欢乐的气氛中，大家都在做过春节的物质和精神准备，人们的意识和行为上弥漫着年的韵味。然而街头巷尾的寒风中依然有蜷缩的乞讨者，和这年的氛围形成巨大的反差，在白雪里显得那样刺眼，让人心里感到难受。我们努力奋斗是为了生存和发展，更是为了社会的共同富裕与和谐，穷不可怕，但缺乏对社会的责任感、对弱者的同情心更可怕。愿天下人都能居有室，食有味，老有养，幼有育，穷有助，疾有医，身心安康。

五十

独立之人格，来自于天性的纯真和尘世的修炼，倘若没有博大精深的思想和理论蕴含，没有气吞山河的志向和豪迈，没有宽阔的胸怀和崇高的境界，没有明月秋水般的澄澈和宁静，没有碧空的深邃和凌云的志远，一切就显得苍白无力了。独立的人格不是让所有人都能领略的，也不是所有人都能达到的，出淤泥而不染的洁净，濯清莲而不妖的卓然，是一种意味深沉、品相久远的凝聚，是一种苍凉荒芜中的闲云野鹤，是一种心怀天地、神游八极的逍遥。

五十一

岁月往复来，天地气象新，但心中依然古潭残月，波澜不惊，这也算是一种境界吧。山河空有形，人世几沧桑，唯有心灵是一种由热到凉，由躁到静的蜕变和升华。有时一种愉悦从心中升起，感到瞬间的爽朗，天人合一，物我两忘，真有一种超越之灵境。所以，有时说的动的不如静的，因为在静中一切速度都会失去可计量的标准，只留下精神的灵动，回荡在心间。赞美古月深潭，不在于它的深幽，而在乎它的平淡和雅静，此中真意，难以言说。

五十二

真心地对待一切，把平常事做好，保持平静的心态，这是一个基本的要求，但也是最难的；因为在生活中来自四面八方的诱惑，来自不同坐标的价值判断，迫使具有社会属性的每一个人，都置身于理想和现实的矛盾之中，在平常的学习生活工作中，产生出很多想不到的欲望和想法来，尤其是在生存需要与发展需求方面，更是千帆竞发，百舸争流了。所以，要做到内心的宁静，平常地处事，是非常不易的，要想长期坚持更要不断地修炼。

五十三

善待人是要从心里去做的，如果只是停留在表面，满足于口号式的宣泄，形象上的造势和应付式的矫情，那就太粗俗了。可往往人们就是喜欢这样去做的，因为这样做便于施行而且容易出效果，并能迅速产生短暂的光环效应。从哲学和宗教的终极追求来看，善乃是人性之根本，它博大精深，蕴含丰富，是人类天性中最宝贵的组成部分，既是一种为人处世的出发点，也是一种必然的要求和理想的境界。若从心里缺乏善意，行为口号再好也是一种虚伪了。善从不挂在嘴上，它深藏于心，待行于人，操持于事，呈现于平常之中。

五十四

要始终保持常态去对待一切，个人的得失，毕竟是一己之利，而一个组织一个群体则更为重要。不能因个人的情感波动，意气浓淡，影响整体的发展。要造成奋进向上的大势，凸现主流，带动全局，切不能以小利而视大局于不顾。打造一番事业不容易，取得一个群体的发展，需要付出多年的心血和几代人的努力，而要保持其稳健可持续的发展，就要站得更高，看得更远，谋划得更科学，实施得更合理。更具有共性特征和大众化的特点。

五十五

善对世间诸事，善待芸芸众生，以一颗平常之心、平静之态去处理好每个人每件事，正所谓皓月秋江，夕照幽谷的境界。不因一时兴起而忘乎所以，不以一隅失意而颓唐松懈，大境秋高寥廓，大意春风和煦，是谓君子圣人自明之智也。求仁的境界就在于远天淡地，自然超脱的真善美本性，就在于心境的洁爽和畅，就在于心灵的安静与淡雅。当然，这是从人的心路而言的。

五十六

已到沧海之襟怀，何论小溪之细隘；已到天命之境界，何谈强辞赋愁态；已是古潭映皓月，何堪秋江澄尘埃。一览众山，便觉空间无限；一纵江河，才觉时光有涯；童心稚意静对世俗红尘；霜雪松柏，闲看过眼烟云。志趣淡雅，心境已远；处事不惊，心灵已安。无求于世，自由之性也。

五十七

善是一种根本之性，永恒之基，一种涵盖天地蕴含万物的神灵，所以，它不能以大小深浅来划分，而应以自然和灵性的呈现为要义。把善分为大小深浅是对它的一种亵渎，是一种功利性的谬读。事物多样化的差异，只是其本质的外在表象，内容的不同形式，但抹杀不了善的永恒之性。

五十八

“天意怜幽草，人间重晚晴”，此乃大意境也。人生一世，百味俱尝，悲欢离合，荣辱成败，坦途与坎坷，起伏与平淡，都化作一种对天命的感悟，赋予一种超然的寄托；把自己融入自然的一草一木，经历野火春风的历练和滋润，备尝风雨雷电的煎熬和洗礼，遂有了清风明月的恬淡，夕阳霞辉的安谧，真是顺其自然，成其天性，意境深远矣。一天一人，一怜一重，意蕴深沉，古潭松影，空谷幽兰，乃至高至洁，为世间至境也。

五十九

率性而为，挥情自如，一切皆出自于心，便是人世间最真的本性。现实中往往注重表面的应酬，人情的呵护，看别人的颜面，听别人的话语，观别人的行为，研别人的思想，没有自我的主见和风骨，就很难求得真善美的境界。面对纷纭变幻的人世和复杂缠绕的事物，应该有自己建立在信念理想上的主见和风骨，有自己合理合情的行为与风度，才能真正体现一个人的真心与实情，做到里外一致，坦荡豁达，超然于物矣。

六十

要有大智慧，是说人一定要顺其自然，应其天命，为人处世，循其规律，合理以度，主客相符，以达天成。从这个意义上讲，大智慧并不是一种方法，而是一种境界。所谓小聪明，则是指处事待人小处着眼，细处计较，趋炎附势，以一时一己之利为基，以一事一势为本，行于巧谄，终不能成大事也。是谓小聪明只是至于聪明而已，看不远，行不端，心不正，虽有果，终不会达到智慧的境界，更遑论大智慧了。

六十一

轻轻地来，悄悄地去，也是人生的一大境界。犹如一滴雨水，一朵雪花，在无声地飘落中，经过了时空的历练，融入到万物，化为无形，一切进行得是那样的自然，那样的平静。非常喜欢这种意境，其深远得让人无法领悟，其自然得让人无法把握；一种淡淡的忧伤和苍凉，一种温润的潇洒和恬淡，一种欲说还休的憧憬和惆怅，一种灵动的漫游和畅想，在心中弥漫，在时空中飘扬，化为天地万物的精灵，一任其轻轻地来，悄悄地去。

六十二

不能审时度势，不能应变制宜，停留在传统的思维定势和行为习惯上，满足于听汇报，发指示，而不深入到实际中去调查研究，找出影响发展的主要矛盾和主要问题，寻求科学正确的思路和合理的解决方法，满足于一知半解，夸夸其谈，这是一种弊病，根深蒂固，牢牢地埋在一些人的头脑里，时时体现在行为方式中。说到底，无非是权本位的思想在作怪。视权为本，而不会公正合理用权，停留在对权力的依赖和别人对权力的违心服膺上，因而，人品下降，精神低俗，事无一成，人甚鄙之。此不可不戒也。

六十三

本性使然，虽有后天的教化，但本性难移，时时在一些问题上表现出来；大事不决，小事不断，好事争揽，坏事推诿，人之劣根性特点表现无余，此非君子所为也。人生于天地之间，志吞宇宙，胸涵万世，亦应有人性之慈惠博大，性情真善的禀赋，且不可苟且污俗，自谓小聪明，而把最好的本性丢弃，自谓小利益，而失去人性的根本。

六十四

为人要正直坦荡，不要沉溺于一言一事的计较；为人要清廉豁达，不要满足于一己一利的得失。人生在世，坦荡磊落，人生在世，正直清明，唯大英雄真本色，是真名士自风流，说的是一种与生俱来且经历练后的境界。是君子何必沉溺于琐屑，拘泥于方寸，心小气短，受物役形，失之于道矣。

第四集　草木蝶影

DISIJI CAOMU DIEYING

一

自嘲者，自我解剖，自娱也，不求闻达，不求显露，掬一杯自然之水，摘一叶世间枝蕾，采一粒山石沙砾，点一簇思想火花，不求烈焰，但求自明；不求宣泄，只求自悟。人之丑陋，莫过于心之褊狭；处事虽全亦有不当，识物再准亦有缺憾。所以要时时自省，但也要看开看透。所以“自嘲”是比较妥当的。

二

心胸要大，勿以小事而阻塞，勿以小误而失大。只有宽阔的心胸，才能有博大深远的境界，才能有和若春风、润如春雨、柔如春日的景象。一时一事，让人痴迷，是谓心窄境低的表现，应当站在理论的高点去思考问题，挺立于哲理的山峰上去傲视万物，就会有一种登凌绝顶而纵览群山的气度，这样才能有境界有情趣。苟且之举、鼠目寸光、小家子之气，君子不为也。

三

一种境界的升腾与达到，不是简单的知识积累和阅历的堆积，而是一个人心路发展历程的凝结与提炼，是一种言之不明、诉之不清的精神状态，它弥漫于个人的方方面面，又渗透于世间的林林总总，正所谓“大象无形”，但又让人实实在在地感受着，因为在自然、社会、思想的各个领域它都以各种形态展示着一种风采和心灵对照。

四

当人把理想和目标提升到永恒的位置时，便是超脱之境界了。对阶段性的目标和取得的成绩，对过程的辛苦失败和成功喜悦，对每次激起人发展动力的挑战，随着年龄的推移和生活的积累，便会化作一种对灵魂升华的企盼。物质形态的占有和知识汲取的活力渐渐黯淡下去，而对天命与精神境界的探索开始笼罩一切。

五

我为孩子骄傲，因为在他的身上有先人们英雄拔世的气概，有父辈们博识宏才的胸襟，更有其勤事以俭、慎行以思、平静治事、宽容待物、沉潜修炼、意气挥洒的气度和志向。我被他感动，是一种发自心灵、凝聚几代人企盼和希冀的感动，让我富有激情，充满希望。

六

不要求事能做的有多大，不企盼能取得什么样的成绩，也不去以人世间的功名利禄去衡量；只要我们的孩子在其生存的现实中能够适应环境，以自己的聪明智慧，光明磊落，勤奋踏实，真诚善良去为人处世，历经各种各样的事件与过程，品味人生应该品尝的东西，我觉得就是一种收获，就是一种成功。人性的最天然表达与顺理成章是根本。

七

太阳西垂，余晖涂金，一切都显得那样鲜亮，弥漫着光的幻影。放下手中的书，极目远眺，群山在夕阳的抚慰下梦幻般地波动起来，浪飞涛起地奔向朦胧；天际由东向西呈现着碧蓝、浅黄、深红，变换着魔幻般的色彩，向深邃的宇空涂抹延展。鸟雀鸣鸣，群鸽阵阵，环绕在城市的上空和街道的树木草丛里，一切都显得那样自然和安详。其实，噪声还是很大的，只是心灵平静了，一切也都恢复了本真的灵性。

八

初春时节，塞上乍暖还寒，气候起伏不定，冬天的依恋春天的萌动，天地之气相交；于是一面风吼沙舞，一面绿意弥漫，在激烈的交接中实现着季节的转换。北国江南因为地域等诸多条件不同，季节的变换也各显特色。常常感叹人生的变幻莫测，当置身于自然之中时，又觉得再正常不过了。一边清风细雨，一边风狂沙舞，形式各异，但本质是一样的，一个春天真正来临了。

九

所谓事业心就是不要企盼能得到什么，而是一种奋斗时的精神愉悦，努力中的心灵慰藉，可能也算是一种自我的灵魂救赎吧。人生在世，需求繁多，欲望不断，但究其根本乃是一种对生存的适应，对继承的一种挑战，更是对现实状态的超越和创新。这种激情和冲动，从形象上看，可能是表现出财富或一种行为机制模式等，但从精神上去品味则是一种升华和境界。所以，事业心是建立在一定具象基础上的精神意志。

十

古潭深影，空谷幽静，清泉石上，皓月松风，这是我现在的一种心态和禅境。经历了人生几十年的淬砺磨炼，品尝了人间数十载欢乐与痛苦，留得一份清静的心和淡泊的意，算是最大的收获了。

心的空灵与物的繁实相互映衬，和谐地融为一体，同时又在不同的精神领域中分割开来，正所谓大象无形就是这个道理。一切有与无均在生和灭的运动中，有无是世界。

十一

这个日子非常特别，也非常难过。我的父亲，一个平凡但伟大的人，是从这个日子离开我们的。那时非常突然，非常震惊，让人猝不及防，一个慈爱的生命就消失了，像天上的一颗流星，划过深邃的宇空，消逝在永恒之中，留给我的是铭心刻骨的伤痛和绵绵无尽的思念。这么多年了，我们的感情并没有因生死离别淡漠，而是越来越深，记忆的雨露雾雪总是静静地滋润着心灵，思念的春夏秋冬总是轻轻地抚慰着灵魂，让我时时处处相拥在他那慈爱的阳光雨露里，沉浸在亲切的惦念和教诲中。

十二

万事万物似乎朦胧点比较好，犹如欣赏一幅山水画，云飞雾绕中的峰峦和树林有一种灵性，蜿蜒曲折的溪流和花草有一种梦境，幻动着神秘的色彩，让人产生无尽的遐想；直白的描绘披上一层润泽的意蕴，让人感到愉悦爽朗，享受到一种说不出的飘逸和灵动之感。人是需要精神的，沁浸于对世间一事一物的感悟，云雾般的思，雨雪般的想，清风般的来，流水般的去，自然天成一样，却是非常难得的，因为只有把一切都注入了灵性的思索，赋予了恬淡的超越，精神家园山高水长，意蕴温润，博雅安然，气象万千，才能真正感悟这世间的一切，让人产生一种幽美之境。

十三

思想上的交流是最平等的事，因为无拘无束的碰撞，才能产生火花，才能燃起灵动的烈焰，才能熔铸成超越的精华。但在现实中往往很难做到，特别是在不同的工作领域其差异性就更大了。思想上的交流，特别是关于一些世界观层面的理性交流，愈平等则才能愈引起碰撞，产生共鸣，各取所长，形成新的认识，如果缺乏一种平等的基础和内在的信念，只能是形式或媚态的，不可能达到真正的共识，生成真理性的境界。同样，理性度愈高，哲学性愈强，平等意识则会更好一些，更强一些。

十四

急流勇退，不是指遇到困难时，而是指取得成功后。一种大趋势已形成，并持续发展时，就要让更能适应新形势的人去发挥聪明才能，施展抱负，建功立业，把事业不断推进。所以，急流勇退是这样一种境界和意识。不要等自我都成熟发酵成烂苹果了，才让年轻人去承接，那是最狭隘和没有眼光的，是一种小我的自大，是一种浅陋的境界。应当在最激越的时候，把年轻人推上去送一程，这才能永葆事业的青春。

十五

功成身退是不够的，而应当在功即成时就有退的考虑，这才是大境界，是故介子推不愿受封，退避山林；是故朱昇只言成计，不居成位，此乃大智慧是也。事情需要人去做，需要一代一代的人去做，各有特色，各呈千秋，不能持一己之利而置事业于不顾，固职守位，不思进取，贪享其成，不图其退隐，是谓愚夫也。今吾思退之乃是精神之大进也。

只有精神境界达到一定高度，智慧弥漫于一身的人，才能对进退取舍有最明智的选取，因为站得高、看得远、思得深、行得端，择时而退，因机而隐。让光环迷住自我的眼睛是人的一种悲哀，贪图一星半点的享受，是人的一种劣性，但大家却都愿意浑浑噩噩于其中，随波逐流于其里，不愿清醒而为。其实，退乃是进，一种思想和精神的真正超越，一种旷达的境界和脱俗的品质。

十六

三世于国，只看到先人们奋斗的艰难历程，可歌可泣的英雄事迹，不曾享其光环的荫护，只以一心一力从其世间一事一业，正所谓尽心尽力而已。大则言报国，小则言自生，乃沧海一粟，高山一粒矣。是故海纳百川谓之心胸也，是故壁立千仞，乃心志也。不求闻达于诸侯，只求无愧于生民，也就够了。世上有多少事要人去做，但默默无闻者多矣，这正是其伟大的表现。

十七

一种对命运的无奈之感始终笼罩心头，人生一世，万物皆遇，心里没有什么太起伏跌宕的事了。归于一种平静，一种超然于世的灵性油然而生，使我看到的世界犹如一幅中国山水画，朦胧中透着清晰，清晰中弥漫着朦胧。有些尘世的人与事，也不愿看得再透再细了，这可能就是一种对生命的崇拜和对生活的顺从，因为精透和细致后依然是一种朦胧。人所畏的并不是自我的努力和奋斗，而是是否有一种对天命的必然认识，一种说不清道不明的惆怅，一种返程式的思索，一种溯本正源的觉悟。

十八

总想能多做点什么，其实又做不了什么，一任日月的流逝，留下心灵的荒芜。表面看似光鲜，实则虚无黯淡，正所谓虚名之下，其实难副。试想有多少知识可供汲取，试论有多少才智可供发挥，试谈有多少真知灼见可供深思，试看有多少知音可供高山流水，试问有多少事情可供操持？有时无奈到只能一任天命，心里祈祷罢了。所以，人到一定的界限，已有的知识与智慧不能有所发挥并被限制时，一种对世事的无奈和对天命的认定就会占据整个心灵。

十九

万事需明白，但可悲的就在于看明白后，自己却无奈，聪明反被聪明误。其实，还不如原来就看不明白，糊涂算了。世间繁事众人，确需研究，以求其明识，但看透的东西犹如熟透的果实，已不能供人享用和产生愉悦了，只有那似透非透的期盼，才能令人产生一种追求的欲望与创造的动力。人的悲哀不在于有形的了解，而在于有形思考后对无形的把握。无形可以弥漫，可以转化，可以超越，也可以沉寂。所以精神追求的无限性与物质人生的有限性此对矛盾是永恒和无解的。

二十

处理很多事没有规则，只是一味地凭着职权或习惯而行事，把现实中的客观存在和变化着的环境，事物真实的内容和形式漠然视之，主观臆断，因而产生了一些让人哭笑不得的决定。去做吧，事无规矩，不去做吧，事出有因。这种状况在转型时期最为明显，最为突出。当然也反映出社会文明程度的水平和完善程度。在此时处理诸多事务，确实是非常烦而且杂，且无章可循，让人勉为其难。

二十一

一篇文章固然重要，但应景之作，遣词造句，求逞一时之誉，并不是什么上乘之章。是谓言从心发，其志大胸广，才情丰蕴，言语必然和谐顺畅。然其拘于一心，抒于一意，刻意求证，而只为一时之响，则未必能长久也，是谓用义写大文章，乃千秋之笔；用气写小文章，此一叶之鲜矣。天下文章，生乎于心，发乎于情，抒乎于意，行云流水，才算是清水出芙蓉，天然去雕饰，有一定境界了。可是一篇俗文，立意低下，苟求于势利，谄媚与世俗，实在难入眼了，更遑论心了。

二十二

人到一定的位置，有点权势后，如不能自知自明自省，就会失去自己，特别是失去思想和智慧，因为执掌的权力就可能当成解决一切事情的利器；是非不去详细论辩，见解不求精研细思，方法不讲公平合理， 只要权行令发，一切都能办理，是故依权势而养成了一副凌驾人性与真理之上的霸道做派。久而久之，赖有特权，逞威使怒，撒泼耍劣，不可一世；殊不知，思之愈浅，文之愈陋，品性愈下，心境愈恶，为人所耻也。君子者，心清境明，坦荡豪迈，温顺豁达，公平秉正，义理万物，是谓待人谦和，处事平顺，何以弄权使势，妄断是非，盛气凌人，不可一世乎。

二十三

想挑毛病，有多种办法，旁敲侧击就是一种，虚在自我行议，实则旁敲他人，这种做法很多人都在使用，而且习以为常，成为惯技。找一两个理由，以自己的风格而警示或暗示于他人，是一种提示，也无可非议，但事事如此，也就有失情操了；君子坦荡荡，直面人与事，辨明是与非，集纳众智，适时择机，以化万象，是一种境界和智慧。有些事，对于聪慧之人而言，早就心如止水了，对于豁达之人，一切都淡之烟云了，何用此等小伎俩，实在没有意思。

二十四

确实该隐退了。大道不显，何必强求于世；小誉诱人，何必强求于心。争一时一己之利，实人生之大耻；尽一心一力之责，实人生之大幸。几经磨难，数载风云；前峰后谷，山重水复，横浪纵涛，柳暗花明，已是身外之心，世外之人了，何必苟求于世俗之利誉，周旋于繁杂之人尘，与污泥浊水同流，和不堪之人共列，丧我高雅淡泊之境界乎。是故道不同不与谋，没有共同的志向和深层的心灵共鸣，只是貌合而神离，意散而形乱矣。确实该隐退了。

二十五

每个人都有自己最丰富多样的表现和最具特色反映本质的情怀，无论是语言，还是行为，最根本的在于人的心灵所祈盼理想和信念永远不会泯灭。受到现实中各种因素的制约，人们实现心中梦想或理想的行为必然要经受到一定的磨折和锤炼，特别是随着年龄的增长，阅历的丰富，越发显得沉稳平和了，但在心中那股来自于天性的冲动依然像火苗一样，时刻闪动着。一旦遇到适当的环境，便会燃起烈焰来。从这个意义上讲，心是不死的。因为它有太多的动力，始终想向世间撑出一片新绿来。

二十六

偶得一闲，翻阅数章，驳杂均有，适意尽性，别是一番滋味。读书要有环境、氛围，要生成一种书我相融、物我两忘之境，这才能心入其书，意入其理，身入其境，真正的是一种学习，是一种愉悦，是一种提升。时间飞快，稍瞬即逝。点滴缀之，也能有所斩获；寸亶尺牍，片言只句，大凡上心去读，定能有所收益，如能沁入心脾，通达魂灵，那就更是读书的上乘之境了。

二十七

谁曾料想，此生事业无成，修行未到，半瓶晃荡，思浅意陋，终日忙碌，不知所终，浑浑噩噩，苟苟生生；无寸识以成其才，无点墨难成其文，无智慧难克其愚，无实务难成其行；只不过混迹于世，随行之于众，涂涂抹抹，摘摘抄抄，赢得点淡事虚名；说什么功成名就，说什么品高识广，到头来，不过只是清风拂去，过眼烟云，只落得个夕霞残照，桑榆自慰是了。所以悲从心底来，乃是对过程和结果的一种无奈之情。

二十八

小人如果得志，那是了不得的，不管其后来官能有多大，权能有多重，位能有多高，其骨子里的小人气不但无法去掉，还会被其志所固化，正所谓“江山易改，禀性难移”。世间任何人都有自己生存的权利和特点，都会取得成绩和留有缺点，成败荣辱，我们评判的标准也应该是全面客观公正的，不能一概而论；但就人的本性而言，则是无法用后天的表面得失来衡量的，到底是真善美还是假恶丑，你中有我、我中有你，但其本质是决定性的，从某种意义上讲，决定一个人品性和情怀的，是建立在本性的根源和基础之上，经过不断历练和精萃，才能达到的一种境界。小人不修炼其志趣，不提高其境界，终难成为君子矣。

二十九

任何人都有自己的胸怀和气度，正所谓“是大英雄真本色，唯真名士自风流”。每个人都是自己生命和精神的主宰，但由于其天资差异、学识不同、经历有异，各种禀赋参差不齐，故其表现形式也是各有千秋。但人必须要豁达宽容，慈心善意，有博大的胸怀与恢宏的气度，有阳光雨露的温馨与情趣。试想在大千世界中我们何不是一沙一石，一枝一叶，在特定的社会环境和时代潮流中，实现着自己的价值。虽然在自我的位置和角度上看，似乎有很可观的成果，但放到芸芸众生中，置于宏伟的事业里，只不过是沧海一粟了。所以，不断在实践中修炼提升，完善自我，要具有一滴水可以反射整个太阳的胸怀和能力，才能真正彰显品性与气度，保持本色与风度。

三十

任何事情，发生都有其必然性，虽然表现形态不一样，具有偶然性的特点，但其因果关系是必然的。我们不能看到偶然性的表现就把必然性的本质忘记了。看到结果，应该查找原因，这就是科学的、实事求是的态度。没有事不找事，有了事不怕事，关键是正确处理和有效地去把握。人世间本身就复杂，以简单的思考和粗糙的方法去对待，本身就存在不对称性，因而也容易产生一系列的失误。当然也不能以此来否定一切人的真实，毕竟生活中积极向上是主流。

三十一

寄情于天地，心为之一阔；寄情于江河，心为之一澈；寄情于草木，心为之一润；寄情于日月，心为之一朗。

只有心随天气，才能融入自然；只有融入自然，才能恢复自我和本性。人，大自然之子，但常常凌驾于自然之上，其实是一种盲目的造次，是一种狂妄的自贱，因为对于我们依存的自然而言，一切都是渺小的。

三十二

坐在宁静的办公室里，看着外面喧嚣的世界，内心却出奇的平静。像一泓古久的深潭，平静地映照着蓝天白云，偶尔飞过一只小鸟或飞虫，也惊不起它的涟漪。唯有在平静中，才容纳了另一种思绪，做着弥漫的向往，熔铸出一种升腾，就像瞬间一切都化作了无，唯有一种忘却的快慰，使自我消失，物化在空气中。

三十三

一个心胸博大的人，绝不会有狗肚鸡肠之虑，以自己的狭隘之心、小人之意，揣度别人的心胸和处世为人。生活中的高尚者，特立独行，志高精洁，但其共同点则是大气度、大心胸的，无论是在任何条件、任何环境中，其外在表象千变万化，各有不同，但其胸境之博大，意境之深远则是贯穿其一生的。我们要达到的就是这种境界，但最难的也是这种境界。正所谓身在其中，不知其味，故而修炼必须是经常的。

三十四

真正有品位的人，不会因为职位、权势、金钱而发生变化，因为它是一种内在的修炼与境界，犹如天生丽质的美人，风流倜傥的英雄，从骨子里就有的一种气质。人世间有品位的人不是没有，但关键为世俗的尘埃所遮蔽，以致人们只认得显赫于世的权贵与金钱，只羡慕虚光幻影的荣耀和名誉，而看不到芸芸众生中高洁之人的超凡脱俗，闲云野鹤，天地情怀，本真性情。真的，品位是模仿不来的，特别是对那些嗜权如命视利如根的人来说，只能是装腔作势，不可能有品位。

三十五

我赞美有些粗俗的淳朴，浅陋的直白，因为它给人以坦白直率、物本质真，没有雕饰， 是人生的一种自然，有何不好。我最厌恶的就是装腔作势，大小有点权位，不自知自明，妄议天下，苛责众生，以一种所谓的高深或意气来品点时事人物，其实是一种大俗大耻也。现实中就有这样一些人，好像高人一等，盛气凌人，以己之心，度人之腹，其实是最让人看不起的。人们只是以表象去应付暂时的权威，而以真心去评判每一个人高低的。

三十六

一场夏雨，将浮躁了一个春天的黄尘压下，洗蓝了天，洗绿了树，也洗净了我的心。太阳从刚刚下过雨的云层中把柔辉洒下，使我那净洁的心又萌生出种种希望，以求去承映天地。人的心灵需要更多的呵护，更需要千磨万击的锻炼，但我最感到惬意的则是来自大自然的春风夏雨、秋霜冬雪，因为它们最本质地直接净化了我的心，无须做一番主观的思考和悟，一切顺势而成。

三十七

心如止水，我从来没有像这样平静过，一任春风的舞动，一任夏雨的滋润，一任秋霜的弥漫，一任冬雪的飘逸，坐在桌前，心如皓月，思如古潭，平静得不起一点涟漪，唯有蓝天、蓝天上的流云，唯有清风，清风中的风韵。大凡人经历多了，可能麻木，那是一种消沉的静，没有生气和活力。而我是在经历了过多挫折后，真正从心灵升腾起富有活力的平静，因为它能容纳一切，承受一切，具有了蓝天与大海的气概和本能，具有清风与明月的轻灵和洁净。

三十八

对待生活，我从未真正地品味，只不过像一名匆匆赶路的过客，为了不是目标的目标而奔波着，对待享受，我从未真正体验，只不过是一时的物质享有和精神畅快而已；为了不是内容的内容而重复着，只有偶尔的几次瞬间，简单地领略了生活的一星半点，品尝了享受后的愉悦。但那却是在一个点线上，没有形成一定的范围和深度，更没有形成一种超然于物弥漫于心灵的精神快乐。年届天命，对生活和享受的理解与企盼，与以往相比，已有了本质的不同，所以追求也不一样了，虽然形似，但神已异矣。

三十九

做一个理想主义者很难，因为现实会把人磨砺得十分实际；做一个幻想主义者更难，以为生活中把人所想象的空间已占满。有时我们寄情于天地，诉说于风景，陈述于日月，滞留于自然，只不过是一种无奈。因为现实中的具体事务多且杂，琐而繁，把人的心灵空间占得满满的，把人的生命时间挤得短短的，让你失去了任何想象的灵性，麻木地承接着现实的一切，这是一种生存的悲哀，一种需要克服的悲哀。

四十

相对于年龄，在父母眼中你永远是一个孩子；相对于成长，在父母心中你永远是个巨人；相对于时间，你是成长的小树；相对于空间，你是深厚的浓荫；相对于我们的过程，你是延续并健康持续的发展；相对于我们的结果，你在开拓中不断攀上新的高峰。我矛盾的心理总想呵护你，可又感到你是伟岸的高峰，参天的大树，总想靠在你身上休整休整。

我真想为你提供大海般的厚爱，我真想为你提供高山般的依靠，可我只是一个普通的父亲，芸芸众生中的一员，奉献的唯有寸辉或寸荫。一抹浅绿、一簇艳红、一份真诚、一眸柔情。因为你越长越大，成熟得像一座高耸的山峰，因为你越来越丰厚，博大得像无垠的大海。真想在你的身上靠靠，真想在你的心中游游，因为，你是父亲梦的延伸。

四十一

磨难对人是一种锻炼，但也是一种折腾，有些磨难似是而非，可偏偏要经过时间的行程，留下空间的阴影。唯有心里去品味、去承受并去超越，才能真正塑造出神灵的精品。我们总希望顺利，但哪一次顺利不是以磨难而陪衬；我们希望快乐，但哪一次快乐不都有痛苦的耕耘。收获时且深深回味，品味过程的全部内容，就感到欣慰，有了登临后的意境。

四十二

我们非常想追求一种和顺宁静的工作和生活，但这毕竟是一种幻想。因为世界本来就是嘈杂的，特别是她从原始的娴静与自然的美丽走出来后，被人类不断用先进的手段改造得体无完肤，被时代发展的加速度挤压得没有形状，在社会的风云变幻里始终处于一种波起浪伏的运动之中，所以，实现和顺和宁静的条件背景发生了变化，需要靠时间的持续和心灵的历练去萃取，前者太漫长，而后者又急需意境的指引和长久的耐力。

四十三

我内心也很脆弱，但只有自己才知道，因为我的灵魂、思想和行为决定我应该是一个坚强乐观而热情奔放的人，但心灵中时常忧患的角落非常脆弱，因为它只能自我去感受，不能与别人共享，只能自我品味，不能与别人剖析。有时让它裂开鲜红的口，流出痛苦的血，产生无尽的愁思忧想，让人沉浸在苦痛的感觉里，仿佛是对命运的无奈。当然这只是一种短暂的内心体验，但它也是催生希望幼芽和理想花蕾的雨露春风。

四十四

忍耐是有一定度的，当超过一定极限的时候，就会滋生痛苦，就会产生折磨的压抑，心情会格外的不好。对于自己的事，再大也是小事，对于别人的事，再小也是大事，要对别人负责，其实还是对自己负责。人们在处理各种事务的过程中，往往有这种压力的人，会产生非常大的痛苦和烦闷，往往压得自己喘不过气来。忍耐忍耐吧，心灵经常这样自我提醒，一切都会好的。只有能承接痛苦，才会享受欣悦，只有苛求于己，才能了然于心。

四十五

品位之高低，决非一时一事之造就，乃是先天之遗传，后天之锻造，在一种陶冶中不断分解融合精萃提炼而生成的。它既有思想的内涵，又有行为的外蕴，表现出的是一种雅致和风韵。有的人附庸风雅，读了点书，有了点识，写了点辞，说了点话，展了点形，自诩是“风雅”了；有人形似流水浮云，不着边际，云遮雾罩，便以为达到“风雅”了，其实是造作和浅俗，皮毛之像。唯有心与形的有机结合，才能产生天人合一的风雅，才能造就高尚的品位。

四十六

生与死，绝不是尖锐的对立，而是辩证的统一。对于人生来讲，生就是死，死就是生。只不过它们在交换位置的时候，将自己置身于不同的原点。正是由于它们的相互依存，才有了这丰富的世界和芸芸的众生。正是由于生死的辩证统一，才有了人生的喜怒哀乐，才有了人们对精神永远不息的追寻。天道有常，不会为某一个生命的长短而有所改变；天命有规，不会为某一个生命的内容而变换，但天怜人类，赐以生死的永恒。

四十七

苦于我的无能，闷于我的无奈，气于我的无才，恨于我的无知，在命运之神的面前，我只是束手无策，在生活的道路上，我只是随波逐流。所谓的拼搏，只是一种对生活的适应，所谓的奋斗，只是一种对现实的反叛。从总体上讲，只是一味地苟且，听命于大自然和生活的安排，寄托于对天命的依赖，有时无奈到了极点，只能靠时间一点一点销蚀灵魂，只能靠苟苟且且的偷生分分秒秒。

四十八

本是缘分同仁，但在势与利的纠缠中，便会成为口是心非、表里不一的异类，失去了内心的平和柔润，失去了人性的善良和真诚，而险恶的报复和嗜血兽性占据了一切。于是乎，不管事情大小，是非曲直，唯利而行，择其要害，扣其时机，阴而发矢，引起一阵喧嚣，带来几分奇闻，只图宣泄一下本不该产生的怨怼而已。看世间，此类事太多，以致麻木，让人心寒。处在这样一种环境之中，更让人感到周身寒栗。我本性情中人，一切顺其真性真情，岂能苟且于此浊潭之中。高卧九霄，淡扫浮云，天朗气清，碧透无垠，才是性情。

四十九

万事攒胸，甚觉郁闷，不为粉尘遮本颜，但最惧恶俗毁真情。生活这本教科书育人太多，但真正从中提炼出有价值的东西又太少。想吾入世半个世纪有余，多少事也经历了，多少书也看了，人间冷暖，世间万情，亦有所品，但终感在小事的烦扰中沉浮的多，在提升境界的大事上得到的甚少，究其原因，不外乎身处繁事之枢，杂物之纽，心有静思而环境不能应衬，虽有所思，亦为琐事打断，不能畅其流程，是故虽有深潭，不见长河是也，悲乎！

五十

想解脱的解脱不了，不想解脱的却解脱了。人世间的一切现象都本质地反映到这个怪圈当中。追求的永远达不到，不追求的反而缠绕，人世间一切现象的纷呈也深刻地反映到这个怪象之中。正所谓人来人往，云卷云舒，花开花落，都是自然不过的事情，但对于不同心态和追求的人、事来讲，就会产生根本不同的思想和办法来，因而形成了尖锐的对立，使我们看到的这个世界是截然分开，而且是十分对立的。其实，其内在的联系应该是一样的，只不过由本质反映出的现象不一样罢了。

五十一

不愿看到的东西太多了，不愿听到的东西太多了，不愿分析的东西太多了，不愿做的东西太多了，总想找一个僻静的山野，湖边、绿地、山村，在大自然的怀抱中静一静这颗疲惫的心。很多事，原本是可以不见的，不想的，不做的，只要远离就可以实现，可恰恰这远离的条件总是无法实现，只能据守一隅，看着听着想着不愿介入的事，唯一能做到的，就是沉浸在想象的自然中、发黄的古籍中去领略一份难得的清静。

五十二

天边的星，诉说着迷幻的梦境；夜里的风，倾诉着柔情的爱心；孤独的我，沉浸在思绪的小溪流里，寂静的我，梦幻在幽深的古潭中。一人漂泊，向着远方的未知之境，总想停歇一阵，哪怕是空谷松风，哪怕是深潭幽影，但流动的思想一泻千里，容不得片刻歇停。两岸夹峙，浅滩深沟，千曲万折，柳暗花明；一任江河下，无暇看征程。其实，中途停顿一下也是一种真正的洒脱，也是一种真正的品味，在安静的瞬间，实现梦中的幻境。

五十三

眼不见，心不烦，最简单的话语却说出了最深刻的道理。试想多少神圣的宗教场所，都是建在崇山峻岭或海岛荒静之地，以自然的屏障隔断与世俗的联系，创造一种修行的环境和氛围。要想静心修学，致远达观，虽然靠心性之约，无论何时何地，自守为要，但终因五官之验，时时感之，导致心绪烦乱，只能靠精神的强制，得到一种主观约束压抑后的理性思考与超脱，终归是有很深的雕痕印迹。所以，唯有独处幽境，隔离尘世，融入自然，随心而发，无尘埃之染的思索，无世俗之侵的超越，才是清流涤胸，开阔心襟的灵性之境。

五十四

道貌岸然者，世间太普遍了，但相对于老百姓而言，则要少得多，因为其质朴而人微言轻，所以言从口出，情由心表，表里如一，虽简陋而不失纯真，虽浅薄而不失其质朴；唯有据阶而居，凭势而立者，貌似伟岸，气宇轩昂，而内心卑陋，私欲满腹，不能言行一致，故表现出极端的两象，泥塑之胎，道貌岸然，心空性虚，丑陋污浊；但就是凭借这位次等级，实现着自己的私欲，有时甚至还冠之以正名，行之以公允，拉大旗做虎皮，实在令人耻之而不能容忍。

五十五

有的人变化之快，令人不能想象；试想多年的历练，在境界和情怀上，亦应达到一定的水平和高度，但没想到为了点私利，则一落千丈，反手黑白，颠倒是非；混迹于势利之伍，然则口挂冠冕之帜，言必廉洁，信誓旦旦，实则丑陋不堪，污俗难耐。士为知己，但求以道闻达于人；身为同仁，亦应以得事业之成而誉于世。然而看到同辈中人，有些以其虚表而掩其浊实，攫取私利甚炎，无有顾忌；心中之痛，不可言矣。此生此世，不能多遇仁君志士智者，且逢苟苟且且，口是心非者，不亦悲乎。

五十六

百姓以有限之身心力，尽职从业，稍有不慎，不责即斥，轻则扣薪，重则丢职，兢兢业业，以求温饱，事尽其责，以求平安。然而我们的有些领导，职级也高，俸饷甚厚，功力不逮，私利熏心，把自己打扮成一世名人，粉之以光环，饰之以润泽，掩私欲于正道，藏恶俗于光华，打着旗号，干着勾当，而誉之为清正。唉，让人难以启齿也！道不同不与谋。但为五斗米而苟求于世，让人自贵而不能，这是最大的悲哀！

五十七

当心灵真正沉静下来的时候，才是思想可能深刻的时候。因为摒弃了外界的干扰和一些琐事的打断，可以像一条河流，从源头到终点做一个全程的运动，以至对事物的起始、过程、目的乃至于表象后深刻的内涵及本质有一个根本性的认识。人们非常需要这种沉静，但在现实中很难实现；因为所能实现的无非是一种强制压抑后自我生成的宁静，失去了淳朴、本真，也就没有了真正生命的本色，显得理性且机械。

五十八

让人失望的并不是一些具体的人及其做的具体的事，而是一种寄托和信誉从心灵中荡然无存。人们固然有很多追求，也不可能不食人间烟火，但要活得有境界有精神，起码应该有一种飘逸于物质欲望之上的神圣而洁净的思想和情怀。可悲哀的就在于人们不是从低层次向上去提升，而是从最上层向下堕落，从一种灵魂中的圣洁向往变成了世俗中肮脏的攫取。可悲啊，无论什么人，失去灵魂也就无意义了。

五十九

没有灵魂的躯壳是无意义的，但也是最欢快的，因为它无须承担由思想深刻和反思沉重带来的痛苦；一个本无灵魂的躯壳是幸运的，因为铸就灵魂的材料本身并没有给它带来过多的毒害。恰恰是有灵魂的躯壳，让恶俗的意境占满，又虚伪地涂抹躯壳，这才是更恶劣和可恶的。因为它自甘堕落，宁要失掉美好而让邪恶升成为主导，并在升腾中急剧地膨胀，而挤占了原来美好的位置。

六十

哲学意义上的思考太难了，因为要进行深刻的反思，要经过痛苦的剖析，要有血与火的灵魂的煎熬。所以，大多人不愿进行，而更为艰难的是，形成了理论的系统化的思维后，或对或错，对人又产生了一种制约和禁忌，是一种灵魂的审判和约束。人们又不能妄为地去胡作，这种心灵的约束对有些人来讲又不适应。所以从哲学上思维太难了，不是它高深，而是它太现实了，诚如宗教的戒律在心中一样。

六十一

不要放松学习，不能放弃思考，更不能失去内心的自律，如果失去灵魂的洁净，自律的警示，放任于一切世俗的苟且混存，再高尚的人也会堕落的。所以，要始终坚持学习，而且学习是有多个层次的，最易的是实用主义的立竿见影，最难的是形成道德的自律与审判性。一个有思想的人可能主要是指后者，而不是知识的堆积。

六十二

痛苦并不能说明什么问题，但孤独却是可怕的，特别是心灵上的孤独，令人难以忍受。知道的多，不见得是坏事，但知道后不能反思则就不佳了，而反思后升成了一种思想反而说不出，或不能说，或没人可与说，那就更惨了。特别是一些深刻一点的思想藏之于胸，是一种财富，但也真是一种负担，时时压得你喘不过气来，因为那是一种灵魂层面的东西，讲之不清，言之不透，只能内品，而不可以外传。

六十三

寻求一种安静只是奢望，因为在现实生活中是没有安静之地的。唯有远避尘世，躲进深山老林；唯有藏之于心，做一番内在的消解，这样才能得到一些静谧的氛围，才能做一番深刻的思考。但思考又为了什么呢，难道还是陷入到无止境的烦乱之中吗？我想这不是终极的思考，因为真正的安静是与自然和谐相处，天人合一的浑然；是与社会物我两忘，身心愉悦的灵境，那才能说得上是真正的安静。

六十四

煎熬地生存是因为或多或少的物质贫困或精神贫乏，由于这两种人类最离不开的东西，对人的生存与发展产生着重大的制约和影响。因而人们生活得就像煎熬一样，要知道只有适度才能得到物质的宽裕和精神的丰厚。但恰恰是人们的贪欲造成了无度的追求。无论是对有形或无形的形态去过度追索，造成了适得其反的结果，物质丰盈并没有带来身体的健康，精神的丰盛也没有带来心灵的愉悦。其实对任何东西，特别是精神更应该是一种适度的追求，达到与修养成比例的维度，保持自然社会自我的和谐安顺。

六十五

人不能从事自己所喜爱的工作或追求心仪的事业是最可悲的。因为把大量的精力用到了不该应付的事上，每天看似很忙却碌碌无为，每天很累，但始终无所建树，只为一些浅层次的事务忙乎，而提炼不出一丁点儿有思想和灵性的结晶来。有时真想一走了之，但又为现实生活所迫，为生计所想，苟求于世俗。有时真想超脱于世事，游然乎山水间，但又为事务所累，不得空闲，是谓身不由己、心不由己之境也。

六十六

其实，人生最真实的目标往往是最虚幻的，而最虚幻的目标往往又最真实的。谋求的物质利益，一目了然，或多或少，清晰可见，但始终难以用精神目标去衡量；而谋求的精神境界，不甚明了，非常模糊，但始终萦绕在人的心头，挥之不去，更难以物质标准去评价。所以这二者虽然彼此相依，缺一不可，但其界限在交融中又是非常不清晰和不确定的，实虚相交，产生的是更高的一种境界。

第五集　潜移默化

DIWUJI QIANYI MOHUA

一

常常自己被自己的忧伤所压倒，常常自己被自己的忧郁所笼罩，心里总是涌动着悲的情怀，思里总是流荡着愁的溪流，是悲观主义吗？不是，心里对生命的热爱和对美的追求永远生机盎然。是忧愁主义吗？不是，心里对欢乐和热情的崇拜丝毫未减退。只是理想主义中的一种完美，就像笼罩在黎明前原野上的晨雾。

二

提笔无语，不是没有了思想，而是思得太多，想得太繁了，树欲静而风不止，也想把一切丢之于脑后，让心灵轻松一下，但只要一静，便生出众多的动来，以致有无限的烦忧。究其所由，主要是只依靠心理上与世俗的隔断是不够的，必要的物理隔断是不能或缺的。所以，人们在前进中，既要有获取，还要有舍弃，有时舍弃一种物质形态的东西，换取一些精神上的自由。

三

任何心灵都是善良的，这话可能有些绝对，但我还依然这样去认识人们、对待人们，因为我知道，大自然创造人类，绝不会为自己创造一个残暴的对手，但问题恰恰出在人身上。因为不正当或不正常的竞争，使人类的心灵扭曲，以致发生了让自然和人类自身都无法理解和无法原谅的事情。人啊人，恢复原态本真的心灵，需要漫长的回归历程，犹如进化的历程一样。

四

总想比较全面地去把握一切，其实是一种错觉，因为再丰富的思想和广博的知识也不能穷尽一切，只是沧海一粟而已。所以，我们应当在构成自己对客观世界正确认识和恰如其分的解决问题时，首先要对自己的精神世界进行一番准确、实事求是的考量。因为个人的思想和知识毕竟有限，它为我们提供的精神食粮和导引度是有限的。所以，我们从总体上把握宏观世界，在微观上感受社会生活。

五

维护一个系统或社会的工作，与比较有创意地破坏一个系统或改变一个社会的工作，具有性质的区别，内容形式截然不同，但从根本上讲，都是事物运动发展的一种特殊状态。因为运动与静止都是社会发展的需要，继往开来、革故鼎新，在继承中发展，在批判中创新，由此推动了自然的进化和社会的进步。但就其具体实践而言，了解前者比较枯燥，展望后者又多了些幻想，而维持一定阶段一个质量数量统一，和谐适度的状态或系统，反而会有更多更大的挑战，这大概就是有时维系较之于创新更艰难的道理吧。

六

最动人的是儿时的歌，最向往的是故乡的景，最思念的是逝去和健在的长辈，最关心的是成长和奋斗着的儿孙。再宽广的心胸早就让这亲情装得很满很满，以致找不到一处让自己安歇的角落，只好放飞灵魂，抒发灵性，飘逸于无限的苍穹。把挚爱真情融入天地万物，把慈善美好沁入世道人心，那是一种源远流长的幸福之河，每一朵浪花都有太阳的七彩，彰显着生命的永恒。

七

人们在继承中发展，把对上代人的追思体现在对下一代人的培养上，以求更好的结果，从而印证发展的质量和可持续性；但对于自身这代而言，总感到奉献大于享受，其实从另一个高度来讲，这是人类进步社会发展的必然付出，也是可持续发展的必然要求。付出的一切，既有对前辈的一种继承和报答，又有对后辈的责任和期盼，更重要的是在新旧交替中实现了自身的价值。在行程的始点与终点之间，当代人是连接着人类永恒发展的环节，自我的双重使命呈现着生命链条的永恒。做一个什么样的当代人，意义很深远，责任很沉重。

八

工作，说大了是为了国家民族的事业，说小了是挣那份养家糊口的薪俸。从前者而言，人活在世上应有一番作为，尽其心尽其力，为某一项事业做出自己应有的贡献；融入到时代或时代的某一个阶段某一项事业中时，你是伟大的，无愧于这个时代的。另一方面，你又要生存，离不开基本的物质条件和精神享受，维持自身的生存发展和延续人类薪传的责任；那就是你在具体的工作岗位上领取属于自己的那份养家糊口之钱了。所以，人们始终处在这种矛盾之中，两者既要兼顾，又不能完全等同；没有前者，人活着无意义；没有后者，人不可能生存。这是自然社会的法则，是人生的辩证。

九

权力只是一种人们赋予的责任，社会赋予的使命，当然也因其属于稀缺资源，在传统化色彩比较浓厚的社会结构中，具有其特殊的内涵和复杂的外延，于是人们极力追逐并充分享用。但其用权是为什么？这是根本。如果在运用权力的过程中，只凭其带来的所谓强制力或人们对它的某种崇拜，自以为是，毫无节制，那就会造成社会的僵化。如果再滥用、胡用、私用，那就更会导致社会的腐烂和溃败。有时，人们在维护权威时，失去了道德和制度的约束，养成了掌权人的某种无知和大胆，不顾现实，任意妄为，其实是很可悲很可怕的。

十

权威和权力既有区别又有联系，权力绝不等于权威，而权威又和权力相依为命，关键在于我们的掌权人用权人，如何在权威和权力之间做出正确的判断和抉择。权力的取得是一定主客观条件的促成，而权威则主要在于自身的素质和品格以及用权的好坏了。人们信奉权力，因为它具有强制性，人们服从权威，则在于它具有凝聚人心的作用，在于掌权人对权力的公正合理使用和智慧善良的彰显，它是不可多得的。有些领导人有权而无威，是依权太深，失去了掌权用权的素质，有的则被权力所腐蚀，丢掉了道德自律，丧失了做人的根本，污秽了心灵，陷入泥坑不能自拔，成为人民的公敌，社会的罪人。

十一

平静地看待一切，理性地分析一切，充满激情地对待一切，感恩般地善待一切。一切中有好有坏，如何取舍在于自己，在于自己所具备的知识、智慧，更在于自己的心灵。一颗博大和善良的心是容纳一切的根本，但容纳中的取舍则要有智慧做根，这样才能在包容中取舍，在博爱中选择，在善与恶中决断，在美与丑中识别，在真与假中明辨。所以，善的心、善的行、善的智慧是一体的。

十二

思绪的动与心灵的闲是一对矛盾，但又是相辅相成的。想得多，思得透，心灵也就更超越；想得多，思得浅，心灵就会烦躁；想得少，思得多，心灵就会琐屑；想得少，思得陋，心灵就会苍白。于是乎，思绪与心灵有着和谐的旋律，也有不着调的杂音。我们追求心灵的博大与超凡，就要有深刻的思想和蕴含丰富的哲理，才能透过世间的复杂表象，把握事物的本质和规律。

十三

心早已沉寂了，在红尘滚滚、利雾迷失的世界里，该经历的、品味的都已成为过去。唯有寂静下来的心里有一种萌动，总想在超脱中去追寻属于自己的那份天地。真的，有时很孤寂，就像一棵深山里的独树，唯有风雨霜雪，唯有皓月清风，唯有清泉鸟语，唯有新芽拔节声和落叶的萎弃声，一任岁月，一任风霜，孤孤地立在那，可心里却思着无限的天空，让灵魂在九天去遨游。

十四

人活在世上，到底要取得什么？没有统一标准的答案，只有每一个人以自己的思想和行为来衡量了。但与生俱来就要有责任是每个人都摆脱不了的。对自己有责任，因为有一个自我价值打造和显现的责任。无论从事何种工作，享有多大的范围或层级，必须去努力做事，从小到混口饭吃，大到干一番事业，都是要尽责的。对社会有责任，你是社会的一个细胞一个分子，只有做出自己应有的那份成绩，社会才称其为大厦。一砖一瓦一水一石，都有其相应的责任，而且只有细流汇入江河才能奔向海洋。对心灵有责任，一切事对人对己关键是对心，心有正气，才能对己、对人、对事有责任。

十五

朴素是崇高而伟大的，附着在任何人或事上的装饰与光环都会随着时光的推移而脱落，唯有朴素是永恒持久的。朴素是心地纯真的表现，朴素是事物最本真的反映，朴素是世界的根本所在。任何辉煌任何绚烂，都要归之于朴素。做一个朴素的人必须有一颗朴素的心，自然的不能再自然了，平淡的不能再平淡了，那才是根本。

十六

人，不能没有傲骨，不能没有正气，为工作为事业可以忍辱负重，但对邪恶绝不能退缩忍让。人生在世，要有自己做人的标准，要有自己的人格和品质。是以大多数群众的根本利益为重，还是顾及少数人的私利，这是衡量我们做事的出发点和标准。沧海横流，方显英雄本色；急风暴雨，方知松柏劲草。人立世于正，行事以公，是以天下为己任。名之何求，利之何图，过眼烟云而已，唯有挺立于世，不管是棵松柏，还是一棵野草，心灵永远是崇高和洁净的。

十七

君子坦荡荡，小人忧戚戚。是谓大丈夫，胸怀宇宙，气吞万象，何拘于一时一事而氛淤已。是谓心随天地，不要被琐事所累，为事业而为；心有所思，注重把握大势，为众生而做。这样无论处事待人就能做其公，行其正，不失偏颇。人世间，事太多太杂，但其规律是可循的，偶然性的事必然有其内在必然性的规律和本质性的规范。所以大智者应沉稳于内而适度于外，注重于实而兼其于形，坦荡豁达，光明磊落。

十八

与小人同列是一种耻辱，但也是一种必然，在芸芸大千世界，不可能任意选择自己适应的环境和喜欢的人共事，只能在既定的条件下去具体处理事务和人事了。所以，耻于不同列是指思想上不苟同，行为上不附和，更不能失其人格，随波逐流。而应同列不同志，同行不同道，同处不同思，泾渭分明，是非黑白，秉持正气，保持清纯，这样才能真正做到不与小人为伍，更不与小人为伙了。上侵天意，下害地理，中坏民事，小人之意气作为也。所以，要警惕的是自己要始终秉持的君子之正气、正道、正思、正行，时刻不忘修身养性，保持真善美的根本，这是防小人、远小人之根本。

十九

几场秋雨把塞上古城清洗了一番，阵阵凉意袭来，甚是清爽，碧蓝的天宇，明镜似的澄澈、柔情的白云，不时缱绻而过，一切都给人以万物寥廓，碧沉清远的感受。人生亦如此，春夏秋冬，四季交替，呈现着不同的风貌，有着不同的历程，经历着不同的考验，也享受着不同的喜悦。而秋天莫过于高博旷远，意境深邃了，因为此时正是人生的重要时段，万物皆备于我，心之阔，心之博；思之深，思之远，淡泊雅静，安谧和顺正是此时的佳境。

二十

不尊重别人的人也永远得不到别人的尊重。依靠权势所取得的一切，看似很显目，其实不过是一种幻象罢了。因为在人世间，人们需要把握的一切，均因来自自身的努力和与他人他物的自然和谐相处。人天生都是平等的，但由于所处的地区、经济、文化、社会习俗等多种因素的制约，受到主客观因素的影响，每个人又从事着不同的职业和承担着不同职级的工作，因而产生了事实上的所谓不平等。有些人看不到这种不平等的表象性，而是在其暂时的层级上享受并施之于人，其实是可悲的。因为靠暂时权势的心中无人之人，自己也难成其为人。

二十一

平等的理念是哲学层次灵性境界的，有些人是达不到的，它不是由学识和理论水平所代表的，而是由人性中最根本和闪光的特性所决定的。凡具有人天生平等意识的人，大凡在生活中，总能从人性出发，站在他人的角度考虑，以大众为根本；凡以自己为主，特别是稍有一点层次和职权的，总是以别人为压迫驱使的对象，为我所需，为我所用，置人性根本于不顾，总会是昙花一现，不能立足长久的。所以平等的思想只有从哲学和人性的结合上去把握，从精神与境界的内涵去深化，才能真正做到。

二十二

玩弄一些权术，对有些掌权者来讲看似很正常，但殊不知运权要有其道理、用权要有其规矩，不能随心所欲，妄意所为。因为，权力都是来自于一定的历史和具体的授权源的。等级社会的传统结构，形成了金字塔式的权力授予层次，而现代社会，也形成了大众民主制的授权模式。但其权力的根本却是建立在社会广泛基础之上的。如果离开这个前提，一切都无从谈起。所以，我们说用权人必须要有其运用权力的理由和方法，更重要的是站在谁的立场，对谁负责，否则就会滥用、私用，把权力当成一种为所欲为的手段，公权被恶化，国家必遭殃，人民必受难。

二十三

食之者众，生之者寡，任何社会都将无法维持。一个单位更是如此。如果大家都在一定的位置上，享有一定的权力，满足一定的利益，而尽职尽责却做不到，或者做的很少，只是在应付，那么，事业的发展就必然会受到影响。现实中人们因为某些既得利益和个人愿望的考虑，目光总是聚集于眼前，而忽视长远。对于每一级领导而言，则要看其远、视其广，不能为短暂的利益遮住长远的发展。要坚持韧性，始终把握住发展的主线，纲举目张，引导和组织群众，形成积极向上的氛围，始终保持旺盛的前进动力。

二十四

当一个民族缺乏一种大气磅礴的精神和奋发有为的作为时，这个民族势必要沉沦下去；当一个民族只沉溺于物质和精神的某种享有和享受上时，其创业的勇气和奋斗的精神就会荡然而失；当一个民族只能培养出一种既得利益的获取者，眼前时光的享有者时，一个民族的宏然正气就会烟消云散。可悲的民族在于没有形成大气的土壤和氛围，没有生成英雄的舞台和战场。

二十五

很生气也很无奈，生气的是一些单位组织毫无信用，把对年轻人的培养不放到一定的位置；无奈的是任何人影响的范围总是有限，不能为年轻人提供更多的帮助。有时心里涌出阵阵悲哀，感到没有能力给孩子们创造一个较好的环境和工作条件。有时又想让他们自我去奋斗，开辟自己发展的广阔天地，但又深感在复杂环境中身单力薄，单打独斗，挑战和困难会非常多。在这种矛盾的交织中，心中变得很无奈，正如曹植所言“利剑不在掌，结友何须多”，只有寄托于孩子们的努力和命运的眷顾了。

二十六

外表的强硬和内心的优柔是一对巨大的矛盾，经常冲击着自己，对身心造成一种伤害，也形成一定的锻炼，思之愈深，痛苦亦大。但为了生存和给后人们创造良好的条件，又必须去努力拼搏，尽自己有限的能力，能营造一片绿荫也是成绩。正所谓前人栽树，后人乘凉，但惭愧的是栽得太少太小，唉，“此生谁料，心在天山，身老沧州！”深感陆游之心病也。

二十七

不，绝对不能这样萎靡不振，还是要努力奋斗积极进取，去争取创造一个好的事业，营造一个好的环境。此生之力，有待于继续发光发热，何能为一隅一时消极之现象而气馁。要与现实为舞台，与困难做斗争，适应它，战胜它，就要敢于担当，善于做人，勇于做事。没有过不去的火焰山，没有跨不过的无奈河，人生就是奋斗拼搏，这种精神不能倒，天不灭曹，人间风云奈何于我？老骥伏枥，志在千里，壮士暮年，雄心不已。

二十八

南边是淫雨，北边是狂风。这个日子令人心碎，很多事情缠绕在一起，构成了一定时段中的欢乐或痛苦。今天可能是痛苦更为集中一些，因为孩子的事和自己的自责相交织，心里有说不出的一种滋味，非常苦涩，而且更加重了我的思念。南边的雨淋着我挂念的孩儿，北方的风扫着自责的我，北风南雨在矛盾的交织中，父子的情很深很厚，很浓很重，它能战胜一切，达到心灵的默契，精神的相通。

二十九

人的能力虽然有大小高低之分，但每干一件事就要把它干好，尽心尽力是一个人做事做人的本分，不要因为我们个人的心境和心情而影响整个工作。人活在世上，都要去从事某一项具体的工作，都会处在一定的具体环境中，都会与一定范围的人去打交道，但无论如何变化，其谋事与谋道应该是辩证的统一，既要生存，挣得养家糊口的物质利益，更要发展，提升自己的思想和境界，追求一种更远大的精神。

三十

平心静气，遇到各种问题，都要有一定的境界而待之，“不以物喜，不以己悲”。视问题而为是应尽之责，而不能推诿更不能事不关己，以旁观者的身份去敷衍，这是一种极不道德的行为。人活在世上，会遇到别人和自己都难免遇到的事情，都要有一种心胸去承接，用一种心态去对待，认真解决或帮助解决，哪怕力所不能及，也应有心理上的同情，道义上的支持。切不可冷眼旁观，势利以待，此乃小人之见识也，是君子者所要禁戒的。

三十一

欺人者必自欺，小聪明换不来大智慧。有的人总是站在自私的角度，嘴上说着公道的语言，而实际上行的却是个人的私利，所谓欺世盗名，文过饰非，揽功诿过的人即是也。人，做人做事应该坦荡，应当正直，不能把自己的事想得太多太全，即便要做自己的事，也应该堂堂正正，光明磊落，不可饰之以虚饰，道貌岸然。我想，要想在群众中留下公正的评价，关键在于自己要心灵光明正大，做事坦荡磊落。阳光之下无阴暗，清风拂处无杂尘。

三十二

任何工作事业都是要人去干的，但为人做事应当要有一种境界和精神，要从大局着眼，从具体事情入手，本本分分做人，扎扎实实做事，切不能虚名以饰，假公济私，把工作事业建立在为自己谋取私利之上。有时谋到精处了，可谓极致，但再周全的事只要是从私利出发，都会被人所看透的，都会在实践中被检验的。人们都有自己判断是非的标准，也都有自己评价人物的权利，置于众人眼光下的评判，被事实证明了的真相，一定是最能说明问题的。

三十三

道貌岸然、口是心非的人是最没有道德水平的，一天不去干事，或干很少的事，群众面前摆摆架子，领导面前装装样子，而一切均为自己的小利益所谋划，文过饰非，揽功诿过，而自以为做的聪明。但凡要有点成绩，任意夸大，喧声闹语，甚嚣尘上，又唯恐别人不知。殊不知，人心是一杆秤，在评判是非的时候都会有自己的坐标，都会有自己的是非原则。从小事情上看到不良的倾向和做法，如果是一时之弊一事之谬，尚情有可谅；如果是本质表现，则就不好了，失去人品是人最大的失败，是会被烙在人生耻辱柱上的。

三十四

宽容地看待世人的言行吧，以一种慈悲的心胸去面对这些现实的所谓思想或形态吧。人们只有宽容地去看待现实中表现或存在的各种现象，才能超脱地把握事物的本质和内在联系，在平静中去真正掌握真理。有时候被一时的欢乐或愤怒的情绪所迷失，陷入一种狭隘之中，这是要不得的。孰知人心之复杂，非任何物力所能比拟，也不是所有精神可解释的，但完全可能被自我所束缚，以致狭小起来。所以，宽容是要用山的高度海的深度去容纳化解，以天地的情怀和境界去精萃升华。

三十五

平心静气是一种造化的境界，是内在修养和外在气度的最优美组合，是思维之深博与行为之雅韵的最大体现，往往缺少的就是这种修炼，说明我们自身还存在很多问题，没有真正从内心和外在多个方面去综合性地打造自己，于是乎，就表现出一种与思想和行为非常不和谐的认识和做法，甚至有时把这种东西看成了所谓的性格，其实大谬也。

三十六

心如止水，明镜似的映着秋天的皓月，人生到此境界已经不易。所以，绝不会为名利所系，为荣誉所累，任其天地风云，淡然于胸也。是君子者，坦然而风度自有，不拘泥于他人和流俗之事。是谓云淡风轻乃是一种品格，更是一种境界。大抵经过世间诸事之磨炼，春风夏雨，秋月冬雪，各使其然，各领其境，各得其所，纵其一生，乃淡泊是其根本，自然是其常性矣。

三十七

秋江皓月是人生的一种至高境界，试想，经历了人生漫长的征程，历练了风雨雷电的洗礼，承受了悲欢离合的磨难，品味了荣辱成败的煎熬，达到了一种物我两忘的境界，那是一种何等的自在和安详。秋江澄澈，没有太多的喧闹，静静流淌在崇山峻岭，一任上善若水的安详。皓月当空，清澈无瑕，没有太多的炽烈，流银般地将柔光洒在万物之上，一任清辉覆盖的柔和，这种境界，只有达到心灵超逸的人才能拥有。

三十八

孩子已经二十五岁了，其人生之历程可以说才刚刚开始，但其社会实践却早已成行。试想，从幼儿教育到大学修业，再由比较系统连续的受教育环境，到社会的某一具体的工作岗位上的历练，也已二十二年了。有人说，这不算什么，但我很看重这些。因为现代社会就是从小开始的，只不过在初期受家庭的呵护比较多，被动式地接受比较多，但起码也是自己要去努力吧。回忆每一个时段的发展，确有其特殊的内容，但都离不开自己的努力和奋斗。特别是上大学远离家乡后，更是一人打拼，逐步由狭小的地域拓展到了更大的空间。所接触的知识、人物、环境有了很大的不同，得到了初步的锻炼。工作后又远离故土，到一个陌生而充满竞争的城市打拼，由不适应到适应，由生疏到熟悉，由被动式的应对到较能独立的自如，在很短的时间内，得到了锻炼，有了很大的提高。特别是经历了一些突然的变化和磨炼后，思想上更加成熟，对问题的看法、判断是非的能力、处理问题的技巧日益成熟，这足以让人欣慰。纵观家族之史，不乏英雄人物，叱咤风云，枪林弹雨，宦海政涯，也曾风光几多，但也磨难重重。从一个具有浪漫色彩的英雄时代逐步走向具有浓重生活气息的平庸时代，每代人各领风骚，呈现风采，虽然时至今日，其外在形态与工作内容发生了重大变化，但其胸怀气质依然。当然，从轰轰烈烈形神兼备的场景向平淡日常忙于事务的专业工作为转移，是一种历史的必然，但三代培养一个贵族，五代孕育一个豪杰的品格气质修炼乃是根本，它是贯穿世代的永恒主线。而“君子之泽，五世而斩”的转换，也是一种形态变化的必然，二者并不矛盾，反映出不同的本质要求和外在变化。我想在孩子们身上，这种变化和矛盾将会更为明显和突出。因为，时至今日，几代雄风打造了一种带有时代和宗族特征的风气、品格、境界；同时，又处于一种急剧的转换时期，二者剧烈的变化会让人一时难以把握，有时会处理得粗糙一些。所以，孩子身上表现出来的矛盾性是正常的。但必须从中走出去，达到更高的境界。我相信后辈的力量和能力，更相信他们的心境和毅力。今日，感慨颇深，也是寄托无限，愿孩子发展全面，一帆风顺，万事如意。自己表以寄托而已。

三十九

品格的培养和意境的提高，绝不是一个简单的事或是用很短的时间就能实现的。从某种意义上讲，在有其遗传基因和初步轮廓的前提下，是一个与环境不断磨合、充满矛盾发展的过程。特别是在遇到一些比较大的历练中，对于品格的形成和意境的提高更为关键，因为深刻的事往往打下深刻的烙印。有时人们忽略了发展过程中一些具体事情的特征以及给自己留下的印象，实际上也忽视了对自己修养的启迪教诲作用，如不能总结或反思，则只会失之于荒芜了。

四十

要求孩子们天真、直率、乐观、活泼，因为一个健康的人应该是精神上富有朝气的人。遇人遇事可喜可泣，一任自然的纯真，那是一种理想，但用这样一种精神或境界去对待一切，就会有一个飞跃和升华。现实是复杂的，生活是艰辛的，但其本质是客观的。任何人都要正视，只不过其对待的角度不同，因此又会产生不同的精神和境界，反作用于对现实的具体态度和行为了。所以，要求孩子们做到的很难，要有一个过程，但又必须去这样做。

四十一

人们活的是一种状况和心态，在不同物质条件下，在不同的社会环境里，在不同的人际关系中，在不同的文化心理氛围里，人们的基本状况如何，由此而产生的心态如何，就会千差万别，各有千秋了。但究其一点，从根本上讲，和谐、平安、恬淡应是贯穿整个生活过程的主线，真诚、善良、美好则是人生意义的根本。因为，任何差距给人带来不同的感受，但对生活的本质认识不外乎深与浅、广与狭而已，其内涵都是平凡、平静、平淡的。

四十二

生活是一种挑战，特别是在日常平凡而细碎的事务中，更需要勇气和耐力，往往宏伟和远大的目标令人振奋，挑起人们的斗志和战胜一切的精神，而细小的事务却容易磨去人们的棱角，让人失去耐性。问题在于，日常平凡的生活是常态，就像广阔的大海，富有激情的挑战是偶然，时有的浪飞浪卷可以惊天动地，但永恒持久平静则是始终的常态。

四十三

冬初临，太阳火红爬上东隅，月亮悄然隐入西山，蓝天一碧如洗，没有一丝云彩，残叶半枯半绿的挂在枝头，有些稀疏，不时有几片飘然而下，像一只只僵化的蝴蝶；小鸟在枝间露出了身影，鸣叫声在清寒的风中格外好听。我走在路上，看着南来北往的行人，东流西窜的车辆，一切都在清晨中启动，开始了忙碌的一天，但愿人们都有一个好心情，就像好的天气一样，无论做什么工作，让心灵自由一些吧，因为大家活得挺累。

四十四

有些顺理成章的事，本来按其正常的路径就可以达到或完成，但总是有一些人为的因素，设置一些不必要的障碍，非经过曲折后才能达到或完成。我们来自大自然，但已变成大自然的敌人。一改季节变换的自然成长，成为死硬的扭曲或恶意的强制，本来属于正常的事，非要用不正常的方式方法去实现，太多的设置，太多的心计，太多的权谋，太多的人情，以致我们不知如何去努力，不会按事物本来面目和规律去办事了。

四十五

缺乏激情是人类的一大致命要害，由于受到多种因素的制约，特别是受到自律强制与内心修炼的影响，以致把属于人类本身最本质、最纯真的激情套上所谓理性的笼头，压抑在一种极不自然的桎梏里，使人类的真实性和全面性大打折扣。没有理性不称其为人，但缺乏激情就更不像人了。因为这是人类最原始和纯真的本能，是大自然赋予人类最纯真的礼物。真的激情的丧失，让理性黯然无光。

四十六

得到一份纯情，收获一份天真；欣赏一份激情，品味一份率直。在一个充满世俗和机械性的社会与人际关系中，太难了。但它又客观存在着，在生活的每个角落和方方面面，它是枝头叶瓣上的露珠，是晨暮中的雾霭，是皓月群星，是朝阳晚辉，是在生活中时时都在而人们不经心丢失的，是在日常中时时都见而人们不经意淡漠的，也是我们想要自己却丢掉的。

四十七

生命之轻重，并不在乎它能达到什么，而在于它如何走过的行程，用结果去衡量评判，太功利化和简单了。就像我们捧着熟透的果实，领略的只是结果的片刻，而其生根、开花、结果的全过程以及所经历的季节变化却一无所知。特别是只看到果实的既成优劣，而全然不顾过程之复杂。所以人生就显得黯然无光了，因为我们心灵的坐标扭曲了。造物主让我们来到世上，创造是一回事，而创造的过程却书写着真正的人类史。

四十八

真喜欢发狂，但却没有了发狂的条件，只能浑浑噩噩地僵守于一壳，以求一种狭小的空灵享受。真正的发狂，应当出乎本性本能，荡乎天地之间，无所顾忌，无所保留，一任性情，抒心中之想，发心中所言，泄心中之郁，诉心中之念，是谓乎放浪形骸，寄情天地，依托万物，这才是一种真正的精神大餐。试想魏晋南北朝之人物，其有特色的人生轨迹，总是与时不时地发狂连在一起的。当然，有时的发狂是一种极度压抑下的情感宣泄，但其真性情令人可敬也可爱。

四十九

小鸟在枝头清脆地鸣叫着，伴着清寒的晨风，像银铃一般。太阳慢慢地从天边升起，将温柔的光轻轻地洒在万物的身上，远处的群山，层峦清晰，在冬初的时节，显得棱角分明，让人有一种豪迈之感。逶迤的大河缓缓地流淌，在大地上分送和汇集着更多的支流，也弥漫着水的雾气，有一种慈祥而深沉的感觉。一切都是那样亲近自然和谐，唯有在此时，心里的坦然才最美，最有品味的意义，唯有此时，心才真正为自己而跳动。

五十

一切都归之于淡然，因为人们来到这个世界就是行其行程，行其实务，走出时段，划过空间，留下物质和精神的记忆，一切又都复归于原点，当然这种原点从发展的角度不同于原来的原点，是一种螺旋式的上升。但从根本的终极意义上讲，确实是本质上的原点。所以，从这个意义上讲，一切都应当淡然。因为大自然的安排是一种和谐和规律性的，赋予了不同的内容特征，但其本质是一样的。人们要上升到这样的高度，才能有所觉悟，达到空灵的境界。而这个境界无法刻意打造，只能是一种自然之态，因而必须要淡然。

五十一

没有什么可喜的，也没有什么可悲的。一任岁月的流逝，把该干的都干了，把该想的都想了，像一颗流星划过天宇，留下一段时间的线条，留下一段空间的闪烁，一切又都回到了原点。人们的欲望太多，就会被它压得喘不过气来，有时顺其自然是一种必然，可人们并不这样去想去做，总想违背规律凌驾于自然之上。殊不知有时的成功或成就实际上对于未来和整体是一种灾难，有时的挫折或失败对于发展和全局则是一种贡献。所以，人们要有自然之心，不能因自己的荣辱感受而喜或悲，不能因自己的成败而乐或忧，应以平常之心去对待。

五十二

对待人一定要平等公正客观全面，不能以己之心度他人之腹。因为人们站的角度不同，对问题有不同的看法，这些都是正常的。但基本对事对人的看法应当是公正和客观的。有时我们狭隘、狭窄、偏执、僵化，把一些生活中工作中的正常小事当成了人的基本价值形态，由此带来了对人的错误评价。这是非常不好的，也是需要去克服的。大度的人，是指其思想上的大度，是指其处事的大度，而这一切取决于人们的修养和境界。

五十三

要谦虚要平和，要安详要淡泊。人生一切荣辱不过是一些时段的装饰，唯有心灵的安逸才是永恒的。把心放到大地上，它会生出花木草树，自然而和谐地生长；把心放到天空去，它会自由地驰骋向往，幻化成云雨雷电；把心放到人群里，它会融入共生，领略人生的真谛和纯真；把心放到自己的胸里，它会自得其乐，留一份本真的我，不失其安然的状态。做一个平安祥和的人需要一颗淡泊宁静的心。

五十四

天命之年已有二载，看风起风涌，看浪起浪伏，看花开花落，看荣来辱往，一切都顺其自然；像小溪流跃过千山，汇集万水，奔向无限的海洋。一切小都是由大而定的，就像生命来自于大海，复归于大海。在陆地走完行程，在天空划出痕迹，而永恒于广阔安详的大海。人的一切犹如是大海的一次塑造，周而复始，完成生命的轮回和超越，也实现每一个小溪流的憧憬与向往。

五十五

更平静更理性，更淡泊更宁静，更和谐更安详，一任风起云涌，一任时光飞度，让一颗平常的心凝聚着浪漫和平静，是谓之顺其天命，顺其自然，顺其人心。看一切均呈万千气象，看一切都显万紫千红，看一切都有自己的特色，看一切都孕育着生命的真谛。我热爱生活，热爱自然，热爱现有的一切，虽然有时它好坏并存，是非共混，但毕竟它包容了一切，并在矛盾中彼此转换，精萃陶冶，汇成积极蓬勃向上的涌动。

五十六

心灵的平静是根本，虽然我们面对着红尘滚滚的世界，经受着来自四面八方的诱惑，但任何外在的感受只要复归于一种心灵的平静，便都会顺理成章地纳入到合理的范畴之中。不是不要激情，不是不要浪漫，也不是天生一种机械性的制约，把活生生的生命拘于理性之中；而是应当在享受感官的过程中，让心灵振奋激动，领略那份真诚的同时，也要让它超越升化，生成一种灵性的空幻，由而成为一种笼罩天地、弥漫田野的平静。

五十七

当记忆之刃割去岁月留下的任何枝叶，只剩下儿时的追忆和最亲情的缅怀时，人生就到了一个非常崇高的境界。一切都返璞归真，是那样的单纯、宁静、和谐、温情。我常沉浸在这失去任何世俗装饰的回忆中，仿佛置身于纯洁透彻的蓝天白云里，心儿宽阔得可以容纳一切，慈爱善意笼罩整个胸怀。这不是一种自慰，而是一种升华。在这时间的磨砺下，留下的是纯真和平淡，也是人生的永恒。

五十八

由于地气依然很暖，所以入冬后的第一场雪并未清扬而优雅地散落，而是化成了雨滴，淅淅沥沥地洒在已裸露的大地身上。地湿了，树湿了，一切都湿了。唯有心灵中的干燥依然。因为在冬季，只有雪才能抚慰心中的烦乱，冰冻起那春、夏、秋的色彩和片段，收归于一种纯洁简单的覆盖，让人真正的沉静下来，做一番真正的思考。所以企盼冬天的第一场雪，有一份焦急中的渴求，有一种浪漫的幻求，有一种欲说还休的向往，更有一种复归于洁净的心灵安然。

五十九

已经复归于宁静的心，总不愿被一些偶然的事所打扰。因为一池春水经历了波澜起伏的行程和风云后，像镜面一样平静时，总不想再被风掀起涟漪，泛起微波来；因为倒映在其中的蓝天白云、万山丛林、人事身影又会模糊而虚幻起来。还是宁静如镜的湖面，让人感到惬意，感到恬静，一任岁月变换，流光飞逝，只做一番简单的映照，失去所谓的感性波动与理性深沉，唯有自然平静。那心中的湖的平静让人向往。

六十

如果把雨比作天空的泪珠，那么雪花呢，它应该是天空降下的精灵。形态不同，质地一样，但蕴含都非常不同。雨滴给人以实物感非常强的灵动，让人直接进入喜悦或伤感之中，缺少一个幻想萌动的过程。而雪花却飘飘洒洒，在空中舞动着千姿百态的身影，悄然落于万物之上，让大地披上一层梦幻的洁净。从天而降到覆盖大地的过程，是一个让人充满幻想的浪漫享受，何况每一片雪花的构造和形态又让人感到无比的惊喜和高兴。

六十一

平心静气地去看待一切，唯有如此才能真正升华自己心灵的境界，达到物我两忘。有时人们就是因为陷入到对具体利益指向的追求上，因而使自己的思想不能开阔。有时人们内心已静但由于外来的影响，又如乱石入湖，泛起涟漪阵阵。客观讲，树欲静而风不止，关键是树虽动但心要静，这才是真谛。试想万事万物无不处于动荡变化之中，而要以一种心态去面对变化万千的世界，这才是根本。平心静气是一种思想，是一种境界，其内涵不是几种说教或几种哲理解释得清的。

六十二

把思想上的有些重负去掉，这样才能让心胸豁达起来，装满了历史记忆和现实思索未来展望的大脑，如果不加区别的一股脑全部汇集，既无主线亦缺逻辑，看似丰富，实则繁杂，而大量沉淀变成一种精神的负担。长此以往，心灵越重，胸间越小，看问题日狭，不免陷入志退意衰、浑浑噩噩的境地。所以，人们要不断清理旧负，只留下有价值的结晶。让心胸开阔起来，以容纳更为广博的知识和更崇高的精神，这样才能永葆心灵之青春，才能达到真正的物我两忘之境界。

六十三

心里为一事所牵时，便有了不尽的烦恼，而失去了往日的随兴。

心有所想，思有纠结，必然在外表的形态上就不自然，语言的表述上就不流畅，挥洒天地、气贯长虹的率性真情就会减少，而人为的压抑装饰则会增多。所以，心之障是人性之大碍。当然，要去其障，并非不理其事，而是视其事理，重其意义，而轻其利，使心灵处于一种宠辱不惊之状态，由是而静观其变乎，于是心自然静而行亦自然了。

六十四

变的是世界，动的是心灵，变化是宇宙的永恒，而在变动中不断提升，才能达到一种适应这种永恒的境界，就像飞机升空，穿云破雾，达到一定高度时，方显蓝天之无垠；当然，要到外层空间则又是另外一番景致了。所以，我们要从动中寻找一种不动，一种精神看似不动的大动，一种超然于世俗之物态之上，而与永恒相伴的不动，其贯通天地，渗透万物，笼罩苍穹，正所谓心有天地，道法自然是也。

六十五

顺其自然，即是人们在现实生活中一种生存的状态，也是一种心灵的写照。生活按其特有的规律在运行，人们按自己的轨迹在运动；同时，受存在条件制约的心灵也在起伏不定的波动。而对于生活的真谛，却往往不能直达其精深之处。人们感到一种茫然，所以有时寄托于一种心态或思想，任其自行，于是就产生了顺其自然的一种思想。可以说，它既是客观的反映，也是心灵的一种主观承应，有时甚至是一种无奈的自慰。

六十六

人们在现实生活中实在是太渺小了，受到物质的、制度的、精神的制约太多太杂，于是乎把自己的一切寄托于天命的希望上，事成是天命之顺，事违是天命之逆，长此以往，把一种规律赋予了灵魂的色彩，对生活中的种种事物均以天命而笼统注释。于是成也天命败也天命，寻找到自慰最好而又最无奈的借口。当然，这种自我麻醉也很重要，因为世上不是所有事情我们都能认识和把握的，留一点幻想或寄托，也是一种浪漫。

六十七

心里有时很苦闷和孤独，一种情不自禁的惆怅充溢胸间，一种欲说还休的无奈笼罩心头。唯有默默孤独地咀嚼，在一种痛苦的化合与分解中去自己品味，自己超脱。人们内心世界的丰富性是难以用语言和文字描述清的，有时只在于一种刹那间的顿悟和解脱，有时只在于片刻的宁静或顿失，只有升成一种境界才能达到愉悦的状态，“不畏浮云遮望眼，只缘身在最高层”。其实，是心要超脱于世俗之上，但这种超脱又是痛苦而漫长的，因为人们不断在前行。

六十八

任何事物都是一种生存的幻象，物质的基础性决定着一切只不过是其外在的千姿百态，一切都来自于自然，一切又复归于自然。规律是不能违背和随意的。我们注视着变幻万千的自然，也倾心着幻化无穷的社会，更需要审视自己的内心，因为一切皆要用心去品味、体验、消化、提炼，于是就有了痛苦与欢乐的折磨，有了成功与失败的煎熬，构成了人间特有的悲欢离合，阴晴圆缺。所以，从某种意义上讲，人生是不断识别和脱去现象而求得心悟的历程。

六十九

说到底，每个人在世间享其职，食其俸，尽其心，使其力，都是为物化和神话的东西去努力，无论是物质性的追求和精神性的享受，都是人们所追求的目的，虽然比重不同罢了。有时想得太多，以至过分理想的精神层面压抑住了物质性的冲动，变得有点阿 Q 精神似的，漠然于这个世界；有时过分追求物质的享受而失去了一种精神性的超越和指导，沉溺于世俗欲流之中。人们像是在这两相之中上下徘徊激烈碰撞后，力求寻找一个平衡点，以把握住其适者生存的度，于是就有了一系列的理论和学说，包括宗教。

七十

心里的枯涩，是一种孤独的无奈，大凡在人世间生活了几十年，该经历的都已经历，便会产生一种离世而去的思想，不再愿为世间的凡事所打扰，只想求得一个内心的平静，就像一条大河经过从点滴到溪流、再到小河、大江，奔向大海后，便不愿再做大声的喧哗，只想平静自然地映照蓝天白云，只想被动地承接一切，而不愿去主动追求或思索什么。而这样一种心情，在现实中，又是人们最不理解的，滚滚红尘裹挟着人们勇猛前行，哪有这份闲心来品味这种苦涩的意境呢，悲乎！

第六集　粉妆玉琢

DILIUJI FENZHUANG YUZHUO

一

四季轮回，冬天尤为精妙。经历了春种夏耘秋收，冬天便横扫一切，将有形的或无形的揽入怀中，让土地轻轻地抛掉身上的重负与装饰，一切赤裸于天下，然后再用轻柔而漫幻的飞雪，从上到下做一番洗涤和清除，把大地用最纯洁的颜色复归于最本质的状态。我赞美冬天，并不在于它的冷清，而在于它的深刻；不在于它的空阔，而在于它的坦诚；不在于它的回忆，而在于它的升华，不在于它的凝结，而在于它的肇创，因为最基本的原点是冬季。

二

没有感慨不行，感慨多了也不行；没有它人生很枯燥乏味，犹同嚼蜡；多了它人生很繁杂啰唆，犹同丝麻。所以，感慨在于感时、感事、感人而发，要想有意义有意境有品位，既不能麻木于世，无一感叹，更不能牢骚满腹，天花乱坠。人们思想的深刻性和心灵的觉悟性，往往在于非常重要和关键的思考和顿悟之中，天天沉溺于事务而不知所终，或天天沉溺于空想而不知所云，都会使心灵的升华与境界的提升失之交臂。

三

人们在大自然中的位置决定了人只是世界组成部分的一个有机构成，从这个意义上讲，人类是极其平凡的，没有什么值得骄傲和自豪的；另外，人类又由于其特有的质属区别于其他物，具有较强的主观能动性，于是乎又高傲自大、目空一切起来。本是大自然之子，偏要做大自然的主人，以君临天下的气概疯狂地掠夺和攫取，以致将一次次毁灭性的破坏洒在大自然的身上。然而，往往大自然又以其最原始的报复给人以灭顶之灾，时不时惩罚一下骄狂的人类。于是，形成了人类平凡与伟大的双重性格扭曲。

四

别把有些东西看得太重，因为我们赤条条地来自于自然，也将光溜溜地回归于自然，一切外在之物犹如过眼烟云，容不得人们多去留恋，更不值得为此而身负沉重。往往在世间，人们总被一些短暂的利益所迷惑，被一种外在的舆论所左右，更被自己内心的负担所影响，变得浑浑噩噩，苟苟且且，一味的只是在默默中承应，以致麻木，失去了其虽然平凡、平常但真实从容的本性，可悲的是我们看不到这样的现状，更可悲的是视这种状况而不能自已，还要继续这种状况。

五

盼望的雪花未能飘然而下，从云层中露出脸的太阳给大地洒下一片橙黄。远处的贺兰山，在清冽的寒风中崎岖嶙峋，蜿蜒天际，一切又笼罩在似真非实的混沌之中。

坐在桌前，静静地凝视窗外，喧嚣的城市依旧繁忙，唯有空中不时飞过的小鸟，带来几分啼鸣，也有几分凄楚，增添了天宇的寂寥和深邃。岁月就这样在身边缓缓流淌，心灵麻木得没有一点回响。真的，有时人生的静止就在于这种看似平静却又无奈的延续中，就在于这看似活力而又麻木的苟且中，这是一种现实的无奈，更是心灵的一种疲惫。

六

人生最大的悲剧就是不能从事自己喜爱的工作，受诸多条件的制约，人们往往为了基本的生存，而被社会洪流所裹挟，在一个所谓固定的职业岗位上，食其禄，享其俸，为五斗米而尽其力其神，这其实也无可厚非；但这种生存的“金箍”拘得人一生毫无生气，心灵中的诸多向往和兴趣爱好，随着时间的推移索然无味。于是成为一种机械性的习惯，而失去了灵性和浪漫。有时虽苦，而苦于麻木，不似苦中有乐，虽苦犹荣。所以，人生自己打败自己也在于生活的一种压迫，并不是每个人完全自己所能决定的。

七

抹布的价值，在于擦干净了别的物与人而脏了自己。现实生活中，抹布的作用是不可或缺的，要保持一个洁净的世界和和谐的社会，就要经常去打扫污垢，去除垃圾；要创造一个单位有序而富有活力的工作氛围，就要化解诸多矛盾，沟通不同层次不同方面的意见。所以，具体工作和社会生活中都不可能缺少这一工具性的职能。但这个抹布的素质低了是做不了的，没有良好的境界，没有较高的理论知识素养，没有丰富的经验和处理事务的能力与技巧，特别是没有一种自净能力，那是根本干不好的。

八

人要有一种境界，才能坦然于世界；人要有一种心胸，才能自立于社会；人要有一种思想，才能明辨于事理；人要有一种品格，才能卓然于生活。但要打造一种高尚的人品就非常难了。因为，要有时间的历练，要有生活的磨砺，要有勤奋刻苦的钻研，要有不断地创新和升华；而这一切，对于一个人来讲，是奋斗努力一生的事，所以非常艰辛和困难。而在一个团队和社会中却可以形成互补，以达到一种块状的和谐。所以，有时人的努力离不开一种良好的环境，一种融洽的氛围，一种宽容的条件，一个团结向上生机活泼的团队。

九

任何工作不可能完全尽善尽美，但关键看我们是因为什么原因而未干好，有时一些细节性的疏忽，往往使问题变得复杂化起来。所以，要认真处理事务在发展过程中的每一个细节。人心有时失之于疏忽，并不是一种有意，而是取决于认识水平和技巧能力；鉴于主客观因素的影响，偶尔有失也是一种正常现象。因为是人，必然就是成功与失败的交织体，不可能在任何事情上都精烂于熟。所以，对出现的问题，要实事求是地去处理评价，严格是一回事，苛求则又是另一回事了。还是要有一个宽容的氛围和人人可能有过失但能得到谅解的环境，得到及时修正和不断提高。

十

别把希望完全寄托在别人身上，更别把一些带有幻想性的期盼寄托在别人身上。一切都是原来的你，质本洁来还洁去，保持住心灵的那份质朴和纯真，保持住心胸的那份宽容和豁达，平静地对待一切。宠辱，对于一个知天命之人来讲，已不是引起任何惊动的事了；来去，对于一个历难磨劫的人来看，已是一种坦然的从容了。所以，心止于秋水，沉淀杂质，澄清污浊，提炼精萃，再凝结成冰晶，其静洁安详就达到一定的境界了。看看这个世界多么复杂又简单，多么美好又丑陋，多么真实又虚假，多么善良又恶劣，但这一切的存在却是客观的，都需要人们去面对。

十一

到中流击水，勇立涛头，也要急流勇退，适可而止；不能因为位居其长久，事精熟于胸襟，满足于某种即得的享受，应该有一种适度的休闲，一种恬淡的雅致，让疲惫的身心有一种安详的状态。所以，要从物理的层面将身心进行必要的置换，要适可而止，退而求其一种理性的升华。这不是一种造作，也是人生的必然，只不过早一点或迟一点罢了。看冬天裸露的大地，一切都暴露于阳光之下，反而给人以寥廓苍凉而宁静致远的心胸，人不也应该如此吗！抛去外在的饰物和内在的重负，做一个冬天的洗礼吧。

十二

太阳从东方冉冉升起，将金色的光辉洒满大地。在清冽的寒风中，天空一碧如洗，像一块明镜。大地上喧闹的一天又开始了，在车水马龙、人流涌动中，城市焕发了新的活力。虽然年复一年，日复一日，但每天的太阳都有新的气象，每天的城市都有新的活力，让人们在这循环往复中不断更新、发展并得到提升。我赞美生命的无限，在这循环中又不断的跃进，实现着新旧的转换。其实，生活本身就很平常，但要有一个不平常的心去热爱生活，这样才能战胜枯燥，使生命变得富有活力与激情，充满希望与光明。

十三

对任何事物，要有希望，不要有幻想，希望是一种祈望和具有积极向上的进取；而幻想则把人引入了一种迷幻的自我享受之中。所以在生活中，要有希望，以旺盛的激情去从事事业和热爱生活，这样才能富有活力。当然，有时在心灵中保留一块幻想的天地也是一种心理的调节，因为人们在现实中活得太累、太枯燥，一滴幻想的雨露给人以清澈和滋润，结几瓣花朵，闪几叶幼芽，也是非常美好的。所以，对于心灵上的企求是多元混一的，不能单一僵化。

十四

一切都随着时间的推移而得到验证，所以，有时是在努力中去期待，有时则是在等待中努力了。任何事物在空间上有自己的位置，在时间上有自己的线段，空间变化的形式相对滞后或缓慢，但非常明显；时间的变化形式相对单调和执着，但非常隐蔽，在不知不觉中，时间已流逝，而一个事情的前因后果才刚刚呈现在过程之中。所以，时空的同步性与不同步性在人生上体现得非常丰富。因为不能坐失时间，而应在不同的空间上去努力，去实现对时间的充分享用和占有。

十五

年年岁岁，岁岁年年，在时光的流逝之中，我们经历了春夏秋冬，经受了季节轮回，领略了阴晴圆缺，历练了风雨雷电，一切感受都随着事务的完结而重现又迅速消失，而一切从心头生起的空旷和惆怅则又占满心间。像一个收获者，但没有收获到可以值得安慰的果实，而是有漫目四野独钓寒江雪的意境。即便有些零碎的果实，也显得格外散乱，唯有心灵的波动日益成为一条平稳的线，起伏愈来愈少，而平静愈来愈多，像冬天一样把心的寂寥和空阔不断扩展，留下更多的梦幻。

十六

不管人们如何喧闹，大自然始终以平静的心态注视着一切，在它的无限发展和永恒怀抱里，一切都显得那样短暂、那样渺小。真的，只有在原始质朴的大自然诸形态之中，你才会真正感到一种领略无限的胸怀，你才会真正有一种人生苍茫的领略。人太狭隘和渺小了，虽然已飞出了外层空间的某一个范围，在月球上留下了足迹，但从其心灵来讲，最多是在想象中多走了几步而已，所谓大、广之类的豪言壮语其实很苍白，因为人类循环着自己的圈子，即便螺旋式的发展，在大自然眼中，只是一个点一个段上的一种连续不断的游戏而已。从这个意义上讲，人又有什么呢？自知吧！

十七

任凭时间在静静地流淌，任凭岁月悄悄地流失，一切的记忆都被重复着，一切的希望又被毁灭着；在理想与现实的矛盾中，人们承受着一切，实现着一切，把自己已经获得的果实反复咀嚼，把自己想要获得的蓝图拼命描绘，把自己希望得到的理想不断地去憧憬，一条扯不断的欲望之线，把人生规范得僵而又僵，硬而又硬，偶尔有些幽幻的火花，星星点点地闪烁，点缀一下行程，但又很快被“主流”淹没了，唯有心灵中残存的一块绿地、一处清泉，可以滋润疲惫的灵魂，得到一份短暂的休息和宁静，做一番自己所想象的梦。

十八

一个丰富而博学、具有深刻思想和宽大胸怀的人，也是一个最纯真、质朴简单的人。因为在丰富的阅历和弥久的历练中，其思想的深刻已足以把繁杂的事物进行分析后提升概括，上升到理性的高度，而这个上升除了具有哲理的逻辑思维特征以外，最根本的内涵是深刻而简单，抽象而普遍，有些真理简直就像是一滴水、一粒沙、一片叶、一朵花，让人感慨万千，让人易于把握和运用。所以，实践愈丰富，思想愈深刻，胸怀愈博大，而其内涵就会愈单纯质朴、真情善意。因为内心实现了灵动的超越，精神有了欣悦的升华，达到了一种天籁之境。

十九

人们认识事物并进行思考，必然要经历一个由简单到复杂，再由复杂到简单的过程。同样，人们在升华自我的过程中，也是这样一个螺旋式发展的过程。试想，我们起步涉世，视物察事之始，无不是简单幼稚，充满着感情的烈焰和感性的激昂，而随着涉世待物接人的深入广泛，心灵也开始变得负担沉重，意蕴复杂起来，然后再经过一番实践基础上的理性梳理，找出了隐含在复杂现象内部的规律和本质；从复杂中抽象出最具表述的语言，简单而深刻，平常而奥妙。所以，一切的起点和终点都是简单，不能忘记这是世界的根本。

二十

是大海就要容纳百川，不管什么样的溪流和江河，不管其来自任何地方。当然，其流量和水质也就千差万别了，更何况在流程中不免有这样那样的污染，而一下都涌进大海时，可想其五颜六色、五花八门、千奇百怪，令人难以分辨，但它们毕竟都来了，汇入了大海的怀抱。大海既要承接它们，又要用自己的博大和深沉去净化它们。于是，大海既有了风平浪静，也有了狂涛怒吼，在痛苦与欢乐的交织中，在分解与化合的精萃中，更有了净化后的升腾，将一部分送上天空，再用云雨霜雪的形态去补充新的征程。一滴雨珠，一朵雪花，一粒雾霭，一片云彩，都是大海的儿女，都应有母亲的胸襟与情怀

二十一

内心的孤独是最难以忍受的，一些深刻一点的想法，无病呻吟似的在头脑中发酵，像酒精一样点燃思维的器官，让人浮想联翩，而始终处于一种精神的自炼与矛盾中，想把它说清楚很难，但压抑住又不易；于是形成了一种可怕的孤独，只能默默地承受。人们在现实中，

是具有社会关系的动物，缺乏沟通和交往就失去了人类本身存在的意义。但有些内心的思想又像酒在窖中发酵一样，没有交流，只能在密闭中自我进行。所以，好的酒其酿造过程中的自我发酵是痛苦的，而且时间愈长味道愈醇厚芬芳。必要的孤独是人类进步的伴侣。

二十二

人达到一定的年龄后，不会再太多为世间的悲欢离合所过分激动，而是在平静平淡平常中细细品味这些果实，升华出更为深刻而蕴含的思想，达到一种物我两忘的意境。试想人生虽短，可征程犹长，人在这一生中要经历多少艰难曲折，要经历多少磨劫历练，才能在事事物物人人的经历后，得出几多感慨与思索，得出几份真善美假丑恶的是非之果。但这却并不重要，关键是得出一种心态，一种意境，一种对人生大彻大悟后的超越。看江河入海时，过去欢快豪迈的表象没有了，而是带着一种雄浑和平稳；融入大海后，更是一番博大精深，万物归一的安然与神圣。人生何不如此呢！我向往大海，因为有它的博大深沉，有它特有的心灵宁静。

二十三

小聪明太多就有点太难为情了，任何人都有自己的聪明之处，但这种聪明应当是出自一种本能和自己相关的修炼。在人生发展的长河里，不时有智明的火花产生，令人耀眼，但它应该是出于一种真善美的本能和是非曲直的理性，而且要不断提炼，使聪明升华到智慧的层次；如果满是心机地去造作，并认为可以天衣无缝，就显得太浅陋了。其实这种小聪明对于有智慧的人来讲，既不值得详细去分析，更不值得认真去评判，只是淡淡一笑，置之于旁就可以了。因为要成为一个真正具有灵慧心境的人，不是靠小聪明，而是用大智慧才能达到的。

二十四

当一种未经真实打造而借势形成的好表象把一切笼罩的时候，其潜在的坏必然就会大量滋生，有时甚至是披着好的大旗，这让人非常心痛。取得事业上的一星半点成功，打造了一个相对好的稳定局面，固然付出了一定的心血，但更应看到，这些成果借助于外力的政策因素多，而内在的变革内容相对要少。有些改革，形似都谈不上，枉谈神似了。有些还很粗糙，形不成机制，有待于进一步改革和推进，可现在沉溺于一种好表象的光环里，沉醉于自我的盲目乐观中，满足于既得的麻木里，让人感到肤浅庸俗。需知逆水行舟，不进则退，何况事业才刚刚启程。

二十五

当人们满足于一种状态，并为这种状态所沉醉时，事物就开始发生了变化。因为打造的一种环境和氛围，形似很好，可也掩盖了许多不良的倾向和矛盾。有些甚至是在所谓好的旗号下变得愈来愈不可理喻，很多复杂的机理变得更迷离，是非曲直模糊混淆，方向朦胧迷失，理念错乱不定。虽然有时看得很清楚很透彻很长远，但因条件所限制，却无能为力，心有余而力不足，痛苦往往就产生在这里。糊涂了反而很舒服，因为没有思虑，愈是对现实认识深刻，对未来展望清醒，人就会非常痛苦，特别是对于不愿意随波逐流的人而言。

二十六

有时无奈的心情笼罩整个自我，因为很多东西无法去做，心有余而力也有余，可受条件环境的制约，只能远观其势，近看其态，坐以待时，虚耗岁月，一天天苟苟且且，浑浑噩噩的，似这冬日的薄雾，说不浓，也不淡，扯不开，理还乱，没有一点气势。一个人应当有激情，有对事业的追求和奉献，但这一切取决于条件与能力的相互匹配和天成。一种无奈的心情销蚀自我的激情和活力，其实就是一种客观存在中消极现象的反映，用精神的描述显示了一种生存的状态。

二十七

大局的把握与具体事情的处置有联系又有区别：没有全面的考虑和通盘的筹划，不可能胸有全局，一览众山，缺乏精神的指导和方向的把握。没有具体的安排和得当的措施，无从下手，空置闲放，则会缺少科学的方法和具体的行动。二者要实现有机的统一，切不能割裂开来，但二者之间的区别更不能混淆，不能各自以自己的形态特点去杜撰另一种形态的思考与重点，因为其层次角度不同。因此，对于一个身兼多重职能的部门和人来讲，明确这点非常重要。

二十八

哲学上宗教上的神圣信仰其实有其共同的特征，都是对精神王国终极世界最理想化的追求，只不过是以思辨哲理的形式或以偶像神谕的形式去实现而已。有时偶像的形式由于其直观、实在，和人们的当下生活和实际利益相对接近一些，于是乎更容易让人产生一种直接认同和即刻性的安慰，从而影响博大，印象深刻；而哲学的思辨太理论化概念化系统化，远离世俗，受文化素质等制约，只能为少数人所享有了。所以，有时简单而平常的反而产生了更为深刻的东西，大概就是其容易入眼入心吧！

二十九

要有所建树就要敢于负责，敢于担当。遇事推三阻四，能躲一分不少六十秒；而当问题解决时，又揽功诿过，把成绩装到自己的腰包，想方设法挤进成功的光环圈内，这种活法，似乎让人感到一种无聊和滑稽。但在有些人身上就是这样存在并表现着，自以为很聪明，其实让人觉得可笑，被人所鄙视。当然，人各有其志，但为事业为民众这个根本使命，要求人们坦然而不造作，坦荡而不虚伪，坦诚而不阴诡；唯有正直之人，才能负重之责，担大之事，推功揽过，让誉于他人，惠利于众生。

三十

任何事情的发生发展，都有一个内在的规律可循，不管其表面千变万化，万象纷呈，但其本质是主流的和根本的，我们认识和处理各种事务，就是要透过现象去挖掘本质，去寻找规律性的认识，从而对事物有一个整体的全方位的把握，只有这样，才能正确全面认知，合理科学处理，达到符合客观规律的目的，从这个意义上讲，丰富的感性阅历和大量经验的累积，是必备的，因为其是建构理性认识的基础。

三十一

与小人同列是一种耻辱，但也是一种无奈，大多数好人都在这样的应付。因为和平时期的生存环境相对要平和一些，缺乏大风大浪的考验，给一些缺德少能的人提供了发育和滋生的温床，使其混迹于世间，上蹿下跳，绳营狗苟，奸取诡夺，反而赢得了一般人所得不到的名利；而真正的好人，由于心地的善良，对一些不耻的事从不涉及，对一些泼皮无赖奸佞小人的所作所为也不以为然，只是嗤之以鼻，弃之不屑，不去指责约束，久而久之，就造成了小人气势上升，而正人君子更远避之。由此也形成了同列不感其耻，混生共存的一种现状，影响风气，荼毒环境，腐蚀心灵，败坏社会。

三十二

心理抑郁是一种人生有过一定阅历或处于急剧矛盾状态时精神萎

靡困顿的反映，它似说还休，萦绕心头，招之即来，斥之不去，始终云遮雾罩般地呈现一种迷离而混沌的状态。有些时候，这种心理表现格外极端，内在的悲凉孤独性、外延的热烈暴躁性，构成了人性的异化倾向，内外冲突，双向畸形特点格外明显。特别是一些有思想深度，有广泛阅历的人，这种抑郁更为厉害，因为这种心理上的孤独和愁思不愿与人去沟通解脱，而长久的内在冲突又加剧了痛苦的积累，造成了人生的许多不幸。

三十三

现在比较理解，为什么人类从一开始就有了最简单的宗教情怀，因为，人类需要抚慰自我迷茫的精神寄托，超度自我灵魂的精神启明。这种大象无形的精神，可以帮助人们从实际生活和磨劫的历程中砥砺奋进，从繁杂的思维焦灼和内心的矛盾中超越而行；视一切为本真，视一切为平常，视一切为平凡，视一切为规律的必然，从而在尘世中祈求一种心灵上的超越和升华，以达到内心的和顺与平静。特别是世俗心重的人，更要注重宗教性或超越性思维的养成，注重心灵的锻造与追求，这样才能有更为远博的心灵之境界，清明雅洁的精神之天地。

三十四

长征是不可能复制的，但长征的精神是永存的。同样，对这种精神的理解和把握也会因时因人而异。此一时彼一时，跨越不同时空条件下的人们，其正能切身于当时的实践和产生于当时的坚韧，其领略可能大相径庭，见仁见智，但我以为，长征的精神是人类本质的一次集中体现，是人类精神的一次崇高彰显，是人类灵魂的一次精萃超越，唯有人类，唯有人类中的一批精英才能成此伟业，铸就人类永存的精神丰碑。长征的精神不是空洞的回顾与说教，是由长征开始的原因和艰难的过程，以及一系列故事所演绎和呈现出来的。在它星星点点的凝练中，生成一种气势磅礴、横空出世的精神，让人从心底升腾起一种油然的豪气。我们被长征的每个故事所感动，也被每个征程所感动，但最为感动的是一种悲壮后的崇高，一种苍凉下的坚韧，一种悲剧性的历程而诞生了一个辉煌的划时代的盛典，一个民族精神的凤凰涅槃，浴火重生！

三十五

在狭隘的既得利益侵蚀下，我们的精神境界沉沦了，我们的精神源泉干涸了，我们的精神内涵萎缩了，我们的精神形式枯燥了。以致我们沉溺于苟且，混迹于世俗。真的，有时想到我们的这些，感到刻骨铭心的悲哀。想想长征，为了一个还不明朗的结局，为了一个还不成型的事业，信仰之灯高悬，理想之旗高擎，人们抛头颅洒热血，前仆后继，走过的历程何其漫长，战胜的困难何其之多，但心灵的崇高又何等的神圣！我们为什么不能从这种精神中得到教育，使自我也经历一种心路的长征，而达到一种崇高的境界呢！

三十六

红彤彤的太阳从东方冉冉升起，开始了一年最后一天的行程，它诞生了一个希望的早晨，也回顾着一个结果的晚上。我们迎接着天天的朝阳，送走天天的晚霞；我们天天在新生，也天天在老化，就是这种生生不已的循环往复，人类不断由小到大，由幼稚走向成熟。我们都是太阳的臣民，在它的身上寄托着我们无限的希冀，也是我们精神的起点和归宿。我们赞美每一天的朝日和夕阳，其实也就是实践着我们的理想，收获着我们的果实。回顾过去的一年，天天如此，展望新的一年，有更大的希望，企盼更丰硕的收获。

三十七

一年匆匆，像一阵风在不知不觉中，拂过春夏秋冬；一年急急，像一阵云，在漫散飘浮中，走过四季人生。每一年的每一天啊，有太多的感慨；每一年的每一夜啊，有无限的思索。每当收集回忆的断枝残叶时，才体味到幼芽的稚嫩，不曾做过多少大的事，细碎的杂务也难以说清，唯有心情出奇的平淡，走过风雨后是一种格外的宁静。收获一年的风景，最美莫过于空旷裸露中的苍凉和空寂，莫过于一种孤独中的悲怆和带苦味的灵魂升腾。啊！一年中的最后一天，你又将人生引入到一个崭新的历程……

三十八

人们向往田园诗般情景的描述和追求，是在现实中挣扎生活的一种无奈企求。因为每个人都有自己的心灵空间，都有其一份独享的自由。现实生活的压迫愈久愈深，心灵的重负愈重愈繁，而对心灵绿洲的向往和追求也就愈强烈。虽说有时可以在心灵中实现一些自我超越，但始终离不开世俗与超逸的反复循环。唯有身心的脱尘离俗，远置莽野，空灵大荒，才能真正隔断世俗的羁绊，让心灵在无拘无束中得到自由。真喜欢一棵树、一株草，一个宁静的小山村，一个温馨的小港湾，那是心灵的家园，精神的故乡。

三十九

苍凉的心境，像远山一样嶙峋，像荒漠一般旷远，任何喜庆的节日色彩在我心中只是淡淡的一缕烟云。经历了岁月的磨砺，人世间的尘缘渐渐地由少到多，又由多到少的遁逝了，留下的是一种悲剧色彩的苍凉，而唯有这苍凉，才能匹配这日积月累的年龄和风雨雷电的经历，才能在红尘禄利的世俗中有一份宁静的心灵。心灵的空旷深邃，精神的超逸安谧，天地间显得格外的清透爽朗，而无限的苍凉之神在召唤着灵魂自由飞翔。

四十

新的一年来临了，它迈着执着的步伐从新的一天开始，太阳笑眯眯地爬上东隅，把天地染得通红，万物在清风中焕发出新的活力，一切都生机勃勃。当我们送别过去，迎接新年的时候，肯定有很多的感慨，很多的思绪，而最为欣慰的是，生活本身和对生活的向往永远是美好的精神家园；无论遇到什么，它美好的愿景和现实中的成果让我们充实，无论悲欢离合，阴晴圆缺，无论成败荣辱，崎岖平坦，蕴含其中的永恒之真、善、美是贯穿生命始终的主线。拥抱新年的第一天，她有无限的蕴含和梦幻般的召唤。

四十一

翻阅历史，英雄豪杰，志士仁人，文君雅士，堂客野夫，虽未谋面共事，然精神相通，意气相求，情趣相谐，辞章相适，上通天穹，下接地壤，中贯人世，好不淋漓畅快，神通意爽也。然！现实之中，与小人同列，苟且共存，损我之境界，污我之清正，扰我之宁静，俗我之淡泊，令人痛心扼腕矣。是故，修身养性，熟读史书，明其淡泊之心志，安其宁静之心胸，出污秽而不染，立涛头而不俗，才能真正坚守做人之根本，才能达到境界之高洁也。然这种境界又何能与一般小人述说，唯自己修炼而已，是可谓清心正气，自在心中也。

四十二

冬雪姗姗而临，但毕竟来了，看它飘飘洒洒，扬起漫天的轻柔，给大地披上银装，一切都被其所覆盖，真是一个白茫茫大地真干净的世界。我们企盼和赞美雪，因为它是上天的灵魂，在其上升和凝结的过程中充满着生命的灵动，而在其飘扬轻洒的下降中充满着梦幻般的浪漫，它给人以清醒，给人以宁静，用最原始的色彩给人以最美好的结束和想象最丰富的憧憬，把过去现在将来凝聚在本真的永恒之中。唯有雪，才能真正启迪心灵；唯有雪，才能回归本质；唯有雪，才能净化灵魂；唯有雪，才能放飞精神。

四十三

新的一年开启新的憧憬和新的行程，人们年复一年地过着，但总会以一种新的心情迎接着新年的到来。不管这种心情是好是坏，但它却饱含着对过去的依恋和追忆，对未来的希冀和向往。人生有涯，而人生又无涯，就某一个物质形态而言，其变换和发展是有涯的，但对于一个精神的追求来讲，那就是无涯了。我们赞美每个新到的年份，以老朋友的熟谙欢迎它，拥抱它，以新朋友的情怀接纳它，融入它，与它共享人生的分分秒秒，并在这不断地更新中永葆心灵的青春与活力。

四十四

狂风怒吼，吹散一天的淡云，冷月西悬，照着大地的寒寂；心灵的思索织成纵横交错的网，捕捉着逝去的记忆和未来的憧憬，唯有宁静的灵魂时不时被世俗的事务所惊扰，大多陷入一种孤独的沉寂。有时外在的喧闹反而能应衬内心的孤独，在一定的时空中，让心灵隐退，暂时把思索的空间让给繁乱的应对，让琐屑繁杂充填于大脑，换得一时的麻木与沉醉。而这种应付犹如举杯消愁一样，醉一时的麻痹，而醒时则是更长久的愁痛。心灵宁静应该是一种物理和思维的双向交织，内外融合，提炼精萃，超凡脱俗的欣悦和安谧。

四十五

思的多了，也并不是件好事。因为它让人太累。事无巨细，汇入脑际，无时不思，无空不想，以致成为一种沉重的包袱，压得人喘不过气来。试想人生有限，而思无限，不去思，人就会麻木苟且，没有理性的深度，也不可能得以升华；而思的太多，则又变成了世俗之人，喋喋不休，失去了清明精洁的纯真。所以，思之适度也是一种必然的选择。思之少，无精进，思之多，烦恼盛；思之浅，难达意，思之深，焦虑重。智者所要面对的思之现状，唯有把握其度，才能有所思有所成，真正的会思考，把思之意化为灵魂之珠精神之核。

四十六

真的想寄情于山水，游走于田园，寓居于荒野，思之于自然，做一个潇洒自在放浪不羁的游仙，不受世俗的侵扰纠缠，不受人间的热风冷眼，不因荣辱悲欢漫漶自己清静的心灵境界，不为成败得失污染自己洁净的精神家园，唯有寄情于一切的本源。这是一种精神的向往，这是一种心灵的企盼。因为在繁杂的事务中，人们麻木的心灵，苟且的处世，世俗的行为让人不堪以承应。唯有心灵中留住一点挥之不去的想法，清流润雨，时时滋润自己，以求得一块思想上的绿洲。这也反映出人心之累，在于世俗之累，在于超脱之难。

四十七

忍辱负重是一种精神和品格，也是一种胸怀和修养。古人云“士可杀不可辱”，大凡血气之人，必有宁折不弯之志，刚烈正直之本，绝不会为个人利益而折腰，事媚权贵而丧人格。而有些人，自以为了不起，混迹于尘世，偶得于权势，窃取于利益，便不知其丑陋的出身和卑贱的品格，耀然于庙堂之中，凌驾于众人之上；大事不明，小事刻意，稍有不适，便寻衅生事，以己欲损世间公理，以小利失人间大义。对此类魑魅魍魉，奸匿小人，仁人志士不可忍也，可鄙可斥，让其暴露于阳光之下，现其原形，露其丑迹，天下人神共愤之，以绝其患。

四十八

把一切心灵的重负丢掉，让身心轻松起来。因为我们想得到的太多，所以，才已被得到的和想要得到的物质与精神成果所压倒。人们总是在连接着过去和未来，但更重要的是在现实中把握一切；历史的沉淀犹如土壤，让我们深根扎下，汲取无尽的营养。现实的时间犹如四季，让我们竖直身体，撑起一片绿荫；而未来的天空犹如幻觉，让我们不断向上，寻求更长久和更广阔的时空。人们不断思索和探寻是永恒的，但每一个时段上应有自己独特的内容和情趣。所以，既不能沉湎于历史的辉煌，也不能陶醉于现实成就，更不能完全幻想于未来的憧憬。

四十九

丢掉东西是很难的，人们天生就是在不断积累，不论是物质形态还是精神领域的，总是把它们不断地聚积，以致压得人喘不过气来。对于物质形态而言，其新旧转换的标志比较明显，相对更换速度也比较明显，而对于思想来讲，其更换和创新就难多了。试想贯穿我们思想的主线，几千年也未曾扯断，这是优势，是我们凝聚的根本，但再想附着其上的各种思想杂质又会有多少！我们不愿丢掉的，是经历千辛万苦收获后对漫长行程的回忆，是历史的深厚积淀的承袭，如果不去粗存精，去伪存真，撷取精华，而是一味继承，鱼龙混杂，就会加重心灵接受的负担启蒙的活力。

五十

解脱的方式非常多，但人们往往最关注所谓最好的结果，其实，无所谓绝对的好与坏，有的看似很好，不过表面上好看一些罢了；有的看似不好，不过表面上难看一些而已，其实心灵真正的解脱才是最重要的。不论一个人一生有多少成功与失败，有多少悲欢与离合，其都有一种最终的解脱和复归，那就是心灵的平和与宁静。形式固然千姿百态，五花八门，但本质是一样的，解脱对任何人来讲，都是一样的，不管其权位、年龄、学识、民族、性别、成败荣辱，其起点和归宿一样，那就是心灵的幻动与最后的沉寂，精神的欣欣启程与默默回归。

五十一

人们在平平常常中混度着每一天，在物质的维度中，好像生存的目的很明确，用一些现实直观的衣食住行即可反映出来，划成不同的标符，以求得一种证明。而在精神的维度中，人们又缺少一定的衡量准则和评价标准，无法得到明确的判断。随岁月飞驰，同时光流逝，人们沉浸其中，集清醒和懵懂于一身，聚当下与未来为一体，随波逐流，和光同尘，人们的悲哀恰恰就是这种对人生无限的一种无奈。因为，终极的理想境界，即人最终要到什么地方去，是萦绕人类的根源性问题，任何人都无法回避，也无法完全说清楚。于是，就有了人们的无奈和听天由命。

五十二

清醒地度日与糊涂的度日其实没有本质的区别，因为度日作为坐标的根本，也就无所谓清醒与糊涂了。试想在生活中，保持着一种原质态和本始的清醒或糊涂，对于具体事务而言，虽然有所不同，但在构成要素多样化的作用下，有时清醒变成了无奈，糊涂却变成了幸运。所以，有时人们只不过是在度日，并无所谓的清醒与糊涂。

五十三

有时过多过细的考虑，反而会影响思维的敏锐性和处理方法上的完善性；事物的发展是一种必然性偶然性有机统一的习惯性运动，非此时即彼时地受到各种因素的制约，强制性地去推动或引导反而事倍功半，但这恰恰是干事业的人急于取得成绩的致命所在；往往不顾客观条件，导致的想法却得不到好的结果。所以有时急与慢、多与少、思与疏并不代表孰好孰坏，而在于其是否符合客观规律以及事物发展的基本趋势和实际进程。

五十四

成绩是大家的，缺点是自己的；荣誉是集体的，问题是个人的。只有置身于共同的事业，追求共同的理想，实现共同的目标，才能有所成就感和事业感，才能实现个人价值的社会化体现。人生短暂，征程无涯，经历风雨兼程，能在一定时空上为事业添砖加瓦，尽其心力，是欣慰的。而处在一个发展迅速、进步显著的阶段那更是幸运的。人生的平凡在于奉献的默默无闻，而人生的伟大恰恰在于这种平凡的基础性。

五十五

做平常人，持平常心，干平常事，这是人的本分。

自述平常事，谁云一片心；风雨兼程去，日月往复来。

人世多沧桑，心中自明裁；天地有真情，且在老夫怀。

云淡风轻，心明志朗，在于一份宁静。

水平波稳，身闲行散，在于一份淡泊。

第七集　春风几度

DIQIJI CHUNFENG JIDU

一

有一种胸怀像大海一般博大，容纳百川而气度雄浑；有一种境界像天空一样深邃，宁静清明而幽幻和谧；有一种思想像太阳一般火热，激情乐观而爽朗智慧；有一种意志像钢铁一样，坚韧不拔而无坚不摧。其实，一个人就是多种因素的凝聚，而最关键的则是灵魂的至高无上。

二

五斗米压垮了多少人，窒息了多少活力与激情，仰人鼻息，承受世俗的熏染，久而久之，已麻木成了世间一个简单的物品，任人搬弄。生存的压力本是一件好事，让人奋进努力，但在这压力中，世俗的东西越来越多，就会导致精神的萎靡和意志的衰弱，人们失去了灵魂的根基和精神的家园，只能在疲惫的适应中维持浑浑噩噩的生存状态，有时在精神上还不如一个原始的流浪者。

三

人们的心情随着世间万物的变化而起伏，同时也在这起伏中寻求一种心之向往的境界。人因人因事而心情为之或悲或喜，这是常态，是与生活紧密相关的，它始终处于一种动荡之中，高低起伏，遇事而发，随人而倾，可谓千姿百态。同时，隐含于人们心灵深处的思索，可谓之哲理和智慧层面的心情，却是另一番景象，它通过感官的多重接触，经过理性的提炼，升华为智慧的超越，变成一种安谧、宁静、恬淡、旷达、自然的情怀，形成驾驭一切的精神主宰。

四

为了生存，人们的心态和行为纷繁复杂。有些人争名于朝，争利于市，为了不同的名与利，奴颜婢膝，为五斗米折腰，让人看得有些悲哀和酸楚。有多少有志之士，文能辞章，武能御戈，有能力有见识，但在不合理制度下，备受磨折和压抑，失去了锐气，失去了智慧，失去了意志，失去了情怀，唯唯诺诺，行走于红尘禄霾之中，混迹于俗流污行之里，久而久之，失去本真之性，善良之质，美好之情，不亦悲乎。

五

回忆过去，感到岁月飞驰，一瞬即过，还来不及回味，一切又都发生了新的变化，一切还未被完全认识和掌握，新的东西又接踵而至。人永远处于一条奔腾的河流之中，没有停顿，没有喘息，偶尔盘旋，偶尔浪花，便又匆匆向前奔流去了。有时仔细想一想，应该静下来，领略一下过程，享受一些风景，但往往还来不及回味和思考，又被洪流裹挟而去。所以，回忆只能在一种物理隔离的状态下，真正停顿下来，才能有悠长地回味和深刻地思索。

六

繁忙之中，抽出点时间，让躁动的心灵安静下来，让缠绕的思绪沉寂下来，打开书籍，渗入到历史或现实的字里行间，与古今中外的各色人物切磋交流，与不同的时代和社会接触了解，其收益是非常大的。生活节奏很快，工作任务很重，人际关系复杂，各种事务繁琐，人们的精神始终处于一种紧张忙碌之中，使人昏昏然；抽出点空闲，置于书中，则如酷暑遇到清凉之风，严寒碰到温暖之气，使人精神爽朗，心情愉悦，境界深远。所以，有时创造一点闲暇，是回归精神家园，汲取智慧的营养，寻求灵魂的超越。

七

我们的内心太渺小了，以致在生活中沉溺于蝇头小利，芝麻小事，斤斤计较，物是我非，搞得心里极度不平和。于是乎，丢掉了真切的自我，而给人以非常圆滑和机警但又失纯真的感觉。所以，任何事情都要有自我的认识和正确的把握，由信息到知识，由知识到智慧，由智慧到境界，一切都会变得非常温润和爽朗，充满灵动的哲理，从而使日常的琐屑之事也富有了生命的活力和灵性，减少或阻断了尘俗太多的侵蚀，保持了灵魂的洁净。所以说，渺小的是我们蒙蔽迷失的心灵，而不是世界。

八

生之艰难并不是生活的不幸，而是在构成生活的具体环境的人际关系具有复杂性和偶然性的特点。由于人们不可能先天性的选择自己的生存条件和环境，因而总体上被一种时代、阶段、时空所局限，由此决定了一个人的发展道路和阶段内容就会具有独特性的色彩。有人基础较好，环境优越，比较顺利；有人则条件太差，环境恶劣，甚为艰辛，两者相对来讲，其奋斗的行程和付出的代价就会截然不同。正因为大多数人都处在相对艰辛的条件和环境中，所以，生之艰难成为人们必备的课程，必需的挑战，这就是生活的真谛。

九

人们以诚相待，才能把这个世界搞得富有生气和活力，充满温馨与和谐。但在现实中，人们由于各种利益的诱惑和想法的差异，有着不同的追求目标和不同的发展路径，有时就会把以诚相待的基本底线丢掉了。于是乎，相互之间的猜忌和欺诈反而成为了主题，争名于朝，争利于市，满足于名利的占有。真诚则悄然隐退于一隅，只是默默等待着一些人在一定时候的良心发现。人之诚是为人处世的根本，是生活的基石，是我们时时刻刻都应坚持的底线。

十

苛求于别人，稍有不适，就以自己的情绪和要求横加指责，唯我独尊，唯我独行，看似气焰万丈，声势了得，其实，不过是一种自欺欺人的过度自负而已，是一种缺乏自信的虚妄，没有修养的顽劣。试想大千世界，人们生活在不同地社会环境中，扮演着不同的社会角色，承担着不同的责任和使命，因而有着不同的想法和行为也是正常的。因为有点权势，把自己的主观意志和想法强加于人，这是极端错误的。君子者，追求的境界应当是“和而不同”，在追求共同理想的努力中达成共识，众望归一；在各自的工作中千姿百态，各有千秋，求同存异，以致大道。

十一

综合素质的提高，对于一个单位各层次的管理人员而言，非常重要。因为它代表着一个单位的基本文化品位和基本文化内涵功底，又以丰富的外在形象呈现在社会面前。所以，处理事务的文化色彩最容易让人感受到一个单位的综合素质和文化蕴含。我们有些管理者往往把自己只视为一个内在的工作人员，只凭自己的好恶去从事自己认为可行的事情，殊不知各种工作都是带有单位文化内涵的表现，也要受到社会文化的整体约束，而这一切都会体现在每个成员身上，特别是各级管理人员身上。

十二

别那么浮躁，别那么心焦，平静地看待一切，一切都是现实的客观存在；有人群的地方，就会有众多的生存方式，就会有复杂的思想和多样的行为。对任何事情都要看到它存在的客观现实性，存在的都有其合理性的内涵和外延，只不过有些会消失，有些会继续，有些则会产生出更多的新内容新形态。天命是一种客观规律的特殊表达，而在此规律的基础上有纷繁复杂的内容和千姿百态的形式，这是必然和偶然的辩证。平静地看待一切，客观地对待一切，将一切纳入胸中，才能有自己的气度和风范。

十三

境界高，看问题才能全面，境界广，看问题才能深远。高屋建瓴，是从宏观上把握，有一览众山之势；见微知著，是从微观上入手，有润物无声之态；而把两者结合起来，是认识世界改造世界，推动时代发展，促进社会进步的根本之法。有时一个时点的事情，从近处看不算是什么问题，但从长远而言，则反映出一种发展的趋向和态势；有时一个微小的事情，从细处看没有什么值得注意的，但从全局而论，则可能是影响至关重要的节点。往往事情的性质和事态的发展，并不会很明显的马上出现，而是在很长的时空中所孕育，在关键的时刻爆发，所以，看问题要高远深刻，不能短视浅显。

十四

智慧和聪明的区别在于，前者是上升到哲学层次的一种心灵感悟和精神境界，后者则是一种具象层次的灵活应对和机敏反应。智慧的生成需要长久的历练和心灵的不断觉悟，聪明则在现实中注意把握和应对即可实现。所以，有时智慧的表现看似愚钝，聪明的表现看似精巧，殊不知在智慧指导下的聪明是真正的大聪明，而被聪明制约的智慧很难显现智慧了。人们要在实践中不断积累聪明，并要不断陶冶，提升到智慧的境界，并且要以智慧驾驭聪明。

十五

凭心而干，对于事业和工作中的每一个人来言，这是最基本的素质和要求，但这仅仅是一个底线，还应该有一种超越其上的精神和境界。因为，从事某项工作，实现某项任务，完成某项事业，凭心而干的程度是不一样的，有高有低，有大有小，有实有虚，有快有慢；应付是一种心态，精益求精又是一种心态。所以，凭心而干，要有一个度的衡量和质的把握，否则，就会变成一种苟且偷生的借口，变成一种自由放任的态度，变成一种自我麻木的掩饰。

十六

对任何东西不要抱有太多的幻想，因为，只有靠自己的努力去完善自我，超越本我，造福众人，奉献社会，才是向往的境界。任何幻想只是一种精神的梦呓，灵魂的憧憬，虽有其合理的因子，但如果没有科学的内涵和实施的条件，只能是思想的一种副产品。一个人“穷则独善其身”，做好自己的事情，增加自己的知识，培养自己的本领，提高自己的素质，陶冶自己的情操，提升自己的智慧，这才是根本的。一个人“达则兼济天下”，要在具备主客观条件，适应时代潮流，符合发展趋势的环境中，适时适度，勇于担当，敢立潮头，以天下为任，以苍生为本，干出一番事业，不失其志。所以，人必须固守其本，保持平和的心灵，把握自我的修炼，提高理论水平，增长知识能力，养成一种高境界大智慧，才能达到自我实现和服务社会的有机统一。

十七

从事任何工作都要尽心尽力，但往往有些人，身在单位，心在自己，事业为饰，利己为实，享其利，用其财，得其惠，唯恐不能将公家之利化为己有，而且打着给公家办事的幌子，干着吃干挖尽的勾当。有些事情本属正常，但在有些人心里手里就变味了。我们打造一种良好的风气不容易，但毁掉起来非常容易，“千里之堤，毁于蚁穴”，要从点滴做起，从小事做起，用制度的强制规范和道德的有力约束，制止不良风气，还单位社会一个风清气正的环境。

十八

保持内心的平静是很难的，有时为了某种场面和氛围，通过压抑自制能够保持一种外在的平静，但内心的火焰却在熊熊燃烧，一时难以平息。人们真正的平静在于内心的和谐与安谧，因为只有它才是在实践过程中经磨历劫，风霜雨雪后的一种超越，是发自内心，源于精神历练后的升华。在这方面，我们缺失的太多，达到的程度也不高，所以，内心的平静是一种永恒的追求。

十九

人生何求，只不过是把有限的生命和精力用在时代的某一时空点上，有了些物质和精神的成果，但只是人类发展链条中的一个微小环节而已，如沧海一粟，注入江河湖海，了无其迹，如沙石一粒，融入崇山峻岭，了无其形。所以，人生重在行程，在现实中根据客观条件和自身所具备的资质，心有目标，脚踏实地，干好每件事情，这样，心灵才能有寄托，生活才能有意义。人生的本质是平淡的，起点和归宿是一致的，都是生命的永恒所在，也是生命的必然要求。

二十

冬天快要过去了，但这个冬天除了比较温暖外，没有给人留下太多的印象；既无漫天的雪花，也无凛冽的寒风，一切北国应具有的禀赋似乎全消失了。我喜欢强烈的寒意，漫天的大雪，唯有如此，才能呈现出真正的北国风韵，才能表达出真切的塞上气魄，也只有这种激烈的涤荡和严酷的洗礼，才能有一个境界高远的升华。冬天的一切物象和特点，都应给心灵留下深刻的震撼，才能有人的真正自觉和自警。

二十一

待人的真诚与平和，是一种内在修养和外在风貌的综合反映。海洋因其博大，才显得格外的平和，虽然有时有局部的波涛，但整体上总是呈现着平静和安谧。在外层空间看地球，也是非常安静和平和的，因为站得有高度，才能有全面。一个人其内在的素养决定着自己境界的深度和广度，同样，也决定着自己对人对事的态度和做法。缺乏真诚就会失去平和，缺乏素养就没有安详，心灵的修养是一切的基础和源泉。

二十二

平静地度过每一天，平常地做好每一件事，平和地对待每一个人，看似平淡，却是和平时期生活的常态。有时候我们过多地带有幻想性的企盼，遮掩了现实中日积月累的积聚性进程，变得有些急躁，内心烦乱起来，以致把应当做好的每件事，每天度过的时间看得太随意，反而陷入到一种无聊和苟且之中，让生活失去了意义和活力。其实，心中的平静和单纯正是一切生命的根本。

二十三

思的最高境界是简单，心的最好状态是宁静，情的美好时刻是和谐。人们在社会生活中，经历了各种磨炼，在复杂的生存条件和不同的发展环境下，经过实践的反复淬炼，对感性知识去粗存精，去伪存真，由表及里，由此及彼，经过一番化合与分解，逐步梳理出逻辑性的思维，抽象出哲理性的智慧，从而实现了一种理性的升华，一切表述格外平常简单但意义深刻。从古至今，大凡仁人智者的论述，都是言语简单而意蕴深邃，平常平静平淡中映射着真善美的七彩之光。

二十四

春天在冬的怀抱中轻轻走来，缺少残雪的点缀，融冰的映衬，季节的转换显得非常模糊，无声无息地就实现了。太阳温柔地抚摸着万物，大地开始湿润起来，树木和小草渐渐膨胀其身躯，积聚能量，不时蹿出嫩的幼芽，弥漫起绿色的雾纱。春风柔柔地拂着一切，一切都融入春的气息中，经历了四季的一个完整循环，一切又到了新的起点，显得富有生机和活力，一切又开始了梦幻般的历程。

二十五

一场春雪在浪漫中化为雨滴，给干涸了一个冬季的大地带来滋润和抚慰，天空中弥漫着清爽，田野里呈现出嫩绿，一切都注入了新的活力，开始了由内向外、由下向上的萌动。我感悟着冬去春来的季节轮回，赞美这似雪非雪、似雨非雨的清晨，以一种交混的景致，拉开了岁月的大幕，很多自然和人间有声有色的演出将会纷至沓来，呈现出不同的角色和情节，演绎永远也没有结果的神秘。春雪无痕，春雨无形，沁入万物，只在心里。

二十六

生命有时很轻很轻，转瞬之间，灰飞烟灭；生命有时很重很重，永恒不息，生生不已。生命承载着我们，我们彰显着生命，在岁月的飞逝中，一切都在变化更新，一切都在消失灭亡，无始无终的循环往复，生命呈现着多样的色彩，有着复杂的行程，珍视生命是万物的根本。生之意义并不在于尘世，而在于内心，只有从灵魂的境界和精神的家园中，才能真正把握生命的意义。

二十七

时间是最好的见证者，它公允地看待着万物的兴衰更替，生死轮回；一切都在它的怀抱里经磨历劫，充实具体的内容，展现多种的形态，放射不同的色彩，由此世界充满了灵动。有时觉得它走得很慢，有时觉得它走得很快，有时觉得它几乎不动，有时觉得它几乎不停，其实，这只是我们一种主观上的时间感觉，是一种心灵上的感受，时间永远迈着永恒的步伐，执着地前行，无始无终。

二十八

尽心尽力，为事业勤奋拼搏；无私无愧，视成败过眼烟云；人生境界应当高远，不以己事而失其宏博，不以私利而坠其清廉。有境界者，胸有大志，腹有良谋，壁立千仞，海纳百川，清静淡雅，自知自明，把世间一切看得淡，看得透，理得清，悟得深，循其规律，适其大道，正所谓，行云流水，自然天成而已。所以，要用一种有境界的事业心使命感。

二十九

追名逐利非吾辈之为也。人生在世，尽其身心之力，执事处人，光明磊落，公正明洁，不求显达，安于无愧，自是一番心意。至于荣辱成败，名利得失，过眼烟云，闲花淡月而已。岁月不居，时光如流，人生短暂，可供学习工作生活的时间非常有限，只有放开心胸，才能多做点工作，多学点知识，多有点见识，从而增添智慧，升华境界。

要记住，高品质的东西往往是最简单最平淡最平常的，人生要简约。

三十

寂静下来真好。从喧嚣的烦乱中，让心灵回归到一种安静的状态，让精神松懈下来，把它融入到天地万物之中，弥漫于空灵的境界和淡雅的安闲之中。安静里，感受着落日的余晖，天边淡淡的暗红，仿佛快要燃尽时的告别，远山逶迤，崎岖地绵亘着，延伸到天际，小鸟单调的鸣啼，更增添了几分寂寥。心里去掉了世俗的杂尘，显得宁静清爽，无拘无束地做一番自我的漫游和幻动。寂静下来真好，一种难得的洒脱与超逸。

三十一

天空灰蒙蒙的，太阳露着惨白的脸庞，几只小鸟鸣叫着滑过天宇，一切都显得非常单调。办公大楼里已沉静下来，一切仿佛回到了寂静的原点。坐在桌前，看看书，偶尔向窗外望去，心里感到一阵惆怅。过去的一年，具体的内容和形态似乎已淡忘，只剩下欲说无语的苍凉，只有一种超然的感悟。这可能是最大的收获，在繁闹中获得了虚空的寂寞，在宁静里享有了自我，心灵的天地广阔无垠，可以放飞任何梦幻。

三十二

红袖添香，琴声伴读，自是一番雅致；淡月清辉，心境空灵，难得几分超脱。大年之夜，寄寓陋室，烛光摇曳，书墨芬芳，揽古探今，上天入地，神游八极，情溢寰宇，真是一番难得的清灵孤寂，宁静中的心灵放飞。过去的尘垢被清新所洗濯，繁杂的思绪被空灵所代替，感到无比的爽朗和快意。试想人生，如果让功名利禄全都占去，让荣华富贵全都占满，心灵还能有什么空间，精神还能有什么家园。空也，静也，乃人之大幸也。

三十三

把人生的希望寄托在每一个发展的时点上，让人看到自己取得的成绩，享有一种成就感，这是一种正常的现象，但也未必是人们真正从心灵中希望得到的结果。因为，只有寄情于天地，志向于万物，把自己融入到人生的永恒之流中，才会长风万里，意气昂扬，不为一时一事的得失而遮蔽其眼界，禁锢其心胸，与世俗同流。所以，任何时点的得失都是一瞬即过的虚幻，任何时候的荣辱都是一阵的过眼烟云，唯有看似虚幻的空灵才是永恒之本。对于短暂的人生而言，只有精神的超越，心灵的明净，才是生存的基石发展的源泉。

三十四

放下一切，让心灵空阔起来，才能容纳万物；丢掉一切，让灵魂轻松起来，才能升华超越；看淡一切，唯有精神的凝练才是人生的永恒；善待一切，唯有人性的纯真，才能感化整个世界。在天地面前，人类何其渺小，在万物之中，人类又何其伟大，这种伟大不在于形象，而在于精神，这是任何山脉不可比的高远，任何海洋不可比的辽阔，珍惜自我的灵魂，永远不要沉沦。

三十五

自己和自己对话很难，但又最容易而且最深刻，因为，最真实的自我，在矛盾在交锋，在分解在化合，真善美假恶丑在直面相对，白刃格斗，这是真正的较量；因为，只有这种残酷的自我解剖中，才能看清自我，分清自我中的良莠，坚持真善美的禀赋，克服假恶丑的顽性，实现人性的超越，升华出永恒的精神。当然，自我对话必须要建立在最真实的基础上，最客观和公正的条件下，因为，解剖自己是非常痛苦的，要直面自己的劣性和缺陷，要战胜自己的虚幻和掩饰，需要心灵的磨炼和精神的淬火，要经历炼狱般的考验。

三十六

此生不畅快之事，莫过于为五斗米折腰的了，为功名利禄而失其志向和专业，与奸佞 同列，与小人共舞，俗尘污垢，遮蔽灵光，污秽清明；虽有自省自警之心，而无脱身隐形之技，于是乎，浑浑噩噩，苟苟且且。男子汉大丈夫，身立天地，心明日月，做事为人，光明磊落，尽心尽力，岂在乎功名利禄。纵然是茅屋瓦灶，粗茶淡饭，依然清风明月般的情怀，何以落得混日子一样，与鼠辈应付，失我之情怀也。悲哉。

三十七

春天刚刚启程，伴之而来的不是温润的雨水，而是满天的浮尘黄沙，朦胧罩野，一派茫然。去年冬雪稀少，原野干燥，初春风起，便是个风吹沙扬的漫天混沌，让人陷入季节变换的迷茫之中。这和江南的春天形成鲜明的对照，因为汽润水丰的南国，早已在温润里莺飞草长，柳绿花红了。所以，北国的粗犷，塞上的雄浑，在春天最为直观的感受，那就是狂野和暴戾，唯有如此，才能将束缚已久的冬的桎梏敲碎，把春天唤醒，掀开厚重的大幕，将万紫千红的生机催发，迎来一个崭新的欣欣向荣。

三十八

想超脱却没有合适的超脱办法，这是一大苦恼。古人可以躬耕田亩，“采菊东篱下，悠然见南山”，以求“心远地自偏”的潇洒，可今天的城里人已无立锥之地；古人可以归隐山林，寄情风月，藏迹于幽野深谷，今人则无一安静之处。现世的繁乱，让人身心疲惫，很想寻一幽静之处，得到一些宁静和安闲，可现实中又很难实现，不外乎为五斗米奔波，为名禄争夺，搞得灰头土脸，污浊不堪，没有一点自由之精神，独立之人格，人性之纯真。难乎，骑虎不得下，攀龙忽坠天，何时得以解脱。

三十九

春雨悄然而下，给干涸的原野沁入了湿润的温柔，空气清新洁爽，烦躁的心灵，在这雨的抚慰中放松下来，惬意中又有几分浪漫。心灵得到慰藉，生机盎然，精神脱去羁绊，自由潇洒。雨中的滋润，晴天后的空阔，可以让灵魂直上苍穹，无际地畅游。人需要不断超越自己，而最大的超越是放弃各种杂念和由杂念产生的各种烦恼，正所谓不畏浮云遮望眼，只缘身在最高层是矣。

四十

应当有自己的选择，不要把希望寄托在别人身上。人生一世，可以有多种生活方式和多种选择，但最根本的选择是气节的坚持。人们应该通过努力得到自己应该获得的那份果实，但这只是最低层次的需求，人们还应该享受到为事业为工作取得成绩后的成就感，它可能没有别人的评价，只有内心的自我衡量，对得起良心这是根本。试想多少代人为实现国家民族的独立自由富强民主，付出了多少鲜血和生命，走过了多少艰难与曲折，进行了多少探索和努力，我们心里应当分外自豪。所以，选择非常重要，气节的高洁来自内心的强大和清明。

四十一

有些人和事很让人失望，因为缺乏对人的正确认识和对事物的科学把握，总是以一种主观的眼光和世俗的做法去对待，从而产生了不好的结果。其实，人之相识，在于一种心灵的沟通和思想的交流，往往能深谈的都是精神层面的，对于人有很大的益处；反之，过分以物为主则使人思想交流受到制约，产生一种隔离感，破坏了沟通的基础，变成了一种纯粹的应付和表面的应酬，所以，人性在世俗中的变异是非常厉害的。

四十二

静下来的时候，才能真正地去思考，想的可以更广阔一些，更深刻一些，达到一定的层次，升成一定的境界。淡下来的时候，才能真正地去面对，把历史的久远，现实的存在，未来的憧憬，进行一番系统深刻的剖析，看到自然人类社会发展的内在规律和基本趋势，把人的主观想法和实际行动看得更清晰，求得一种高远和辽阔。宁静致远，淡泊明志，此人生殖真谛也。然而，这静和淡对具体的人来言，其深度广度又是不一样的。

四十三

就像初春的一场雨夹雪，虽然有些混杂，但毕竟对混沌的天宇和沙尘的空气进行了一番清洗，蓝天丽日和残雪交相辉映，给人一种季节交替冷暖交织的美感。深深呼吸着清新的空气，心里阵阵爽朗，看大自然的万千变化，看人生的此起彼伏，看历史长河的波飞浪舞，一切都显得分外美丽和壮观。当一个人置身于大自然和大人生之中时，就会感到格外有激情，格外有境界，人们心灵的超越和境界的拓展，是以无限为背景，以有限为基础的，而起点始终在心里在脚下。

四十四

急流勇退是一种明智的选择，当事业名誉达到一定程度的时候，要择其时机，退出红尘禄利之流，隐于清静无为之地。只有这样，才能使心灵得到一种真正的解脱，才能让思想达到一种真正的轻松，才能使灵魂实现一种真正的超越。有时人们过分注重看得见摸得着的既得利益，而忽视了人格的独立和精神的自由。所以，该当决断时必当决断，人苦于自己不能客观全面认识自己，不能量力而行把握自己，有时的觉悟可能就在一刹那之间，掌握其时间点，既是一种境界的反映，也是一种气质的使然。

四十五

“山重水复疑无路，柳暗花明又一村”，人生的发展就是在这阴晴圆缺成败得失中不断转换而实现的。有时遇到重大转折时，各种困难压力一起涌来，让你感到难以应对，心灵受到极大的压抑，犹如暴风雨来临前的沉闷；但转过山脚，绕过崎岖，又登峰岭时，蓝天白云，阳光和风，百花争艳，万木葱茏，别是一番天地了。所以，往往最困难的时候，也是转折到来的关键时刻，最绝望的时候，也是希望降临的光明福地。人要有一种持之以恒的顽强精神，有一种高大博远的境界，就能在任何条件下，挑战自我，战胜困难，领略无限风光。

四十六

朋友的理解和支持胜过一切，因为它是发自内心，来自真情，无所企求的一种友谊，是一种精神的寄托，心灵的相映。人生在世，所求很多，但唯有真诚的情分和友谊是永恒的。我们看到表面的太多，享受现成的也不少，却往往忽视了内心的感受和友情的享有，有时朋友一句简单的话语和动作，一个随意的眼神和手势，胜过势利者媚俗者的千姿百态千言万语。人需要的东西太多，但只有精神上的相知，思想上的相识，才具有心灵上的相通。

四十七

山河依旧在，人世几沧桑。看时间飞快地流逝，一切都在变化，我们经历着人类历史的某一时点，它赋予了我们独特的思想和行为，也取得了自认或他认的成果与教训，一切都是那样平常平淡。当我们置身于人际和事情之外时，当我们沉浸于回忆之时，过去的一切像幻影般悄然出现，又默默飘去，曾经激荡人心的历程，平淡得只留下一条时隐时现的起伏线段，曾经热烈朝气的事业，在深邃的天宇留下点残辉淡迹。人的恬淡此时达到这样一种境界，一切回归本真的原点，一切复位平常的状态，一切趋向安谧的灵境。

四十八

平淡的心灵，最易感受世间的沧桑和人生的起伏；平常的心灵，最能体味成败荣辱的熬煎与享受；平静的心灵，最会欣赏阴晴圆缺的自然和意境。只有在有所经历后，才能达到一种心灵上的平淡平常平静，才能实现对世界本源和人生本质的把握。身在红尘禄利中，往往迷失的是自我，是精神源流的枯涸，是灵魂境界的萧索。因为，生之压力在不同时期不同条件下，给人以不同的追求不同的努力，当行程有一段起伏的曲线可供评判和反思时，就为心灵的宁静和灵魂的超越奠定了一定的基础。

四十九

人其实是生活在一种幻象之中的，所有外在的成败得失和内心的阴晴圆缺，都是一种看似实际却很虚幻的水中月镜中花，随着附着载体的消失和精神内核的变化，终会成为历史的烟云。但这种看似虚空的实在代代相传，构成了人类社会发展的线条和场景，在人们的追忆和思索中无限地延伸，又在代代的承接里展示着。所以，人们完善自我，创造生活，推动社会进步，促进时代发展，看似物质的制度的呈现，实则是精神的创造和推动，这是涵盖一切的根本，也是人类所特有的本能。任何的有形总会被一定的时空所限制，而无形则能弥漫于任何领域，贯穿始终。

五十

是该决断的时候了，不能因为一些表面的名誉和所谓的成绩迷失自我，让心灵蒙上世俗的尘垢，不能沉醉于对某些幻想的憧憬中，而让心灵得不到一丝宁静。人们生活在世上，不能只一味索取，有时也应该放弃，不能一味的沉溺于奔走和获取之中，而让灵魂疲于应付，精神失之温润。生活固然艰辛，需要各种物质保障，但最可怕的是失去心灵的自由。要有做人的尊严，要有敢于抛弃既得的决心和行动。

五十一

沉默于心的想法，像一座火山不断地积聚着能量，当达到一定极限时就会喷涌而发。压抑的思想和情绪，也在不断酝酿着能量，当达到一定程度时会有所突破，产生一种新的境界。火山爆发前的沉默，暴风雨来临前的寂静，只是一种表面平静的现象，其内含的剧烈是难以想象的。寻求内心的突破，面临激烈的自我思想交锋，精神格斗，当达到一定的极限时，新的思想会产生，新的境界会生成，失去的是包袱和枷锁，得到的是高远和清明。这种选择是人生中的必然，只不过在于对时空和觉悟程度的把握了。

五十二

由于受到生存的压力，有时人们为了必要的生活保障需要，违心地去做自己不愿做的事，应对不愿接触的人，这是现实，任何人都无法回避，因为人们只能接受既存的环境，不能随心所欲地选择现实。但在一定的适应后，如果一味地麻木下去，并被现实磨得浑浑噩噩，苟苟且且，那么人生的意义就太渺小太浅薄了。很多表面上很好的东西，并不是事物的真实和本质，只是一种虚幻的折射而已。整个宇宙呈现着无垠的深邃和广阔，虚空无限，才造就了最真实的客观存在，才容纳了一切。把繁杂的压力从心里卸下，留点虚空，担待更美好的事物，承接最真善的人性；留点浪漫，让精神愉悦，灵魂飞翔。

五十三

春天的气候变化万千，冬的依恋，春的蹒跚，在冷热交替中胶着很长一段时间，因此，北方春天的画面是多彩和易变的。这也和人世间的事情相仿，大凡新旧交替之际，各种矛盾相互交织，各种因素彼此缠绕，显得格外复杂和诡秘。其实，这都是一种事物发展过程中的外在表现而已，具有一定的幻象色彩，往往人们对这种幻象的主观臆测，又加重了其朦胧的成分，愈加让人不可捉摸了。本然的东西并未发生变化，只是人们心态有了主观的色彩和幻象的憧憬，而以此度人度事而已。

五十四

大凡事物由低到高难，由高到低易，而人生却是有些相反，从最基点起步，向上行虽然费力，但有一种成就感，登上一峰又一峰，无尽的召唤，人们沉浸在事业的建树之中，甚是惬意。然而，登上一定的高度，精力已至极，前峰不可及时，往下行就不容易了。这时的难不在乎于路的平坦或崎岖，顺势而下，总比上山轻松些，但心路却是异常的艰难，因为经过一番拼搏，取得一定的成就和声誉，似乎往下行就有一种颓败之感，再加上世人的势利眼光和做法，处于一种异样的氛围，人们的心理就会发生很大的变化。所以，锻炼人的不只是征服的快意，而更是超脱的平淡坦然，安详自然。达到这种境界，才是人生的至极。

五十五

人们的思想和境界，决定着为人处世的基本态度和做法。一种以世俗为本，交游各方，八面玲珑，投机取巧，以势利为取舍的心态和做法，看似热闹，实则浅陋矣。必要的交际是应该的，但把个人的命运全都放在这方面，把个人的发展全寄托在这上面，则失去做人的根本了。人需要成就和名声，但它必须是建立在良好道德情怀和综合素质之上的，是被大众所认可的，不是依托在权贵的恩赐和自我的投机上的。现实中，总有一些人打着为国为民的旗号，而干着为自己捞名捞利的私事，虽能有一时之得，但终不为世人所誉而耻之矣。

五十六

提笔无字，欲说无言，一种惆怅与无奈之情涌上心头。试想天高地阔，万物繁复，却复杂不过心灵；试想时代纷纭，万类竞进，却深刻不过个人。因为，每个人自己就是一个系统，就像宇宙中的某一个星系，从大的范围看，其小无比；从小的角度讲，其大无限。所以，从每个人的心灵修炼来看，吾心就是世界，世界就是吾心，要不断去静养修行，以达到一种至高至远的境界。

五十七

忠言逆耳，这是现实中的一条常识，当然，也可以把忠言变成顺耳的话来说，但有点太费心思。人们如果失去了本心，缺少了真诚，丢掉了质朴，以一种变异了的心态去对待一切，以一种变味了的情趣接触一切，以失去棱角和锋利而求得安逸圆滑，那就太悲哀了。大凡性情中人，发自于心，出自于口，直面现实，通达肺腑，指陈斥弊，无所顾忌，是以天地为心，民生为本，真理为基的心胸所致。而苟且于世，谄媚于势，计较于利，口是心非，作态模棱，是以私心为本，私欲为根，私利为是的小人之鄙，为正人君子所耻也。所以，要保持自己宁静致远的境界，淡泊清明的情趣，最根本的是保持本性的纯真和善良，质朴和直率，豁达和坦荡。

五十八

真正的勇士敢于直面惨淡的人生，此话一语中的，入木三分，直指人性。有人连自己正常的人生都不敢面对，一遇风声鹤唳，马上草木皆兵，特别是把自己的利益置于大义之上，视人间万物于不顾，只有自我，四面出击，八面玲珑，随风而舞，没有人格和立场，失去了做人的根本。任何人首先是做人，才能做事，只有做好人，才能做善事，要秉持公平公正公明，要宽容大度，以真善美为基，养浩然博大之正气，韵清廉雅蕴之胸襟，超凡脱俗之境界。试问，人生何以无对。

五十九

看透了人世间的千奇百怪，也就不以为然了；悟出了人生中的成败得失，也就平淡了；经历了行程的崎岖坎坷，也就视为平常了；尝过了生活的甜酸苦辣，也就一番滋味在心头了。唯有这人生的智慧始终如日月朗照，明灯高悬，让人不能模糊懵懂；唯有这人生的纯真品质始终坚守阵地，让人不能失节损志；唯有这宁静淡泊的心灵，在红尘禄霾中始终闪烁着圣洁的光芒。

六十

对任何事物与人，我们都有一个基本的看法，客观对象是实在的，但我们的看法是主观的形态，因为受到自身素质和各种条件的限制，在判断问题和臧否人物的时候，有时不由自主地会让主观成分占据了上风，以致从其表流，不谙深理，一味地走入极端。所以，处理任何事务与人际，必须从客观实际出发，在实践中实现由感性到理性的升华，在实践中去检验，而这个检验不是一蹴而就，而是一个过程的全面持续的验证。

六十一

很多问题已经呈现，但解决时不能简单化，因为呈现出的问题只是一种深层次矛盾的表象形态，看似简单，其实不然。所以，要有一种系统的看法和综合的理念来指导，从最佳的时点切入，由表到内的深入，由低到高的提升，才能达到真正的效果。否则，看似轰轰烈烈，实则表面形式，反而导致问题复杂化了。解决问题的关键是要看得全面，分析得正确，方法得当，认识和把握问题是前提。

六十二

提倡一项工作人人皆抓，看似重视，实际上是一种误区；科学的做法应该是围绕中心工作，各司其职，各尽其能，突出重点，形成合力。因为，往往带有全局性综合性的工作，涉及面广，影响深刻，需要多方面的协调与配合，必须以主题为中心，提纲挈领，将不同功能有机地融合在一起，形成系统的合力，这样才能达到工作的效果。而提倡人人皆抓，则失去中心，由于职能岗位不同，造成扯皮推诿，内耗不断，一盘散沙。

六十三

一个单位领导的新旧交替，谈不上风云变幻，但就会使一些人头脑膨胀，活力提高，活跃度飙升，大有为我能行，上蹿下跳，鼓舌于基层，掩耳于上级，游走于同类，游说于群众，似乎可以新貌遮旧颜，博得点利益和名声了。其实，这种做法实在无聊和丑陋。因为，任何前后相继、新旧更替都是自然社会的一种正常现象和基本规律，没有什么大惊小怪的；当然，也会创造一些所谓的机会，但也要看何者居其位了，贤居其位，则天下安，奸居其位，则天下乱，众人视之，何必自烦自乱，失其心志哉。

六十四

心灵的苍凉，给自己留出一块寥廓的空间，好接纳日月星辰，风雨霜雪；心灵的孤独，给自己留下一片寂静的沃土，好容纳春种夏耘，秋收冬藏。让心灵从炽热降到冰点，冻结燃烧的激情火焰，凝固的灵魂更为鲜艳；让心灵从繁闹沉寂到无声，抑制欲望的喧嚣，清净的精神更为明亮。把心放到一个没人知道的地方，让它静静地待着。

六十五

有时说放得下，其实还是放不下，因为心里的欲望太盛，沉溺于对名利的追求之中，事必躬亲，思必随到，身心忙碌，包袱越背越重；有时说拿得起，其实还是拿不起，因为心里的孤寂增多，沉浸在悲欢离合的惆怅之中，思绪飞扬，心潮跌宕，忧伤自虑，失去生机和活力。其实，这两种表现在人身上都存在，只不过有时为时空所制约，状态不一样而已。从根本上讲，还是心灵未达到一定的境界，只能在两极徘徊了。

六十六

君子以闻道而悦，小人以得利而乐，但要达到各自的目的也是不容易的。特别是要真正把握道的真谛，莫过于在自然社会自我状态中，通过修炼和觉悟，达到天人合一的境界。人的一生，在不同的社会背景时代状况生活环境中，会受到生存发展的多重压力和挑战，难免让世俗的尘埃侵染心灵，沾上许多俗念恶习，但在这种形而下的忙碌中，能否经过历练，深刻反思，去粗存精，去假存真，去恶存善，去丑存美，深入内核，把握规律，觉悟一切，则是衡量的尺度。“朝闻道，夕可死”，其实，得道是灵魂的不灭，心灵的永恒，何言死哉。

六十七

无语话春风。飞沙走石，万物震荡，一派北国之雄浑；天地间弥漫着沙尘的涂抹，裹挟着季节交替的纠缠，远山失色，近水无影。唯有心灵的孤独，精神的寂寞，才能感受到这暴烈场景中的春潮涌动，那是僵化中的复苏，凝固里的爆破，困顿时的觉醒。唯有这塞上的春风，才是金戈铁马的豪迈，长歌当吼的激情，摧枯拉朽，融冰化雪，扯开漫天铺地的帐幕，迎接刹那的万紫千红。

六十八

生之艰难在于思之艰难，思想者是痛苦的。大凡对人生有一番经历，并在此基础上有所感悟的人，必然在灵魂深处有一种哲理层面的思考，这个过程是一个痛苦的自我剖析之旅，是一个艰难的自我升华之程；它不仅要对过去，更要对现实，还要对未来，进行深刻的锤炼，去其糟粕，凝练精萃，呕心沥血，熔铸境界，特别是精神层面要求愈高远，愈精萃圣洁的就会更为痛苦。

六十九

人是有理想的动物，正因为如此，其幻想性的东西也就会非常之多。很多在现实中遇到的，或在现实中又生成的，化为一种憧憬和期待，久绕脑际，因此，思想上的复杂性远远超过了现实的既得性。我们生活在一个全方位的场景中，从时间上讲，是过去现在将来的有机统一；从空间上看，是一个既存范围和未知领域的相互结合。所以，人们思考的深度和广度具有无限的懿旨，具有艰难曲折的煎熬锤炼历程，具有无比的痛苦悲情色彩，当然，也会享有达到一定境界后的愉悦和欣慰。

七十

别再多说了，把一切都压在心底吧。一切的倾诉，只不过是为了情绪的宣泄和思想上的减负，殊不知，抽刀断水，举杯消愁，水长流，愁依旧；殊不知，空谷明月，幽泉碧潭，清辉在，情何求；得到一声同情的叹息，得到一阵轻微的抚慰，只是让心灵暂时麻醉一会儿，然后是更加的痛楚。与其这样，还不如让开裂的伤口流出鲜红的血，在痛苦中滋润那希望的幼芽，呈现全新的良辰美景。痛苦的心灵会承接任何希望，沉默也是一种激情。

七十一

在最好的时空遇到最坏的事和最差的人，在最坏的环境遇到最好的事和最善的人，让人感到事不相遇，人不相逢。自古至今阴晴圆缺，悲欢离合，乃天数也；长亭古道，灞桥柳别，也是命运；更何况，种下龙种收获跳蚤，实属无奈，主客观不能呈完美于一定的时空，人世之憾事矣。人们真正的相知相亲，全在于境界和灵性，没有它们为基础，只能说是水中月镜中花，可领略朦胧之景，无内在之义。“知音少，弦断有谁听”，心声也。

七十二

创造了一定的条件，并不代表一切顺理成章，还需要努力奋斗。一个人远在异国他乡，要独立地处理生活工作中的各种问题，对于孩子来讲，既是一种挑战，也是一种机遇，既是一种考验，也是一种锻炼。毕竟要靠自己的拼搏去战胜一切困难，打造出一个适合自我发展的天地来。唯一能给予的只是深深的祝福，精神的激励，心中的爱是最宝贵的源泉，最强大的动力。

第八集　山水寄意

DIBAJI SHANSHUI JIYI

一

孩子远行，在更广阔的空间去追寻自己的梦，创造自己的事业，实现自己的理想，作为父亲既为之高兴，又感到远离的思念之浓重。更为孩子的成长发展自立成熟而感到欣慰和自豪。毕竟从一粒种子，长成了茁壮的小树，在现实的沃土中扎下深根，在发展的时空伸展枝干，撑出希望的绿荫；几年的历练，远离家乡父母，身处异国他域，面对特殊的环境和各种困难，一人独挡，闯出一片天地，打造一番事业，难能可贵。作为父母深有愧疚之心，因为环境的特殊，没有直接地关心关怀，缺少家庭氛围的温馨与呵护，心中总是隐隐的发痛，特别是随着自己年龄的增长，对人生的感悟更为深刻时，对孩子的情感依恋和心灵寄托更为浓重，发自于心，表露于外，有时甚至不能自持。看天高海阔，孩子们在展翅遨游；看山高水长，孩子们在砥砺奋进；虽然远隔万水千山，天涯海角，但思念之情怀，祝福之心意跨越时空，将我们紧紧相系，血脉相通，心灵共振。我很敬佩孩子，其独立的精神，自由的思想，健康的人格，宽阔的胸怀，雅致的情趣，担当的刚毅，给我也注入了激越的情怀和无限的活力，让生命之焰愈燃愈烈，让生活之景愈来愈美。

二

能为孩子做的，不仅是物质上的支持，精神上的抚慰，还有思想的交融，心灵的祝福。纵观自己的一生，阴晴圆缺，成败得失，涛峰浪谷，黯淡光明，都已化为宠辱不惊来去自由的心境，但对后辈的期望之心与呵护之情，却是丝毫不减，而与日俱增，更为浓重。要想让孩子们去专心于事业，精心于理想，丰富其生活，欣悦其精神，我们就要锻炼好身体，涵蕴好心境，以自我的朝气和活力给孩子们以更大的精神动力。父母的心，精深厚重，慈爱博大，因为他深深植根于孩子的心；父母的情温馨和润，细致入微，因为它浓浓融入孩子的情。

三

随着年龄的增长，一种苍凉感油然而生，特别是遇到一些关乎情感的事情，心绪的起伏犹如暴风雨中的大海一般，卷起千堆雪，激起万重浪。孩子在异国他乡工作已多年了，但给我和心灵的触动愈来愈大，情感的牵念愈来愈深；总感到给孩子的倾心指教和精心培育太少，而早早的放飞，承接着世间的风云变幻，气象万千；总感到给孩子的家庭氛围和温馨呵护不够，而只身独斗，挺立于社会的奇峰峻岭，蜿蜒征程。我非常爱孩子，每一次远行都触动最深处的心境，最浓烈的情怀，也最能凝结父子心心相印的永恒。

四

大学毕业就出去闯天下，没有了父母直接的关心呵护，离开了家庭亲情的氛围，远离了熟悉的生活环境，独自一人，努力拼搏，不断进取；适应着不同的环境和人群，接受着多样的挑战和机遇，经历着生活的艰辛与快乐，体味着时代的风云和变迁；培育了自己鲜明的个性和优秀的品质，孕育了自己高尚的境界和宽阔的心胸，陶冶了自己雅致的情趣和恬淡的意境，善待人生，以勤恳和真诚赢得了单位和同事们的称赞和尊重，奠定了全面发展的基础。我为孩子而自豪骄傲，也因为缺少直接的关怀而内疚，虽然感情的表象非常单一，但淳厚的蕴含似深邃的天宇，苍茫的大地，永恒无限；又似清泉净流，春风润雨，始终在我心间。

五

有些事急不得，当解决问题的条件有所缺失，时机不够成熟时，就会受到暂时的阻滞，打乱原有的计划和行程，但只要抓紧时间，把握时机，创造条件，一切很快会进入正常的发展轨道。有时则问题来得突然，让人感到有些措手不及，此时要保持镇定，不必忙乱，找准原因，抓住重点，针对症结，及时处理就是了。事业是一个持久而长期的奋斗过程，关键要把握发展的趋势前进的方向，总体的进程，一些一星半点的快慢，不要太计较，而是及时应对，不以影响大局大势为尺度。

六

心情的复杂和起伏是与回忆的程度有关系的，想当年在奋斗的过程中，经历过的有些事，特别是给长辈们造成的困惑和伤害，当时根本不以为然，现在追寻反思，却又悔之晚矣。所以，一种巨大的自悔和反思使自己去主动创造条件，为与下一代更好交流铺平通道，以保证思想的沟通和情感的和谐。现在，孩子在独立的奋斗中是非常优秀的，没有给我们带来什么困惑和不快，凭借自己的勇气和胸怀，智慧和能力去适应一切，战胜困难，取得一系列成绩的，我们还能苛求什么呢？

七

朱元璋削掉荆棘上的刺，其实也削掉了太子朱标心胸中的英豪气概，不应该把一个既成的江山交给后代直接享用，而应该让他在与自己一起打造的过程中，培育和铸就其驾驭天下的胸怀和能力。往往专制极权者这种从溺爱中生成的大错，导致继承者的懦弱和无能。要享有成果，就要有去刺的本领防扎的智慧，这是一个问题的两个方面，不能以这面而否定另一面。从这个意义上说，让后辈主动参与磨难，历经曲折，实际上是培育一种创造和享有成果的必然。

八

平静下来，不要心烦气躁。大凡天下之事再复杂也不过如此而已，只不过有时麻烦一点罢了。人一生总是要经风雨见世面的，有时压力大困难多，让人感到焦虑和疲惫，但总是在适应中不断克服和战胜的。回顾过去，可以看到再大的事也淡如烟云了，一切都显得自然平静，时间的磨石把人们的性情砥砺打造，很多棱角的表象可能有了很大的变化，呈现一种平淡的圆润，但精神的内涵和境界更高深博大了，很多有高度的哲理性概括更趋向以简单明了的格言式表述而呈现，平静是内修外炼的凝结，也是精神的超越。平静为上。

九

心随时空而远行，好像一片云，漂洋过海，越山跃岭，达到一定的境地，适应新的环境，品味新的氛围，领略新的人生。年龄愈大，对于未来看得愈透愈明，对自己看得愈来愈淡，对后辈的情感愈来愈深，愈来愈浓。这是人类本性的使然，也是家园情怀的本真，在现代社会中，这种深厚的意蕴代替了时时在一起、刻刻不分离的旧质态，而升华成一种精神的支柱，灵魂的寄托。所以，要给后辈无限的发展空间，天高任鸟飞，海阔凭鱼跃，也要为他们营造精神的家园，灵魂的渊源，有一种心灵的归属感。

十

锻炼身体，陶冶性情，认真学习，努力工作，搞好自己，也是为了别人，因为人是在为别人活着而实现了自我，更为别人活得更好而超越了自我。要有一种更为淡泊的意境，更为宁静的心情，更为平和的态度，更为顺应的行为。自我的修炼，既是完善自己，更是为了家人和他人，因为，彼此的相依是人类社会的本质所在，你我的相融是人性家园的根本命脉。创造和谐顺畅的环境，营造乐观融洽的氛围，建设真诚善良美好的精神家园，年长者更应作出表率，这是责任和使命。

十一

顺其自然，只有经过一定的历练，达到一定的境界时，才能真正实现。因为在现实中，复杂纷乱的事物表象，需要人们经过一定的时空去认识了解，潜藏于事物内部的本质和规律，必须在一定的实践积累和理性深化之上才能把握。所以，顺其自然是一种对本质的认识和对规律性的把握，它不是随波逐流，而是随遇而安；它不是混沌迷茫，而是清醒自觉；它不是苟且偷生，而是柔中有刚；它不是一种姿态，而是一种心境。唯有如此，才能对事物有着全面深刻的认识和把握，也会升华出超脱的境界。

十二

任何事物的存在都有其客观必然性，总有自己合理的初衷与特殊的行程，在物竞天择的演化中，发生着巨大的变化，呈现着不同的风貌。我们的生命在生活的河流中，既有彰显水滴本身的特色，又有融于水体本身的共性，而且某一个时段的内容形式也具有千姿百态的特征和表现，终其行程，来自天空，回到天空，来自大地，归之大地，来自大海，回归大海，来自生命，回到生命。这是一个必然的发展循环，也是一个灵魂升华或沉沦的过程。

十三

任何环境都有其有利或不利的一面，由差的环境向好的环境适应比较容易，由好的环境向差的环境适应就比较难。磨难是一种痛苦，但也是一种财富，当时的砥砺煎熬可能容易忘记，没有深刻的感知，但已在行程里融入到自己的坚强意志和品格之中了。所以，适应环境，战胜环境，在即成的条件下，选择好自己的前进方向，明确自己的奋斗目标，勤奋努力，营造适合发展的环境，就一定能够达到预期的目标和理想的境地。

十四

治史如治心治性，大凡学史必以正心静思明意去烦去燥为真谛；试想长河般的历史，博大精深，蕴含丰富，日月星辰，云蒸霞蔚；既有洪流激浪，千秋功业，万世英豪，也有清浊混淆，鱼龙混杂，泥沙俱下；唯有客观去对待，求实去探索，精心去研究，中正之剖析，才能达到纵贯古今，意蕴天下，明是非，辨义利，扬真善美之精粹，去假恶丑之糟粕，呈朗朗之乾坤，现清清之世界。所以，读史是修身养性之要，做人立世之本，只有自我的心灵明朗高洁，博大深厚，才能真正达到读史明智也。“吾心即是世界，世界即是吾心”，确实其理矣。

十五

日有所思，夜有所梦，孩子远行，父母魂牵梦绕，始终在心头弥漫着思念的情韵。海阔天空，鸟飞鱼跃，广阔的时空，有着无限的发展与憧憬；同样也会遇到风雨雷电，狂涛巨浪，面临诸多的挑战。人生的丰富经历给我以太多的磨炼，相对成熟和沉稳了，而对孩子来言，在起步时会遇到非常复杂多样的困难和挑战，需要自己去克服去解决，尤其是在远隔千山万水的异国他乡，各种因素的影响会更为复杂，作为父母唯有深深的祝福能给他带去精神的力量，化解一切困难，取得和谐顺利的发展，实现自己的理想。夜梦醒来，祝福在心，清泪盈眶。

十六

山重水复疑无路，柳暗花明又一村，人生之途不过如此而已。试想困难压顶，黑云摧城，万物萧瑟之时，人心愕然，不知所云，但顷刻之间，惊雷化雨，万物峥嵘，天清气朗，阳光灿烂，人心震动，何其爽朗也。大凡天地万物，任何事情，达到了一定的极点，也就开始了转折，矛盾双方在合适的条件下，开始向对立面转化。所以，不要被暂时的现象和困难所迷惑，因为规律的必然性步伐是挡不住的。

十七

有时甚感心有余而力不足，在思想成熟，经验丰富，能力很强的状态下，由于地域的隔离，对身在异国他乡的孩子不能施之以实际的帮助，唯有乏力的语言和简单的问候，唯有心灵的祝福和祈盼。年龄已长，经历颇多，但对生活的体验从未如此强烈，对亲情的痴恋从未如此炽热，让人心胸沸腾，思绪万千，此起彼伏，内心的思念与忧虑交织缠绕，精神的向往和关切深厚浓重。亲情之悟，莫过于在进入老年。

十八

有时的决断非常重要，特别在急流勇退的选择上。因为任何一种决断，都是在深思熟虑后把握时机的意志表现。思前虑后，看左顾右，留恋缠绕，使精神始终处于一种烦乱无奈之中，心耗神散，不能聚精会神，为意志毅力所断，终为形役之苦也。所以，择时以断，迫在眉睫，退一步海阔天空，云卷云舒，花开花落，自是一番宠辱不惊，来去自由的境地；往往退不下来，就会让人心如寒蝉，无甚意趣了。

十九

顺其自然，这是天人合一的必然。顺是一种适应，一种遵循，一种创造，一种革新。因为任何事物的变化，既有纷繁复杂的表面现象，又有深刻的本质和内在规律，只有循其形而顺其理，才能把握其真谛。自然则是一种现象与本质的统一，其辩证地体现着事物的内在本质和发展规律。所以，顺其自然不是简单的一句话，而是充满唯物辩证色彩，并具有高深哲学意蕴的精神境界。

二十

初始的启程和中途的重返真是一种巧合，三十七年前的四月十五，幼稚未脱而戎装以待，崎岖前行，蜿蜒以进，驻伍贺兰山深沟，执行战备任务；今日巧逢其时，又以闲暇之际闲客之身，重返故地，往事历历，人生如梦。几十年的一个循环，苍山依旧，人世沧桑，青春幻影依然，风尘浸染两鬓，时光刻下了深深的烙印，岁月留下了永恒的回味。人之一生，何其短暂，白驹过隙，流水东逝，朝露夕晖，只是短暂的一瞬间，可是回味起来，却是一番滋味在心头了。心中无限感慨，心灵日趋平静，一种超脱之意，空灵之感油然而生。一九七一进贺兰山战备伐木，二〇〇七重返。

二十一

理想主义的要求和慈悲胸怀的心境，是自己的长处也是弱点。一方面以真诚执着去从事各项工作，另一方面以真善的普适情怀去承纳一切，理想与现实的矛盾，慈善与险恶的冲突，时时交织缠绕，内心始终处于一种焦虑的状态。对事物理想的看待，对工作完美的追求，对思想苛刻的衡量，对过程和细节的精雕细琢，导致了过分的琐屑，加重了心灵的负担，淡泊的意境过多受到世俗的约束，理想的情怀缺少灵性的安抚，呈现了过多悲剧性的色彩。

二十二

如何困难都是能克服的，只是结果不一样而已；有的直接以可观实在的形态而呈现，有的间接以精神意象的品味所体验，但都是一种克服困难后的成果。战胜困难是心灵的坚韧意志的坚强，是精神的崇高灵魂的真善，唯有这种境界才是生命的源泉生活的动力。人世间，来自四面八方的困难与挑战太多太难，但只要有思想的丰富，精神的昂扬，灵魂的超越，就会有无穷的智慧和力量。

二十三

以静制动，因为只有冷静的心态和冷静的分析，才能透过现象，澄清迷茫，把握事物的本质和发展趋势，利用主客观的有利形势，解决问题，促进事物的健康发展。做任何事情都必须要冷静的心态，才能沉下心来，真正地去分析思考，不能凭热情一味蛮干，只顾形式，忽视内容；更不能哗众取宠，杜撰一个什么氛围，制造一个什么噱头，搞些冠冕堂皇的声势。干工作要求真务实，而这个实就是建立在冷静思索上的正确理念和科学方法，离开了冷静这个根本，一切都会失之于真。

二十四

孩子大了，自己的事情该自己决断了。人生中有很多关键的时刻，让孩子自己决断既是一种考验，也是一种成熟的标志。作为父母总是有太多的忧虑和担心，这也正常，但毕竟孩子要独立的成长，开辟自己的新天地，创造自己的新生活。血脉的延续，家族的承接，文化的传递，使命的担当，精神的超越。相信孩子的判断，尊重孩子的选择，因为他是父母心血的结晶，是家族的骄傲，全力的支持是最大的爱护。太多的情感，太深的思念，不足以表达我对孩子的爱，它深沉如沧海，宽阔似蓝天，浑厚如大地，炽热似日月，坚韧如峰岭，温馨似雨露。让孩子去广阔的世界奋斗吧，劲风浩荡，扬帆远行，创造自己宏伟的事业，营造自己幸福的家园。

二十五

振作起来，看春风拂柳，万象更新，大自然四季轮回，以自己的特色风采，昭示着生命的永恒，一切都生机勃勃，一切都欣欣向荣。人们要生存发展，就要经历各种复杂事情的考验，享有不同的精神境界，而最重要的是心灵的大彻大悟与行为的和谐自然。从这个意义上讲，顺其自然是自然社会人类生存发展的根本法则。规律必须要遵循，而认识把握利用规律，则在于人们的综合素质和精神境界，在于人们乐天知命的达观通透，在于人们的天人合一的自然灵性。

二十六

人多势大，智慧也不会少，这是好事，毕竟现在有更多的人关心爱护孩子们了，让我感到欣慰，也多了一份依托。但心中的思念却随着时间的推移和自己年龄的增长，愈发浓厚深切了，有时甚至情不自禁。自己是一个感情丰富思想深刻的人，同时也是一个孤独寂寞安于淡泊的人，本性的清高和外在的俗套形成巨大的反差，内心的丰盈和表象的敷衍形成强烈的冲撞，认识和处理事务时，始终处于一种变异化的状态，自责的要求太多太细，苛刻于己，以致心灵太累。所以，适当的分担可以使精神放松一点，让灵魂灵动一些。

二十七

男子汉大丈夫，行事要果敢，谋事则缜密；有凌云之志，有作为之力。为人真诚谦和，做事公正磊落，有天性之意气，修炼之精萃；深入分析，则可看到修学养性，静心孕志，豪迈之气，儒雅之行，并不是天赋之本性，只是附着在其本性之上的一种历练而已。吾以半百之行程，天命之见解，形殊意独，傲然于世，但心灵则始终静如止水，深潭古月，空谷清风，淡泊之极也。天命有常，自然有季，万物有律，唯顺其自然，才是永恒之道矣。

二十八

人生在世，多有磨折，也是好事，只要事情有所经历，心灵有所思考，精神有所升华，境界有所提高，便是一番造化。按常规来看，诸事既可以这样做，也可以那样行，但有时一些常做之事未必合理，常行之为未必适宜，而一些违背常规之事却恰到好处。事物是发展变化的，遵循规律相时而动，以求得合情合理的结果，也是一种明智的抉择。世间之矛盾乃人心之纠结冲突之根源，多经历艰难曲折也是心路之历练，精神之精萃，必有灵魂之美好境界也。

二十九

热爱生活，遵循规律，积极进取，安于天命，一切都是顺理成章的；人生的荣辱褒贬，成败得失，看似复杂重要，其实非常简单渺小，唯有生死的标志明显一些而已。所以说人生只是一种自然的过程，要让其内容丰富形式多样，就要坚信生活美好之理念，以感恩的心去拥抱世界，服务人类，奉献社会，完善自我，当我们在有限的生命中实践着理想，创造事业时，就会感悟人生的本质，领略超越的欣慰。

三十

何以不自嘲。历史和命运总是以自己特有的规律在运动和显现，人们的向往和努力总是被安排得恰到好处，失之东隅，收之桑榆，也是一种美好的人生佳境，正所谓“霜叶红于二月花”是也。安身立命，顺其自然，挥洒性情，任意东西，人的品性和风格彰显着人生的境界和对世的态度。唯有自嘲，才能反省自责，深刻剖析，直达心灵，震撼灵魂，有一番超凡脱俗的飞跃，达到理想的境界。时时自嘲，时时自警也，不可不为之。

三十一

人生之命运，乃是天地的造化规律性的安排，适者生存，逆者灭亡。是以日月星辰，苍茫大地，四季循环，万物轮回，各有其定数。大凡顺中有逆，逆中有顺，直曲相依，福祸相孕，生死相继。有时人们失之于晨曦，而得之于夕暮，而有的人则得之于晨光，失之于黄昏，结果不同，但行程是必需的，归宿是一致的，从总体上讲是平衡的。所以，均衡一生，唯其过程可圈可点，而结果只是一个节点，看似辉煌或黯淡，其实虚幻。

三十二

任何事情，都有自己的原因和结果，都有自己的内容和形式，都有自己的空间位置和时间行程，这是自然的根本所在，也是人类社会的内在规律。有时往往局限于一时，偏执于一隅，拘泥于一点，谋划于一事，造就于一势，使我们的视野狭窄境界低下，思考浅薄方法僵化，不能从全局和整体上考量，不能从长远和持久上把握，影响了认识问题解决问题的效果，降低了心灵的境界和精神的高度。所以，思考是每个人的常态，但思考的质量却非常关键。

三十三

人们时时想到自己，更要时时想到别人，想到芸芸众生，没有这个境界，一切也就无从谈起了。因为只有宽阔的胸怀，才能容纳一切；

只有深刻的思想，才能择善从真；只有雅净的意蕴，才能化腐朽为神奇；只有高尚的境界，才能有惠光的普照。每个人的禀赋资质不同，经历修炼各异，思想境界精神面貌千差万别，在认识事物处理问题时，就会有不同的见解和方式。就普遍来讲，以利益为出发点，以己见为根本的相对多一些，因而就会丧失大的境界，降低了做人的格调，时间久了，也就慢慢庸俗起来了。没有世心的人心是渺小的。

三十四

笃以致纯，拙以守智，静宜修身，淡泊明志，人生之境界，愈老愈像春江秋月，空谷清风，达到一种旷世之练达，超逸之闲适。万事万物，自有其规，四季交替，岁月轮回，旧貌新颜，生死相续，自是天命的造化自然的安排。在己力之内，授之以意，任之以事，也就是顺时适事，主客相辅，天人合一也。所以，处事待人坦荡磊落，诚心真意，尽心而为，尽力而作，不以苟利而失其境界，不以谄媚而失其品性，道法自然，回归平淡，虽有所为，亦是平常，虽有所誉，亦是平凡。

三十五

顺其自然是一种规律的遵循，而丧失原则则是一种主观的故意；前者是适应中的进取和努力，后者是一种满足私欲的故意选择。在社会生活中，人类要生存发展，必须适应规律，把握规律，利用规律，而一些基本的原则是规律的一种特殊表现，它反映着客观存在的真理性内容，也是人类社会长期经验和智慧的结晶，特别是建立在人性本质上的做人原则，是为人处世的基础。有的人为了自己的私欲和极端目的，丢掉做人的基本原则，这就很可悲了，可怕的是又挂着顺其自然的幌子，这就更为险恶了。

三十六

能成为大海就是大海，能成为湖泊就是湖泊，即便是一汪小水洼，也可长些水草，养些生物。人们的力量非常有限，但只要守其本分，倾心尽力，发挥自我，也就实现了应有的价值。关键问题是心灵要纯正博大，精神要光明磊落，以天下为重，以家国为基，以众生为本，这是最深厚的底蕴和源泉。心有余而力不足是一种常有的现象，也是人们经常遇到的实际，但正是这种情况会使人思维多于形态，理性占据主导，反而有利于人们认识事物，把握自我。

三十七

坦荡是一种智慧的体现，更是一种品格的使然。只有心胸博大，才能光明磊落；只有心高志远，才能豪爽豁达。人一生在名利场中打拼，总是会失去很多纯真和率直，增加了九曲回肠般的隐晦和狭隘，很多属于天性和本质的基因，一点一滴的被世俗的风霜侵蚀剥离，人已不是原来本真的人了，但在有所经历和觉悟后，又应超越世俗，回归到本真的状态，让心灵清静安谧，自由坦荡，正所谓返璞归真也。

三十八

说是走自己的路，其实大多数人还是走着前人或别人已走过的路。因为，既成的环境和特定的条件，给你设定了一种要求和约束，正所谓在什么山唱什么歌，在什么样的社会环境和时代条件下，你也会有什么样的表现和作为。从这个意义上讲，人们的路是一样的，无论是自己走出来的，还是沿别人走过的路；但就个体而言，在自己的人生历程中，由于具体因素和多种条件的相互作用，必须要有自己的选择，形成具有个性特征的生活内容，走出自我的发展道路来，从而也会提炼出自己路径的概念和感悟。

三十九

冷眼看势利，热怀容众生，是谓君子者，有善兼济天下之胸怀，无势利待人之狭隘。人生起伏，千差万别，各有其丰富的内容和复杂的形式，其为人处世的态度是百花齐放，各显特色，也是正常的事。求之以拜，别之以辞，同之相惜，异之相去，人之常情。何以小恩小惠而苟求于人，何以谄势媚利而丧其本真。以平凡之人，平淡之心，平常之情的境界，视天下万物，行云流水，自然恬淡，养君子浩然之正气，不亦乐乎。

四十

人有一颗善良之心胜过一切，因为这是做人的根本。有时可能因为智慧不足办了一些错事，有时可能因为技能不熟出了一些纰漏，有时可能因为一时的疏忽造成一些损失，但其从心地出发是善良的，还是可以原谅的。可有时善良之心做出不良之事确实是不能容忍的，因为，善良为假恶丑所用，害莫大焉。故君子持善而戒恶，特别是坚决不在善名之下行不善之事。

四十一

忠心见妒，正直遭忌，善良遇恶，真诚逢邪，在现实中比比皆是，不值得大惊小怪。因为，人们为了各自的生存与发展，都会在名利场中发挥自己的聪明才智，施展自己的拿手本事，所以，此类现象也就很平常了。可悲的是人们往往把这种现象默认并奉行，视之为常态，屡禁不止；更为险恶的是这种恶俗竟在有些人的身上，披上正统的外衣和冠冕的光环，迷惑于人，惑乱与世。所以，人们应当高度警惕的是这种以正常掩饰而行恶的行为。

四十二

大千世界，无奇不有，芸芸众生，百相繁杂，唯有慈惠，才是根本。一切本真，唯善而行，一切意象，以美唯荣。是谓君子，内修其心，外修其身，善待万物，普济众生，真诚求和，寓美大形，不留雕迹，流水行云。直上九重，上不愧天，碧落黄泉，下不失地，直面现实，平淡心情，顺势而为，适道而行。清明雅静，恬淡温馨，灵光通透，精神光明，万物为我，我为万物，天地一统。

四十三

浮躁是一种内心极度的矛盾和思想不成熟的表现，因为其精神的蕴含不丰，思想的深度不够，心灵的境界不高，始终处在一种迷茫的状态，表现在为人处世上就显得格外漂浮与躁动。当我们看到江河湖海时，因为其激流或风云，而呈现不同的形态，唯有大海非飓风不起狂涛巨浪，关键在于其博大深沉也。人到一定的境界，不畏浮云遮望眼，一览众山于脚下，容纳万物于心中，只有这样，才能达到恬淡宁静的状态，用一种平和的眼光平常的心情去领略事与人，安然超逸而不浮躁。

四十四

外在的热情和表面的乐观并不能说明内心的孤独和愁闷，在现实中，人们应对社会生存发展的压力和急剧的时代变化及快节奏的生活步伐，使人们急于在行程上行走，在变化中应对，直接性的思考充斥头脑，心灵绿洲逐渐丧失，到处充满竞争与喧嚣，以致狂风暴雨，洪水横流，冲毁了涵养精神的基础。于是一切都是热烈，一切都在炫耀，一切都是光与火的交织，让人们沉浸在表象的生机活力麻醉中，而隐含在个人内心的孤独寂寞无法倾诉，丰富的思想，深刻的哲理，复杂的情感无法交流，失去对应，从而形成了人的异化。

四十五

内心感到非常的孤独，这是因为在现实中可以感知和接触的东西太多，可以高度抽象概括的太少，特别是能上升到一定境界层面的就更稀有了。所以，产生了一种外在表象的极度热闹，而内心世界分外孤独的巨大反差，使人性格分裂，精神变异，所有的激情和坦诚只变成了内心的独语，诉说无对象，承接无知音，只能困顿于那份孤独，困守于那份寂寞。有时这种境况是一种享受，能静静地品味一切，到达一种灵境；有时则是一种无奈，只有默默地煎熬。孤独是一个容器，可以容纳，也可以化解，但必须有境界。

四十六

童年的美好既在于岁月的初始，更在于心灵的启蒙，因为一颗天真纯朴的童稚之心，未经世俗的侵染，未经世途的险恶，未经荣辱的蚀刻，未经欲念的熏陶，像蓝天一样纯净，像白云一般柔和，皓月澄江似的清澈，朝日和风般的爽朗。我们喜欢童真，是因为在世俗中被污染重重，满身的世俗味势利气，满脑子的功名利禄，满心胸的欲望杂念，弥漫和贯穿于我们的思与行以致自毁自堕而不自知。唯有童年的回忆和沉浸在这美好回忆的时候，才能让心灵真正返璞归真，有所清醒，有所安宁。

四十七

其实，人生最大的心理问题是带有功利色彩的完美主义，总想把事情做到极致，赢得一些功利性的结果和赞誉。这种想法的积极一面在于激发人把事情做得比较理想和精致，而消极一面则是使人处于一种强制的支配苛责之中，形成严重的心理负担，始终处于自责自怨之中。所以，完美主义和功利色彩的结合，看似统一协调，其实充满尖锐的对立，使人性格发生变异，精神迷失，产生极度的痛苦。

四十八

克服理想主义的倾向，修正完美主义的做法，关键是要从心里去除功利性的色彩。大凡做一件事，都要顺其自然，遵循规律，尽心尽力而已；不能为了某种功利而置目标于过分执着苛刻之中，这样反而会适得其反。我们追求天人合一的境界，就是要达到一种适度和谐，因为，任何事物的形成发展归宿都有其客观的规律和特点，我们只要尽其心，用其力，适其度，遵其理，就会有所建树，而不必去刻意追求功利性的色彩。

四十九

人生的基本内容和行程都是相似的，但具体的每个人的经历和结局又是个有千秋的。人们可以用类的规律去宽慰自己，也可以用个体的得失解释自己，但往往是对类的感悟来得很迟，对自己的得失时时计较，眼前的胜过长远，既得的胜过未来，使人们成为欲望的奴隶，精神的痴呆，失去了统领一切、驾驭自我的灵魂内核。所以，只有把个体和类的本质与内容有机结合起来，才能真正实现人生的意义，否则，只能是一堆欲望与杂质的堆积。

五十

当我们沉浸在对自然山水的享受和对社会历史的追溯时，感到天地辽阔，人生短暂，任何风云际会的人事都在历史的长河中跃出自己短暂的浪花，又复归于无际之中。上井冈，登庐山，走瑞金，在延安，西柏坡，中南海，历史在脑海中不断地延伸，一代代英雄豪杰呈现在波飞浪卷的长河里，闪烁在深邃无限的宇空中。当时的环境何等困苦，当时的历程何等艰辛。今天，我们站在历史的新起点上，既要有继承发扬，更是面临着向新的高峰的攀登，书写每一代的业绩，铸就历史的永恒。

五十一

具有诗人气质的政治家或革命家，在中国漫长的历史发展中，都有自己特定的位置和特殊的表现，他们抒写了浓墨重彩的篇章，洋溢着浪漫主义的激情，又以现实主义的努力，战胜艰难险阻，取得了自己应有的业绩和辉煌。每当看到他们留下的事迹或篇章，就会从历史的厚重感中获得一份精神的振奋，就会在苟且于世的世俗里，保持一份清纯的感情和超越的心境。精神永存是人类得以传承的灵魂，而附着在每一个时代的事迹与篇章中，始终放射着夺目的光彩。

五十二

战胜自我是最重要的，当一切达到忘我之时，便是人生的至高境界。所谓无我，是指从事任何事业虽置身其中，但无我之私于其里；所谓无我，是指身心的投入有一个客观的要求和实践标准的检验，而对于本我之心而言，没什么功利之欲，倾心尽力而已。人只不过是时间的过客，历史的瞬间，稍纵即逝，一切功名利禄皆是过眼烟云，唯有真实的行程在天空中划过，留下一个火点一段光迹而已。人的最高境界应达到忘我。

五十三

失之于名利场的纠缠，得之于心灵的超越，乃是人生的一大幸事。在世俗的社会生活中，人不可能孤高清傲到不食人间烟火，但为名利所累，也是无奈悲哀的。一天到晚，繁杂琐屑，唯得一点实利而心灵负担甚重，心为俗累，思为利锁。所以，有时割断了名利的羁绊，荣辱的缠绕，心灵就会放飞，在无限的生命宇空做一番自由的翱翔。这确实是人生的一大幸事。

五十四

失之东隅，得之桑榆，而后者更多的是一种精神上的成果。人们衡量一切总是以物化的标准为尺度，但人生的最终评价却是无形的心灵坐标，因为，对世俗所有物化的占有都会烟消云散，唯有心灵的感悟和心境的升华，才是一种根本的内涵和真正的解脱。既系于物，衣食住行而已；又思之以心，精神追求向往也。所以，有些事虽然失去看似不好，但其让人断绝物欲而升华出一种清静安然的境界，岂不是更大的收获。

五十五

我们认真地做每一件事，尽心尽力，还唯恐做不好，殊不知在一定主客观条件下，事情做得好或坏的认可，既是一个客观标准，也是一个主观评价；往往因为把主观评价的坐标放到了功利主义的角度上，把客观标准置于其次的位置，就会以等级权势人言所左右，失去了真正的衡量标准，人们就会患得患失，活得很累。有时全部精力都用在了人情世故的应付之中，沉溺于繁言琐语的计较里，迷茫于自我对别人主观臆测的适应中，人就失去了自我，失去了根本。

五十六

心地的善良，把一切都容纳和化解了，人类最根本的美德就在于善良。有时它显得非常孤独，格外寂寞，在现实中时时被遮蔽，在生活中常常被冷落，但它永恒的光辉是任何世俗的东西都无法掩盖的。当然，善必须是真诚的，只有坚持真理，遵循规律，承认法则，才能真正达到大善的境界，才能坚守住善的根本；善必须是美丽的，一种发自内涵，包容万象，笼罩天地，沁入灵魂的大美，是心灵的纯洁之美，是行为的和谐之美，因为，善的本质是真和美德结晶。

五十七

人一生中往往会迷失自我，因为世俗中的诱惑与迷茫让人陷入到一些身不由己的旋涡之中，以致沉溺其中而不知其由，失去了自我的本真和灵性。有时感到很悲哀，因为，在漫长的人生发展道路上，虽然走了一段行程，但迷失的自我始终是一团烟雾，让人看不清方向，迷迷茫茫，浑浑噩噩；而且这种自我迷失的感觉往往出现在清醒的时候，是在自我剖析，深刻反思的过程中，所以，感受非常痛苦，像是一种煎熬磨难，但这又是思想升华，灵性超越的必然之径，唯有冶炼精萃才能达到新的境界。

五十八

心灵的重负在世俗的生活中压得很沉，对自我的刺痛也很重，只要在清醒时，就会有一种磨难的感觉，让人压抑和郁闷。在现实中，沉浸于繁忙时，随波逐流，可能暂时忘却了一切，但自悟性很强的人痛苦就会很多，因为清醒的自我始终让头脑处于一种剖析与反思之中，由此带来的矛盾心情和痛苦心理也就比较浓重。解脱心灵的重负有时要借助物象的隔离或远遁，但根本还在于精神的升华，境界的超越。

五十九

炉火纯青是一种境界，当达到这种境界时，一切都复归于简单，一切都恢复于平静，千姿百态，五颜六色都化为纯朴和爽透，呈现本真的质态。这句格言高度概括了人们思想发展的路径，是由纷繁复杂、色彩斑斓、是非缠绕、黑白混淆的混沌，在不断实践的基础上，精萃冶炼，逐步达到简单纯净，道明理清的历程。心灵的纯真和宁静，足以蕴含一切，行为的单纯和简约，足以覆盖一切，去掉外饰的虚幻，本真的纯净才能显现。

六十

本性中张扬的一面在世俗的生涯中基本上处于压抑的状态，为了适应生存和发展的需要，为了应对世俗的各种缠绕，内敛其志，外收其气，一种乐观热情豪迈奔放豁达浪漫的本真之性，被恶俗秽行所浸染，计较于得失，在乎于名誉，看重与评价，似乎只有消失自我，随波逐流，才能生存不可，搞得灰头尘面，苟且偷生，长期沉溺于此，又在麻木中强化了世俗的习性，积垢了顽疾，精神萎靡，灵魂堕落，这是人生最大的悲哀。人们需要时刻警醒，深刻反思，保持本真，升华精神，不能丧失本性纯真善良美好。

六十一

吾心即是世界，世界即时吾心，这是一句达到至高境界的哲理。试想，人之所想，无奇不有，无所不包，思虑无边，欲望无穷，只要心有所思，世间一切不过方寸之间，所以，指点江山，激扬文字，有心即有世界。如果心至死灰，万念俱寂，世界与我何干乎，此时飘洒超脱，无我之境，浑然与天地一身了；因为无我已不在对世间一切抱有幻想和奢求，与己没有什么关系了。纵观人之一生，达到此境界者，必须修炼觉悟到一定程度不可，否则，只能是昙花一现，图个热闹而已。

六十二

心有何思，意有何求，只不过是幻象丛生，虚影朦胧，人迷失其本真也。江山空地形，人世几沧桑，人们在这世间，踩上几个脚印，留下一段行程，做一点力所能及的事情罢了。说什么功名利禄，不过是过眼烟云；谈什么权高势重，瞬间灰飞烟灭；论什么荣辱成败，只是淡露浮尘，唯有这庞杂的世空灵的心，依然相依相偎，构成了世间的万象峥嵘。思来想去，一切始之于无，归之于无；一切无中生有，有中生无；一切都是天地的造化，命运的安排；一切都是物象和精神的行程。

六十三

一切有形都会化为无形，一切无形都会化为有形，在看得到或看不到之间，是人生的历程和觉悟，是生命的境界和灵魂。我们生于世，最为直观的接触与感悟莫过于有形的物质状态，也有其无形的精神内容。获物之欲，得思之念，萦绕纠缠，功名利禄，家国情怀，充塞于思想和行动，始终伴随着自身的行程。然而，从入世到辞世，人们只是从无形中孕育有形，又从有形中解脱复归于无形的永恒之中，一切物化的东西可能有所变化，唯有精神的内涵会以各种方式得以传承，身灭而物失，心灵则神存。

六十四

人们放不下的往往是自己，因为，外界的事再多再大，和自己发生直接或间接的关系，都是可以过去的，唯独自己那颗充满想法和欲望的心灵，那巧取豪夺和见机行事的行动，始终挥之不去，萦绕纠缠，处在一种专注和亢奋之中。因此，自己把自己悬挂在奢求和攫取的空中，始终放不下自己，骑虎不得下，攀龙忽坠天。于是乎，人们就要想方设法让自己在现实中，得到一种能拿得起放得下的办法，无论物质的还是精神的。想法挺好挺多，但不是来自心灵深处，没有精神的超越，到头来，反而固化了那颗悬着的心。所以，放得下只能在自我的反思，深刻地反省，有所历练，精萃灵性，回归本真中才能实现，当然，融入自然时，想不放下也得放下了。

六十五

上忧天，下忧地，中忧人，天天浑然于无谓的忧虑之中，欢笑渐失，愁容满面，正所谓小人忧戚戚也。大凡世界，不外乎物质精神相存相依，相对相离，百般缠绕，万象丛生，其内容形式的差异，导致人们内心的巨大矛盾，对物质的世界和精神的领域有着不同的向往和追求。物质的即时性特点，可以看得见摸得着；精神的灵幻性则需要在现实中去感悟，也可以在对未来的理想中去企盼。忧虑之心是一种正常现象，但只有把它上升到更高的精神层面，才能脱去世俗的功利，精萃出超越的境界。

六十六

平静地看待一切，不要因自己的主观而对现实涂上一层臆想的色彩；如任何事物都有其内在的本质和外在的表象，其客观存在的合理性，不以人们的主观好恶而改变。敬重自然，尊重众生，就是珍重自己。日月星辰各有自己的位置和轨迹，也有相互间的作用和复杂的联系。平静地看待一切，需要一个平静安宁的心灵，需要一个淡泊纯净的意蕴，达到这种境界非常不易，因为它是岁月精华的提炼，精神本性的结晶，深刻地体现在人的品性和行为中。

六十七

平静地看待一切，最根本的是在于自己心中的平静。大千世界，纷繁复杂，诸多事物各显其形，各种人物张显其态，山高水长，千奇百怪，这就是现实，任何力量也不可能抹平。所以，只有真正从心灵中孕育一种平静的心态，达到一种安谧的境界，才能处乱而不惊，临烦而不燥，它不是无动于衷的麻木，而是在平静中的客观公正，光明磊落。人生在世，想法多，追求杂，很正常，但必须要合乎规律和服从理性，唯有理明道清，正人律己者，才能做到真正的平静，是一种“树欲静而风不止”中的平静。

六十八

貌似大人，实则小人，善做表面文章，貌似冠冕堂皇，巧于诡计阴谋，热衷卑鄙龌龊，假公济私，借国家集体之名，行一己之私欲，夺民族众生之利益；揽功诿过，运权于私，谄媚于上，欺诈于下，欺世盗名，此类小人，凭借一时之机，把权弄势，不可一世，让人鄙视而切齿也。然世间此丑类甚多，不必在意。正所谓行云流水，烟云雾霭，转瞬即逝也。江河万古流，山川自然在，丑类岂长久乎？

六十九

内心很孤独寂寞，一种悲观主义的情怀和理想主义的向往，变成了完美主义的精雕细琢，计较于每一个细节，认真于每一种思绪，注重问题的完美解决，而且总想从哲理的层次上有所收获，但实际上却很难得到。非常愿意交流，但无人对应，即使有点反应，也只是停留在对事物的具体评价之中，而缺乏精神的互动。有时想象老僧入定般在寂寞中深思一番，但现实的诱惑和内心的思虑又难以平静，常常陷入极度的矛盾之中，以致精神分裂性格变异一般。人们有时精神上的孤独寂寞无法用语言行为解脱，只能是心灵上的修持和感悟，灵魂中的净化和超越了。

七十

人生是一个由简单走向复杂，而又由复杂回归简单的过程。当经历过一定的时空后，人们复归于原点，当然是螺旋式发展后的原点，此时，一切都变得恬淡安静和简单了。因为太多的经历和磨折，让心灵得到成败得失的历练后，五光十色的装饰逐渐剥离，本真的内核呈现，终究归宿于人性的本源。所以，对于一个成熟的人来言，应当是非常简单和平静的人；一切都不再喧嚣，一切都不再诱人，一切都是过眼云烟，一切都是幻象虚影，唯有平和与静谧才是根本。

七十一

平静下来的心，看待一切似乎都非常朦胧，格外柔性；失去了喧闹，磨去了棱角，唯有和顺的眼神，凝望天地和众生，再大的事也掀不起思想的波澜，再浓的情也激不起心中的憧憬。唯有一种宁静平顺之趣笼罩心灵家园，唯有一种洁净雅致之意弥漫精神境界。生之灿烂，宿之平静，恰似天高云淡，风清气朗，物我相忘，浑然无影。

第九集　水落云起

DIJIUJI SHUILUO YUNQI

一

大千世界，任何一个事物和个人都有值得我们感动和受益的方面，特别是芸芸众生，质朴的生活，艰辛的历程，平淡的经历，简单的思想，却蕴含着自然和人类最原始的本性，那就是真、善、美。就像久看土壤，久看沙漠，久看树木草坪，我们只是停留在了表象的枯燥之中，而未能深掘其中的甘泉、沃藏，未能品味其中的闪光与高尚。赞美啊！这个平凡的世界，这个平凡世界上的每一个生命，无论其轨迹如何，都是耀眼的明星。

二

经常被别人感动，也为自己感动，更为被感动而感动，一段故事、一段真情、阴晴圆缺，悲欢离合，诉说的都是人类最原始的纯真本质。一切都从善的源头涌出，在爱的大地流淌，虽然也受到一些邪恶污浊的浸染，但最终奔向辽阔的大海，在无限中消解净化；一切都从真的本体跃出，在崎岖蜿蜒的征程历练，虽然也受到虚伪假劣的蒙蔽，但最终融入真理的天宇，在深邃里精萃升华；一切都从美的母体中蜕变，在自然的风景社会的舞台呈现，虽然也有丑陋愚昧的表演，但最终回归美的源头，在水尽云起般的超逸中成为永恒的境界。被别人和自己感动，被感动而感动，因为你有一颗纯真善良美好的心灵。

三

人们的抉择，既是主观的，又是客观的。从一定意义上来讲，更多的是客观的。因为，所有主观的抉择都是建立在客观基础之上的，是受到现实条件制约的，同时又要受到客观结果的检验。当然，客观表现在于人们的认识和利用，取决于主观上的努力和创造。然而从社会群体的共同性来讲，人不可能单独存在并发展，是生活在一定群体之中的，这样别人的主观又变成了你不可把握的客观了。所以人们有时候认命，把一切归结于一种天意的安排，从中排遣失意的寂寞，从中找出一种无奈的慰藉。

四

淡到极致也就是人生最绚烂之时，因为一切都烟消云散，返璞归真，在最本质的意义上达到了纯真的原点。静到了极致也是人生最丰富之日，因为一切都销声匿迹，在最初始的意义上达到了质朴的归宿。一个人的修炼，无论是在深山峻岭，还是红尘闹世，无论是在禅舍寺院，还是在茅屋陋室，只有走过行程，领略生活，从时空上磨难和享受后，才能达到一种归于平淡、进入平常，沉入平静的境界。因为，这是人之根本。

五

梦幻中人们能得到一种真正的解脱和享受，因为此时神游八极而不受任何制约和束缚，一切都在随心所欲地飞扬。当然，它还是带有真实思想痕迹的。因为梦幻毕竟也是一种客观的反映，主观的幽幻折射。人到一定的年龄，似乎应当回归现实，取法平常，弱化激情而安于恬淡。于是乎便少了一些梦幻，其实这是一种错觉。因为，这时节的梦幻更为清晰而富有哲理的寓味，令人浮想联翩，而又不迷陷于其中，一种人生的清醒而已。

六

自欺欺人，现实中太普遍了，而且几乎成为人们的一种心态和做法了。因为，世界之大，事务之繁，人事之杂，理想与现实的矛盾非常尖锐，人们生存的条件又非常的不易。因而，对人对事对物有些时候就是水中看月，镜中观花了。由此，便从一种清醒而直观的痛苦，转而变成一种朦胧间接的逃避。于是，欺世不说，有时也做不到，只好自欺以求得一种思想上的偷闲。所以，自欺欺人，是一种普遍的状态，并不是一个个案，这种风气具有很大的杀伤力，会导致社会风气的颓败。

七

当我们沉醉于大自然变化万千的景象时，心里是最安恬的，一切世俗的东西荡然无存，唯有一种复归的宁静笼罩心头。此时，人们才真正有一种超脱之感。所以，从本真的意义上来讲，人是大自然之子。只不过由于社会的飞速发展，我们的生活远离自然之境，沉溺于纯社会性的事务之中，缺失了自然的抚慰和景致的陶冶，只见功名利禄，只念得失成败，心灵受到极大的压抑，本真的需求缺失了，宁静的心态破坏了，一天在烦恼中生，在牢骚中过，变得庸俗不堪，苟苟且且。到大自然中走走，哪怕是一小会儿，也非常值得，因为只有回到自然的怀抱，才有返璞归真的意蕴和宁静淡泊的意境。

八

平淡地看待一切，因为大自然里最辉煌的事也是平淡的，在她的怀抱里，一切宛如哺育的子女，既是结晶也是本分，一种崇高的平淡支配着一切。我们之所以不能平淡，是因为欲望太强烈，奢求太浓重，而让有形的荣誉或有形的物质把自己遮蔽得失去了本真，以致在名利场中，悲喜交织，褒贬缠绕，成为一阵阵挥来即去的浮尘俗风，迷失方向，浑浊心灵。我想平淡是最伟大的。因为，世界上的事本来就应该如此，平常而来，平常而去，淡然存在，淡然变化，无论什么悬殊差异，成败得失，在地老天荒、亘古深邃、永恒神圣的自然面前都是平淡的。

九

平静地看待一切，因为一切都是自然社会的必然反映和客观实在，它们不会因为某一个人的冲动和悲欢而改变自己固有的面貌和行程。山河依然在，人世几沧桑，我们以自己特有的情感与思想去感悟客观世界，形成了诸多的喜怒哀乐。但这种主观的表达，不外乎是现实存在的反映。所以，大自然和社会并没有因为主观的看法而失去自己的规律和面目。只不过有时发生一些变化而已。所以，要平静地看待一切，对于人间事务来言，更要如此。唯有平静，才能客观，才能真正达到一种理性。

十

心里只要平静了，一切都会淡然的。客观世界始终处于一种动荡之中，运动是事物的根本属性，而静止只是一种特殊的状态。所以，通过自身的提高，境界的达到，求得一种相对的宁静状态，是对绝对运动着的外部世界的最坦然的一种应对。往往我们因为思想的贫乏和境界的低下，陷入红尘禄利的喧嚣之中。身在其中，心受煎熬而不知其弊，是以浑浑噩噩不知所由也。唯有达到一种宁静之境，才能化烦躁于清冷，让心灵处在一种淡泊之中。

十一

平常之人就应该有一颗平常之心，这是本质的要求，但由于我们沉溺世俗社会太久，被各种僵化的等级观念所熏染，久而久之，变成了一种思维定势和行为习惯，一切以人们现有的地位为依据，去衡量世间的所有事情和人物。正可谓，一叶蔽目，顿失天下也。但往往我们自身又不知，还以为是独到的意见或习以为常的惯例。殊不知，失去平常之心，难做平常之人，也就失去了人的本真，变成了一种寄附于现存社会习惯之上的寄生虫而已。所以，持一颗平常之心，做一个平常之人，是人生之最高境界也。

十二

抓住任何一个闲暇的时间，看上几眼书，或沉思一个问题，甚至闭目养神，也是心灵的一种造化。我们有很多分分秒秒在无聊中度过，没有让它得到最有效地利用，于是，我们失去的就很多，错过了外在的风景和内在的感悟不计其数。所以，留心于世间的一切，只是去品味而不要一心想占有或穷尽。只要有所感悟，一沙一石、一草一木，都会给你留下美好的感受。有时，无聊把人生有限的时间占得太多，以致我们无法轻松，不能自主，一任红尘飞扬，遮蔽心扉，迷失了天真纯朴之心。

十三

心绪太烦乱了，琐碎的事务，错综的关系，明枪暗箭，让人感到心灵负担太重，一些使人厌倦的伎俩不断上演，既让人感到可笑，又感到无奈。心灵的纯净被破坏得面目全非，只能浑然于麻木。有时，真想得到一种解脱时的潇洒，可只能在想象中，因为既成的现实又迫使你不得不去承应，身为心役，心绪繁杂，但心灵又处在一种求得平淡意境的企盼之中，何以升华自我，既是一个现实的客观存在，又是一个紧迫的主观问题，如果只是顺其自然，当一个现代的阿Q了。那就真是可悲啊！

十四

心灵的宁静与淡定，是在一种动态中实现的，有时刻意地去追求一种宁静或超脱，实际上也是不可能的，只有在一定的动态中，真正达到境界上的宁静，才能使自己有真正的超越。从某种意义上讲，人们欲望和追求的无止境和多样性，导致了人们心灵上的重负过沉，以致在承应事务中，显得非常的疲惫，心力交瘁。所以，要真正达到一种宁静的状态，必须要从根本上去认识生命的意义和价值，把有限的承载和无限的想象结合起来，把绝对的运动和相对的静止融为一体，因为，生命对于人类来讲是永恒不息的，对于每个人来讲，又是短暂而又有限的，动中求静，静中应动，动静交融，相得益彰。

十五

任何事物都不是孤立静止存在着，而是有着千丝万缕的联系，处在巨大的网络之中，有些表现为直接性的，让人容易看得到，有些表现为间接性的，让人难以理得清。但无论怎样，其受因果规律制约的联系性是其存在的根本。因为，只有这种联系，才能体现出事物的个性与共性，才能构成大到整个宇宙小至每一个人的体系，才能呈现宏观和微观的辩证统一。所以我们看问题，不能孤立地去看，而应把某一个特定的事物放到与周围环境和其他事物的联系中去看，才能高屋建瓴，从全面中去理解，从总体上去把握。

十六

缺乏全面的考量，整体的安排，重点的把握，就会使工作处于一种松散的状态，就像渔网缺乏纲脉，撒不开网不住，一团纠缠了，要真正做到“纲举目张”，必须胸有全局，把握主线，抓纲挈领，从而使全局活起来，有张有弛，按部就班，循序渐进。考虑工作，要全局在胸，重点在手，点面结合，从网络的角度把握相互之间的关系，从动态中品味个别的重要特征。这样才能处于一种超前和主动的良好状态中，轻松熟练地应对可能遇到的各种事件。从某种意义上讲，思之愈广才能为思之深打下基础，而思之深才能为思之广提供视野。

十七

让自己平静下来，何必心烦气躁，人一生不过如此而已，起伏跌宕，崎岖平坦相互交织，该进行的都在循其规律运动着，该表现的都在按其本质呈现着。岁月荏苒中，一切都经历了自己必需的历程，都留下了自己的片段和内容，但又都回归于历史的长河之中，偶有浪花也不足为奇了。所以，我们在经历了必要的过程后，对于已得的现实没有必要去苟求。人生在世，付出了，经历了，本身就是一种财富，所有的评价，只不过是过眼烟云，一阵风就会吹得了无踪迹。

十八

完全平息掉欲望的火焰，在现实中可能是空话，但把各种欲望清理后，你会发现，有些是人性中的基因构成，生命的合理成分，生活的动力源泉，有的则是人们太过于追求完美而带来的不必要的负担，有些主观上的企盼，其实根本没有必要。因为，人们的成败得失，荣辱褒贬，是一种实在的过程和不断的结果堆积，已成为事实的东西，任你评说，也只有总结和提供借鉴的意义了。从这点讲，有些特别在意的东西其实是最没有意义的，只是一种空洞无物但又累人的包袱，压迫心灵的桎梏。

十九

人生无一立身之基，乃浮萍也，终是游于波澜，荡于天地，上不能舒，下不能深，精神之根无也。所以，日日以苟且而混，时时以自欺而生，看似勤奋，实则琐屑，貌似刻苦，其中必空。由是之，空虚之感，无聊之心，导致了一种寄生性的适应和生存。人们的悲剧并不是无所事成，而是小事不能专精，大事不能承应；或受制于环境，或受制于自身，回头一无是处也。但究其根本，乃自己的精心不到，资质愚鲁，悟性浅陋，所以难成其业也。

二十

风云际会，君臣相逢，挟天得地，干出一番事业，创造一种辉煌，只是一种想象；在平庸时代或世俗性浓重的社会，这种气象太难得了。所以，人们苟且于世的多了，保持自我的少了，委身于人，混迹于世，求的是一种虚名浮利，而缺乏人性本真的追求。因为，这种追求有时显得非常痛苦，便被大部分人舍弃掉了，麻木苟且相对要轻松舒服而且不去触犯别人。自我解剖是痛苦的，自我思考是深刻的，精神的自省，灵魂的净化，让人有浴火重生的感受，但首先是必须经过欲火的煎熬和陶冶，然后才是涅槃后的超越。

二十一

青藏高原，珠穆朗玛，冰封雪罩，晶莹剔透；融化的水滴，涓涓的细流，洁净清澈，历经千山，汇集万水；容清纳浊，清浊浑然，奔入大海，澄清净化，精萃凝聚，又得以恢复其本真的清澈。其渊源之高洁，行程之曲折，清浊之变化，愉悦和痛苦可想而知了。然复归大海后，又恢复其本质的清洁，实是一个圆满的行程，“质本洁来还洁去”。但在具体的过程中，由清变浊，由浊变清的条件是不一样的。由起点的清澈逐渐在过程中变浊，是一种从自然到不自然的历练，是成败荣辱得失褒贬的汇集；而由浑浊变清澈，则又是由不自然到自然的超越，需要宽容博大才能化浊为清，实现本质的净化与升华，达到清明透彻晶莹光明的境界。所以，最后的净化，是以博大深邃和浑厚宽容为代价的。

二十二

是大海就要有大海的胸襟、气度。当百川汇入时，以一种气吞天地、包罗万象的雍容大度承揽一切，容纳一切。因为只有在这无限的怀抱和深邃的气度中，一切才能得到净化、提炼和升腾。不要让一些很小的浊流影响自身的博大和宽容，因为大海是一切生命的起点和归宿，它的命运安排就是容纳一切。我们在现实生活中，遇到千溪万流，将清流和浊流汇于一体，自身也需要净化。但唯有具备大海的宽容与深邃，才能做到。海纳百川，自净中也净化着一切。

二十三

一场秋雨，几阵秋风，一切都在成熟，但也面对着收获后的沉寂。这个季节非常具有矛盾性，一方面它对过去是一个总结、回顾，用丰硕的果实说明一切，另一方面，它又涤荡大地的一切，腾出空旷的原野，让更多的本质和初衷承接最严厉的检验和洗礼，以迎接下一个凝聚净化升华的季节。所以，秋天，让人有无限的想法；它穿越时空、连接过去与未来，把成熟与希冀重新熔铸，以期得到更大的成果和收获。秋风阵阵，秋雨阵阵，人们的心里也充满了秋情，成熟中带着几分苍凉，萧瑟中又有几多激情，这毕竟是一个让人心绪飞扬的季节啊！

二十四

从形态上慢慢地淡出，必须首先从心态上慢慢地淡出，人们要清醒地认识到任何一个事情都有其原因结果的整个行程，而自身做的则是一种前瞻性的预见性的思考。万事万物自有其规律，都需要人们去认识把握，但又都要经历一个进去出来的过程。如果一味只进得去，沉迷其中，而不能超越自我，提炼升华，从中淡出，就会被各种世俗的欲望熏染失掉洁净的心灵。所以，陶渊明的归隐不在于身的依附而是心的寄托，精神的超越。对于身处其位的人，更要讲心离其位的境界了。

二十五

人们真正能认识自我是非常不容易的，因为其被自身的所谓各种利益和身份所遮蔽，被外在的舆论褒贬所迷惑，以致自己不知自己是谁了？于是乎，各种表现形态都借助其自己某些方面的长处或特点，呈现出五花八门的色彩来。但殊不知，人归根到底，最本质的东西依然是自我，只有你自己才是本真的。所有的饰物和借助某些外力所形成的幻象，只是水中月、雾中影。如果把它当成了本真，则自己的本性就会迷失了，就会陷入到一种患得患失的境地之中。人生短暂，而欲念无穷，各种饰物都要从心里去抛弃，才能真正达到自知自明，回归自我的本真。

二十六

行到水尽处，坐看云起时，这是人生的一大境界，也是衡量人境界高低的一个分水岭。每个人都有山穷水尽之时，也有柳暗花明的景致，但都有一个如何超越的关键点，能否坐看云起，是一种提炼后的升华。无论是荣辱之流，成败之溪，得失之河，寻之以迹，归之以尽，都要从中去历练一番，而得出更高远雅致的胸怀来。水，其形可鉴，而云其形变幻，可以用物像与神像而比喻。后者看似虚幻，其实是一种经历后的更为实在之果，只不过它在于内心的品味了。

二十七

势利是一种社会的本能，在不同时期其表现的形式和程度不同罢了。所以，要客观地去看待这一现象，不能因为势利伤害了自己而忽视对它的理性分析和准确判断。大千世界，无奇不有，各种人物，雅俗不一，其心地和表象千差万别，是再正常不过的事了，绝对没有必要因势利现象的出现而恼火。当然，人们评判势利，也要出于一种理性的心态，不能以己之心而度之，不能让他人之态而心存褊狭，只要视为正常也就见怪而不怪了。

二十八

做好退隐的准备，从心里开始慢慢地放松，从行为上开始由急切到缓慢，从语言上由激情转为平淡，一切都要顺其自然，像江河奔向大海一样，脱去了往日的激越、喧闹，宽容深厚地缓缓融进大海，并在大海中分解化合，得到一种真正的净化和提升。人们发展和历程长短不一，发展阶段的内容各有其特色，但回归大自然和本性都是一种根本，慢慢脱去心理和身上的各种饰物与包袱，求得一个内心的平静和安详，达到一种真正的平淡、平常。

二十九

秋高气爽，送走了夏季的浓烈，天地间显现出秋天的寥廓和空旷。一切都有了思考和超越的空间，在由繁郁到清简的过程中，心情也开始疏朗起来。毕竟秋风秋草秋江秋月，别是一番滋味，使人从过重的心灵负担和装饰中慢慢地淡了下来，沉浸到一种空灵的状态和境界中。做一番成熟后的解脱，做一番收获后的静思。人在中年，也正是清秋时节，看天高云淡，山川冷峻，原野苍茫，辽阔无垠，让该去除的都扫去，该淡漠的都沉淀，唯留下空阔的胸怀，丰富的想象，迎接冰清雪洁的冬天。

三十

像大自然一样，接纳岁月，承载万物，变换季节，循环无限。人生的境界莫过于如此，春花、夏荫、秋月、冬雪，在自然的交替更迭中，完成了生命的轮回和不断地超越发展。行将隐退的人，也应该在自然中平静地平凡地平常地去做到人生的这种超越。我们领略了大自然的不同时节，经历了人生的不同历程，深刻的内涵和丰富的形式已将自己从繁杂中提升为一种简约，从烦躁中升华出一种宁静。于是一切都归之于更寥廓、更空旷之中，便于重新去认识、解剖、梳理。皓月秋江，最美的时节，恰与人心的自然形成最佳的匹配，情景交融，人生的秋季是色彩斑斓而凝练深远的。

三十一

清秋时节，天高云淡，原野辽阔，山川清峻，一切都沉浸在丰收的喜悦中，一切也都陷入追忆的惆怅中。犹如人生一样，经历了季节的更迭，享受了过程的磨砺，该得到的已得到了，此时有一种回味的享受；该经过的都经过了，更有一种现实的困惑，因为对生命的感悟和对终极理想的探求已达到了需要超越的境界，一种欲博而又欲退的矛盾始终萦绕心头，该是淡出的时候了。一切得失成败不过是过眼烟云，一切荣辱褒贬不过是风花雪月，人们终归要走向生命超逸的大海，在那里去享有平静和安然，也唯有平静地进入，才能有真正的升华，因为是自然的平淡的。

三十二

平静地看待一切，因为任何事物都是大自然的造化和时代的安排，人生的起伏和荣辱也是一种正常的现象，如果执迷于一种欲望的追求，陷入到无限的烦恼之中，就会失去自我，就会将人生变成一种没有景致的灰色烟云。人生在世，争名夺利者多，但淡泊名利者也不少，作为芸芸大众，不就是在用最低的物质和精神享有，承担着社会巨大的躯体和神圣的时代责任吗？作为一种条件舒适和运气较好的阶层，也终究逃脱不了命运最后的安排。因为，上帝对一切的安排都是合理的。而对功名利禄，宠辱得失，只是检验一个人的境界和品质的试金石而已。

三十三

大自然太神奇了，在亿万年的变化之中，生成奇丽无比的美丽，让人流连忘返。特别是怀着一腔俗情，披着一身俗尘的世人，沉浸在它的洗涤和拥抱中时，一种超越油然而生，达到了一种真正的雅境。尘世中寄生的东西太多了，以致迷失掉了本真的自我。把一些幻想的饰物当成了真谛，把一些虚名利禄当成了本真。尤其是一颗心灵，变得那样麻木，污浊不堪，激不起一点激情和原始的冲动，唯有在美妙的大自然中，才能净化，才能超越，这也是人类离不开自然的根本。因为，他也来自大自然的怀抱。

三十四

势利是一种正常的社会现象，因为其基础在于物质和精神本身及相互之间的差异性；在不同的生产力水平和生产关系中，人们形成彼此不同的阶层，在政治的和意识形态上形成不同的等级和与此相适应的观念。于是乎，趋利趋势就成为一种基本的状态。只不过其表现的形态和内容不同而已。所以，对待势利也要科学地去看待，把它当成一种客观存在的现实。同时，也要看到把势利奉为至极而忽视人性本真、违反道德理性的现象，也是人类的恶习顽疾。因为，其做法把世间任何一个小事都能以势利的眼光去衡量，以势利的态度去取舍，为天下正直之人所不取矣。但如果这种人和事普遍存在，社会不能约束，人类不能克服，人性不能修持，久而久之，也会变成了一种正常，将会贻害无穷的。

三十五

疾风知劲草，板荡识诚臣，此话不假矣。在现实生活中，往往遇到一些关键时刻，面临一些危难关头，才能看出一个人的品性和本质来。一个人一生谋一己之利太容易了，但把一己之利放到大众的境界中去思考，融入到一种全局的事业建树中，以天下为命以众生为本，那便是大利了。看待人世间的人和事，平时都好办，但到关键时刻，就会显现出来。在个人利益变成首要的取向时，本性品质便昭然若揭了。所以，人的品性的根本是在平时养成，而在关键时期才能凸显出来的。我非常敬重那些有胸怀有大度的同志，在他们的身上总有汲取力量的源泉。

三十六

心灵的平静决定着一切，因为唯有心静，一切繁杂的事物才会安静下来，恢复其本来的面目。运动是绝对的，静止是相对的，但往往这相对的静止却要费巨大的努力才能实现，特别是心灵的宁静。试想一个人一生碌碌，风尘不已，始终处于动荡之中，而要保持一颗宁静的心灵，那是何等的不易啊。因为，影响人生取舍的东西太多，诱惑太杂，以致人们往往迷失自我，不知所处何时何地，不知我是谁了。所以，心灵的宁静是重要的，是经过磨砺和修炼后才能达到的。

三十七

看风云变幻，看人世沧桑，唯有一颗心，在历经了磨难之后，变得如此平静，如此的安详。因为，从平淡中升起，到平淡中复归，一

切都是本真的安排和自由的流淌。人生在世，有过阶段性的辉煌，但更为根本的是平常人平常事平常心的永恒。人是大自然之子，和其他的存在物一样，没有什么可值得抬高自己的东西，唯一不同的是可以省悟，可以自制，当然也有一部分自狂。我赞美心灵的平静，以致容纳百川而安详，以达到壁立千仞而超逸。

三十八

有时心情非常郁闷，主要是沉溺于具体的事务中而不能让心灵放松所致。大凡有点好的心情，也在保持不到一定时间内就会被繁杂的事务所冲破，以致无法去平静地思索和探究。人类可悲的不在于能思想，而在于不能深刻地反思，或是造成一定后果后再去后悔，往往用一种“亡羊补牢”的后发思维替代了超前的科学前瞻性思维，以致有些问题一时半会儿得不到合理的解决，很多事情得不到科学长远的谋划布局；头痛医头，脚痛医脚，由此陷入一种混乱和不和谐之中。所以，要提倡前瞻性的思维，全面地考量，合理地布局。

三十九

秋风吹去原野的装饰后，天地显得格为苍茫辽阔和高远深邃，极目望去，空旷无垠，不能穷尽，唯有太阳的温暖照在大地身上，显得格外的温柔和暖和。当我们从热情中逐渐剥去繁华的外衣，理性地进入安详的现实与思考中时，一切都变得如此的简单。仿佛回归到了一种沉寂的原点，期待着新的一次轮回。我赞美大自然四季的交替，年年如此，而人类的交替则是以一生为代价的。因为更为痛苦也就更为珍贵了。当真正达到成熟时，往往最简单而平淡了。

四十

眼见身为，一些世俗之事终日缠身，看似忙忙碌碌，实在庸庸无为，心灵得不到片刻的宁静，更谈不上深思和幻想了。一味地在现实中麻木，让活灵灵的心灵变得僵死无情。唯有一个最简单的生存目标，无非衣食住行，得失成败，荣辱褒贬，让人毫无激情，毫无灵性，真不愿这样苟且下去，回味人生难道就是这个样子。然而，生活还这样照旧迈着固执的步伐前行着，一切照旧原样进行着，不同的是有些内容发生了变化，形式有了多样性，但其根本都依然，正所谓“明白时时照人，迷茫无论古今也”。

四十一

内心很孤独，思想很苦闷。人生处在一种转折的磨难和焦灼状态，过去的都已看透，未来的也已看明；唯有自己的身心，虽有超脱之意，却无超脱之力，只是一味地在浑浑噩噩中苟延残喘着，理想的火焰淡了，奔放的激情淡了，看待世界的眼神淡了，做事的力度也淡了，但在这淡中，旧有的完美主义精神依然愈演愈烈，从而形成了内心的巨大矛盾与撞击，由此陷入一种孤独和痛苦之中。人们常说的作茧自缚就是其状况最好的描述了。何时破茧呢？

四十二

在繁杂的事务中保持一颗宁静的心灵非常不易，但也是一种非常难得的修炼和情趣。因为这需要付出，果实虽然看不见，但却富有一种幻觉性的感悟。就像融雪后山崖上的水滴，聚集成小溪，向前奔跑中，要冲开多少羁绊，但唯有保持轻快地奔跑，才能汇集更多的水流，形成自己的博大与深厚，才能奔向终极的怀抱——大海。我想，在奔跑的具体征途中，始终怀着对大海的向往，便会有宁静的心灵去战胜一切繁杂，以期得到一种灵性的享受。

四十三

当下的眼前的东西是形具物实的，易被我们所认识、所把握，而未来的东西却是具有不确定性，为我们所思索所幻想。同样，对于过去的东西，我们似乎有所了解，但其中深层的东西还值得我们永久的去回味。于是人们认识世界就始终处于一种动态的长河般的过程之中了，只有贯通过去，立足现实，把握未来，才能真正地有所成就，但这非常难。因为我们有限的精力和思想，往往受制于现成的事实而不能超脱，以致不能追思、不能向往，而麻木成一个纯粹的事务主义者。

四十四

宁愿孤独淡泊寂寞，也不愿浑浑噩噩、苟苟且且，因为人不能只沉醉在现实红尘禄利的自我享受中，不能满足于一种既得的利益或境况而随波逐流。有时，失去一些看似荣耀的光环，更增加了心灵的一份真实，丢弃一些丰厚的物质，净化了心灵的一份天地，撇开了一些人们看似尊敬的目光语言，却为心灵留下了一个干净而澄澈的境界。有时人们的割舍其实就是一种取得，就是一种收获。往往人们沉湎于既成的环境和氛围中不知自己应该明白的事理，而陷入一种苟且偷生之中罢了。所以，该清醒决断时就应该当机立断。

四十五

忍把浮名换作低吟浅唱，既是一种无奈，也是一种潇洒。人活世上有时为浮名所累，心里纠缠，身体疲惫，一天茫然不知所终，浑噩于人世，苟且于当今，看似风光，实则悲哀。于是乎，游走于青山绿水之间，销迹于荒草野林之中，寄情于天地，任性于自然，也是一种本能的释放和心灵的解脱。有时，这种解脱也很难，因为人们像蚕一样从自己或他人吐出的千丝万缕中织成了牢固的茧，安于现状，固于既得，满足当下，有的不愿蜕变求新，破茧而出，以达升华，于是也就失去了心性的超越，本真的回归。

四十六

四十年前，一个小男孩的身影富有生气地活跃在山林荒溪之间，蓝天白云羊群，一串串欢笑，一阵阵嬉闹，童稚的声音穿透荒凉的沉寂，尖声的呐喊划破苍茫的沉默。四十年后，回到故地，一切依旧，只不过沙山绿了，荒溪披上了植被。童年的一切仿佛就在眼前，历历在目，心中诸多的回忆油然而生，以致自己不能自制。故去的都已去，当年的都已老，唯有江山依旧，唯有记忆永存。我羡慕这山林的古朴宁静，更企求一种平淡和平常的生活，更希望有一颗复归的心，依然是那样的质朴，那样天真，那样的清纯。

四十七

这山川极有灵性，历史从她这走过，留下诸多的传说和足印；历史从她这升起，划开了新的起点和征程。一代代肩负着他们的使命，像毛乌素的风沙，像清河沟的溪流，在历史的长空中，抒写着自己的画卷，镌刻下自己的篇章。要想读懂人生，最好在这里沉思；要想读懂历史，最好在这里追忆；要想得到心灵的升华，最好在这里沉静下来，把自己融入到这荒凉而纯朴的寂寥之中。你会思、你会想，你会把人生的喜怒哀乐、荣辱成败都遗忘，因为天地间，唯有真实的感受和深思笼罩一切。

四十八

从这里走出，像风像水，又回归到这里，像云像雨。历史画了一个大圈，人们只不过是这圈中的某一个节点。生养的土地，只要有一片荒野的淳朴，总是能召回自己的游子。再好的教科书也没有这种质朴的永恒给人的教诲和震撼了。在不经意间，几代人在历史的天宇中划过自己的行程，留下一段耀眼的光芒，又回归到了自己原来起飞的地方，一切都显得是那样的自然。登高远望，山峦起伏，树草相杂，一种苍然之感油然而生。看到历史的天空，感到一切都很伟大，都有自己的位置，也感到非常渺小，只是来去的一阵风雨，终归要在大地母亲的怀抱中去休息，并再次升华。啊，我神圣的先人们，为你们祝福。

四十九

周而复始的循环，人生就像一个圆圈，无论其轨迹多长，空间多大，都会复归到一个始点。一切从平常、平淡、平凡开始，最后又投入到她的怀抱，行程丰富无比，但起点和终点都是一样的。所以，从人生的角度来言，要重行程和行程中的感受，不要无谓地去争所谓既得的结果，因为大自然是最公正的，它把任何人都拥入自己的怀抱，最后同归于一样的境地。从这个角度讲，人们没有什么可抱怨的。因为一切均在命运的安排之中，都要顺其自然，安身立命，奉献时代，服务社会，完成自己的使命。境界的高低不在于想得多大做得太多，而是心灵的平静和超逸。

五十

人们总是被自己所蒙蔽，因为对客观事物的千变万化缺乏深入广泛的了解，于是就在一知半解中贸然地下了定义。其实有些是被物的幻想所蒙蔽的。所以，人们长久地沉浸在自己的幻觉中，自我陶醉地编织出令人沉沦的梦，而失去了对生命本体的清醒认识和把握，同样由此带来的痛苦也就非常难以解脱地缠绕着人们，以致时时不能自解。我想，大凡人们从生命的本始去思考问题，从生命的终极剖析自我，一切都会从虚幻中走出，得到真实的平常、平凡、平淡之心。

五十一

一年不算短，由于不同的内容、行程、事务，所以显得长而且令人焦躁；一年不算长，在历史的长河中，其实一瞬间矣。就是在这年年岁岁的煎熬中，人们从生命的本源返向生命的归宿，走着一个完整的圆。任何向往和激情燃起行程中的一个个高峰或峡谷，成就了一个个成功或失败，在看似结果的评判中，一切又都逝去。因为运动的永恒性是事物的本质特点。由年年累积起来的岁月，也是生命的由小到大，由盛到衰的循环，来自于辽阔的大海，复归到深邃的大海，生死相继，生生不已，实践和感悟着生命的真谛，一年又一年。

五十二

当你看破幻象而又不能自拔时，痛苦会油然而生。悟到的东西由于诸多条件限制不能去解决，还要苟且其中，这便是人生的悲剧了。该经历的都经历了，该看透的都看透了，但为了五斗米还要混迹其中，让心灵麻痹麻木，那是何等的悲哀！人应有自知之明，但自知之明如果只是一种心灵的感受和思想上的升华，不能实践于具体的行动，那这个自知之明就只能带来痛苦。因为你解脱不了现实的世俗的羁绊，只能混迹于世，而心灵就会备受煎熬。

五十三

解脱吧！让一切都顺其自然，因为所有的结果都是原因，所有的原因也将成为结果，人类发展的主线，就是在这矛盾中延续，点与点连接成线，点与点拓展成面，时空相交，构成多彩的画面。我们生在其中，乐在其中，同样也悲在其中，痛在其中。但心灵的升华犹如被太阳蒸腾的水汽，扶摇而上，化为云朵，映在蓝天；解脱了的心灵更平常平淡，因为唯有如此，才能净化超越，才能做一番无形而非常有质量的飞跃。解脱了吧，沉重的思想和行为。

第十集　寒凝春华

DISHIJI HANNING CHUNHUA

一

理想支撑一个人的灵魂，人们对未来都有自己的企盼，都有自己的追求，我赞美人们的追求与向往，更感叹其全身心投入的拼搏与努力，就像看到春回大地，万木萌发，幼芽初绽，枝条青绿一样，心中生出欣悦和慰藉。人们在蓬勃向上中实现着自身的价值，实践着自己的向往。当然，也给社会带来了生机和希望。在年轻人身上看到的是青春四溢活力无限，他们的蓬勃与激情也给我注入了理想的憧憬和生命的活力，因为只有这种充满热情的理想和行动，才能印证事业的崇高和宏伟，彰显生命的意义。

二

冬天来临，大地裸露开胸怀，接受着寒冷的洗礼，迎接着冰雪的抚慰。此时此刻，天高地远，空旷而萧瑟，一切都展现了原生态的面貌，去掉各种季节装饰后的自然，显得更为纯真、更为朴实。我赞美冬天，让我们在清冷中思索，让我们在坦诚中交流，同样也在冰清雪洁中让灵魂得到净化。只有在冬季，一颗燥热的心才能真正地平静下来，才能恢复往日的平常平淡，才能真正把自己放到最正常的位置和

最平淡的心态。冬日里的游思是最清冷的，也是最深刻的，

三

能真正认识自己，有时还得仰仗外部的评价，无论是好是坏，是褒是贬，毕竟是一种来自客观或主观的舆论，让你有所触动，有所思考。大量的外部评价会引起很多烦恼，但从中得到的乐趣也会不少。因为，很多尖锐的分析刻薄的言语，甚至恶毒的诅咒，恰恰是我们所需要的，它直插主题，直面人生，找到了人性的薄弱点，指出了问题的根本性，换句话说，就是让你知道了你自己。所以，一棵树的成长，要经风见雨，历经季节之磨炼，一条河的流淌，要蜿蜒曲折，激浊扬清，涵纳百川，奔向无限，一个人只有在外部的真正监督和批判中，才能从内心得到真正的升华。

四

天生的烈质，不可能被后天的修养所磨灭，有时甚至被诸多的学习和修养培育得更为强烈。遇到市井小人，遇到拉大旗做虎皮之类，犹感气从心起，怒向胆生，激言以刺，辣语相迎。性情中人，就是这样，要失去自己的本质太难了。虽然我们讲究修身养性，文质彬彬，风度儒雅，行为安然，但凡事都这样，何谓个性，做一练达的世人，无非得一些实惠之利，但内心所耗损的何其之多。五斗米折腰是为了生存找到的一点理由，但为恶势俗小所制则是一种精神上的折磨，从这个意义上讲，人要有骨气、性格、品性的刚烈，气质的昂扬，不能一味丧失本我的质地。

五

浮生又得半日闲，读读史书，看看闲文，心情油然开阔。沉浸于历史的波澜壮阔之中，游荡于大自然的四季轮回之里，畅想于人生的

悲欢离合奥妙幽境，真是一种惬意。看窗外车流涌动，人头攒动，冬阳的光辉照得令人亲切温暖；看心中几多缠绕，瞬间得到解脱，自是一番滋味在心头。大凡人生，能寂寞孤独以对，忙里偷闲，让思想在阅读中滋润一下，让精神在反思中净化一会，也是无比幸福的事。

六

五十有三了，正所谓“天命之年”，一切从淡。原有的激情都化作了一种内在的深厚，唯有平静地看待这个世界，平淡地反思这个人生，平凡地把自己融入到大自然和社会之中。外在叱咤风云的气势似乎已淡然，但雍容儒雅的气质格调已提升，内在奢望冲动的激情已静如止水，但温蕴厚重的品格和思想已形成，只是有一些孤独和苍凉笼罩心头。一种无言的惆怅让自己说不清所思所想，可能是一种超脱前的矛盾罢了。我热爱人生，追求正义，提倡儒雅，但最大的心愿是归于平静、平凡、平淡之中，这才是人生的辉煌之点。

七

心情从没有像现在这样平静，如一泓秋水，澄澈无瑕，映照着蓝天白云；心情从没有像现在这样恬淡，像一牙弯月，淡淡地挥洒清辉，轻轻把天地笼罩；心情从没有像现在这样安实，像一轮夕阳，燃得通红，在山巅河面挥洒着浓重的依恋；心情从没有像现在这样清冷，冰清玉洁，在通体透明中做一番人生的化合与分解，留下的是孤独和苍凉。真的，人生之伟大，在于它的持久深长，也在于它的短暂、平淡与平常。

八

在寒冽的风中，大地裸露自己的胸怀，承纳着萧萧而下的枯叶，一切都回到了起始的土壤；太阳尽力散发着热量，柔和的光照在人身上暖洋洋的。坐在窗前，极目远眺，蓝天白云在冬日里显得格外的清纯，赤裸的原野质朴地泛出了土地的本色，让人感到一种归来的欣慰。人生的季节和大自然一样，有春的欣然，有夏的浓烈，有秋的丰硕，更有冬的清凉。四季轮回，已有五十三载了，一轮轮把人催成别一番模样，但心灵依然那样的火热、激情、向往，赤子之心是改不了了的。

九

太阳从东方升起，将那金色的光辉洒满大地，天地间弥漫着一种祥和，一种温暖，我赞美生命，我热爱生活，因为我是大自然之子，我是芸芸众生的一分子。太阳炽热真诚，从不会为暂时的云雾失去自己的本真；蓝天辽阔，从不会为暂时的风云失去其纯净；大地坦荡，从不会因为其表面装饰的更换失去自己的真诚。我有太阳的本真，蓝天的纯净，大地的真诚，将自己一颗童稚的心放到这自然母亲的怀抱，一切平淡平凡平常平静，但那是人性的根本。不想失去的总会失去，因为那是一种虚幻的迷茫，想得到的终将得到，那是人性的升华。

十

平静得像大海，万里无垠，映照着蓝天白云丽日；欣喜得像高山，群峰耸立，沟壑纵横，澎湃着赤诚、激情和感动。在这平静与激情的交替中，送走一个个记忆的岁月，迎来一个个憧憬的启程。像一条越过千山万岭的涓涓溪流，汇集着人生阅历的长河，形成平缓而深沉的性格，像生命无限的蔚蓝大海奔去。山水相连，征程风光无限，天地相融，几多坎坷遭逢，一切都被时间所吞没，都为生活所历练，唯有一个平静平常的心始终陪伴。

十一

孩子的祝福令人感动，因为他们始终把父母放在心上。从小到大，我们只不过给他们提供了一定的环境，让其顺利成长，但翅膀稍硬，他们就独立翱翔于未来的蓝天之上。可以说，独立奋斗会始终伴随着他们。虽然已步入天命有三的年龄了，但我依然稚心不变，童趣未泯；因为作为沧海一滴，高山一石，我在岁月的无限延伸中也一如既往地欢腾在奔向未来的征程中。我爱孩子们，在他们身上，始终浸润着爱和深情，延续着人性真善美的永恒。记住父母的生日，对于一个孩子是应该的，但也很难。因为，人们总是在不停地奔腾之中，容易忘却最平常也最伟大的时辰。

十二

冬天是一个美丽的季节，因为它去掉了一切装饰性的外表，把自己赤裸裸地呈现于天地之间，让一切都恢复了本来的面目，还之以坦荡、淳朴、自然。冬天是一个深刻的季节，因为它去掉了一切欲望的喧嚷，把自己过去的历程，放到一个冰冷的沉思中，做一番深刻的解剖，让一切回归原质，在平静、平淡、平凡中去升华自己，让心灵得到最洁净的洗礼和最严格的考验。冬季的美与深刻在于它的淳朴，在于它的赤诚，因为最本真的东西，往往是我们最容易在现实的多种诱惑下丢掉的东西。

十三

只有去掉一切外在的装饰，才能真正地呈现本貌；只有去掉一切内在的贪欲，才能真正地恢复本我；只有置身于真正的自我认识和自我解剖之中，才能看到自己所想所思、所作所为的纯洁性和欲望性。海纳百川，有容乃大，是一种恢弘的气度胸怀；壁立千仞，无欲则刚，则是一种内在的升华与境界。对现实的欲望太大，索求太多，导致了人们的疯狂，以致不能完全把握自己，沉溺于世俗的污泥浊水之中，这是一种可悲的人生。唯有去掉过多的杂念，才能真正地恢复平静、平常，才能品味人性的纯真。

十四

渐渐地让思想远行，渐渐地让行为淡出，一切都顺其自然，回到本来的面目，很多事物的发展都有其内在的规律，而人往往最容易忽视自身的内在制约性，把一些虚幻的梦想和过分的追求当成一种目标，殊不知，往往背离了人自身发展的规律。因为，在点点相交无限循环的生命圆环中，螺旋式的发展是一种不可抗拒的规律。从一个点出发，经过不同条件下的行程和丰富的内容，又回到了高于原点的原点，实现了一个量质相融的循环上升。所以，从平凡平淡平常出发，到回归于此，是一种历史的必然，也是一种取得心灵平静的根本。

十五

不能沉溺于幻想，更不能把希望寄托在一些虚无缥缈的事物上，应当有自己的本真，有自己的根本。一个人只有求得实在，才是立足的基础，我们向往美好，但美好并不是一种令人心碎的奢望。对于一切虚幻的东西，都要识别它，战胜它，不要让它笼罩在我们的行动中，影响在我们的心头上。人生在世，平淡、平静、平凡、平常乃是根本，这是基本的状况，只有让身心恢复到此种状态，才是一种真正的升华和提高。

十六

太阳依然从东方升起，将金色的光辉洒满初冬的大地，远山披上了金色的冠，大地披上了金色的衣，一切都沐浴在这光的融合里。我赞美太阳，就像人生一样，起起落落，依然是一片辉煌。不以物喜，不以己悲，从容不迫，以一种赤诚和永恒，容纳一切，将万物融进自己无处不洒的光和温暖中。天天看日出，天天看日落，天天不一样；

因为有新的内容，新的企盼，新的理想，但这都源于一个最本质的东西，那就是拥有纯真质朴的赤诚和坦荡，把握平常的自然现象和永恒规律，保持坚定的信念和执着的追求，培育宁静淡泊的心态，才能有最辉煌的事业。平凡即伟大是矣。

十七

猥祟小人，口出狂言，以势压人，只不过倚仗权力、地位，混一时张狂也。想吾年届已天命，虽才学有限，德识有短，但也是天地之一份子，人间之一雅士，何其受小人之欺弄，是谓人生如囚也。忍辱负重，与小人相容，与权势低眉，岂是天然之性情，自我之本真，所以，应该扬清击浊，抛弃世俗，返人间之纯朴，虽竹篱茅舍，亦甘心恬淡；虽粗茶淡饭，亦顺其自然，何必为权贵屈膝仰眉，做奴仆之状。人生之意气，不能无以傲骨，无以血性，无以品质，弃世俗虽有所失，但不失人品才为根本也。

十八

应该更平静，从心理上来讲，这个要求并不过分，该看的都看了，该做的都做了，该想的也都想了，荣辱成败，转眼烟云，一切都在经历中反复地品嚼过，甜酸苦辣，都搅和在一起，说不出一种什么样的滋味。所以，心灵应该更加平静，让它波澜不惊，天光云影，任其映照，万物变迁，任其随意。因为博大和深邃是它的根本，唯有其大，才能容纳一切波起浪伏，唯有其深，才能真正做到平静深沉。赞美大海，你的胸怀来自你的心灵，你的心灵永远是平静而深邃的。

十九

看的事情似乎淡了，其实从心灵深处又放不下，于是形成一种矛盾，导致内外非常不和谐。来自四面八方的诱惑太多，心里的承受能力有限，于是就生出许多烦恼。其实，把有些问题从本源上看透，对它的行程和行程中带来的各种感受就会淡了下去。因为任何事物都违背不了兴衰更替循环往复这样一个规律。当然，只有经过长期的历练，并达到一定精神境界时，才能真正做到平淡。因为只有达到真正的内心平静才能把世间万象看得更透更明，于是乎也就平淡起来了。

二十

世间行走太长，于是乎染上了很多世俗的习气，像无根之萍，顺风而漂，像无根之土，随意挥扬，一种苟且浑噩的简单生存应对，而缺失了心灵的超逸与幽幻的梦境。人一味的唯利是图，就是人性的沦丧。不可能不适应现实空中楼阁般的去生活，但也绝不能为了世俗的利益，丧失其心灵的高尚与纯洁。时时反思自我、解剖自我，不致被世俗的习气所熏染，保留自己心灵的纯净和灵魂的高尚，这虽然难做，但必须去做，因为，要真正成为一个人，心灵的境界是至关重要的。

二十一

美好的心情不是刻意修饰而得到的，这来自一种对生活深厚积累的感悟，来自于一种对人生曲折征程的升华，来自于对一切事物的探寻和对自我的剖析，更来自于内心对生活的热爱和赤诚之心。有时可以因现实的不平而怒吼，有时可以因世俗小人的作为而气愤，有时也因人间美好的事情所动情，有时也为世间的穷困所掉泪，喜怒哀乐，成败荣辱，在心头时起时伏，但热爱生活却是永恒。看太阳天天从东方升起，心头涌出一种说不出的感动，美好的心情油然而生，因为，我们是大自然之子，美好的心情来自于根本。

二十二

心灵被世俗的东西所牵挂，显得格外沉重，就像鸟儿套上了黄金的枷锁，从而失去了飞翔的功能，丧失了天然的本性，一切对自然的憧憬和对未来向往只能在断断续续的一思半想之中。人们被各种诱惑和欲望所拖累，也就失去了原本纯朴简单的心情，变得起伏不定，随波逐流，时时压抑。为什么人们喜欢到大自然中，可能就是压抑得太久，在回归本始的状态中可以得到一种解脱或片刻的宁静，这时才恢复了本我的状态，并在一种自然和谐的条件下，融自己为天地的一分子。所以说，回归自然是最根本的。

二十三

我们迎接着每一天，天天都有新意，都有新的内容；我们送走每一天，天天都有依恋，都有美好的追忆。在这天天中，我们怀着一颗感恩的心，去报答自然和社会，从事着各自的工作和事业。只有以平常的心态去感悟每一天时，才能感到兴奋，富有生活的激情；唯有保持一种平淡的心情，才能真正感悟生活，感悟人生；只要保持一种平静，才能在成败荣辱中把一切看得自然通透。大自然赋予每一个人生命的权利和生活的责任，也就根本意义上给了人们的平等，这种平等非常自然而且非常有效，关键在于自己怎样去领悟和对待。

二十四

太阳平静地从地平线升起，天天如此，从不为任何天气所影响，依然是那样炽热光芒；无论你能否感受到，它始终是那样从容不迫，执着坚定，我想这就是它的伟大所在。因为其伟大，其行为就很平常；因为其永恒，其态度就很平静；因为其辉煌，其内容就很平凡，从不会因风云所阻，从不会为冷眼相隔，从不会为一切繁杂的变化而影响自己的执着。应当有太阳的品格，在日常生活中我们只领略了它辉煌的一面，却从未深刻的领会它内心的博大与宽厚，正是其平常、平静、平凡才凸显了世间最伟大的力量。赞美你，我的太阳！

二十五

伟大的东西往往非常的平凡，而我们只注视了伟大带来的光环和荣耀，从没有看到伟大的本质乃是最平凡的。就像太阳一样，万物离不开它，都被它的辉煌所笼罩，从而从思维定势上向它致以最美好的赞誉，同时以其激昂热烈的形象和情怀激励自己；殊不知，太阳的伟大藏于最平凡之中，它不管自然界、人类社会发生怎样的变化，不管你对它评价如何，总是从容不迫，年复一年、日复一日地履行着自己的职责，非常的平静、平淡、平常，以致我们有时忽略了它永恒的存在，只注意到朝日和夕落。我想最伟大的是最平凡的。

二十六

从心里来讲，已经到了大河汇集，形成宽阔河面之时了，过去涓涓泉流、缓缓小溪、激越的瀑布和欢快的小河，现在都融入一种沉稳宽厚博大之中，开始向海洋奔去。当然，在这一时段，依恋过去，承接未来，毕竟有一个相互碰撞，相互融合的过程，心里的矛盾可想而知，会很多很多，但只要平静地去看待，就会发现，一切都顺理成章，一切都顺其自然，一切都是依照客观规律向前奔走，世界上最伟大辉煌的，其实是最平凡和平常的。心里的转折非常重要，会影响到对整个世界的看法，由激荡到平淡是行程的必然。

二十七

雾笼罩四野，一切都隐含在虚无缥缈之中，唯有初升的红日奋力跃出地平线，在东方露出自己圆润的脸庞。大地的轮廓开始清晰，城市显出了自己的参差，一切在光中露出本来的面目，一切又都恢复了喧嚣和繁闹。生活就是这样，无论发生什么变化，它总是迈着执着的步伐，按事物的规律走向无限之中。我们何尝不是呢？日出而作，日落而息。只不过时代的背景有所变化，社会内容有所变迁，生活方式有所不同，但本质依然如旧。人们赞美生活，也在于生活的这种无限性与特殊性的结合，在特殊性中享有在无限中的希望。

二十八

过去多用一些偏激的、主义类的思想和观点评判时务、臧否人物，看似热烈，貌似公允，现在看来有失偏颇的非常之多。因为受到历史传统的影响、现实阶段性口号的熏陶和心中幻象成分的描述，以致失去对事物和人物最本真的了解和认识，只是靠一种思辨和逻辑语言的所谓通畅而自谓其得，只是依据一定的思潮和理论模式而定论，其实很多都荒谬得很。世界本是简单的，其平常性在于它的永恒性，而万物都是基于这点而存在和发展的。当我们真正回归这个根本的时候，才能感到任何雕饰性的东西都是我们主观强加于它的，是一种最不真实的幻象，因为世界并不神秘，而让人们搞得复杂了。

二十九

一个事件可能改变一个国家的发展历程。因为事件总是矛盾的交织点，各种因素聚集于此，一有火星必然迸发，于是局面发生了重大变化，强弱之势瞬间在深层次上开始转换。所以，从这个意义上讲，人们都非常重视“西安事变”的作用。细究起来，问题虽然有各种矛盾积聚，但起始之人并不见得考虑的像后人那样全面周详，可能太多的还是一种血性和激情，融合到个人身上，集家仇国恨，聚之而发，但得到的结果却是远远超乎其原衷了。正所谓“星星之火，可以燎原”，但也可能寂灭；因为只有具备燃烧条件和延燃的基础，其成燎原的愿望才能实现。

三十

事业对于一个人来讲，是有时间和条件限制的，但也不是完全如此。因为对于不同的事业来讲，时间的约束和条件的限制是根本不同的，有的少年有为，有的则大器晚成，有的看似成功实则虚妄，有的失败可能意味着成功。关键的问题在于自己的基本条件和正确的抉择，以及长期的执着努力了。只要在比较扎实的基础上，找准方位，寻求适合自身素质和外部条件的目标，标准不要太高、太全、太完备，求得一种心灵的寄托和精力的集中，在努力中最大限度的发挥自己的想象和长处，不求闻达，但求宁静；不求成名，但求心灵和谐，便会成就一番事业。所以，择时以退，离世俗远一点，潜下心来，学点东西，陶冶情操，提高素质，增强本领，这本身就是一种事业。

三十一

读史让人明智，此话不谬。试看历史长河，波涛翻滚，浪花飞溅，各色人物无不以其瑰丽奇绝而扬于世。是时势造英雄者，是风云际会者，是高歌抒怀者，是沉吟悲怆者，皆以其志、其貌、其行、其文于世，让人感叹不已也！所以，心之所系，行之所托，人只是时代之子也，不过行其事于当时，留其名于后来，荣辱成败，花开花落，任人评说，其气贯天地，情蕴万物，让人流连而忘返也。是谓史书之奇，在于寻源探流，以正其溯，以清其迹，以辨是非，以彰德理，以明其心志也。

三十二

大江东去，岁月流逝，多少英雄人物变成了历史的符号，留在人们的记忆之中。任何人在任何时代或时代的某一时期，风云际会，乘天地之势，挟时代之潮，集社会之力，发神威，扬智慧，立事业于当时，就像一颗流星在茫茫太空，留下了耀眼的光芒和辉煌的轨迹。转眼间，烟消云散，前浪平静，后浪又涌起，波澜壮阔的历史长河就这样永无止境地奔向未来。多少伟大都在这规律的平常中，多少辉煌都在这本质的平凡里，一切都是大自然和社会的基本常识和规律起着决定性的作用。所以，一切都要以平常的心态去对待，一切都终将复归于平静。

三十三

让心灵平静下来，因为只有平静才能真正认识社会、认识自我，试想天天沉溺于世俗的红尘禄利之中，时时陷入世俗的苟利欲望之中，哪有什么深层次的思考和剖析呢？只有在这繁乱的尘嚣中，真正让心灵沉寂下来，从平凡的角度，用平常之心，去平静地评判事物和解剖自我，才能真正感悟天地的本理、人生的真谛，才能在有限的生命中，品味更多的无限之灵慧。有时，心里不平静，主要是被一些不想为而又要为的事所苦恼，违背心灵的原旨而去做，于是乎就显得格外的烦躁，而这更需要以平静待之。

三十四

赞美太阳，迈着从容的步履走上蓝天，把金色的光辉洒在万物的身上，一切都呈现着祥和和温暖，而它却默默无言，慈爱地视万物为同类，享受共同的时光。我热爱太阳，不亚于古埃及人对太阳的崇拜与虔诚，不亚于古印度人对太阳的神秘与感恩，不亚于两河流域文化对太阳的敬奉与崇敬，不亚于爱琴海文明对太阳的神化和尊崇。因为，我心中有一轮太阳，它来自于天宇，来自于大地，更来自于人群，在我心中涌出无限的光辉与炽烈，生成为心中的永恒。

三十五

迎来了新的一年，要以更加热情的精神去迎接美好的生活，平静地对待一切，平和地处理一切，平淡地对待一切，平常地处理一切。总之，来自于平凡的就是人生的真谛，犹如太阳来自天宇一样，伟大但又极其平凡、平静、平常的东升西落，从不为各种遮蔽和褒贬而停止自己豪迈的步伐。伟大之所以伟大，不是人们对它的看法，而是自身平凡平常平静的心态和行为，这乃是一种博大和精美的境界。新的一年中，应当有这种精神和境界，应当有这种思想和行为，因为，我们平凡的人生，是何等的辉煌。

三十六

生活在向前，朝气勃发，充满激情，活力涌动，生机盎然，当然也布满荆棘和坎坷，时有阴霾和消沉，它呈现在人们的面前，是一幅机遇与挑战希望与失意相互交织的图景，但其深邃的远处，却是一种神秘，令人神往。就像一滴水，来自于崇山峻岭，奔走于田野荒间，汇集中大江大河，奔向无限的海洋，行程似乎是不变的，但行程中的各种境遇都会千差万别，但它都是向无限进发，以实践自己对生活的承诺。日子天天过，就是这样一个基本的道理。

三十七

人生在世，是当成就一番事业，留下一定的名望。然，时势不同，其行程和结果也会不同，但其努力的心态和行为则是一样的。从客观上讲，人不过为过客而已，一瞬即逝，生生不已。但从微观上讲，人又丰富无比，经历纵横，层层叠叠。两者相互融透，只不过在不同时间里对其感悟和实践的侧重点不同罢了。少时宏图大志，中年扎实具体，老年恬淡安然矣。由宏观到微观，再入宏观，完成了人生的征程，此乃天数。

三十八

唯有心灵的真正平静，才能把一切看得更透彻；唯有心灵真正的平淡，才能把一切看得更精美。因为，致远唯有静思，静思才能真正深入到事物的内部，去做本质性的分析与反思，才能提升规律性的认识，而规律和本质的东西往往又最平凡平常。我们在现实中，由于沉溺于世俗的争夺之中，忽略了事物的本质和规律，所以把平常平凡的根本失去了，而是享受了看似热闹的表面浮华。

平静而平淡的隐退，这是最好的选择。因为，只有这样才能去掉名利的装饰，才能露出本质的性格和意志。该经历的都已经历，世界万物看得多了、透了，也就慢慢平淡了。世事经历的多了，也就看得静了，因为心灵已跃上了深邃的碧空，那无限的博大和沉静，足以化解一切、容纳一切、理解一切，都会在这平常平静平淡的无限怀抱里，实现真正的升华。

三十九

有一种淡定，是境界层次的表现，因为任何变化来临之际，心灵总是处于一种深刻的宁静，这种宁静不是冷漠，也不是没有激情，而是一种从容和宽缓。生活的经历给人们留下太多的思索，而往往人们总是局限于对具体事物的追忆和思考，而没有从中去寻求一种超乎物象的精神之托。所以，有时就会患得患失，就会陷入一种浮躁和急促之中。所以，淡定不是表象，更不是一种伪装，而是生活磨砺后的升华，是一种人生的境界和对事物的总体态度。

四十

反复陈述自己的心理，不断啰唆自己的心思，总想得到别人的慰藉，实际上是自己不成熟不完善的一种表现。因为患得患失的东西太多，对世间的红尘利禄太迷恋，对所谓的荣誉看得太重，以致活得很累，且品味非常的低下。人的理想固然很大，但它不是被某些可衡量的东西所代表，最根本的还是一种精神，一种实现精神的过程。何必让别人去理解，何必有太多的倾诉，保持心灵的平静和平淡，这才是做人做事的本分。因为，只有自己的心灵才是根本，才是一切的源泉。吾心即是宇宙，宇宙即是吾心。

四十一

从主观努力上，这么多年来，始终在认真学习，刻苦钻研，不断提升自我，无论从学识和品性上，都经历了脱俗入雅的砥砺，经历了一定净化过程，并且也确实达到了一定的精神境界，有时在思想深处和行为表现上，呈现出一个儒雅之人应具有的一切，特别是在精神世界，感到很充实恬淡，也富有激情和幻想。真的，能够做到平常之心、平静之意是非常不容易的，这需要一辈子的修炼，需要痛苦的反思，也只有经历了风雨雷电的考验，经历了坎坷崎岖的征程，人们才能从心灵里去升华出一种精神境界来。这么多年，正是这样走过来的，所以能够淡定地看待一切。

然而，从客观上讲，人们又沉溺于现实的社会之中，为了衣食住行和自然社会，人们打着千般交道、编织万般关系，世俗的东西又消磨着人们所得到和形成的精神内核。世俗的迷惑非常之大，以致人们有时不能自已，浑浑噩噩、苟苟且且，为了荣华富贵为了名利，简直到了无所不用其极的地步。从这个层面讲，人们又倒退了，返回了原始的蛮荒之点，真可谓茹毛饮血也。这两极的冲突，使人们在人格上分裂，行为上偏执，思想上矛盾，心灵上痛苦，而唯有从中架起一座能够相融的桥梁，才能平衡好人生的路程，这又很难，但必须去努力。

四十二

生活在世上，来自四面八方的诱惑无时无刻不在侵袭着我们，人们正常的生活历程也决定着自己在物质利益和精神享受方面有诸多的追求，并随着时代的发展不断跃上高的层次。就其根本来讲，人们的努力只不过是一个过程，在行进中享受了自己奋斗后获得的一些果实。但最终的结果还是生生不死的循环往复。从这个意义上讲，人生从根本上是一种过程与成果的链条。所以，不要对任何东西持一种绝对静止和孤立片面的看法，不要满足于已有的过程和结果。要把一切都看得平凡平常，因为，世界本来就是平凡的，只不过我们给了它太多的装饰和幻觉。

四十三

大雪漫天舞，一派北国之壮景，令人心醉。一切都复归于纯洁，一切都回到了原质，在苍莽寂寥之中，一股清洁之气，豪爽之意油然而生，因为去掉一切装饰的世界，披上最本色的衣服，是那样令人动魄惊魂。沉溺于世久矣，各种形形色色的东西在身心上积蓄太多，以致不知自己是谁了。唯有在大自然面前，才能真正地找到本我，恢复其最平常的状态，让心灵得到解脱。茫茫白雪，你是天地的灵魂，沁入我的身心，净化我的灵魂，让我回到本质的原点。

四十四

少言之，是因为很多事已经很明白了，无须再用语言进行阐述。但总有人为了制造一种形式，把很多已经看明白并且该办的事情非放到一种氛围和烘托之中，给以复杂的装饰和浓重的渲染，以显现自己的所谓智慧才干，看似聪明，其实太愚蠢了。大凡世间诸事，思之三遍，其理自明，就是比较复杂的也可经过深思熟虑，反复辨识，集思广益，达到认识本质，把握规律的目的，没有什么解决不了的问题。有时言多，本是好意，维护大局，但总为人所利用，抛砖引不来玉，连砖也不如了，简直是一堆撕扯不开的麻团。所以，有时要少言之，并不是不细致，而是一种必要。

四十五

漫天大雪，带给人以清寒，使我们能在这洁白的寂静和单一中做一番深刻的反思。人生的任何辉煌只不过是过眼烟云，而唯有最本真的质朴与平凡才是根本。雪给我们以提示，一切都会走到原点，也会从原点升腾，而任何伟大都在这最洁净的白色之中，它是一种祭奠，更是一种警醒，是孕育万色之根本，但又单一到了极点。漫天大雪，遮蔽一切，却让心扉豁然开朗，孕育春天的情怀。

四十六

我们太卑微了，我指的主要是思想的深度和境界的高远。往往拘泥于一星半点的所谓成绩，满足于时间浸泡后发酵的一点阅历，便自以为是地想这想那，无由的欲望充满了整个头脑，以致人俗得不能再俗，有时还把这种世俗气当成了一种成熟。看窗外白雪漫天，一片澄清之色，想人间多少仁人志士，茅室陋巷，粗褐糟食，心胸坦然，品性高洁，志趣恬淡，不由让人惭愧，相比而言，我等虽不是什么有档次之人，但从心境上也不能太随俗了吧。

四十七

每临大事有静气，因为心中有正气。只有达到一定境界，并善待一切才能真正彰显一种胸怀和气度。人一生经历磨难，在自我修炼与社会雕琢的双重作用下，使一些人沉沦下去，也使一些人升华起来，而真正能达到一定精神境界的，又很少了。任何事情都有其因果联系，都有其独特的表现形式，但其规律和本质都是一样的。所以，大事和小事形式有所区别，内容有所不同，但其规律是一样的。所以，有时的静气，是一种境界和智慧，是对事物本质的把握。

四十八

大雪已下了数天，将一切都遮得严严实实，给大地留下一个洁净的场景，呈现在人们面前的是寥廓和单纯。其实世界本来就很简单，自生自灭，以自己平凡而执着的步伐，从容不迫地迎接着一切，而人类社会打断了它自然的步伐，注入了很多主观武断和粉饰与雕琢。于是乎，它变得复杂起来，本质的东西被大量泡沫淹没了，规律的东西被大量表面的奢华所遮掩了。于是，人们只沉溺于一种利益的享受和精神的喧嚣之中，平凡而简单的事实却被忘却了。雪以其特殊的形态呈现世界的本来面貌，给人们警醒。

四十九

不知是客观变了，还是主观变了，有些事总觉得怪怪的，本想尽量说明一个问题，阐述一个道理，过去总能把它完整地进行下去，现在则不行了，还未把心中之言道出来就被打断，被一些看似充分的理由粗暴堵回，于是自己也只好偃旗息鼓，一任自然了。人生在世，总会经历诸多冷暖场景，但千万不能造成一种主观的心理阴影。因为，大凡波峰浪尖，深渊谷底，都是正常的人生际遇，属客观现实，但从主观上要认识和应对。所以，对外在的一些小事情既要看得非常淡，也要有所认识和把握。

五十

中山狼式的人物太多了，特别是大凡掌握一点权后，便把以前的一切都弃之于脑后了，嘴上所言，天花乱坠，而心里所想，卑鄙肮脏，置同仁于不睬，置事业于不顾，置道德于脑后，全凭一己之私利，混淆是非，颠倒黑白，把正直的人士扳倒，让一些阿媚之徒逞狂。人们认识人不容易，但认识一些人的做法较容易，有些人的心术本来就不正，根本谈不上其能公正待人了。所以，大凡世间为人正直者，绝不俯仰权势，绝不同流合污，绝不媚颜丑态。“大雪压青松，青松挺且直。要知松高洁，待到雪化时。”陈毅老总此诗，是顶天立地男子汉所为也。

五十一

有一股正气，凌然于天地之间；独钓寒江雪，钓的是一种精神。人不能没有骨气，不能没有正气；不管是云淡风轻，还是浓雾阴霾，心胸如朝日，意志如山峰，胸怀如大海。因为，一个人可以做很多事，也可以做不多的事，但一定要做人，做好人，这是根本。工作上取得一星半点的成绩，只能说明尽了力，而心灵中的做人才是根本。有些人，以小人之心度君子之腹，岂不知是真君子者，那在乎人们的片言只语和功利评价乎！巍巍高山，浩浩大海，君子之气，天地可鉴。

五十二

人们生来就是做事，尽量把事情做好。轻则是对得起良心，重则是对得起国家。所以，只要尽心尽力，在任何工作岗位上都会是一种尽职尽责。人们对自己负责，就是要立足于即成的工作，对别人负责，就是要履行社会的责任。所以，无论干什么，不在乎人家评说什么，而在乎自己是否让良心和职责都发挥了作用。人们的心胸，只有在困难时才能真正显示其博大；人们的意志，只有在危难时才能真正显示其坚强。而要做到这一点，最根本的是要有一颗平常之心灵，平静之情怀，平淡地看待一切关乎名利的事。

五十三

冬去春来，年年岁岁，人生的风景一道接一道；我们辞去旧岁，书写新的篇章，把历史延续。几多感慨，几多回味，也更有几多憧憬，几多展望。冬雪清涤了旧时的尘垢，春风拂动新生的幼芽，我们依然前行，依然奋进，以自己的执着和努力，去实践着人生。天地苍茫，万物复苏，心灵萌动，精神清明，以更为平和平淡的意蕴去适应一切，去应对一切；因为，平凡是人的本真。以一颗平常之心去看待这个世界，你会发现你像种子、幼芽、树干一样自然从容。

五十四

天空一碧如洗。经历冬雪的洗涤和寒风的扫除，像碧蓝的宝石，晶莹剔透，在晨光中展开深邃幽幻的大幕，让初升的朝阳涂上一层金辉。生活的步伐依然，但每天的感受却不同，在时时与卑微的杂念做争斗的同时，我们也在大自然的变化中领略着博大和深沉，更沉浸于其壮美和宁静的持重之中。人太渺小了，不得不靠自我内心的膨胀去突显自我，所以显得非常喧嚣和浮躁，唯有大自然寓伟大于平凡，寄壮阔于平淡，在平静平常中给人以最大的启迪和超越。

五十五

心志高远，在于一种思想上的超越和博大，并不是指要想达到一个什么样的目的。因为，人们在世俗世界中的生存发展条件不一样，追求的具体目标太多太杂，唯有一种超然于其上的精神，才能体现一个人的境界。一方面我们苟求于世，为生存而奔波，为利益而努力，这是正常的，另一方面我们又要从生活中不断充实精萃自己的精神内涵，体现一种人生的情怀和志向，更要从这物质与精神的结合中，去升华一种心灵的境界、灵魂的家园，这点尤为重要，也非常难得，因为这是无法用实物度量的，也会被偏见所扭曲，更会为俗念欲望遮蔽的。

五十六

对美的追求，一再淡漠，说明自己的心在世俗的折磨中已经麻木了，失去了欣赏自然、社会、人自身美的敏锐和感受。缺失一种浪漫和天真的人，是无法品尝美的直观或间接表现的，因为对美的感受莫过于一种超然的精神愉悦，哪怕只是一瞬间。人生中失去的太多不可怕，但失去了对美的品味和感受，那是非常悲哀了。生活固然不能一味的空想，但缺乏一种灵性的浸润，幽幻的梦寐，超然的想象，也就失去了人生的意蕴。现在，可悲的就在于这点，不仅要为五斗米折腰，而且还失去了寻觅品味精神之美的能力。

五十七

人们都有自己的努力奋斗的目标，但这种努力的过程却是千姿百态的。往往现实中的人们总是根据所谓的目标和既成的结果来评判人们成功与否的，过程却被放到了一边。其实，奋斗的经历是最丰富的，往往因为我们满足于成果的享受，而忽略了一路上丰富多彩的场景画面，生动复杂的生活内容，激荡悠然的意兴情怀，悲欢离合的思想感悟，超逸灵动的精神启迪。当然，或好或坏的结果，导致心情过分纠结而忘却了启程中的阴晴圆缺；或褒或贬的评判，致使思想过分缠绕而漠视了一路上的柳暗花明。有时甚至让结果把自己压成一个精神上的侏儒，心灵上的矮子。人们展示开行程才能有一个真实的自我，人们注重过程的完整才能有一个完整的人生。

五十八

人越接近自然，身心就会越愉悦，就像一个幼儿一样，从自然中刚刚脱开满身的稚气，满脸的天真，纯洁无邪；当到老年时，像是一种回归，也变得天真、单纯起来了。我想，这两头与自然是最亲近的，一个是从自然启程走来，一个是向自然走去并归宿，有着必然的制约；唯有中间这段离自然由近到远，又由远到近，让世俗的东西逐渐充斥于身心，天真纯朴淡黯，浪漫情趣全无。特别是离开自然太久太远，而要回到自然还需一定的时间时，内心的矛盾，思想的冲撞，精神的砥砺，心灵的超越，将会更为深刻。人们只有用起始和归宿的精神，陶冶整个的人生，才能变得富有情趣和灵性。

五十九

心之高洁，在于山水自然之间，世间万事万物各有其态，莫不表现纷纭，各呈其缤纷灿烂之色彩也；然其本质都是自然，所以，大凡静心修行，志存高洁者，莫不以回归自然、保持灵性、心有境界而超然于世。故人之生存，万态俱有，但其不能丢失的却是自然之天性，天性乃纯净质朴之性也。人生可以有诸多的追求探索，但唯有心灵的高洁才是根本，为君子者当须谨记。

六十

真正能战胜一切的只有自己，不要把希望寄托在别人身上。因为，我们内心的感受和痛苦，别人是无法理解的。在现实中，有多少人能理解一个年届天命之人的内心感受，众多的人只是享受其阅历和智慧给他们带来的借鉴和抚慰，而忽略了其身世的艰辛与心灵的苦楚，更难理解一路的风雨砥砺，一生的心路历程。有时，总想让心情持续的平静，但往往有些事情不以人的意志为转移，表现出一种直率的激动。性情中人要想压抑住心中的本能，是很难的。刻意的压制，也会使心灵遭到极大的伤害。

六十一

心情的变化是与思想修炼程度相关的，但又不对称。因为性情之人，心情的变化有时不受其思想成熟与否的制约，往往随缘而起，随性而致，所以，要辩证地去看待这一切。人们总是通过表象来认识事物和人的，但这种外在的东西具有极大的不真实性，因为隐含在其背后的本质的东西，往往又是最抽象的。灵魂是根本，但谁见过灵魂呢?只是在外在的形态或表象中，折射出其本质而已。所以，心情之起伏，既与思想程度相关，又是气质性格使然。

六十二

磨折这么多年了，心路坎坷，负重深沉，总是沉溺于繁杂的事务之中，应对于媚俗奉承之际，苟且于红尘利禄之间，心灵蒙上重重的灰尘，失去了鲜活的本性。有时为五斗米不仅折腰，而且俯仰之间，显出一种丑态，令人作呕也！想人生在世，不过瞬间，既要生存，更要实现其思想上的丰阅和灵魂上的升华，就不能长期处于这样一种境地。人们的悲哀往往就是沉溺于一种生存方式，默默地去忍受，即便有所抛弃和失去，但也守着固有的模式，其实就是一种苟且而已。

六十三

任何人只是大自然中的一分子，天生是平等的。由于诸多因素的制约，在生存发展中，呈现出参差不齐的境况，世俗的东西把人们分割开来，形成不同的阶层和等级，留下了不同的印记，也形成了不同的自我。于是乎，有人高大自傲，有人弱小卑微，有人目空一切，有人鼠目寸光，一切都变得非常不平等起来。这是现实，任何人都面临着这种不平等，正所谓“横看成岭侧成峰，远近高低各不同”也。但以什么样的心态去对待这种不平等，却有着天壤之别，品味好恶，境界高低，在于人们能否从这种不平等中找出平等的根本，以一种平等的心态善待他人，善待自己。

六十四

俗念太重，凡心未泯，乃红尘中一俗人也。心之所想，不过荣辱成败；目之所览，不过荣华富贵；思之所及，不过既得名利。由是，沉溺于其中而不能自拔，是谓苟且之徒也。试想，人生在世，犹如星展其光，月明其亮，风过其声，涛显其形，各有一番造化，虽千差万别，缤纷灿烂，但各居其位，各行其程，都是社会的安排，时代的选择，需有一颗平凡平淡平静之心而对之矣。试想欲念妄意蒙心，俗尘恶习缠身，何能有清泉之澄澈，何能有清静之精神，何能有恬淡之心灵！时时反省自己，切不可把尘世和名利之事看得太重。虽然时有警惕，日有所省，但来自四面八方的诱惑太多，以致红尘扑面，俗垢厚积，面目可憎了。然而这表象的东西还不曾可怕，最悲哀的莫过于心之沉沦了。苟且于世，取媚于今，心不能舒，志不能张，情不能挥，意不能洒，一天浑浑噩噩，逐日以度，不过是五斗米之谋也。辜负了那清风明月，蓝天丽日；淡漠了那春花秋草，原野山河；失去了孤独的深刻，寂寞的幽思；一颗质朴之心，平凡之境，平静之态，全被搞得面目全非。悲哉！

六十五

境界的升华是在苦难中实现的，因为只有磨难才能加深人们对自然、社会和自身的理解；境界的升华又是在欢乐中实现的，因为只有乐观才能战胜来自客观和主观的各种困难。我们赞美境界，往往赋予它深刻的内涵，精致的场景，细腻的描述，激情的展现；其实，它非常的平常和平淡，就像大自然的每一天、每一月、每一季，每一年；其实，它来自我们内心，时时刻刻都在生成，都在感受，只不过我们太注重功利的步伐，匆匆而过，没有在境界中驻足，没有细细地品味，只是让它变成一种向往和点缀罢了。我想最美的境界莫过于复归到最原始的起点。

六十六

父亲已静静走了十多年了，走得那样突然，令人伤心痛绝。以他的身心是可以长寿并享有更多更长家庭天伦之乐的，但他却突然地离开。我们未能挽回生命的脆弱，无法阻挡命运的残酷，也无缘尽奉自己敬养的职责，只能在记忆中回想往事。因为，慈容和颜已融入我们的身心，变成一种永恒的思念。愈上年纪，追索的记忆愈多，想念的思绪愈浓，那淡淡的往事像小溪流划过我们的心田，却是那样具有震撼力，因为真情最易于在平淡之间。在天之灵的父亲，注视着我们，以一种温柔的轻抚，看着这个变化的世界和发展成长的亲人，我想是这样的。大爱无形！但它永存而永恒，因为父亲的爱是弥漫于生命的全部，渗透于我们的灵魂，逝之愈久，而散发的温厚与慈爱就愈深愈浓。有时我甚至感到父亲就在身旁，就在注视着我。虽然无语，但那慈目的穿透力让人心中充满温柔的感受。有限的生命，突然的变故，让我们痛心疾首，无法去实现对一个生命的最后呵护和承应，来不及一天的侍奉，便两地隔绝，从此只能在思念中相逢。人生的无常与阻隔，让人难以扭转，唯有这寂静中的思恋，还在感受父亲的爱，犹如永恒的春夏秋冬。

六十七

淡淡的回忆，往往是最深的情，因为它来自心间，把过去的一切缓缓流出，自然而平静，没有了当时场景的陪衬，没有了喧嚣的氛围，只有一种发自真心的情感，这时的回味令人感到一种天地的大美，人生的至善，人性的甘醇。随着时间的推移，生命的延续，阅历的增长，渐渐从世俗的东西中溢出，对现实的评阅变得平静，对回忆的往事变得清纯，对未来的趋势看得更通透，这是人生的一大愉悦。当然，这境界是由多少痛苦思索的积淀而成，是由多少磨折砥砺的净化而生。我沉浸在回忆中，想多停一会儿，去领略那时那刻的温馨。

六十八

人生的聚散是一种常态，分分合合中有着诸多的内容和场景。相聚于某一时刻、某一地方、某一具体的环境之中，便有许多的想法和描述；分散于某一时辰、某一地方、某一具体的环境之中，便有很多的感慨和追忆。鸿雁传书，青鸟探看，灞桥折柳，梅花三弄，寄托的都是对聚散的一种情怀，“桃花潭水深千尺，不及汪伦送我情”，“劝君更尽一杯酒，西出阳关无故人”，“一杯浊酒，人分两地，几多感慨”，“落花时节又逢君”，真是一种惊喜在，几多愁情涌，可能只有“海内存知己，天涯若比邻”，更是一种离散和聚合中的真正慰藉吧。

六十九

痛饮千盅酒，枉吟一句诗，本为抒发情怀，舒张意气，一泻胸中块垒，一扫心中郁闷，然酒不逢知己，意不达知音，只能空对山林，寄意荒野，唯有沉醉而已。人生百态，千差万别，参差不齐，但一心所求，有何难矣；然，恰恰这个超然于利益至上的空幻之需，性灵之求，却是最难得到的。失望之余，只好青灯黄卷，读书聊以自慰。时日渐长，遂有一种心灵上的孤独，精神上的沉寂，有些活生生的思想成了茧中之物，自生自灭；有些热情的心绪成了一丝惆怅，漫无边际。唯有寄情于自然方能有一点欣慰之意。悲乎，酒去也，谁来矣！

第十一集　鸿迹燕影

DISHIYIJI HONGJI YANYING

一

大智若愚，是一种对智慧的高度概括和精练描述，其实，其内容是纷繁复杂的，表现形态是千变万化的，但就这一表述来讲，则是一种本质性的精萃和根本性的凝结。因为人们在真理面前是一个稚嫩幼童，在大智慧之下只是一个凡夫俗子。智慧是一种深层次的境界，不只是在外部形态上表现得淋漓尽致，不可能总是披上缤纷灿烂的装饰，也不会云来雾去的虚幻莫测；特别是关乎人性根蒂人类命运大境界的内涵，更不为常人所能深刻体会，更不会为一般思考所感悟。而近似于孤独寂寞，状如懵懂愚氓的表象，隐匿着平静的心态，超逸的情怀，幽幻的意蕴，深刻的思考，灵动的觉悟。所以，大智若愚，是一种对精神境界的描述，是心灵意蕴的晶莹，也是人们对智慧的一种崇敬，更是想要去做到的一种努力吧。

二

冷眼寰宇，笑看世界，都是一种胸怀气度，更是一种精神境界，因为人生在世充满了各种奥秘。风云变幻，千差万别，人们总是置身在一种山重水复，阴晴圆缺的场景之中、演绎着悲欢离合，生离死别的人生剧目，无论多么复杂或简单的经历，无论多么丰硕或卑微的成果，都会受到各种客观环境和具体事件的制约，受到时代特征和社会氛围的影响，形成参差不齐的思想和行为，呈现繁杂缠绕的精神意蕴。所以，要有一种基本的心态和情怀构筑人生的精神支柱，这里会有两种境界，一种是乐观的，一种是悲观的，当然这不是绝对的界线，而是各有渗透、相互交叉，但其主导性的特征却是鲜明的。所以，怎样面对自然、面对人生、面对社会，这个基准点的选择非常重要。冷眼世界，笑对人生是一种胸怀，是一种气度，是一种思想和行为，是一种品性和情趣，是精神内涵的彰显，是心灵意蕴的源泉。

三

人，不能没有自我，因为在世俗的大潮中，很多人失去了心灵的坐标，随波逐流，淹没在名利的泡沫和权势的污浊之中，泥沙俱下，和光同尘了。人生在世，要生存发展，衣食住行，利益名望，得失成败，荣辱褒贬，都要经历，但沉溺其中而不知其理，苟且其里而不知其意，不能从思想上有所认识，精神上有所觉悟，心灵上有所净化，那就失去了人性的本真和人生的意义。真善美是人性中最精粹的内核，人格中最坚韧的筋脉，也是人们最容易失去的。因为，它最容易受到风尘世俗的伤害，也最容易被表象的东西所遮掩，它太纯洁了，易被污染，它太纯真了，易被侵蚀，它太宁静恬淡了，易被喧嚣偏执扰乱，人们失去它也就失去了自我，失去了自我的品性也就失去了人生的特色，失去了人生的特色也就失去了生命的意义。人，不能没有自我，真正的心灵中精神上的自我。

四

有时很苦闷，是心灵摆脱不了世俗太多的缠绕。人世间的一切都具有极大的诱惑力，各种欲念杂想把有限的心灵空间几乎占满了，以致琐屑而沉重的包袱压得人喘不过气来。拿不起，放不下，只是一种焦躁的压抑，无奈的苟且，将心灵逼到了绝境之中。总想用完美主义的理想去要求自我，殊不知苛刻的细腻也束缚住了天真纯朴自然的心灵。思之太深是一种痛苦，思之太浅也是一种痛苦，唯有思维的度能够把物质和精神沟通，思之于平静淡泊，思之于安然超逸，才能达到一种真正的欢欣和愉悦。

五

庸人自扰，无痛呻吟，总是放不下一颗躁动之心，总是在权衡既得的利益和虚幻的名分。人们的狭隘胸怀浅薄见识，萎靡精神陋俗境界，满足于当下的享有，沉溺于即刻的攫取，苟且于随波逐流，浑噩于同流合污，常常迷失自我，堕落品性。所以，需要不断地学习，深刻地思考，用一种强制性的自觉，启动自我的内省；需要不断磨炼，砥砺净化，用一种坚韧性的精萃，达到心灵的纯净。人们的自知自觉是不容易的，是在内心痛苦的挣扎煎熬、精神烦恼的磨砺碰撞中实现的，而且需要持之以恒的探索，时刻的反思警醒，始终的修持提升；不然就会中途夭折，无功而返，依然沉溺于名利场的泥淖之中。其实学习的根本要义在于启迪性的自省自警，在于净化精神，安放心灵。

六

心放下了，一切也就放下了。关键是这颗心，既在现实中生存发展，以求得即刻的成果当下的享有，又想得非常虚幻遥远，企盼长久的满足永恒的福祉。所以，时时刻刻悬在憧憬与实际的空中，有向上的期望，有向下的恐惧，成败得失之间，荣辱褒贬之里，蜿蜒曲折，跌宕起伏，心灵始终处于繁闹躁动之中，精神总是沉浸在迷茫惶恐之里。因此，任何事物不分大小多少轻重缓急，点点度量，斤斤计较；任何人际不管远近亲疏知音淡旅，人人过目，个个臧否；任何变化不分主流分支内容形式，扬风挥尘，随波逐流；任何思潮不论是非曲直正确谬误，谄媚趋势，附着时髦；心由境造是一种客观的选择，境由心造却是主观的任性了。特别是在既成的现实面前，后者就显得非常重要；因为，“我思故我在”，你的心境不能决定着既成的现实，但可以客观正确的认识和理性适度的应对。心放下了，一切也就裸露出平常平静的意蕴，心放下了，一切都会呈现平凡平淡的内涵；唯有心放下，才能精神升华，心灵超越。

七

要达到真正的升华，必须做到身在尘世，心在天外。此话看似荒谬，其实非常有道理。因为只有让心灵站在最高逸最清静最纯洁的境地，才能洞明世间的万象，才能穷尽天道的深奥，实现一种真正的升华和超越。我们天天与纷繁复杂的事物与人际打交道，沉溺于琐屑之中，这是必然的谁也解脱不了的客观现实；是在沉溺中麻木不仁随波逐流，还是在应对中有自己的思想见解和精神意蕴以及更深一层的心灵感悟，却是天壤之别的境界。当然，要达到后者的程度需要艰难的历练，痛苦的砥砺，深切的解析，精萃净化，才能凤凰涅槃，浴火重生，精神清明心灵超逸。

八

顺其自然，顺势而为，因为一切都离不开终极的安排；人法地，地法天，天法道，道法自然，这是一种自然的根本法则，也是社会的基本规律。虽然其原因纷繁复杂，结果丰盈或卑微，虽然其过程蜿蜒曲折，内容深奥或简单，但其根本的运转规律却是永恒的，正所谓“天不变，道亦不变”。我们追求形而下名利功绩的一切努力并没有错，但沉溺其中而置一切于不顾，却是南辕北辙了。因为，我们还有形而上精神境界的追求与向往。成败得失荣辱褒贬，只是人生短暂过程中的过眼烟云，清纯精神超逸心灵，却是生命无限延续中的星光灿烂。空间无限，时间永恒，江山无语，人生如梦，直面苍茫辽阔的自然，透视风云变幻的时代，解析纷繁复杂的社会，品味缤纷灿烂的人生，一个幽幻空灵的奥秘亘古贯今，蕴润心灵，呵护品性，那是一种自然而永恒的精神。

九

伟大的都是平凡的，深奥的都是单纯的。我们在追求卓越的成就，非凡的业绩时，不要被既成的得失迷住双眼，不要被虚幻的荣辱遮掩心灵，沉溺于名利的锱铢必较，麻木于权势的寸长尺短，拘泥于褊狭的一隅，满足于短暂的当下；应该看到全局，想到久远。只有真正从心灵家园中精萃的才是纯真质朴的品性，只有真正从精神故乡中净化的才是恬淡超逸的意蕴。人们经常为了某时某刻的某种需要，把自己点缀得缤纷灿烂，装饰得冠冕堂皇；人们经常为了某人某事的某种奢求，狂妄地蔑视自然，任性地践踏规律；殊不知，这种涂脂抹粉和任意妄为，只能使自己的心灵更苍白，精神更贫乏，思想更浅薄，行为更丑陋。现实的风雨，真理的阳光，总会涤荡一切外在的装饰，都会普照一切内在的晦暗，呈现平凡纯真的本质。

十

惨烈的地震，让人的心灵受到极度的刺激；苦难的画面，给脑海蚀刻下难以磨去的印迹。大自然的运动无法抗拒，但对大自然的无情掠夺和疯狂破坏，终究会被大自然以极端形式造成的结果所报复，人们应该清醒了。善待自然，珍爱生命，是天道地理人情最本质的要求；只有一切从这个基点出发，做事为人才是真诚实在仁慈善良的。如果把大自然以极端方式造成的这种苦难不当回事，还要借助悲烈的场景惨痛的忧伤衬托一下虚伪装饰的氛围，塑造权势者的亲民形象，那就更可耻了。很多人心灵永远是卑陋的，精神始终是肮脏的；因为，人性中的善良没有真正的扎根，真诚没有真正的铭刻，美好没有真正的融入，何以善待自然，尊重人民，珍爱生命？灾难是试金石，一切行为都得以严苛地检验；灾难是度量衡，一切思想都给以准确地评判；灾难是晴雨表，一切情谊都客观地呈现；灾难是冶炼炉，一切品性都严格地精萃。

十一

文化的蕴含不是简单的学习就能体现的，文化的深奥也不只是知识的堆积就能呈现的，更不是一些冠冕堂皇的说教，缤纷灿烂的理论，僵化教条的形式，虚张声势的喧嚣所张扬的。文化贯透人的灵魂，驾驭人的主魄，滋生于人们的头脑中，渗透在人们的血液里，蚀刻在人们的心灵中，彰显在人们的精神里，体现在身心的里里外外方方面面。有生活的人不见得都有知识，有知识的人不见得都有文化；因为，文化不只是物质形态的积淀和精神精华的凝结，而是一种从心灵深处的感悟，是一种天地相通万物共融的超然境界，自然而纯朴，平静而淡然，明晰而幽幻，灵动而超逸。有些人总想涂抹一些文化的色彩，点缀一些文化的装饰，打扮成个文化人，但太俗陋浅显了，其内心的卑劣和外在的造作形成一种畸形的变异，让人感到俗不可耐，秽不可忍。文化清溪澄澈，激流跌宕，高歌怒吼，低吟浅唱，流过岁月，映照时光，贯通古今，彰显时代，永驻心灵家园精神故乡。

十二

日月经天，江河行地，一切都是自然之造化，命运之安排。无须用深奥的道理，无须用复杂的思考，无须用精妙的诠释，无须用细腻的方法，一切都是平常之中的平常，平凡之中的平凡；原因连着结果，结果连着原因，因果相系，构成无限的苍茫无尽的辽阔无穷的深邃，因果循环，铸就有限的人生有趣的时代有意的社会。过去现在将来的永恒之链，贯穿千姿百态缤纷璀璨的因果之珠，闪烁着神秘莫测的奥妙，朦胧着幽幻灵动的梦呓；唯有在这永恒中的每一个时点，呈现着时代的场景社会的剧目人生的演出，彰显着生命的意义人生的价值。庄子曰以有涯而拼无涯，殆也。是说不要贪欲充盈，妄念肆意，疯狂攫取，无度占有，因为自然之永恒，生命之无限，不可能穷尽，只有以有限之身心融入无限之长河，才能映射永恒之光彩，感悟永恒之真谛。如果以一己之私念，贪万世之名利，岂不谬哉！所以，平静而淡泊的意境恰是自然的安排，人生的根蒂。

十三

在大自然面前，人们应该顶礼膜拜，匍匐感恩，因为它是我们的母亲，一切来自于自然，又复归于自然，珍重自然就是珍重自己，善待万物就是善待我们。当人类沉浸在对自然的野蛮征服和疯狂掠夺而不能自悟时，当人们麻醉于对万物的任意斯杀和无情毁坏时，必然会受到大自然的无情惩罚，必然会受到生物链的警示鞭笞。因为，人类在讲人性的时候，忘记了自己真正的本源，来自于何方；人类在谈品性的时候，忘记了自己的使命，向何处去。我们敬畏自然，善待万物，是我们生于此而归于此，一切都源自于它，一切都仰仗它；自然可以没有人类，人类却离不开自然，万物可以没有人类，人类却离不开万物。如何珍爱自然，怎样善待万物，从根本上讲，还是在于人类的精神境界心灵品性。因为，想征服一切的野心是人类固有的欲望，如何克服和节制，是人们应当思考的现实问题，更是修炼品性，提高素质，净化心灵，升华境界的永恒课题。

十四

心灵的平静淡泊是与修炼分不开的，就像得道的高僧大德一样；

崇山峻岭，江河湖海，人生磨砺，社会沧桑；没有多年的青灯黄卷，入禅坐定，修身养性，难以求得心灵的觉悟；没有几多的梵文释义，因果谛明，六道因缘，生死奥义，难以达到精神的超越。大凡人生在世，万象缤纷，唯独难得的是心静止水，意淡清辉；因为来自四面八方的诱惑太多，内心的欲望杂念太重，人们总是处在一种思想动荡精神摇曳之中；五光十色，七情六欲，时代风云变幻，人世百味杂陈，全在脑际交织胸中翻腾，以致人失其本性不像一个人了，仿佛是一个嗜欲如狂，逐利似傻的机器。所以，平静淡泊乃是超凡脱俗弃暗投明的修持，安然恬淡是明心见性回头是岸的印证，清纯超越温馨安然是心灵的升华，幽幻灵动散淡飘逸是精神的至境。唯有持之以恒的修炼，时刻的砥砺净化，不断的觉悟，才能真正具有平静淡泊的心灵。

十五

世界很大，只是我们的心变小了，以致从狭隘的自我角度去看待一切，精神境界越来越低，思想视野越来越窄，情趣意蕴越来越庸俗，行为方法越来越偏执，名利世俗的东西越来越多。其实，外面的世界很精彩，缤纷璀璨，美丽和谐，自然、社会、人与人之间既有各自的特征，又浑然天成，相互交融；像清风润雨，赤日朗月，崎岖峻岭，蜿蜒江河，树木花草，鸟兽鱼虫，自然地呈现，平常地运行，“清水出芙蓉，天然去雕饰”，本是天上人间的佳境。人们的所想所做，也应该启蒙于自然，发自于本心，天人合一，物我相忘，没有任性的强制和造作，没有刻意的安排和雕琢，以求得精神的高远深邃，心灵的幽幻超逸。“吾心即是世界，世界即是吾心”，关键在于是否具有世界般的心胸，世界般的情怀。

十六

建筑并不高大，但很坚固，没有过多的色彩和装饰，但有斑驳的历史痕迹；一次的建成，历经岁月的砥砺而形态依旧，不同时代的风格都得以最充分的演绎，呈现出了一种历史的沧桑和文化的厚重。最简单质朴的，往往是最凝重的，因为透过物质的承载，形象的彰显，弥漫的是文化的氛围，洋溢的是精神的意蕴。游走在曲径通幽寂静清洁的街巷，徜徉于参差起伏形态迥异的楼前，徘徊在喷泉雕塑繁花碧草的广场，沉浸于斑驳沧桑的历史古迹，流连在奇妙怪异的现代城邦，像是一个寻找幽幻奥秘的稚童，充满着好奇的幻想和探寻的冲动，总想整理一下浏览的碎片。梳理一下思索的经纬，编织神奇缥缈的梦幻。这种意蕴是非常奇妙的也是难得的，只是在这古老的城镇乡村里，悠久的残垣断壁中，真正领略了时光的荏苒，感悟了历史的沧桑。

十七

清晨，东方破晓，走出住所，信步沿着草坪曲径走入小树林，一群欢快的野兔在树林的草丛间嬉闹着，对我的到来，一点都不觉得惊恐；幽静的森林散发着清冽的芬芳，一泓湖水，碧净纯透，一群天鹅和野鸭在游弋。一对高傲的天鹅夫妻带着一群刚孵出不久的小天鹅宝宝，围到我的脚下，顺手拿出饼干喂给它们，引来一点喧闹，想用手抚摸一下小天鹅，可大天鹅拍动翅膀，伸长脖子发出嗷嗷声，发出警告，不让你动手触摸它的宝宝。天边熹光微微，天地间一派和谐，宁静中充满诗情画意，这就是在德国一个平常的早晨。

十八

我们生存的世界上，有六十多亿人口（二〇〇九年数据），二百多个国家，二千五百多个民族，六千多种语言，是一个真正的地球村。由于历史的传承和现实的环境的特殊，物质基础和精神风貌的差异，社会发展程度的不同，导致了人们没有站在一个公正的平台，用一种平等的眼光来看待世界；总是立足于比较狭隘的区域，拘泥于偏执的思想，任性于主观的臆断，顽固于自我的价值，指点江山，臧否世界，评判时势，议论别人，因而忽视了地球唯一性的本质，掩盖了民族共融性的趋势，迷失了世界统一性的方向，把差别性当成了至高无上的圣旨，把特殊性当成了唯我独尊的神谕，特别是一些超级大国，只是用自己的思想观念价值取向去要求别人，指责对方，实在霸道无理。其实，差别性既是客观现实，也是统一性的特殊表现，立足“横看成岭侧成峰，远近高低各不同”的现实，面向深邃辽阔万象共融的人类未来，努力探索世界大同的理念和路径，求同存异，相互包容，才是人类共同的责任和神圣的使命。只有站在精神的顶端才能对世界有一个全方位的把握，只有蕴含心灵的境界才能对地球有一种博大的胸怀。

十九

人与自然的和谐，不是一种简单的表象，而是形象与内容的有机相融，物质和精神的具体呈现。清晨，漫步在草地，野兔不惊，徘徊在湖边，天鹅不慌，小鸟鸣唱，松鼠跳跃，稀疏的晨练人，零星的遛弯犬，一切都是那样安详和顺；在水墨画般的景色中，洋溢的是一种让人陶醉的安谧；清纯的风轻拂着蓊郁的花草枝叶，散淡的云在碧净的天宇悄然飘逸，一切都笼罩在柔和的景致和灵动的意蕴里，在自然的怀抱中享受着精神的自由心灵的安逸。沉浸在清晨的启蒙里，一切都显得幽幻静谧，一切都温馨而充满情趣，心灵家园的画面油然而生，不知是现实，还是梦幻？

二十

真正的比较深切的思考人生时，已是年过半百以后了。因为人生较长的阅历，有了一点沧桑的感觉，给人以较多的回味和思考。过去蜿蜒曲折的历程，风云变幻的场景，砥砺奋斗的努力，悲欢离合的感受，此时已变得有些模糊零散，碎片般地堆砌成杂乱的记忆，往事如烟，幽幻飘散。思绪的经纬纵横交错地展开，在逻辑之网的捕捉中，串起了一些人物事件场景，加深了记忆的广度和深度，往事历历，犹如眼前。无论是珍珠宝石，还是沙粒水滴，无论成败得失，还是荣辱褒贬，都是时光的过客，岁月的云烟，但其依然闪烁着生命的晶莹人生的火花，回味无穷，意蕴深远。回忆越多，思考越广，人们就愈痛苦，愈迷茫，人生何以如此混沌？回忆越细，感悟越深，人们就愈平淡，愈超逸，人生就是如此平凡。因为，人生的课题太博大深邃了，之所以没法详细诠释彻底解答，就在于人们永远在生命的征途中，生死相继，生生不已。所以，想来想去，只是一种场景的变幻，剧目的演绎，舞台的斑杂，角色的表演，没有任何确切的定论永恒的结果，只是在人们的阅历达到一定程度时，多少有一些感悟和思索，以求得对人生的一种精神提炼，心灵升华罢了。

二十一

清静是一种境界，主要是从心理上来讲的，因为当下的时代现实的生活，世俗充盈社会繁闹，有点乌烟瘴气，鱼龙混杂，清浊不分，泥沙俱下，太混乱了；甚嚣尘上的争权夺利，喧闹浮躁的欲望奢求，冠冕堂皇的盛世伟业，缤纷璀璨的时髦流俗，已失去了生活的正常，人生的本真、时代的浑厚、社会的健康。人生在世，必须要衣食住行有所依，生老病死有所靠、成败得失有所据，荣辱褒贬有所获，但是一味沉溺于其中，就会失去本我，变得庸碌而猥琐了。所以，要时刻警醒，砥砺品性，净化心灵，始终保持一种平静淡泊之意，寂寥空阔之态，独立自由之志，不要趋炎附势，随波逐流，不要谄媚恶俗，傲凌群仁。唯有心中清静，才能善待一切，达到思想的觉悟，品性的纯真，精神的雅洁。清静是一个期望的目标，更是一个历练的过程。

二十二

悟道是一个艰难而愉悦的过程，没有时间的历练不行，没有空间的砥砺也不行，离开了形而下的事物和实践不行，不经过形而上的精萃净化也不行，所以，悟道是一个充满艰辛勇于探索富有智慧的过程。当然悟道的途径是多样的，但离不开读书为人做事这几个主要的内容，其中学习为首要之义。因为，学习是一种基础，不学无以成才，不学无以全智，不学无以适事，不学无以得道；学习有多种方法，可以从自然、社会中学，从书本、实践中学，从悠远的历史、深刻的现实、幽幻的未来学，从人群和自我心灵中学，均能博览古今，贯通天地，熟谙人性，通晓事理。学习极容易，只要尽心尽力始终如一即可，学习又不易，没有持之以恒的韧性，怕也是三天打鱼两天晒网了。关键是要树立崇高的志向，宽阔的胸襟，健康的情趣，固然学海无涯，依然驶的一舟矣。悟道之始在于学，不学何以悟道？

二十三

人与人的和谐，既在乎一种人性之间的相通，品性之间的相适，也在乎一种来自公正精神指导下的合理社会制度设计；因为现实发展中的不同层次和利益格局，造成了不同主体之间的差异和矛盾，因此，仅靠一种理想的引导和精神的说教是不能行其久远的。因此，必须附之以强制性的调节，施之以规范和制度。当然，这种设计必须符合人性的本真，出自对生命的尊重，秉持纯真善良美好，坚守公平正义博爱，适情适度，科学合理，求同存异，和谐与共，为实现世界大同奠定坚实的基础，为社会的进步发展注入活力，为人类的共同福祉指明方向。发展的道路很多，制度的设计很多，但最根本的在于能否真正从人性的角度出发，尊重自然社会和人类自身的发展规律，把人权意识渗透到一切制度设计之中，贯穿于人类发展的全过程，体现在社会进步人类幸福的成果上。

二十四

内心的和谐，是人生的根本，因为每个人都是一个自我的世界，这个物质与精神的凝结体如何，决定着整个社会的风貌。人的内心和谐是在不和谐中实现的，因为，人们不可能孤立地存乎于世，四面八方的诱惑和复杂多样的价值坐标，让人们陷入无限的向往和疯狂的攀比之中，于是就会生出千差万别的各种思想和行为来，从而导致了人们内心的极度矛盾和不和谐。这就需要不断地思想砥砺，精神精萃，自我反省，修身养性，达到心灵的觉悟，求得和谐的境界；同时，也不能忽视社会氛围时代风潮生活情调的影响，特别是孕育和培养什么样的核心价值观，弘扬什么样的时代精神，营造什么样的社会风气，也在检验着人们的道德内涵和思想水平。所以，内心的核心是内在和外在的有机统一。

二十五

关键是放下自我，以一种平淡平常的心态去对待万事万物，这样就会达到一种物我相忘的境地，但这也很难。因为任何一个自我，在发展中都有自己的行程和位置，都有自己的因果逻辑，在各种时空坐标中会产生自己的独特思想和行为习惯；作为主体的个人，总会有精神上自己满意或不屑的成败得失，总会在心灵中有自我评判标准的荣辱褒贬，虽然有时不那么准确，但总是存在的，纠缠不休，烦恼不息；所以，放下自我就非常之难。要实现真正的放下自我，不是表面的姿态，虚伪的言辞，而是要经历深刻的反思，痛苦的解析，洗涤尘俗，净化欲念，从心灵中超越，从精神上升华，达到一定的境界。能否放得下，在心灵深处，幽幻深邃，意蕴悠远。

二十六

别把自己当成一个什么人物，一旦披上人物的装饰，人的本性就会丧失很多；别把自己当成一个什么清流，一旦挂上清流的名号，人的品性就会猥琐很多。其实，人本来就是大自然之子，社会之一员，芸芸众生，凡夫俗子而已，建立在衣食住行之上的精神意念也不过是顺其自然的正常折射而已，但执着于欲望无限攫取无度的恶习陋俗，沉溺人分三六九等，事分远近高低，迷恋名利，趋炎附势，神仙皇帝，达官贵人，黔首群氓，乞丐流民，在等级的网络中权势的藩篱下，把自己当成珍珠宝玉似的自珍自恋起来。究其根本，忘记了本源，失去了真脉，丢掉了品性，埋没了人格，堕落了精神，玷污了心灵。人就是一撇一捺，看似很简单，真正要顶天立地，特立独行，安于平静，止于淡泊，行云流水，意蕴飘逸，却是难得多了。

二十七

用心感悟世界，可大可小。一旦掺杂上过多的私心杂念，就会目光短浅，胸怀狭隘，把世界看得很小，于是心里就急剧膨胀起来，恨不能把整个宇宙通吃，把过去现在未来囊括，天狗吃月亮般的狂妄；同样，以己之心度量天下，也会把世界看得太大，激发起一种征服的欲望，疯狂掠夺，极度攫取，以实现自己的占有和享受。其实，世界还是世界，你还是你，思想可以不受条件的限制放大或缩小，但睁眼看看，江山无限人生有涯，并没有因你的期望大小能力高低而改变自己的永恒规律。所以，用心感悟世界，可大可小，关键在于心灵的境界，只有以涵盖天下的胸襟，蕴润万物的情怀，尽人生有限之精力于生命无限发展之中，终能物我相忘，天人合一。心灵大小也就是平常的意趣了。

二十八

思想集中，精神绷紧，目标聚焦，资源得到最佳配置，力量也就显得很强大，但长此以往就会劳累疲惫；思想散漫，精神放松，目标模糊，资源随意堆砌搭配，力量也就会邋遢松弛，但长此以往就会萎靡颓废。两者的意境各异，状态不同，但导致心灵的结果却又有相似之处，一样的疲乏劳累。所以，到底是应该紧张还是放松，既取决于客观环境的制约，又取决于主观心态的把握。理想的完美主义者，什么事都想达到一种极致，锱铢必较，精雕细琢，力求完美，结果是费神劳力，反而达不到最佳效果；关键是没有认识到，世界的完美是在不完美中实现的，白璧微瑕是正常的自然社会现象，“出淤泥而不染，濯清涟而不妖”才是真正的美。庸俗的市侩主义者，总是乞求什么事都过得去，随波逐流，泥沙俱下，苟且偷生，结果是浑浑噩噩，沉溺于麻木的自醉；关键是没有看到，要实现完美的人生是在努力克服不完美中得到的，瑕不掩瑜是时代发展社会进步的必然，“欲穷千里目，更上一层楼”才是应有的态度。克服这两种倾向，必须坚持“文武之道，一张一弛”，把握理想与实际的辩证关系，孕育涵盖天下万物的精神境界，提升认识事物的思想水平，增强处理解决问题的能力，心有据行有度，始终把握全局注意重点，考虑长远立足当前；集精美与散淡、细致与粗疏于一身，轻重缓急合理布局，承前启后适度掌控，以达到事半功倍，心灵愉悦之佳境。

二十九

太精明了，精雕细琢，费神劳力，斤斤计较，以聪明对待一切，殊不知头昏脑涨，神衰意颓，一切都苛刻求全，枉费苦心。太糊涂了，散漫闲恬，浑噩无欲，顺其自然，以混沌对待一切，殊不知该生自生，该灭自灭，一切都有其章序，不乱其寸。怪哉，人世间就这么奇妙，不明白的事总是想弄得明白，可就是始终弄不明白，反而在不弄它时自然明白了；而明白的事想弄得糊涂，但始终也糊涂不了，却在不弄它时自然糊涂了。所以说，人生在世，集聪明与糊涂于一身，始终游走于清明和混沌之间，二者各呈特色相互交融，没有绝对的聪明，也没有永恒的糊涂，唯有时间的检验，岁月的印证。人生如梦，生命无限，聪明糊涂，与君相伴是也。

三十

心灵的善良仁慈蕴润了人们的宽容，而有时这种宽容又蜕变成了一种妥协，有时给人以柔弱无力缺筋少骨的感觉，有时则给人以缺道少理妄自菲薄的印象；在利益冲突格外激烈的市场经济条件下，很多能够妥协处理的事情，往往失去了善良的底线，或一味的争强好胜，剑拔弩张，或趋炎附势，苟且偷安；满足名利的攫取，沉溺既得的享受，精神燥乱，心灵浑浊。善良仁慈让人们宽容，是生命的源泉和人性的内涵决定的，是自然的启迪人生的意蕴酿造的，是坚守品性底线保持真理标准的体现，是珍爱生命善待万物的情怀，从这个根本意义上讲，妥协只是一种方式，绝不能扭曲它的真意，丢弃它的底线，随意扩大或缩小它的范围，任意择取或滥觞它的价值。人们往往把善良仁慈当成一种软弱，把宽容当成一种退缩，从而也让妥协变成了畸形的工具，殊不知在频繁的运作中，泯灭了人性的根本，失去了精神的意蕴，葬送了心灵的纯真。

三十一

人的骨气和精神往往在利益的刚性约束下枯萎凋零了，因为现实生存的压力欲望的引领，让人们过分注重名利的获取既，沉溺眼前的既得，满足当下的享有，顾不上全面的发展，看不到长远的前景。所以，在一个红尘滚滚、俗浪涛涛、名利至上、享受当下的环境中，随波逐流，趋炎附势，泥沙俱下，和光同尘，做出许多摧残自然和玷污心灵的蠢事；偶尔的清醒只是唤起一星半点的牢骚，抒发浮躁浅薄的议论，打发无聊黯淡的时光罢了。所以，人们的品性蜕化，气质低劣，情趣俗陋，意蕴污浊，精神萎靡，思想虚无；因为精气神的不足，虽然有一些星星点点好的想法，始终燃不起熊熊的火焰，虽然有一些微微弱弱的举动，无法汇集成汹涌的江河。历史源远流长，时代纷纭变幻，社会繁杂喧闹，人生起伏跌宕；人性的纯真善良美好，品格的高贵自由刚劲，情怀的博大精深，精神的清明昂扬，不能被当今的世俗雾霾遮掩，不能被时下的名利污浊侵蚀，在心灵中要扎下深根，精心呵护，经磨历劫，砥砺净化，茁壮成长。昂然四顾，天地苍茫，思想自由，精神独立，风韵飘逸，钢骨凛然。

三十二

趋炎附势，投机取巧，谄媚权势，自以为得计，殊不知为世人所不齿也；从古至今，无耻之徒卑鄙小人终为众生所唾弃也。是谓当下，有些投机分子世俗小人，胸无大志，腹无良策，靠拍马之术、溜须之技，博权势者的一时青睐，窃以名位，盗得实利，参与时政，臧否人物，不知自己是什么了；丑形劣态，恶俗陋为，令人作呕，嚣张气焰，鄙劣行迹，肮脏污秽。人应当有自知之明，拉大旗做虎皮还要讲有点技巧，狐假虎威也需有点伎俩，但污浊小人则是道德全无，品性皆失，不可理喻，更难教诲了。人世间，万象丛生，清浊同流，君子不断，小人常有，也是一种正常现象，这样的寄生者不会少，兴风作浪的势头不会弱。但毕竟是浮尘泡沫，一时的喧闹，终不能成为历史之主流、社会之主体、时代之主脉矣。

三十三

主动地退出自觉的边缘，是一种历练后的思想，净化后的心态。

在现实中，名利的追求汹涌澎湃，权势的尊崇顶礼膜拜，时髦的倾慕前赴后继，即时的享有迫不及待；源远流长的历史被忘记得了无痕迹，悠远梦幻的未来早已弃之天外，当下的事业只是即兴的狂妄，片刻的攫取，短暂的麻醉，贪婪的享有；没等人们回过味来，前呼后拥的权势名利马上门庭若市，没等人缓过劲来，盛宴琼浆的钟鸣鼎食即刻门可罗雀；走马灯似的旋转，赶大集般的热闹。久经山重水复的砥砺，感悟阴晴圆缺的真谛，成败得失，荣辱褒贬，已是岁月的烟云，时光的过客，何必沉溺不能自知，麻木不能自省乎？所以，主动的退出，自觉的边缘是精神洗涤后的超越，心灵净化中的升华。孤独寂寞自有一番天地，恬淡飘逸更是美好佳境，不亦乐乎？

三十四

魏晋南北朝时期波澜壮阔的时代场景，纷繁复杂的民族融合，跌宕起伏的社会变化，丰富多彩的生活样式，描绘了缤纷璀璨的历史画卷，谱写了九曲回肠的时代旋律，场面宏伟巨大，剧目生动复杂，演绎淋漓尽致，南北交织，东西纠缠，催生出无数物质成果，砥砺出多少精神火花。特别是文化上的碰撞交锋、融合同化、传承异变，更为灿烂夺目，光耀寰宇，经典章籍，彪炳史册。不同的文明形态，不同的文化特色，不同的民族禀赋，不同的世俗生活，不同的人生轨迹，均有各自的上乘表现，更有相互的融汇彰显，令人沉醉其中而不能自拔，迷恋其里不能自已。历史发展中总有一种特殊的表现，越是社会动荡之际，文明的多样性越丰富多彩，越是时代变化之中，文化的融合性越广泛而深刻；砥砺越多，交汇越广，磨合越烈，陶冶越精，精萃越实，升华越高。而往往一些所谓的太平盛世和顺之时，却显得有些僵硬死气，平淡庸常。所以，研究文化，要从相对动荡的历史时期中去探寻，得到的启示会更多，感悟会更深。

三十五

提笔无字，欲言无语，这是一种无奈的境地。感到有很多东西需要诉说，但千头万绪，无法梳理，千感万念，不能抒怀，一种茫然之情涌上心头，百感交集，却又苦楚凄惶，寂寥虚无，于是乎灵感全无，思绪停滞，情趣黯淡，意蕴枯寂，欲说还休的无奈，欲写无字的悲忧。大凡人们思考得广博深邃，其精力集中笔意流畅，能富有幽幻灵性的抒发，而处于一种懒惰闲散的心境之中，就会觉得索然无味，虚无缥缈，神散意乱，不能挥洒。但有时也会灵感泉涌，思绪纷飞，神扬意涌，但一提笔，心重手滞，不得一笔一字之韵味，不有一言一语之淋漓，只是一种无奈的黯然。人生中很多时间都是这样过的，也是一种心态的演绎吧，但愿这种时态短而少一些。

三十六

心灵的平静淡泊，化去了很多烦恼，就像深邃的海洋，因其博大而深邃，所以显得格外平静安然，即便是狂涛巨浪，在整个洋面上，也不过是一些微弱的褶皱。人的心灵就是要博大而深邃，这种博大能容纳一切，具有超凡的涵蕴能力，孕育深厚的思想；这种深邃能净化一切，具有明晰的升华本领，精萃聪慧的哲理。千江万河，清流浊水，沉淀中不断分解化合，凝结晶莹剔透的精神，天雨地泽，云蒸霞蔚，升腾中不断循环往复，铸就超逸安然的境界。心有多大，世界就有多广；心有多远，人生就有多长；心灵纯真，生活质朴实在；心灵洁净，精神超逸安详。心灵的品性需要持之以恒的修炼，心灵的洁净需要浴火重生的净化，一切都在不断砥砺的觉悟中。

三十七

心远地自偏，人静万物远，这是一种散淡超逸的境界，因为，人们总要处在一定的社会环境之中，置身具体的生活条件下，从事不同的工作劳务，离不开复杂的人际关交往；风云变幻的世态，繁杂喧闹的尘俗，欲念杂想的缠绕，名利权势的争夺，让人思想紊乱，精神迷茫。只有心灵的主动隔离自觉超脱，才能远离红尘而不染，拒绝利禄而不污，静守自处，以求得与天地一样的自然，与万物一般的平常。人们过于在乎名利的成败得失，沉溺世俗的荣辱褒贬，坐标太功利，衡量太庸俗，苟且偷生，浑噩以度，品性堕落，精神颓唐。唯有平静淡泊的生活意蕴，深切透彻的人生感悟，清纯静谧的心灵境界，才能超凡脱俗，明心见性，物我相忘，天人合一。虽然身在凡尘闹市，心灵远一点，也是一种智慧的生存，诗意的栖居吧。

三十八

混迹于名利之场，苟且于世俗之地，只是无可奈何的随波逐流，泥沙俱下的浑噩虚无；思想的火花，精神的精萃，心灵的陶冶，既无时间的积淀也缺空间的容纳，唯有“逝者如斯夫”的寂寥。人为了生存，一定的忍耐是必须要有的，但为了苟求名利，趋炎附势，沉沦精神，迷失自我，却是一种极大的悲哀。真的，有时弄不明白为什么而活着，人生的价值在哪里，生命的意义是什么，只剩下一点支离破碎的杂念，苟延残喘的延续。人生之悲，不在于世事的艰难，而在于思想的不自由，精神的不独立，心灵的不超逸。

三十九

世间很多事，本来很正常，但一经人们的有意炒作，过度装饰，再加上时髦的喧嚣，推波助澜，就变得复杂起来。有些纪念币的发行本是一件值得庆贺和收藏的好事，但发行量被当局任意的扩大或缩小，又受各种市场因素的影响，便被转换成一种获利的手段，其中内含的文化蕴含、彰显的历史意义荡然无存，剩下的只是利益的砝码，价值的计较了。虽然此事并非惊天动地的现象，但值得人们深思，如果把一种追溯历史记忆、铸就时代风云、镌刻社会经典、铭记人生意义、彰显人类精神的纪念活动变成一种趋炎附势、唯利是图的投机取巧，那是一种多么悲哀的耻痛，因为它诱人的已不是纪念的意义，而是充斥着世俗的贪婪人性的堕落。言虽重意可喻。

四十

人生一台戏。人们在时代的舞台上，社会的场景中，扮演着自己的角色，生旦净末丑，真假好坏有；演绎着自己的片段，阴晴圆缺，悲欢离合，成败得失，荣辱褒贬；诠释着风云变幻的时代特色，跌宕起伏的社会变化，因果循环的人生奥妙，生生不已的生命真谛。盛大或渺小的序幕，激荡或平缓的剧情，高潮或低谷的表现，轻松或沉重的结尾，描绘着历史源远流长缤纷璀璨的长卷，谱写着时代黄钟大吕低吟浅唱的旋律。舞台可大可小，剧目可长可短，剧情可浓可淡，戏蕴可深可浅；人们尽情挥洒，淋漓平生之本领，人们极力表现，尽致人生之手段。于是乎，人人粉墨登场，个个乔装打扮，不管天高地厚，谁云礼义廉耻，岂尊前哲古贤，不顾后生晚辈，为了既得的名利，当下的容颜，恨不能把世界搅得闹哄哄杂乱乱！人生如戏，戏如人生也。

四十一

世间之事，无奇不有，这是正常的。因为，世界本身就是复杂的，它呈现出一种多样性的状态；只不过世间因为人的主观干预和作为，搞得有些过于纷乱和离奇罢了。有些人，谄媚溜须于权势，顺应依附于世俗，以乌烟瘴气之手段，巧取豪夺之小技，争名于朝，争利于市，钩心斗角，尔虞我诈，狂想妄念，贪婪无度，恶行不断，陋俗充溢，但依然道貌岸然，冠冕堂皇，自觉张扬威风，依然招摇过市，构成人世间最丑陋的污迹秽形，最卑劣的浮尘泡沫。试想，芸芸众生，普劳大众，安于平常，衣食住行，安于平凡，认真为人做事，以尽天地良心；试看，仁人志士，高僧大德，宁静淡泊，意趣雅洁，情怀宽厚，精神恬淡，心灵安和，更不会苟且于权势，流觞于世俗，丢失品性之纯净也。小人乃人类之寄生虫也，始终不绝但永远不会成为社会的主体，有时的骚闹让人心烦罢了且鄙视淡漠之。

四十二

有时为了应付繁杂的事务，思想集中到细节之上，精神聚焦于具体之中，无暇顾及其他，反而在繁忙中有一些轻松的感觉，因为外在的忙碌转移了内心的杂乱，淡化了思考的滥觞，使之在集中精力应对中拥有一些平静。反而是孤独寂寥、平静淡泊之时，为思想提供了丰富想象的空间，为精神自由安排了良好的环境，于是乎大脑剧烈活动起来，奇思妙想，此起彼伏，观点意念，激烈碰撞，内在的动荡让人无法安宁，思及九天而不足远，思入大海而不见深。所以，宁静致远一点不假，唯有宁静才能为生动活泼的思想注入强大的动力，为精神的自由翱翔安上灵动的翅膀。宁静是思想的温床沃土，精神的源远流长，宁静中才能使思想具有博大精深的意蕴，心灵享有安谧超逸的境界。

四十三

食其位，谋其政，尽其力。对待任何事情都要有一种责任的担当，即便伤于诸多面子，触痛许多情感，割舍一些关系，也必须敢于赤心以对，坦言相呈；因为，对事物的认识和判断看法不同，见仁见智，但对于能够认识全面正确，解决方法合理适当的，一定要提出来并坚持下去。人的思想水平有高有低，智慧程度有大有小，但明见之识，得当之法，就要勇于坚持大胆实施，让它发挥作用。有时的不坚持不是人们不需要，而是过分沉溺于自己的思维定式和行为习惯，满足于经验性的积淀，缺乏哲理性的思考，甚至顾及人情世故，暗喻关系缘分，导致糊涂懵懂，陋为劣行，工作不力，事业溃败。所以，敬业爱岗不是一件时髦的装饰，一句空洞的口号，而是使命的担当，责任的践行，思想的明晰，行为的适当。

四十四

人生如梦，不过瞬间而已。多少英雄豪杰，才子佳人，多少凡夫俗子，黔首黎民，在历史的长河中，闪烁着自己的波光涛影，在时代的大潮中，演绎着自己的人生之剧。仰望苍穹，俯观大地，端详万物，感慨生命，人为时光之一瞬，岁月之一点，群山之一粒，沧海之一滴，渺小且短暂矣。无论多么辉煌或黯淡的剧目，无论多么精彩或凡庸的演出，无论多么高大或卑微的角色，一样化为渔歌樵唱的薄雾浓云，一样化为晨钟暮鼓的烛火香尘。一种寂寞的惆怅弥漫寰宇，一种幽幻的意蕴萦绕万物，一种寂寥的沧桑笼罩心头，一种茫然的悲怆充斥胸里；生死相继，生死轮回，生生不已。往者忆乎？来者迎乎？人间无答，天地无语。

四十五

贬低别人，实际上是贬低自己。因为，人们只有自己修炼到什么程度，才能对别人有什么样程度的认识，正所谓“心中有佛，一切皆佛”。现实中，每个人都有自己的本质特性、独特表现和不同思维，不能以己之好恶，来强加于人；而应该适时适物，光明磊落地对待一切，客观公正地评判一切，激浊扬清，扬善抑恶，坚持人性中纯真善良美好的秉性，克服其狭卑低俗丑陋的恶习。任何事都有其原因和结果，任何人都有其特质和表象，这是客观现实，只有从这个基础出发，才能具有公平公正的理念，形成合理得当的方法，达到一种良好的结果，要善待一切，尤其善待众生，切不可推诿于事，臧否于人，一味贬低别人，时常抬高自己，记住，任何人都是芸芸众生中的一个有机构成，都有其独特独到之处，切不可以主观臆断妄议之乱评之。

四十六

人们要做到宠辱不惊是非常难的，因为在现实中，来自四面八方的刺激，不可能让人处于不动之中，“树欲静而风不止”是也。大凡有性格有思想的人，决不会坐视自己所认为的不平之事而置之不理，决不会淡漠自己所看到的不良之举而弃之不顾，总是要义气张扬，性情挥洒，直抒胸臆，指点臧否，酣畅表达的，悲情壮志形神兼备，嬉笑怒骂皆成文章，有时甚至可能会有非常极端的表现。但这并不影响人们对自身修炼的执着，并不销蚀人们对品性陶冶的坚定；因为，悟大道者，必有超凡脱俗的心胸和气度，有境界者，必有淡泊超逸的情怀与精神。对于其生存的客观现实社会环境，不只是简单的适应，随意的盲从，苟且的依附，而是积极的应对，主动的探寻，深刻的思索，追求继承中的创新，勇于接受里的发展，实现精神上的超越，心灵上的升华，达到天人合一，物我相忘，宠辱不惊的境界。人们只有始终拥有自己的精神家园心灵故乡，才能意贯天地情溢八荒涵蕴万物，人们也只有冷眼名利的成败得失，淡泊世俗的成败荣辱，才能达到超逸安谧的境界。宠辱不惊在难中实现着不难，既是人生的一个痛苦历练，也是一个持久的考验。

四十七

人们有各种各样的才能，只不过由于受诸多客观环境的限制，主观条件的制约，具体职业岗位劳作方式的束缚，生存压力社会风俗的影响，不能充分发挥淋漓表现。特别是人们有很多心灵上的诗意，精神里的梦幻，只不过由于世风俗雨的侵蚀，名缰利锁的羁绊，思维方式的桎梏，行为习惯的漫漶，不是幼芽夭折，就是畸形生长；不是凄楚悲凉，就是幽幻黯淡。人们有时活得非常痛苦和无奈，只好把心灵封闭，精神荒芜，让灵感的火花自生自灭，让思想的流星转瞬即逝。人们本能中的诗情画意被世俗的雾霾遮蔽，被名利的烟云笼罩，被庸劣的风气熏染，被流行的时髦雕饰，以致千人一面，万众一心，缺乏个性化的特点和表现；久而久之，社会陷入一种整体失语和普遍麻木的状态，看似冠冕堂皇，声势煊赫，缤纷灿烂，其实精神萎靡，心灵枯萎，情趣枯涩，意蕴黯淡，毫无灵性可言。悲乎。

四十八

人们的品性、情趣、气度不是隐而不露的，它总是通过日常的仪态举止和行为习惯表现出来的。无论你有多么云山雾罩，莫测高深，其底蕴的东西总会被一些看似简单的行为和细小的做法表现出来的。所以说，人们在现实中，要想得到内在外形的有机统一，必须从根本上，即从灵魂的高度去加强修炼，否则，权高位重而狭小鄙陋之意愈发深厚，声名显赫世俗之气愈发浓重。是谓君子先修身正己，达到一种精神境界，才能真正通达于内外，表里于言行，彰显思想之高雅行为之俊朗，心灵之清芬灵魂之飘逸。所以，切不可虚伪弄假，粉装饰浊，不如就会弄巧成拙，终成笑料了。

四十九

真正的放下，是一种境界的到达，它并不是对某些形而下东西的简单取舍，而是对形而上东西的精萃升华；所以，它很难做到，但又必须去向这个目标去努力，因为，实现一种物化形态目标是容易的，而要达到一种精神境界是非常难的，要靠自己内心的煎熬，深刻的反思，彻底的净化。所有外来的影响，无论内容如何丰富，形式怎样复杂，只有通过精神的砥砺，心灵的超越，才能达到历练后的升华。放下的是物更是心，引起心动的是世间的万物，关注万物的又是动荡的心，物中有心，心中有物，因物起心，因心而悟，拿得起才能放得下，人生难得放得下的胸怀与情趣了。

五十

正确对待自己太难了，人们在现实中由于各种名利的诱惑，各种思潮舆论的影响，往往计较于一时的得失，任性于暂时的褒贬，把很多品性的内涵和长远的目标失之于脑后，形成一种短视和狭隘。我们从事各种工作，适应不同生活，一则为了生存，二则为了发展；既要满足衣食住行，也要具有理想抱负。由于受各种各样的客观条件社会环境及人为因素的影响，很多事情并不能由自己的主观意愿所决定，不免与理想中的目标有很大的差距，这其实再正常不过了，但能否正确地对待它，则取决于人们的精神蕴含情趣品性了；内在的修炼如何，思想的高度如何，直接决定着人们自知自觉的程度，衡量着人们的精神境界。成败得失、荣辱褒贬皆是检验自我的试金石，也是鉴定品性的分水岭。

五十一

幽幻高深的东西，特别是境界和灵魂的修养，是一个持久和痛苦的过程，因为只有经过外在的磨难与内心的砥砺，才能达到一种精神的高度心灵的境界，形成宽阔的胸襟与伟岸的风骨。经常的学习，深刻的思索，只是形成纯高品性的必要历程，必须要经过几代人的历练和积淀才能有所成就，“三代培养一个绅士”，此话不假也。只有勤奋努力厚积薄发的精萃，才能孕育人生的良好品性，只有承前启后继往开来的坚持，才能达到人生的崇高境界。有时，寄希望于后代愈大，其失望也会愈深，因为总想通过一些经验的积累，智慧的点拨，哲理的启迪，去培养一些具有真知灼见和宽阔胸怀的年轻人，但恰恰是其浮躁的心态功利的沉迷，影响了内在的修行，弱化了精神的意蕴，降低了思想的水准，与期盼的目标相差甚远，一遇世俗的风浪，一看名利的诱惑，则不能平静相待淡然以对，随波逐流，不能自已也，不亦悲乎。

五十二

才情高雅气韵绵长，品性清纯风骨刚劲，俯仰自如宁静淡泊，精神境界有了，随波逐流也就难做到了。真正有志向的人，雄才大略意蕴酣畅，无端的使气撒性却是少有的瑕疵；真正有情趣的人，胸有珠玑腹藏晶莹，无故的俗行陋习却是不屑的污秽；真正有智慧的人，贯通天地蕴含万物，无意的狭隘浅陋却是难忍的卑劣；真正有品性的人，清风明月温馨安然，无趣的名缰利锁却是鄙视的浑浊。风骨凌炯，仪态卓然，散淡超逸，意兴阑珊。非常钦佩从古至今的一些仁人志士博学鸿儒高僧大德，其源远流长的学识，通达古今的明见，洞晓时势的精明，感悟人生的智慧，物我相忘的情怀，天人合一的境界，让人羡慕不已，扼腕赞叹。当今之世，群雄四起，竞争激烈，千帆竞发，万舸争流，各种事物，层出不穷，芸芸众生，才有千种，艺有万姿，岂能一人尽揽之！但其专于一而不能拘泥，博于广而不能混杂，更要注重智慧层面的修养精神层面的提升。有信息不等于有知识，有知识不等于有能力，有能力不等于有文化，有文化不等于有智慧，有智慧不等于有境界。是谓修身养性，任重道远也，不可懈怠。

五十三

脱离中心，隐退边缘的时间日益临近，心里既感到一种欣喜，又感到一种急迫。因为脱离俗务后，将会有很多长兴趣、增学识的事情需要自己去做，干自己喜欢的事乃人生之一大畅快也。同时，也感到岁月不居时光如流，久历尘世，各种俗物杂事让人应接不暇，心灵的空间让尘垢占据很多，留不出几多用来学习和思考的时间，人处于“骑虎不得下，攀龙忽坠天”的两难之地，深感时不我待，尤需努力；

更何况人情世故，冷暖自知，烟云即过，寂寥以慰，知心者给予慰藉，势利者报以疏淡，人之常情，殊可非议。唯有超脱之心，淡泊之意。退隐之情益发急切，独居一隅，寂寞以待，清风白云，闲花野草，青史黄卷，散淡情怀，便是心灵的佳境了。

五十四

真正的退隐是一种无声无息的心灵回归，因为从精神这个层面，它已达到了一种境界，无须多言，只要顺势而行就是了。世上的事，繁杂纷纭，世上的人，变化万千，为名利所诱为既得所惑乃平常事也；因为人生在世，衣食住行，生存发展，名誉利益，成败得失，都是必不可少的经历和内容，关键是要能从世俗中有所感悟、不断净化、升华出一种境界，这便是所谓的明白之人了。红尘俗雾，名缰利锁，不怕生于其中，就怕沉溺其里，同流而不合污，出淤泥而不染，乃是人生的一种境界，品性上的超逸淡然，精神上的清纯安和。孤独守持，寂寞冥思，情趣幽幻，意蕴飘逸，退于清净之地，隐于寂寥之境，乃是人生的幸事。

五十五

任何事情要往长远去思大处去想，因为短暂的表现只是过程中的某一时段，应该把目光放得更长远一些；只有驻足峰顶，远眺万物，一览众山，才能有一种高远的境界和宏阔的襟怀。当然，就某一事物或某一阶段而言，有些问题非常重要，好像是具有决定性的，但放到整个发展链条中去看，又似乎微不足道。所以，不要因一时一事的取舍来评判所谓的成败得失，不要以一因一果的得失来衡量所谓的荣辱褒贬。心之所想，意之所汇，往往把目光进行了聚焦，放大或缩小了问题的整体性和重点性，影响了人们的正常判断。现实中，客观规律对任何人都是一样的，但人们对客观规律的认识把握则是有差异的；

应以正常的心态去对待各种事物和问题，高瞻远瞩，立足现实，把握全局，抓住重点，以求得正确的认识合理的解决。

五十六

散淡超逸，清静无为，让精神独立心灵自由一些吧。世间的事自有其道理，只有把思想适当混沌一些，眼光适度朦胧一些，守大义而忽小节，拘精粹而淡琐屑，可能会更好一点。就像中国山水画一样，很多细部固然精雕细琢，玲珑剔透，但总体的风格却是非常悠远辽阔恢弘大气的；即便是描写隐士清流花石野趣的画面，也给人以通透寂寥、意蕴幽深的品位，表达的是一种精神的情趣心灵的意境。所以，大凡具有灵感和性情的人，都具有这种仙风道骨的散淡和洒脱。当然，做到这些不易，因为能入世应俗而又有出世之情怀者，没有一定的修炼和觉悟是难以企及的。做一个心灵散淡的人，具有一种无为的境界，不只是心之所想，而更是心之所为也。

五十七

瓜棚豆架，秋雨烟云，青灯黄卷，案牍简策，俯案百家千言，仰观古今中外，心骛八极，神游九天，是谓君子修身之佳境也。正所谓食之俭朴，行之简足，住之陋室，而书卷之气不绝，清净高雅不坠，超凡脱俗，入幽定禅，自有一番精神的自在心灵的妙意。试想吾辈，这种诗意的栖居实在难觅了；天天沉溺于名利之中，日日计较于得失之里，杂乱忙碌，晕头转向，浑噩懵懂，苟且偷生而已。偶捧书卷，不过是百无聊赖，虚无缥缈，以求一时之宁静片刻之闲适，缺乏一种深层次的钻研和精神上的通透，不能品味，甚少觉悟，唯自慰也。好在对此能有所警惕，能有所思考，依然持之以恒，不辍学习，勤奋求索，使心灵中多一些绿洲，少一些荒漠，使精神里多一些清明，少一些污浊而已。是以谨记。

五十八

转眼间一个夏天就从身边溜走了，几度秋风，数场秋雨，清凉之气氤氲，萧瑟之景呈现；枝叶凋零，花草委顿，远山失翠，近水凝碧，雾霭笼野，秋虫吟哦，一种悠远苍凉油然而生。秋思是最有意境的，享受丰收的喜悦，是对过去辛苦的一种回报，极目高天阔地，是对未来的一种企盼，经纬交错，缤纷璀璨形成了人生最灿烂的景致，也是心灵中最丰富和最梦幻的时节。我喜欢秋的韵味，特别是塞外之秋，更显得苍凉辽阔，意蕴深远。竹篱茅舍，瓜棚豆架，田畔霜际，野径露重；三更灯火，五更鸡啼，晨钟暮鼓，昏鸦天际；幽幻中的惆怅，梦境里的游荡，沁入肺腑的缠绵，笼罩天地的灵动。好一个“秋”字了得！

五十九

家族的传统和遗风或多或少的影响着自己。在市场经济的大潮中，传统的东西开始分崩离析，同时，又滋生出一些畸形的现代风尚，深知这种怪异会在很长时间内延续下去，心里不免有些潮起潮落的感慨，过眼烟云的无奈。先人们的英烈壮举，辉煌事迹，时刻激励着自己，而生活中的世俗化又影响着后代；在英雄气概和世俗生活的双重冲击下，人有时变得激越，有时变得麻木，有时精神抖擞，有时萎靡颓废，形成内心跌宕起伏的波动，构成思想变幻莫测的惶惑。正因为如此，才应该平静心态，淡泊意蕴，真正从品性上继承浑厚深邃的家风族韵，秉持纯真刚烈的胸襟情怀，在时代的风云中砥砺，在社会的熔炉中冶炼，在人生的征程中精萃，努力达到一个精神贵族的思想高度，拥有一个心灵圣杰的超逸境界。继承中不忘源远流长的血脉，发展中坚守风清气正的情怀，无论身居庙堂还是栖居陋室，无论声名煊赫还是卑微柔弱，始终心有天地，胸怀万物，不失传承之期待，吾辈之风采。

六十

每遇大事有静气，这是一个基本的要求。因为，任何事情的到来都有其必然的原因和结果，都有其逻辑的脉络和路径，都有其丰富的内容和形式，只不过平时不为人们所重视和关注罢了。所以，遇事不惊，处乱不慌，保持一种相对的宁静，以有利于清晰的判断和深刻的思考，求得全面长远的认识，客观公正的把握，从而避免就事论事的狭隘，挂一漏万的瑕疵，断章取义的任性。当然，达到这一状态，并非一朝一夕之功，而在于长期的磨炼和丰富的阅历，最关键的是取决于一种品格的养成和境界的拥有。这种精神境界，看似虚无缥缈，但起着决定性的作用，“不畏浮云遮望眼，只缘身在最高层”是也。所以，静气的养蕴是经验的积淀，思想的精萃，胸襟的陶冶，精神的净化，心灵的超越。繁杂燥乱之心何有静气哉？

六十一

人活得越简单越好，因为生活本身就是简单平常的，往往是人们的主观活动使之复杂化、神秘化了。于是，产生了许多对生活的不同诠释，形成了不同的思想观点和行为习惯。人们的复杂性在于其物质与精神的相互分离，畸形扭曲，各取所需，混乱融合，并不是物质精神的有机统一，思想行动的和谐一致。造成这种悖论的原因是人们私心杂念的浓重，个人名利的偏执，狂妄的意念，贪婪的攫取，无度的奢侈，颓废的精神，陋俗的情趣，把一个简单平常的世界搞得乌七八糟，污浊不堪。其实，透过时代的风云，社会的幻象，人生的繁杂，生命的历程，生活的真谛就是真善美三个字是矣。无须粉饰，不要装潢，只要过得真，做得善，行得美，一切都会顺其自然。何必让心灵锁上复杂的桎梏，背上沉重包袱前行呢！生活就应是简单而平常的生活。

六十二

大凡在历史上有一定理论造诣和精神影响的人物，无不以自己的独特才华和具体的环境相融合或相碰撞，孕育出宏伟经典之作，精萃成温润之章；无论平坦顺利，还是坎坷曲折，以自己的如缘之笔或雕虫之毫，谱写历史旋律，描绘时代篇章。所以，人之成就不能只看其顺势之力，也要看其逆势之为；往往一些震撼人心惊动时势，溯汲历史警示当代的杰作，总是才华与世俗碰撞得非常激烈、见识与陋习纷争得淋漓尽致、意志与权势尖锐得剑拔弩张时才产生的。因为，其最能直达人性之根本，直杵世俗之内核，直面人生之真谛，所以才能唤起人们心灵的共鸣，精神的同享；而大多的圆滑之作，虚饰之文，看似很美，但给人的感觉不够深沉透彻，有一种表面上的光泽，而缺失骨子里的深刻。

六十三

心胸开阔，气度恢宏，大丈夫为人处世，天马行空，不羁于缠绵悱恻，不屑于苟且偷生；所谓意冲斗牛，气贯长虹是也。天地之间，万事万物，唯有宽阔的胸怀，宏伟的志向，优雅的情趣，纯真善良美好的心灵，宁静淡泊安然的精神，方可超凡脱俗，立正行远，意气昂扬。各种积淀在于一个“智”，各种修行在于一个“慧”，心灵之境界是人生的制高点。所以，绝不能让心胸狭窄，思想黯淡，情趣俗陋，精神荒芜，心灵沉寂。心灵的真善美乃是人性的根本，品性的内核，做人做事的首要，人生的启程和归宿。

六十四

山重水复，走过一程又一程，柳暗花明，经历一景又一景；迎来黎明，送走晚霞，四季轮回，春夏秋冬。年年岁岁，日积月累铸就了精神的执着，岁岁年年，严寒酷暑净化了心灵的纯净。虽然时光荏苒，流水年华，但每天的朝阳依然生机蓬勃，每日的晚霞总是流光泛彩。人生如梦，转瞬即逝，但每一段时空中总有星辰闪烁，日月朗照；岁月沧桑，山河巨变，但每一次激荡中总是风云旖旎，缤纷灿烂。复杂的生活给生命以丰富的意蕴，变幻的时代给人生以精萃的冶炼，一种恒远深邃的意境，恬淡超逸的灵性磅礴于世，那是海纳百川、壁立千仞的伟岸。

六十五

善良是人的禀赋之一，只有它才能区别于万物，才能善待万物和谐众生。但善良不是没有原则，它乃是天地的精气，人性的根本，品性的基石，人生的坐标。唯其善，才能思有依行有据，不失方寸；唯有善，才能道可立德可彰。善良不是软弱，它乃是温润纯净的品性，在晶莹通透中凝聚着意志和韧劲，在和光悦色中闪烁着智慧和精神。每个人都有自己善的基因，我尊崇古人的性善之说，赋予其最美好的诠释，但不代表一味向善而失去原则的坚定；上善若水，其柔为本，水利万物，但无物不沁，无坚不摧。唯有善涵蕴情怀，滋润品性，化解烦忧，升华境界，通达于天地，与万物共同。人们唯有以向善为本，才真正称其为人，也只有以善待人接物，才能真正达到善的正果，彰显善的真谛。

六十六

境由心造，这是通过砥砺修炼后达到的一种精神境界，因为此时的境已不是原初的第一自然形态，而是经过反复的实践和思考，升华为一种更高层次的智慧之境了，它的主观意象已成为主要的内容；所以，现实并没有发生变化，但对现实的看法却已有了根本的不同。人们都在谈及此话，但大多只是作为一种无奈之举，以求对世态的妥协和苟且，满足于一种精神的麻木，沉溺于自我的迷幻中；而真正的境由心造，却是一种生活的提炼，思想的精萃，心灵的净化，精神的升华，是主导人生的一种精神状态，其积极向上而富有生命内涵的博大深邃生机盎然是其根本。感悟天地，觉悟人生，方能境由心造也。

六十七

秋雨淅沥，点点滴滴，洒在原野，挂在枝梢，弥漫山川，浸润万物，一切都在浓绿中开始疏散，露出斑驳的色彩，向萧瑟做着悠然的过渡。经历的复杂，使人富有收获的欣悦，历练的艰难，又让人满怀沧桑的感慨。在纷繁复杂的回忆中，成败得失渐行渐远，在惆怅梦幻的向往中，荣辱褒贬渐淡渐失；一种天高云淡，苍茫辽阔的心境油然而生。意蕴深厚幽幻缥缈的秋天，既是一个收获的时节，又是一个消解的时辰，一切都会由繁闹喧嚣杂乱走向简单纯朴宁静，一切都褪去缤纷璀璨的装饰，裸露寂寥粗疏的本真。我喜欢秋天，因为它与人生经历的沧桑有紧密的联系，让人们从积淀深厚负担沉重中走出来，去领略一种空旷的苍凉与宁静，让心灵更为平和，让精神更为单纯。

六十八

知道的太少，懂得的太浅，很多事物还有待于继续认识，很多知识还有待于勤奋学习，很多理论还有待于深入探讨，特别是从智慧的角度，如何砥砺精萃实现不断地超越，更为当务之急也。天天沉溺于杂人烦事之流，苟且于俯仰之间，行走于陋习之际，应酬于庸俗之中，令人情趣晦暗，腻味无奈。是以君子之道，衣食住行求其温饱安适即可，无须奢靡豪费，但追求人格独立思想自由精神超越，却是心灵之本灵魂之根也。所以，需要适度超脱于世俗，适当游走于闲暇，让身心处于一种宁静散淡的状态，寄情山水，赋意自然，隔绝名利侵扰，阻断欲念缠绕，为心灵的自由精神的飘逸创造一个更为恬淡宁静的境界。正所谓守静安和是也。

六十九

八大山人故居落花依旧吧？几幅照片，虽然没有留下深宅古迹的踪影、疏竹芳草青苔绿漪的痕迹，但庭院中的花池芳苑，却留下了最为动人的景致；朵朵含苞欲放，枝枝艳姿妩媚，抚弄清波，亭亭玉立，一股清芬傲然之气弥漫于胸间，一腔幽幻悲怆之情笼罩心头。青史黄卷，笔墨风采，舒朗寂寥，孤傲俊逸，冷眼斜睨，缥缈无际，悲情苦趣，回荡天地。八大山人的人生悲剧色彩，浓重得让人抬不起思想的头颅，八大山人的生命意蕴奥秘，坎坷得让人寻不到精神的路径；唯有八大山人的字画，傲然于岁月的沧桑，超逸于时代的风云，万世传颂，山高水长。更有那庭院深处的梅兰竹菊，荷风松涛，于苍凉孤独中绽放出清逸温馨，芬芳袭人，情趣久远；只有曲廊蜿蜒的疏星淡月，清辉温润，于凄楚寂寥中洋溢着恬淡安宁，纯洁晶莹，意蕴深长。真的，在八大山人的故居，给了我一个安放心灵的家园，安顿灵魂的故乡。

七十

人们不能随心所欲地创造历史，只能遵循历史发展的基本规律，去适应生存，促进发展。只有从信念的角度理想的境界，去把握自然、社会、思维的发展规律，只有从意志的坚韧实践的持续，去推动时代奉献人生彰显生命，才能真正在历史上留下创业者的业绩，书写改革者的辉煌，铸就事业的宏伟丰碑。往往有些人不懂得这个道理，把一些随心所欲当成了创新，把一些胡编乱造当成了发明，把一些巧取豪夺当成了创造，把一些奢侈腐朽当成了业绩，把一些僵化的思维定式和粗陋的行为习惯当成了时代发展的主流，把一些物质的简单堆砌和精神的随意拼凑当成了社会进步的旋律；满足于私心杂念的狂妄，沉溺于既得利益的贪婪，醉心于投机取巧的伎俩，殊不知南辕北辙，走上了腐化堕落的歧路岔道。大凡具有历史正义感，时代使命感，社会责任感的人，必定会从自然社会思维发展的大道理出发，从人类的终极理想去探索，从现实的基础上去努力，高瞻远瞩，毫察微末，继承中创新，改革中发展，求真务实，坚忍不拔，克艰攻难，稳健持续，真正实现国强民富，民族复兴。只有加深对规律性的认识，增强历史传承的厚重感时代发展的紧迫感，才能为人处世行之长久，建功立业持之以恒，真正能在历史上留下有作为的业绩；否则，只能是虚光泡影，昙花一现也。

七十一

心灵中的自由是任何东西都夺不去的，虽然有时为了生存，不得不为五斗米折腰，但对精神自由的向往和追求，则是时刻可以实现的。现实社会中，因为诸多种生存条件的限制，人们只能在适应或不适应的条件下维持其基本的生存，并在这种基础上去谋求一定的发展和创造，步履艰难，行程坎坷，心路曲折；只要有自由的追求，就能给心灵插上翅膀，超越世俗的名缰利锁，达到一种高远深邃的精神境界。人不可能永远受困于一时一隅，让有限有形的物质环境所制约，也不会长久困顿于一事一势，让无限无形的精神负担所压抑；一个品性纯真善良的人，一个情趣质朴美好的人，自由的心灵是永远也拘束不往的。

七十二

我不愿把自己的人生像秋雨一样洒向原野，淅淅沥沥中尽是悲忧的倾诉；我不愿把自己的人生像秋叶一样飘向大地，浮浮沉沉中尽是散漫的随意；我有自己的精神之根，无论四季交替轮回，总能绽放生命的玫瑰；我有自己的心灵之巅，无论征程跌宕起伏，总能安放精神的意趣。我是我，即便是一棵小草，也有自己的性格；即便是一粒沙石，也有自己的尊严。因为心灵的博大，不容我有狭小的私念，精神的清明，不许我有污浊的行为。唯有物我相忘的淡然，天人合一的超逸，伴着宁静的孤独，淡泊的寂寞，空灵的心语。

七十三

“落红不是无情物，化作春泥更护花。”花开花落，似水流年，春夏秋冬，四季轮回，这是天地的安排自然的造化。生命中，我们从小到大；人生中，我们从弱到强，而心灵之路，却永远是幼稚和蹒跚，精神之境，总是苍白和空阔，因为它面对的是生命的无限，人生的永恒，从何处来，向何处去，永远演绎不尽的人生剧目，永远诠释不清的生命奥秘。一颗炽热的心，总是满怀生命初始的天真，总是经历无尽征程的砥砺，积累沉淀，精萃蜕变，吸纳净化，以求得回归的纯净，以拥有起始的清淡。任何有形的东西都会或大或小或急或缓地变幻着原有的形态，唯有心灵不断萌发圣洁的智慧枝条，绽放灿烂的精神之花，岁月荏苒，花开花落，生生不已，彰显着永恒的灵动。

七十四

飘洒了树叶的蓊郁和繁茂，留下了枝干的萧瑟与孤独，失去的只是缤纷的装饰，彰显的却是精神的独立。人们总会为失去一些时间和事物而叹息，为远离一些空间和人际而感慨，殊不知，去就是留，走就是在，留却是去，在却是走；因为，思想从未把自己完全寄托于当下的感受中，停留在既得的享有里，它飘忽于天地之间，游荡在人们的心中，构筑着幽幻的灵境。在这秋叶飘落的季节，我们收获得丰富却又简单，我们感悟得浓烈而又平淡，褪去装饰的原野寂寥苍茫，远离世俗的心灵宁静安和。情趣的裸露，品质的彰显，和人性直接的照面；思想的表白，精神的意蕴，与生命亲切的交谈。寂寥的天地和恬淡的心灵相融，一切都简单质朴，清澈纯净，一切都平静淡泊，温馨安然。

七十五

人们要去掉世俗的装饰太难，因为功名利禄的缤纷灿烂把自己的本性遮掩，以致浑浑噩噩，苟苟且且，变成了社会中的一个摆设，生活里的一段寄付，只是随波逐流的懵懂，醉生梦死的茫然。看大自然多么坦荡，春夏秋冬，四季变幻，不断呈现着自己的外在装束，也在表达着自己内在的意蕴；给人以舞台的变化，场景的交替，让人思想触动，心灵感悟，演绎好自己的角色，诠释好人生的剧目。所以，回归自然是超凡脱俗的天道，净化心灵的佳境，品味自然是返璞归真的至理，升华灵魂的良药。无须精心的安排，不用刻意的打造，没有冠冕堂皇的排场，不要繁复冗臃的程式，是“清水出芙蓉，天然去雕饰”的自然，是“行到水穷处，坐看云起时”的逍遥。

第十二集　霜叶秋韵

DISHIERJI SHUANGYE QIUYUN

一

人们心灵中的天堂，就是自己诗意般栖居的家园。现实中，人们生活的时空总是非常有限和狭小的，但这并不妨碍人们有着自己无限的向往和广阔的心灵天堂。因为，一切物质形态的事物都会转化，一切精神形态的凝结也会变动，但永恒的灵魂家园，是人类的共有共享的根基和源泉。建造这个诗意般栖居的精神家园，并不是随便就能达到的，必须经过丰厚的阅历积累，深刻地思考升华，长期精萃，逐步形成的。这个过程是自然的历史的社会的，也是每个人的，同样也是一个看似宏大耀眼实则简单平静的过程，因为人类的精神家园，灵魂的诗意栖居，是宁静，和谐，清纯，淡泊，温馨。

二

霜叶红于二月花，唯有经历了岁月的洗礼，季节的历练，才能有如此的灿烂。春天的勃兴奋发，让一切复苏升腾，做一番深情地准备，清风润雨，为万紫千红的丰盛拉开序幕，激情涌动，万象更新，生机盎然。夏天的繁茂郁郁葱葱，深刻的内涵和多彩的呈现，让人领略着浑然的意象之美繁杂之盛，唯有热闹和喧嚷才能描绘出激越的场景。

冬天的晶莹清冽，让一切变得冷静，做一番深刻的反思，凝聚季节轮回的精华，孕育前程似锦的未来，唯有在宁静清新中精神才能更高洁，心灵更超逸。这一切都经历了时间的考验，空间的变幻，接受了岁月的洗礼，在秋的天地凝聚成璀璨的色彩，彰显着生命的风韵，陶冶着人们的心灵。霜叶之美，是历史和现实的结晶，是未来的灵动。

三

滞胀是一种社会现象，也是人们的一种心理状态。它处于一种欲说还休，欲作不能，行不其畅，止不其禁的尴尬之中，由此使人们陷入极度的无奈和压抑，身心疲惫，惆怅迷茫。大千世界，芸芸众生，都在其特有的轨道上运行着，都经历着自己的风雨路程，每个人的差异性决定了人们追求的目的和层次的不同，有着各种各样的理想境界，呈现纷繁复杂的表现方式。由于受到主客观条件的制约，人们只能在特定的社会环境时代背景下生存，当主观能力达到很高程度而客观条件不具备时，精神上的痛苦和思虑就会很大，矛盾的心理就会很重。这就需要一种独善其身，沉炼其心的修身养性，以达到自我的智慧提升，精神通透，灵魂超逸，心灵纯净。从而克服滞胀，消除淤积，正本清源，以期流畅。

四

人生在世，追求很多，唯有廉洁，乃是根本。然其意深远，蕴含丰厚，非一己之见而能详透也。是故此词一出，经风见雨，经磨历劫，历代所崇，万家甚尊，详解细释，汗牛充栋，见仁见智，意蕴繁杂。然今愚夫以管窥蠡，偶得一己之见，陈陋与众，以博一笑。一曰廉心。心有天地，气象万千，包容万物，宽阔无边。正所谓天大地大，不如人心之大。一己之心，欲求无边，但有一要义必须谨记，此乃廉洁。因为所欲所求，都有其正道规矩限度，以适时适度适人适事为宜，切不可贪心膨胀，恶欲充盈，做蛇吞象之状。要明其理，合其规，遵其道，必廉其心才可也。唯有修身养性，明心见性，以坚忍不拔之志，心游八极，但终守义理，方能灵魂超逸，高屋建瓴，清洁淡泊，浮尘不侵。是故廉其心以养其境界志趣是也。二曰廉身。人生在世，无不以享乐而自得，于是乎，天下熙熙，皆为利来；天下攘攘，皆为利往。以一躯之体，恨不能享万世之乐，但受时空所限，毕竟只能拥有点段而已。索求甚多甚广，而与己身不过一室一床一饮一食而已，不能廉其身，何以拒诱惑万千，终为欲望所累。所以廉身乃是守本之根基。三曰廉事。人在尘世中，总要从事各种工作，处理众多事务，林林总总，不可枚举。既有繁杂凌乱付出甚多而无所收利者，亦有风起云涌殚精竭虑而无所陈述者，更有妙用其技巧取豪夺者。无事不缠人，无事不言利，人因事而行做，事因人而成败。但处理诸事必以明理奉真公道，遵规守纪按约而行为基准。对事业要以公正为本，以事理为准，以民意为实，公私分明，心正事成。所以，廉事乃是做人的本分。四曰廉人。大千世界，芸芸众生，天赋人权，生而平等。然受客观环境的制约，自然的基础，历史的延续，现实的存在，再有年龄经历、文化素养、性格品质、职业岗位的差异，人的具体特点和表现可谓横看成岭侧成峰，远近高低各不同，千人万面，心绪庞杂矣。然良莠之分，好坏之辨，亦应客观公正而论，是非曲直而定。高堂明室，茅屋篷舍，风流俊杰，群氓百姓，天生之而为人，必以天道相待，人心相持，情意相系，如有增减，则天地不公也。必去其心中瑕疵，扫除屏蔽，火耀其中，光照众人，肺腑洞烛，视人如己。对人之优劣，品性之高下，既要知其客观之实，亦谙其情由之因，实事求是，全面准确，决不以偏概全，以点带面，对人负责亦是对己负责。是谓心明义正，才能有待人之真善，美人之诚意，识人之明慧也。五曰廉职。生活于世，必有其职，或居庙堂高室，或在穷乡僻壤；或彰显名利于广庭，或隐没于莽原荒野；有的风光绰约，流誉鹊声，有的默闻无见，草莽荒弃。

但无论做什么事，行什么职，必须尽其精神，倾其全力，忠实履职，以求坦然磊落。事情无论大小，职权不管高低，虽为稻粱谋，或为五斗米，取之要有义，施之要有意；虽有经天略，或为盖世功，心中有大道，胸中蕴至理。行其职，用其权，不忘人民赋予，以廉尽职，依法行政，不求通达，无愧民心。是谓职廉方政清，政清则民信，民信则理至，理至则事成。切勿以职权谋私利，为天下人所诟矣。六曰廉物。自然之物，取之则减，用之则损；唯有千秋万代子孙之计，才能持之以恒，切以节俭为本，杜绝暴殄天物。人之所求，欲望无穷，得之有限，衣食住行，适度即可，奢侈靡费，失神丧志，迷失本性也。殊不知节约点滴，可聚支流，以汇沧海；微尘寸灰，可凝沙石，以成峰峦。高堂豪室，珍馐佳肴，宝马香车，美女娈童，金山银海，只不过是幻象的烟云，失真丧节的腐药，社会的芜秽而已。节物以行，俭以修身，素朴淡雅，清洁安然，身心通达，物我两忘，人生之最佳境界也。综其所述，廉洁之行，在于发自于内而扬乎于外，只有内修其心，外束其形，坚挺其志，规范其为，才能真正达到一种清静淡雅之境，从而立人于世，立事于人，上不惭天，下不愧地，中不负人。正所谓天人合一，道法自然，吾辈谨记也。

五

已明其大道，何必拘于小节；已明其大理，何必溺于小事。故君子坦荡荡，人间毁誉任其评说，天道至理自在心中。人生如梦，过眼烟云，阅历日丰，修炼在己，超越不停，升华无界，关键是提升自己的精神境界。淡泊明志，宁静致远，博雅安逸，简单平常，不为世俗所累。凡事可做，心结不存；凡人可触，思绪不紊；一任天地，道法自然，承载万物，畅思爽行，何必忧戚于时日，自烦乎屑碎。大丈夫，真君子，必有冰晶之肺腑，通透之思想，坦荡之胸怀是也。

六

天意怜衰草，人间重晚晴。天道之行，是任何意志与行为也无法撼动的。人们一生追求各种目标，最根本的是在追求一种精神的向往，因为，所有物的有形终将在神的永恒中得到记忆和延续。随着岁月的流逝，时代的变化，人们经历了诸多的磨难和沧桑，也领略了丰富的美好与愉悦，从心灵中孕育出新的舞台和场景，它虽然是现实生活的直接反映，但毕竟不是简单的镜面反射，而是一种过程的精萃和境界的升华，是具有沧桑和超越的精神家园。

七

事情有大有小，有轻有重，有深有浅，要以公心为本。人在其位，勤勉履职，一切出发点和归宿点都必须建立在奉公守法，民意为旨的基础上。如果把权力一味用到私利上，满足个人的欲望，虽然能有些所谓的利益，但终究会被人们所唾弃，被社会所淘汰。现实中往往有个别人利用掌握的权力，把个人利益凌驾于人民的利益之上，胡作非为，巧取豪夺，贪污腐化，败坏了社会风气，玷污了执政党的形象，造成非常恶劣的影响。权力来自于人民，职责国家赋予，人要有自知之明，自警之心，始终牢记为人民服务这个宗旨。

八

心平才能气和，气和才能正确地待人处世。要达到心平，必须在一定阅历的基础上，不断分析思索，使经验上升到理性的高度，孕育丰厚的哲学内涵，保持真善美的人性之本，形成高尚的精神境界。在大千世界芸芸众生中，人们的心灵是最复杂也最难平静的，因为它有着无限的向往空间，受到各种欲望的诱惑，思绪万千，心潮起伏也就在所难免了，久而久之，沉溺其中而不能自持自明自省，失掉了自我的本真。所以，要达到平和，必须从心灵的孕育做起，从精神境界的方向去培养，从实践的点滴去精萃凝聚。

九

人间诸事，纷繁复杂，缘由而来，顺势而去，此乃常态也。虽沉溺于具体事务之中，苟且于俯仰之间，混迹于尘埃之里，但要始终保持清醒的头脑和洁净的心灵。只有心静才能思明，意正才能事公，磊落才能民信，顺势才能事成。所以，要静其心，正其意，公其事，始终以平常平凡平静平淡自持，不以物喜，不以己悲，不以成败而失其精神品性，不以毁誉而损其心灵境界，正所谓冷眼世界，热心天地，自有凌霄不屈己，得地本虚心的情怀，自有温文尔雅，淡泊超逸的灵境。

十

心放松了，空间就大了，能容纳的东西也就多了；心抽紧了，空间就会小了，装不进去东西了。所以，让心儿放松既是一种方法，更是一种境界。要想放松必须有所取舍，必须经过萃取，要经历一个痛苦艰辛的过程，去其糟粕，取其精华，扬弃浮尘，凝聚精萃，使心灵静洁淡雅，超逸安和。世界之大，人生之杂，让心灵负担沉重压抑，时刻处于一种焦灼烦躁之中，唯有经过一番洗涤，有所取舍，该拿的拿得起，该放的放得下，才能达到自然超脱，近看庭花，远眺闲云，宠辱不惊，来去自由。所以，放松心灵是人生历练的现实，更是一种智慧和境界了。

十一

热爱生活，珍重生命。这是人类最大的良知。人类是社会的主体，生活的细胞，自然的孩子，自我的承载，如果没有阳光灿烂朝气蓬勃的生机和活力，如果失去和风润雨天朗气清的蕴含和情怀，灰暗阴晦，那就无法战胜艰难险阻，经历风霜雨雪，开辟光明的前程，实现美好的理想。朝气蓬勃积极向上的精神来自于我们，只有心灵纯洁真诚，善良美好，光明磊落，热情丰盈，才能真正用心去拥抱一切，让生命呈现仁慈的普照，放射出激越的光芒。我在生命之海，扬起生活的波澜，谱写人生的旋律，奏响人生的号角，因为我就是生命，我就是生活。

十二

好大的一场秋雨，淅淅沥沥下个不停，从浓云中洒下流不完的泪珠，向大地做一番秋的倾诉。有太多的话儿要说，有太多的思绪要讲，有太多的情怀要抒发，有太多的感慨要宣泄；但一切都化作了漫天的秋雨，将天地相系，浸润在万物的身上，沁进世界的心里，让一切都来一次清澈的洗礼。无论是斑驳的草木，还是喧嚣的城市；无论是苍茫的原野，还是寂静的乡村；无论是功名利禄途中的匆忙者，还是恬淡生活的闲适客，都有了被雨浸淋得感触和被雨滋润后的思绪。我在秋雨中领略到浓云背后的寂寞，我在秋雨中感悟了天地相系的焦急，季节的交替，岁月的轮回，让人激动向往，更让人留恋回忆，一切在自然中完成了使命，一切在轮回里得到了新生。秋雨是上天的精魂，是神灵的泪珠儿，轻扬飘洒，沁入我的心里。

十三

秋天给人多样的感受。一场秋雨，在淅淅沥沥的飘洒中，清凉之气弥漫开来，远山朦胧，近水含烟，草木斑驳，原野苍茫，天地间笼罩着辽阔空灵的意蕴；一行归雁，几缕炊烟，清风拂煦，黄叶铺地，好一个离别的惆怅，悲忧的伤感，愁字儿了得。一天艳阳，普照着秋高气爽的空旷，蓝天碧透，白云飘逸，山舞璀璨，水凝翠色，万物中呈现着仪态万千的丰盈；青鸟探看，芳踪幽幻，茅店断桥，霜迹雾影，好一个萧瑟的苍凉，寂寞的孤独，思字儿何奈。秋天以这样的丰富场景和斑斓的色彩呈现着自然的奥秘，营造着人们心灵中的深邃和情感上的波澜，一种由热烈到平静，由躁动到安然，带有悲悯色彩忧愁情怀的精神意境从心灵中缓缓升起，无由的遐想，无际的漫散。秋天又以包揽一切的气势，浓缩着季节的精华，收获着岁月的果实；摧枯拉朽，涤荡万物，澄清寰宇，留出一个壮美辽阔的天地，让人们有了任意想象的自由，一切都会净化出最纯净的思想结晶，最深刻的精神意蕴，最超逸的灵魂境界。秋天是过去现在未来的纽带，是自我升华的起点。

十四

秋雨过后，阳光灿烂，蓝天白云，风轻气爽，自是一番辽阔空灵的佳境。极目所望，一派丰收的景致，金黄与碧绿交杂，繁忙与悠闲相伴，色彩缤纷，意象深远。秋天的美既在于收获的丰盈，更在于总结后的思索；一方面因为精心收获而喜悦，因为卸掉装饰而轻松，另一方面，则因为原野的广阔和深远唤起心中无限的向往，有了更遥远的憧憬在召唤。所以，秋天是一个具有双重意象的季节，厚重的内容和斑斓的色彩马上又转换为广阔的苍茫和深邃的遥远，于是，秋天是一个复杂的交替轮回，代表了成熟与新生的标度，证明了自然的永恒，生命的无限。

十五

平淡中孕育了气质，平静中蕴含了品性。丰富的阅历，长期的实践，深刻的反思，不断让积累的经验或教训分解与化合，去其糟粕，留其精华，实现精神的超越，境界的升华。良好品性和优雅气质的培育，既是一个自然性的客观选择过程，又是一个社会性的主观打造过程，是在一定历史条件下，在具体的环境里，人与自然社会相互磨合，不断碰撞，迸出火花，形成烈焰的过程。就像天地之间，季节轮回，到了秋天，收获了岁月的经历和付出的辛劳，享有了一定的成就感后，又会有一种去掉繁饰后的空旷与苍茫，犹如秋江澄澈般的宁静，秋月清辉似的安逸，心灵处于平淡的孤寂之中，唯有天籁地声的和谐，唯有灵魂的飘逸。

十六

深秋的大地，由喧嚣繁闹的色彩缤纷步入了平静安闲的风轻云淡，享受了丰收的喜悦，领略了成败的检验，一切都裸露出本质的原色，一切都回归到生死的原点。秋风萧瑟，秋月皎洁，秋云散漫，秋日温柔，天地间弥漫着回归的诗情画意，放飞着心灵的超逸幽幻。我喜欢秋天，和自己的年龄相匹配，和自己的经历相吻合，一切都蚀刻在了身上，一切都铭记在了心头；岁月流逝，光阴荏苒，人慢慢变得平常平淡平静了，思想愈来愈简单简洁简明了，成败荣辱，得失毁誉，过眼烟云，瞬间消失得无踪无影，化为蓝天的深邃，大地的浑厚，万物的安然。秋天的思绪是沉静的弥漫的，也是幽幻意蕴无限的。

十七

秋雨洗涤后的天空湛蓝湛蓝，秋雨清润后的大地色彩斑斓，秋风轻柔地嬉闹着云絮，秋风和煦地抚慰着原野。秋高气爽，天地辽阔，我作为秋天的一个分子，融汇于灿烂的秋景中，沉醉于无尽的秋韵里，享有了秋的意境，秋的欣悦。人生的舞台复杂多变，人生的表演五花八门，一切都让世俗的尘埃遮蔽，一切都让名利的缰索羁绊，沉溺于昏然迷黯之中而不能省悟。自然是人心的启迪者，让我们享有秋的清新宁静，秋的爽透净洁，在璀璨里感受着苍凉，去做一番深沉的思考。秋是一个清道夫，打扫干净天地万物，用最圣洁的道场，承载冬的冰晶雪魂，孕育最美好的梦幻。秋的境界是至高至上的完美。

十八

学习使人进步，但必须要把学习的内容转化为智慧和能力，否则，这种进步的衡量标准就狭隘浅陋了。掌握的知识固然越多越好，如果不能消化吸收，形成自己的智慧和能力，那只能是一种简单的堆积，像封闭的书橱。不同的工作性质对学习的内容提出不同的要求，这是专业化的特点；对人类本身来讲，学习是素质培育，道德修养，情操养成的必须之径，更是涵养人性，丰富精神，升华境界的必然使命。所以，学习的根本目的和适用性特点，决定了学习的深刻内涵和广阔外延，具体来讲，基础是知识智慧能力三大要素，而贯穿的主线则是人性修养，精神境界的打造。

十九

孩子的生日牢牢刻在父母的心里，因为他们是父母心血的结晶，精神的寄托，希望的承续，家族的延衍。试想，从十月怀胎，一朝分娩，稚嫩蹒跚，茁壮成长，多少温情的呵护，多少精心的养育，斗转星移，日月荏苒，卓然挺拔，亭亭玉立；当离开家门，闯入大千世界，便独立前行，奋勇拼搏，在风云变幻的时代，竞争激烈的社会，寻求着发展的方向，开辟着前进的道路，取得着可观的业绩。能以自己的思想水平分辨是非，能以自己的能力为人处世，稚嫩中彰显着纯真，平静中蕴含着热情，质朴中孕育着深刻，平常中提升着境界。甚感欣慰，祝福孩子幸福安康。

二十

历史不仅是一面镜子，而且是一条始终流动的长河，既有每一阶段的特殊印迹，又呈现着源远流长的永恒。当你沉浸在其中会感到自己是一滴水珠，一朵浪花，可以不受时空的限制，不管岁月的沧桑，指点江山，臧否人物，神飞思扬，激越古今，自由地畅游，尽情地品味。深入历史的长河，就要会游泳，客观翔实地了解每一个事件的概貌和细节，准确理解社会生活的内容和场景，公正明白地把握时代的发展脉搏，感悟贯穿始终的精神主流，领略富有特色的文化意蕴。历史不是简单的反射，而是深邃的哲理精粹，只有深入其中，又跃然于外，才能达到一种厚重的借鉴，才能生成自警自省的觉悟。认真学习历史，领略无限风光，尽览丰富内涵，感受万千气象，以养浩然正气，磊落胸怀，优雅品性，纯真境界。

二十一

人之为人，在于其有思想也；然思想有高低之分，是非之辨，好坏之界，深浅之别。唯有其思，才能心游八极，神贯天地，溯古阅今，通晓万物。然要成其思，形其境，明其道，通其理，必须勤学苦思，实践磨砺，才有成效。要使学习实践双向发力，相互融通，相互促进，精其神，增其智，丰其识，艺其能，学而时习之，习而时学之，学思相携，终会有造化之功，以成智慧境界也。吾辈学识不足，根基又浅，历练有限，真正为人，更需勤学深思，努力实践了，不然，何其为人。

二十二

信息世界，是谓最大众化平常态的社会环境，虽与其发展速度普及程度数量质量差异而呈现不同状态，但终究成为现代社会的基本构成要素，为人处世的一种常态。通过现代科技手段，上天入地，包罗万象，无所不至，无所不知，获取天量信息，此乃感性之境也；通过学习实践，转化为不同的知识；进而反复思考，精萃提炼，形成具有哲理内涵和逻辑体系的理论，反映事物的本质和规律，此乃理性之境也；在不断实践发展的基础上，修身养性，注重自我的觉悟，道德的提升，本性的淬炼，达到智慧的境界，精神的家园，此乃灵魂之境也。

上述三境，由低到高，呈现不断发展的路径；由浅入深，说明深化递进的过程；既是层次的区别，又是一脉的相承；其阶段性的特点和贯通性的特征，展示着信息化时代的风采。当然，对于不同的人而言，由于受到年龄知识阅历等因素的影响，特别是综合素质和精神境界的制约，必然会在不同的层面有不同的表现，不同的作为了。是谓君子，必须以智慧的境界，精神的家园，人性的本真为追求，通过刻苦的修炼，深入地探究，深刻地反思，以求得天人合一，道法自然，物我两忘的境界。

二十三

真性情之流露，是一种发自内心的表白，其特点是直率而真切，但也容易粗口陋语，言疾辞激，伤人也。要不断修炼，以达到既真情又柔意，是一件不易的事。世之常情，复杂多样，如何对待，值得考量，雕琢精细器形太明，有作秀之嫌；然不修边幅粗俗直白，则失之于文质彬彬也。行到水穷处，坐看云起时，是一种顺应的自然，合理的抒发，恰到的应对，情理的和谐。顺势而为，或溪或流，或潭或瀑，趁势以进，或河或江，终成大海；溯流而上，腾云驾雾，化雨飘雪，以成源泉。是谓修身养性，必以平常之事做起，平常之心待之，平静之意思考，以修自然之常道，天下之至理，人心之常态也。

二十四

糊涂是一种状态，有时是一种混沌的沉醉，有时则是清醒的麻木。人从糊涂中来，不断在认识自然、社会和自身中聪明起来；世间诸事繁杂，不能全部明了，还有懵懂存在；有时因各种因素影响，明白了也必须糊涂，所以，糊涂是人生的一种常态。最难的是已经聪明，非要再糊涂下去，这就是非常之态了。必要的糊涂可以理解，但难得糊涂成为座右铭时，就会导致世风混浊，流俗盛行，清明迷失。清醒地糊涂可以有，但不能是人生的根本，社会的常态。

二十五

社会必须要有正气，无正气则世风日颓，恶俗盛行，民性昏愚。然弘扬正气，在于育品格，修性情，持真去假，向善抑恶，崇美弃丑也。人们往往因为受欲望的诱惑，被既得利益所制约，违心地苟且于权势，混迹于俗流，安然于名利，满足于享受，逐渐迷失了本真的秉性，丧失了应有的正气，丢掉了做人的底线，泥沙俱下，同流合污。所以，要正其气，必修其心，不断陶冶性情，孕育品格，历练精粹，自省自警，始终保持崇高的心灵境界，清静纯洁的精神家园，使正气始终有其坚实的基础，不竭的源泉。

二十六

把心中的重负放下，像秋天一样，收获了应该收获的，扬弃了应该扬弃的；看蓝蓝的宇空，淡淡的白云，苍茫的原野，澄澈的江河，一切在空旷和萧瑟中，清爽飘逸，幽深灵幻，呈现着大象无形的意蕴。人们总是沉溺于繁闹的直觉感受中，让世俗的烟尘迷遮住了清明的心灵，小溪流不再欢腾，瀑布不再歌唱，深潭不再沉思，清风明月不再抚慰，苟苟且且，浑浑噩噩，零零散散，繁繁琐琐，自以为有所收获，其实，只不过是自以为是的麻木，心灵的黯淡无聊，精神的苍白荒凉。只有经过秋天的精收和横扫，让心灵放飞，才能迎接冬的冰晶雪魂，达到人生淡泊、宁静的境界，让心灵充满飘逸的梦幻。

二十七

从旁观者的角度去看问题，相对会全面一些，因为置身于事物之中，总是被一些具体的现象和陈规陋矩所缠绕，有些不识庐山真面目的感觉。如果能身置其中，而心游其外，做一番全面客观的分析，超脱冷静的思考，可能会达到更好的效果。当然，要达到这种境界是非常不容易的，从古至今，很多宗教神圣为了保持自身的清静，心灵的清醒，精神的觉悟，不惜将修行的场所放置于崇山峻岭或荒芜偏僻之处，以求得与世俗的隔离，安下清寂无为的心绪，以证得天地的至理。当然，也有身居闹市，心在山野，烟火繁盛，精神淡泊的，一样领略真谛，修得正果。这需要勇气和智慧，有一番进得去出得来的修持，有一种超然的境界。

二十八

道术既相互联系，又相互区别。术主要是指方式方法和方法论，而道则主要是讲世界观精神境界。道高而术强，谓之圣人；道高而术弱，谓之贤人；道低而术高，谓之强人；道低而术陋，谓之庸人；道术平常谓之常人也。这是从一般意义上讲的，如果从社会伦理和社会现实来看，道低而术高，则不能简单而论了，因为其所用所为，必须要看具体情况，视其出发点和目的性而论，或好坏，或是非，客观正确评价了。所以，人们讲修行，主要是从道的方面去努力，以提高精神境界为本，从而含蕴其术，以养正途，驾驭其术，以成其道。如果一味在术上做文章，看似热闹，终不过雕虫之技，如有所用，不能道制，终会造祸于世矣。

二十九

坚守原则，服从真理，相信群众，合理处事，和善待人，加强修养，完善自我，这是为人处世的基本要求，如果连这一点都做不到，那还谈什么事业心责任感了。人一生会遇到各种境遇，也会有复杂的过程和不同的结果，但无论如何都要行得正，立得起，决不混迹于世俗，苟仰于权势，沉溺于萎靡，而应出淤泥而不染，濯清涟而不妖，正直挺拔，谦虚坦荡，纳百川立千仞，始终保持自己的品性和风骨。

世事本自然，庸人自扰之，随波逐流，没有心中的标杆，没有道德的底线，无根之人，不足与谋，岂可以行，当自戒之。

三十

让心儿放宽，是指思想境界的提高，因为只有心的尺度放大了，才能容纳一切。世间万物，各有其态，各显其度，纷繁复杂，不能穷尽，只有开阔胸怀，容纳一切，才能明天道，知地理，谙人世。看沧海纳千江万流，博大深邃，净化一切，显示着自己的宏伟气度和包揽万象的尊容。现实中一些人心胸狭窄，处事偏蹙，以小人之心丈量天地，测度人心，思谋名利，看似热闹，其实为人不齿，庸俗低级而已。只有以天地为心境，以万物为气度，才能成就高远的志向，博大的胸怀，淡雅的心灵。

三十一

清冽的秋风，横扫天地，一切都处在萧瑟之中；失去繁多枝叶的树干，透出苍劲的骨感，有了峥嵘的意蕴；辽阔的原野，坦荡裸露，呈现苍茫的本色，有了深刻的回味；高天幽碧，流云飞渡，澄澈深邃，宁静安然，多了些超逸的觉悟；秋水清幽，寒练凝翠，波澜不惊，清涟微漪，仿佛结晶了幽幻的灵魂。秋的步履冷峻坚定，秋的意蕴弥漫加深，一切都在加快失去五颜六色的装饰，一切都在迅速蜕变逐渐僵硬的桎梏，以备冰晶雪花的抚慰。在秋的苍茫空旷中，心灵的感悟最清澈明净，精神的意向最浪漫幽幻。秋是思的季节。

三十二

受条件的限制，不可能长时间的构思，描绘出发自心灵的意蕴，书写出美丽的辞章来，只有这点点滴滴的随笔；一个思绪的苗头，一朵灵感的火花，甚至一件微不足道的小事，一个似有却无的念头，信笔由来，没有精雕细琢，只是一种白话的记述和平淡的表达而已。没有什么深刻性，更谈不上艺术性，无非是闹中取闲的消遣，忙中偷懒的随意吧。这样也好，心路的呈现就是由天女散花般的自由铺撒而成的。每当走过一段行程，偶然回顾，才能领略曲径通幽之奥妙。所以，所思所想，提笔以记，也是一种情趣，把心迹赋予白纸黑字，一样可以看到山水的意蕴，天地的情怀。

三十三

所谓乱石铺路是一种非常巧妙的手段方法，也是一种奥妙的思维方式。试想用一种思维方式和具体技巧，把既成的系统性逻辑性分解，把既成的现实事物打碎，变成看似毫无联系的独立个体，然后随着时空的推移，不断抛出，任意挥洒，在人们不知所措时，一条蜿蜒曲折的路油然而成，路径清晰，曲径通幽，在别人还没有醒悟时，操纵者思想的系统性，方法的逻辑性，行为方式的诡异性已得到具体的呈现。所以，集流成河，聚沙成山，只有从高远处去感悟，从博大精深处去把握，才能出奇制胜，取得意想不到的效果。

三十四

维持一个庞大的王朝，没有思想理论体系或宗教的神谕意旨是不行的。必须要建立一种被人们经常接触，习惯接受的精神信仰，成为维持整体局面，统一意志，规范行为的主流意识。在这种思维定势和行为习惯的笼罩下，则是五花八门的思想流派，复杂多样的行为方式。前者是充满理性色彩或神学光芒，冠冕堂皇富有神秘意蕴的普世代表；后者则是繁琐杂乱，是非混淆，黑白交融，鱼龙混杂，泥沙俱下，清浊同流，丰富多彩的实际生活。而这两者是任何一个社会不可或缺的有机构成，而且越是后者的杂乱，越需要前者的统领；越是前者的强势，越需要后者的承载。

三十五

阳光心态，是人生的一种高雅境界。试想天地之间，如果没有太阳，则一切生命无法存在；唯有太阳普照万物，调和阴阳，孕育生命，成就万象。一个人应该有太阳的气度和胸怀，不管岁月沧桑，不管浓云淡雾，高行于苍穹，慈爱与无疆，光明磊落，持久恒常。每个人虽然只是一滴水，但要有太阳的境界，用一滴有限的晶莹映射太阳的光芒，七彩中光辉灿烂，万象中生机盎然，通透天地，明亮本我，意蕴纯净，心灵高尚。热爱生命，热爱生活，当你映射出一片阳光时，你就是太阳。

三十六

人们在做任何事情的过程中，既要努力去注重实际，扎实工作，取得成绩和经验，又要去思索感悟，求得精神上的升华。要了解事物的内涵与外延，把握事物的本质和规律，更要有一种建立在哲理基础上的心灵超越。就事论事是正常的现象，也是平常的方法，但支撑这种认识的应有更高的理论水平和精神境界，这样才能不拘泥于具体的事物，不限于有限的范围，不满足经验性的获得，而有所精神上的超越。要想做好事，实际的历练不可或缺，但其超然于上的精神更为重要。

三十七

只有经历诸多事情，才能明白一些人生的道理，更何况面对现实中不断出现的新情况新问题，更需要不断地学习思考，提升自我的识理之智，应世之慧，感悟之灵。当很多事情被认识和解决后，形成一些经验或教训，也是人生的一种阅历积累，但毕竟是已经过去的，虽然具有了基础性的作用，不能拘泥其中不做提炼，更需要从中升华出贯穿始终的精神主线，形成灵动的蕴含，凝聚成智慧的结晶，达到超逸的境界。所以，历事是砺心。

三十八

置身于腾格里沙漠之中，看瀚海波涌浪翻，苍茫而辽阔；看蓝天云卷云舒，深邃而悠远；看驼队逶迤蜿蜒，驼铃清扬而穿越，仿佛从远古走来；看自我孤独寂寞，心灵惆怅而凄楚，怀疑在历史画卷。意蕴天地，感慨万千。人之渺小，犹如沙粒，然汇集成漠，瀚海无垠，则气势雄浑，博大至尊也。自然之造化，人生之境界，在于博大而深邃，有空灵的胸怀，有超逸的境界，有志吞天地，含纳万物的气概。人生之短，生命之长，沙粒沙漠，有限无限，全在于自我的觉悟，精神的修炼，心灵无际，何谓大小，灵魂超越，哪有深浅。

三十九

沙海之辽阔，全然一个空字儿了得。几队驼峰，数点行人，几处蓬柳，数泊水洼，置于天地之间，处于苍茫之中，只是自然的点缀，心灵的空旷。博大而寂寥，荒凉而深邃，静到极致，了无声息，唯有自己的心灵在作响，净到无瑕，眼空无物，唯有自己的灵魂在游弋。空阔才能容纳一切，净化一切，故人在沙漠，不知是人是沙，无垠的辽阔，深邃的悠远，将人融入到自然的怀抱，你还是你吗?

四十

岁月流转，季节轮回，地老天荒，人生如梦。和老伴共同生活近三十年，已步入五十多岁了，相携相伴，相濡以沫，形影不离，真心诚意，一路走来，承载着一生的担当，实践着生命的承诺；仿佛还是当初的你我，只不过多了点岁月的沧桑，时代的印迹，生活的磨砺，心灵的丰盈；犹如小溪流融入大河，汇入海洋，带着征程的烟云，挟着心绪的苍茫，更多的是一路上共同的努力和欢歌笑语，在永恒的怀抱里奏响爱的旋律。祝福你，天地间的知音，人生的伴侣，一颗诚挚的爱心，贯穿着过去现在和未来，意蕴深厚的记忆和展望，依然在行进的征程里。祝你生日快乐。

四十一

祝福你，我的老伴，依然是春天的繁花，夏天的碧树，秋天的清辉，冬天的白雪，在岁月的流转，季节的轮回，自然的变迁，社会的发展中，经历着春耕夏耘秋收冬藏，沐浴着阳光雨露的抚慰，也经受着狂风暴雨的洗礼。祝福你，我的老伴，依然是朝气勃发，热情爽朗，蕴含温厚，直言快语；在时光荏苒、岁月沧桑的磨砺中，秉性纯真，慈爱善良，弹着生命的音符，奏响永恒的旋律。不曾有太多的语言表述，不曾有丰富的情感倾诉，唯有心灵的祝福，像清泉的澄澈，明月的清爽，蕴润境界的明亮；唯有精神的朗照，像朝日的炽热，晚霞的灿烂，彰显美好的未来。点点滴滴，只在心里流淌，只在生命的大海中低吟浅唱。

四十二

冬天来了。经过秋风的横扫，秋雨的洗涤，点缀大地的各种色彩和装饰，失去了繁杂和浓艳，呈现着萧瑟的风光。远天近地，高山流水，苍茫原野，疏落的村庄，阡陌的游子，让人百感交集，回味无穷，忧思绵长。不知不觉中，冬天的脚步已踏遍万水千山，走进我们的心里，我仿佛听到冬的寒冽旋律在低吟浅唱，冬的精聚凝结在孕育成长；我仿佛看到心灵的跃动，胸怀的裸露，让一切都成为多余；我已感觉纯净的思想正在结晶，精神的飞雪正在飘扬。我只是默默地注视，静静地畅想，慢慢地凝固在冬的境界中。冬天来了。

四十三

总是向往一种独处的安闲，封闭的宁静，沉默于孤独的惆怅，麻醉的寂寞，不愿五光十色的应酬，浓妆淡抹的交际。只有在独坐一隅，静思冥想，无谓尘俗时，才能有一点真正的自由灵动，精神飞扬，思涌天地，情韵古今，物我两忘。融入虚无空灵的境地，领略超凡脱俗的飘逸，享受宁静幽幻的境界。入世之久，阅历日深，阴晴圆缺，成败荣辱，过眼烟云，感慨虽多，收获颇丰，但最喜欢的是能够得到独处，享有安静，只有这样的环境和心境，才觉得脱其俗，扬其尘，净其心，守其真，护其纯。这是一种向往，也只能在现实中去寻觅，在生活中去追求了。

四十四

尘世的风吹得太久，心灵中的积垢甚厚，一切都被污浊侵蚀了，少了清泉般透彻的思想，少了火焰般炽热的情感，失去了灵性的浪漫，失去了丰富的情趣，唯有精神的麻木，行为的僵化，枯木死灰般的沉寂。冬季的来临，寒冽的涤荡，严苛的清扫，万物去掉了繁复的装饰，露出真实的本色，去繁就简的沧桑笼罩一切，心灵也在这严寒中开始凝结，浮躁沉淀，尘俗暗淡，是非功过化合分解，成败荣辱烟消云散；思绪重新启程，宁静安顿精神，人性的本真映照着天地万物，也呈现着真实的自我，冬天是深刻思考的季节，是心灵回归的圣地，因为，在寒冷中才能清醒，才能看清一切。

四十五

岁月如梭，编织着时空的经纬，网罩着万物；生活如海，推动着时代的航船，承载着希望。心灵始终处于激烈的动荡之中，波起涛涌，峰高浪谷，似乎找不到一时的平静，一处的安逸。时光如流，世事如常，一切按自然的法则和社会的规律，以自己特有的形态延续着变化着发展着，唯有心灵的奥秘难以释清，唯有精神的迷宫变幻莫测。太多的东西让人想象，头脑中始终不乏丰富的向往，思绪不时描绘出理想的天地，灵魂总想置于超逸的境界。其实，只有平静才能淡泊，只有平常才能超脱，只有平凡才能安谧，平平淡淡，才是心灵的美好境界。

四十六

冬日升起，给赤裸的原野涂上温暖的色彩，失去装饰的大地，敞露胸怀，沐浴着阳光的抚慰，从心灵深处感知生命的意义。喧闹的尘世在寒冷中沉寂，热烈的欲望在冷清中消退，一切都在化合与分解，沉淀的行程，凝结的过去，精粹的提炼，灵性的结晶，心灵得到最深刻最彻底的洗礼。寒冷的风吹过原野，也抚慰着我的心灵，净化的过程平静而简单，俗念陋习不断被剥离，露出洁白的本色，映照真善美的纯洁，真正明白了自己。孤舟蓑笠翁，独钓千江雪。

四十七

心如冬季，是一种状态，更是一种向往。在繁杂的事务和喧闹的人际中，总想求得一点精神上的独立，思想上的自由，心灵上的超逸。四季轮回，各呈特色，唯有冬季，才能失去装饰，露出本真，抛却虚荣，看清自己。在寒风中降温，在冰晶中凝结，在苍白中辨别，在冷静中深思；只有此时，才能看到精神独立的峻岭，思想自由的天空，心灵超逸的境界，只有此时，才能真正地认清黑白，辨别是非，明白曲直，分清好坏；只有此时，才能知道自己来自何方，去向何处，而身心现在何地。

四十八

要漫天撒网地把历史的碎片网络起来，提纲挈领地把历史联系起来；丰富的内容繁杂的表现，呈现着风云变幻，气象万千的博大雄浑，深刻的精髓宏伟的意蕴，彰显着文化的璀璨思想的灿烂。人们最容易忘记的是历史，最容易忽视的是现在，最容易迷失的是未来；但不能忘记的是一切均有源头，一切都有流程，一切会有归宿，一切都在生死相续、生生不已的永恒之中；从何处来，在何处立，向何处行，这是人类的无限之奥秘。我们只有立在其中，牵扯两头，才能构成完整的生命之链，才能呈现时代的特色，谱写人生的旋律。看历史就是看自己，一个什么样的自己。

四十九

一僧曰拿起，一僧曰放下，都是偈语，蕴含深刻的哲理。该拿得起必须拿得起，该放得下就应放得下，这是人生的要求，更是人生的智慧。人生在世，欲望繁多，追求颇甚，想拿得东西未必拿得到拿得起，只有安身立命，合乎天道地理人性，适时适度，量力而行，拿得对，拿得起，立得住，才能有所作为。同样，世俗纷呈，得失众多，成败荣辱，阴晴圆缺，身负其重，心承其累，难以言说；名利之事，该放下的要及时放下，该抛弃的早点丢掉，君子得道无边，言利有度，取舍自然，心无外物，才能独立于天地，自由于社会，超逸于世俗。拿得起放得下，是辩证统一，相互区别，相互依存，相互转化，相互融合，相得益彰，只有持久修炼，提升思想，升华精神，纯净心灵，才能达到人生应有的境界。

五十

天命有常，人生多变，纷繁复杂，感慨万千，终是心随天地，志吞洪荒，意蕴深长，为君子立世之道也。风雨兼程，柳暗花明，领略了征程的甜酸苦辣，享有了世间的成败荣辱，锻造了意志，坚定了信念，陶冶了情怀，净化了思想，纯净了心灵，升华了精神；一切复归于淡泊宁静，至高明亮的本真，一切云消雾散，风清气爽，江山辽阔，宇空深邃，物我两忘，浑然于一。

五十一

功成身退，是一种社会现象的概括，更是一种人生的智慧。任何的成功都代表着付出，证明了过去，是阶段性的成果，未来发展的基础。成功的标志是显著的，但其内容却非常复杂，行程曲直崎岖，形式多种多样；特别是出谋划策，运筹帷幄的贡献，往往隐含在一种宏伟的建树之中，可能少为人知晓，作为智者更要看到成功光环中的浮云淡雾，名誉利益下的浊习陋俗，必须隐退。或归寂于山野，或安闲与都市，最关键的是回归宁静的心灵。从古至今，只有真正的觉悟者，才能从精神的层面体会自然之安排，社会之繁乱，人生之颠簸，世态之炎凉，人间之冷暖，任何成功只是一种风云际会的碰撞，天人合一的安排，智慧能力的凝聚；任何荣誉只是历史长河的一朵浪花，宏伟事业的一粒沙石。要识而透之，淡而处之，保持心灵的平静与安然，超然于既成，身心皆隐退于孤独寂寞。君不见，高堂明室黄金台，不若一钓千江雪。是乎？

五十二

当人们沉浸在对所谓成功的享受里，满足于既得的名利时，过去的一切就会或快或慢的被忘记；嘴上说前事不忘，后事之师，似乎有溯源正本之意，实际上则满足于成功后的愉悦欣喜，更有甚者，沉溺于享受而乐不思蜀，还会得陇望蜀了。过去的一切慢慢被淡化，或被无意有意的歪曲甚至抹杀，特别是来自智慧人物的贡献，将会烟消云散，尽量封杀，因为会影响权势者的光环效应。所以，功成身退就成为一种历史的现象，社会的选择，人生的路径，只有这样，才能远离猜忌，避免迫害；只有这样，才能保持心灵的纯净，品性的高洁。回归自然，安于平静平淡平常平凡之中，那是本性的召唤。

五十三

上海风情依旧，虽然八十年代初去过，时光流逝，岁月变换，建筑群起，霓虹灿烂，车水马龙，人声熙攘，但其精雕细琢，温润柔腻依然。置身于陆家嘴金融中心，漫步黄埔外滩，穿行于南京路，徜徉在城隍庙，一切似曾相识，一切变化万千。心灵中的感受，不只是风情的回忆，景物的重览，而是一种欲说还休的回味，朦胧的惆怅。淡淡地犹如江南的杏花春雨，小桥流水，粉墙黛瓦，娇娃嫩声弥漫在心间。

五十四

儿行千里，数载不见，非常想念。幼时的顽皮嬉闹，上学后的逐步成熟，工作以来的历练和沉稳，个人素养的不断提升，社会经验的日益丰富，工作成绩的取得，让人感到极大的安慰，精神上充满愉悦的欣喜。思念的深厚，情意的浓重，虽然可以电话相通，视频相遇，但不能相拥而诉，直面交流，心里总是有太多的惆怅。太想孩子了，自打他独立于社会，奋斗于时代，远离家园，让我的心里始终积聚着越来越多的挂念，越来越深的思恋，咫尺天涯，心脉相系，唯有祝福，弥漫天地。

五十五

风烟俱净，万象清明，是人生有一定阅历后的沧桑境界。空灵中，一切都化为无形无声，唯有此，才能领略心灵的空寂与深远，唯有此，才能感悟精神的澄明与安宁。风烟俱净，何等的超逸，何等的爽洁，尘世的繁杂荡然无存，欲念的缠绕灰飞烟灭，宁静的空间留给无际的想象，安谧的时间承载梦幻的行程；一切自然和谐，一切淡泊平静，仿佛凝结的晶莹，一任光的无拘无束，一任光的自由驰骋。身在尘世，衣食住行，精神向往，心系空灵，那里澄澈碧透，肯定风烟俱净。

五十六

把一切妄念抛弃，心灵的重负就会减轻许多，把一切俗欲丢掉，精神的空间就会明净起来；留出想象的天地，让心灵自由地飘游，辟出空寂的境界，让灵魂超逸地清爽。世俗太多的积垢，僵化了精神的灵性，但也沉淀了肥沃的土壤，孕育着生命新的幼芽，它不再是旧种子的简单复制，不是世俗的复制翻版，而是具有超越气象的灵魂再造，灵动精神的精萃升华。有时心里空了静了，也就纯了真了。

五十七

父亲就是那个表面镇定冷峻，而内心柔软慈爱的人；孩子的一举一动，一颦一笑，都会触动他的神经，牵动他的心灵，在沉稳严肃的表情下，内心始终涌动着激情，在陈词滥调的诉说里，按捺不住抚慰慈爱的激动。异国他乡，万里征程，在科技发达的今天，时空距离已大大缩短，电话信息视频，将音容笑貌置于眼前，但思绪总是飞得很远，情意总是很深，心灵的向往很急，精神的寄托很重，时时感受着牵挂的浓重，处处涌动着关怀的深情，不时也有焦虑和担心。因为，人类的精神寄托总是代代相续，父亲是孩子的心灵驿站，孩子是父亲的永恒之本。

五十八

在自然社会面前，个人太渺小了，因为自然之基，社会之网，繁杂迷幻，万象峥嵘，任何一种事物和环境都需要去适应，困难要克服，挑战要应对，机遇要把握，以力所能及，智所能达的有限去搏击深邃奥秘的无限，以人生如梦的转瞬即逝去实践生命的五彩缤纷光辉灿烂。有时深感智慧能力的渺小和柔弱，悲情哀意笼罩心头，无望无奈束缚思想，但放眼天地，尽览万物，纵横古今，感悟人生，一切都是自然的安排，社会的使命，时代的要求，人类的责任，只要有一颗纯真的善良的美好的心灵，就能完善自我，奉献社会，服务人类，达到人生安然超逸的境界。不怕人渺小软弱，只怕心低劣庸俗。

五十九

适应自然，顺应天地，在时光流逝岁月变换中，一切都生死存亡，循环往复，新旧交替，生生不已，唯有时间能消除一切烦恼，唯有岁月能净化一切繁杂。时空隧道里，分解了固化的僵硬，化合了萃取的精粹，更迭了多少社会的形态，映照了多少时代的风云，迎来送往了多少仁人志士英雄豪杰，承载安顿了多少芸芸众生。所以，以短暂的人生，有限的感悟，去领略永恒的生命，无限的奥秘，是实现自我的必然路径，是心灵超逸的理想境界。抛弃杂念，涤除尘污，净化精神，顺其自然，天人合一，既是向往更是努力。

六十

我们只注意了太阳炽热辉煌的一面，而没有看到它平常宁静的一面；内心如何炽烈，外表如何光亮，朝霞夕晖如何灿烂，它始终平静地行走于天空，漫步深邃，安然地注视着万物，坦然地普照一切；不论云遮雾罩，气象万千，还是天晴气朗，碧空澄澈，它像一位慈祥的老人，用那阅尽沧桑的慧眼，饱经磨砺的坦然，深沉炽热的情怀，真诚善良的心灵，平静地抚慰着一切，无论自然的变换，人间的变迁，成败荣辱，得失褒贬，在它的朗照温馨中化为过眼云烟。它从不因人们的赞美而变颜，也不为人们的淡漠而增减，不因自然的变化而动容，也不因社会的势利而改色，更不为人间的冷暖而焦灼，普度众生，光照万物，履行着自己神圣的使命。赞美您，我心中的太阳，化作一粒光的分子，融入您永恒的怀抱，放射璀璨的光芒。

六十一

轻轻地放下心中的重负，让一切化作过眼的烟云，只在记忆的原野飘浮，如一幅山水画图；轻轻地放下心中的向往，把一切谱成跳跃的音符，只在沉寂的荒原奏响，如一曲交响乐曲。与其让沉重的希望把心灵束缚，与其让欲望的桎梏把精神拴住，何不放飞灵魂，做一番自由的翱翔，何不解脱心灵，在孤独寂寞中安详。听到心的跳动，听到血的流淌，看到无限的深邃，看到辽阔的沧桑。该放下的太多，可人们总是舍不得，挤满了身心的琐屑繁杂，遮掩了本性的纯真。其实，空灵的境界可以容纳一切，可以看到真实的自己，觉悟到生命的真谛。

六十二

靠权势去推动工作，是现实中的一种常态，但完全依托于此就是社会的畸形，人类的悲哀了。人生在世，无论志吞天地，胸怀四海，还是脚踏实地，勤奋努力，成败得失，褒贬损益，在于客观的条件主观的努力，但最根本的是要做人，只有自身素质的完善，人格的纯真，品性的善良，事才能做得好，人才能做得正。从一定意义上讲，人格品性的魅力胜过权威的强制。权势可以通过各种渠道机会手段获得，但人格品性却完全在于自己的修养和孕育了。千古江山，万代事业，可圈可点，仁人志士，英雄豪杰，可赞可叹；大浪淘沙，风流总被风吹雨打去，唯有高尚的人格品性，文化内涵，精神意蕴，永远矗立在历史的丰碑，人民的心间。所以，要依靠自我的修炼去为人做事，不能躺在权势上自我麻痹自甘堕落。

六十三

宁静地注视着一切，淡泊地看待着一切，炽热的内心激动的外相，凝聚成心灵的清亮安然，精萃出精神的明净超逸。名利场的浮尘燥土，在人们的心里吹来刮去，沉淀了太多的成败得失，积聚了太多的荣辱褒贬，几多感慨，几多沧桑。这种积累抬得很高，看得很重，就会完全遮蔽人性的本真，失去心灵的纯净，丧失精神的圣洁。人们只有不断修行，时常养德，润育文化，净化心灵，真正从人性的本源去自省自警，从灵魂的境界去陶冶，才能真正达到自我之明。

六十四

虚名浮誉，蝇头蜗利，总把人心遮蔽；风来云去，雨润雪沁，惹得器声四起。几多欣喜，几多失意，荣辱成败谁记；庙堂明室，茅屋竹篱，残椽破瓦断壁。天地不老，岁月变换，已是百代过去；清风明月，深潭古瀑，当今可有叹息。心有所思，意无别去，熟悉孤独沉寂；东邻西舍，长话碎语，也是人间道理。提笔无字，欲说无语，闲坐呆愣冥想；人来事往，纷纭熙攘，琐屑杂乱繁忙。有这点闲暇工夫，诉段胡说八道的心肠。

六十五

寄情山水，那是一份陶冶；寄情人世，那是一份向往；唯有寄托于心灵，才能净化一切。人生在世，诱惑繁多，四面八方，五颜六色，让人处于弥漫的包围之中，精神几乎窒息，迷失了本性，丧失了自我，浑然于随波逐流之中。只有经过一番征程，有所历练，在波峰浪谷中几经上下，成败磨砺，荣辱角力，外经世内修心，深刻反思，净化心灵，让自己回归到人性纯真善良的源点，才能有所觉悟，有所超越，达到美好的精神境界。没有刻苦的学习修炼，没有心灵的精萃陶冶，是很难做到的。

六十六

思如浮云，在想象的天地游荡，任凭上下左右，不管东西南北，肆意挥洒，放任自流。这只是一种企盼自由的幻觉，因为，无论想象如何自由丰富，也会遇到不同的地形海拔，有着不同的形态和内容，呈现不同的风貌。所谓自由的思索，是在一定条件下的想象，是在一定环境中的发挥。心灵的处境就是这样，可以想象无边，思绪无界，但始终受到自身条件和具体环境的制约，还会体现在繁杂的事务之中。所以，只有心灵真正平静下来，精神真正淡泊下来，才能享有独立之意志，自由之思想，才能神游天地，思漫八极，有一番自由的品味。

六十七

冬天甚好，失去了装饰的北国原野一派萧瑟，山川冷峻，万象本真，沧桑弥漫，深邃无影。人生如梦，唯有此时，梦幻灵动，裸露的一切，坦荡爽朗的直接表现出自己的真实，接受最严苛的洗礼和检验。冬天是最适宜深刻反思的季节，也是净化灵魂的时候；一切从空无开始，一切从零点出发，任何值得回忆的过去，都要精萃提炼，在深刻的分解与化合中，接受冰晶雪洁的衡量，升华晶莹剔透的精神境界，还一个最真实的自我。

六十八

一年即将过去，带走多少值得追忆的东西，时光以其执着的步伐，从容不迫，催动着岁月的流淌，季节的变换，人世的沧桑，很多人与事仿佛就在眼前，转瞬已成过去；很多情景历历在目不忍离去，马上成为历史。时光飞渡，送走多少岁月，迎来多少岁月，年年岁岁，岁岁年年，牵起往事的记忆，扯起未来的憧憬，站在新旧的交织点上，心绪繁杂，情意缠绵，心灵空阔，意象万千，一切都是周而复始的循环，一切都是天地大道的自然。

第十三集　水月精灵

DISHISANJI SHUIYUE JINGLIN

一

年年岁岁，岁岁年年，四季轮回，天地旋转，万物变迁，人世沧桑。我们在岁月的流淌中，经历着春风夏雨秋云冬雪，我们在奋斗的征程上，践履着春耕夏耘秋收冬藏。激情燃烧岁月，拼搏伴随时光，真诚善良美好的心灵，孕育生命之流，一路高歌怒放，低吟浅唱，跨越万水千山，奔向永恒之海。新年新气象，以朝阳初升的情怀迎接每一天。

二

君子谋道，这是为人处世的一种标志，也是自我品性素质的一种要求。要想在纷纭繁杂的事物中得到规律性的认识，把为人做事达到自然和谐，就要通过修身养性，砥砺意志，开阔胸怀，净化心灵，升华精神，实现内圣而外王，与天地同体，与生民为畴，以生命为本，以永恒为基。只有净化提炼，精萃升华，达到道德境界，才能物我两忘，浑然天地，以仁义慈爱润蕴万物，以淡泊宁静涵化品性，达到天人合一的境界。君子者，以道为根本，驾势驭术，以道为标志，天下为公。谋其正义而修葺身心，君子自持也。

三

只有从善的心灵出发，才能向仁的境界迈进，天地之间，万物之中，至尊至大，莫过于善了。善蕴润真和美，是人性的本源和根基，是灵魂的内核和主导，是深厚内涵和丰富外延的承载母体，唯有以此为本，才能化育万物，天人合一。善不是无原则无立场的漫漶，而是浸透真诚美好的精粹，是人性崇高清明的彰显。有些人在个人作为中以私利为重，用善来做伪装，只能一时一事，终不会久矣。只有以善为本，从真和美出发，向仁爱修炼，才能达到君子的品性和境界。不怕世界之复杂，不怕人世之烦扰，只要从善的心灵出发，具有仁的意蕴，何其怕乎？

四

落雪无声，轻扬飘洒，从深邃的天宇悠然而下，轻轻地织就着洁白的纱网，静静地将一切笼罩。落雪有形，晶莹剔透，从奥秘的苍穹姗然而来，精致错落地描绘着憧憬的梦幻，幽幽地把一切催眠。雪的清纯柔润，在空中弥漫，在原野散步，一种无法用语言和形体表达的欣悦从心灵中升起，自然的启迪，生命的超逸，让灵魂消失得无踪无迹。雪是云的精神，雪是水的灵魂，只有经过超然的净化，炽热的精萃，才能跃然天宇，凝练成晶精洁骨的玉蕾繁花，有一场漫天的轻扬，铺地的潇洒，还一个干净的寰宇，清凉的世界，安逸的心灵。我伫立雪的抚慰中，精神飘逸，灵魂飞扬。

五

悄悄地来，天地的精灵，漫天飞舞，把幽幻注释的纷纷扬扬，苍茫的原野弥漫着童话的传奇；轻轻地来，万物的灵魂，轻扬飘洒，把洁净凝聚的晶晶莹莹，清明的心灵孕育着梦幻的飘逸。一个最纯洁的时刻，一个最清新的季节，在您有形的飘洒中，涌起清纯的源流，在您无形的寒彻中，净化心灵的安谧。一切都无须繁琐的解释，一切都不用细心的描述，唯有这自由自在的挥洒，唯有这无拘无束的灵动，静静地接受自然的洗礼。

六

雨是天空的泪珠，雪是苍穹的魂魄，在晶莹剔透的孕育中，漫天清扬，遍地凝聚，好一个冰清雪洁的天地。没有了五彩缤纷的装饰，失去了浮尘俗气的喧嚣，万物回归本真的纯洁，心灵复位宁静的安逸。寒彻净化着精神，雪花抚慰着灵魂，在孤独中品味自然的奥秘，在寂寞中领略天地的至理，在宁静中谛听天籁之音地律之曲，在超越中听到自己的心语。

七

落雪无痕，一切的色彩和差异都被纯洁和平淡掩去，一切的繁闹和喧嚣都被寒彻和清明荡涤，心灵刹那间得到飘逸的浪漫，精神自由中放飞想象的灵逸。人们生活在繁闹的尘世中，遇到的东西太多，思考的问题太杂，心灵的积尘太厚，以致渐渐失去了本性的纯真和质朴，有时甚至不能认识自己了，来不知其源，去不知其处，上穷碧落下黄泉，天地茫然人不见。唯有在这冰清雪洁的季节，在这雪的净化洗礼中，还一个平静淡泊的心灵，有一个精神超越的净地，这就是落雪无痕的意境吧。

八

真正的气度和涵养在突然事件的面前，才能有淋漓尽致的充分表现；当面辱之而不惊，无故加之而不怒，对于任何卑鄙恶劣的计谋手段，都嗤之以鼻，不屑一顾，对任何复杂的环境凶险的境地，都应对自如，游刃有余。人们有时沉溺于自己的思维定势和行为习惯，更受其胸怀和境界的制约，为了暂时的愤怒而有所不忍，导致认识解决问题不当，处理事务的失误，影响全局。真正的勇士智者，其内在的品质和修养达到一定的境界，从而能海涵繁杂，蕴化烦乱，淡定平静，明晰事理，正确地解决问题处理事务抚慰人心。

九

太阳天天升起，从不因为四季的交替和气候的变化而改变自己的行程停滞自己的步伐；人们离不开它，但却往往忽视和忘记它。需要时，顶礼膜拜，赞誉盛起；忘记时，任凭它有多美的晨光晚霞也弃之不顾。但太阳依然迈着执着的步伐，带着永恒的使命，慈祥的抚慰着天下的万物，爽朗地放射着灿烂的光芒，普照着世界的每一个角落，温润着亘古至今的芸芸众生。这是自然和社会最平凡最平常的现象，也是最伟大最辉煌的本质，人们因为沉浸于享受的麻醉中，满足于无偿地占有里，在名利场的纷争袭扰中迷失了自我，远离了纯真质朴的品性，拉开了与真理的距离，所以，失去了对平凡平常的感悟，失去了对伟大崇高的敬畏。人应当具有太阳的品行，因为人是太阳的子女。

十

繁闹喧嚣后必然是寂静沉默，任何事物都有一个初起，勃发，升腾，滑落，寂灭的过程；要把这个看似循环往复的过程全面地了解，详细地剖析，科学地梳理，从中得出一些深刻的道理，真正把握事物的本质和发展规律。有些人从自己喜欢的某一时段出发，沉浸于节点的欣赏中，满足于自我的主观取舍，忽视事物的全面性，发展的过程性，以偏概全，以点带面，这样就会失之偏颇；更有甚者，满足私利己欲，颠倒黑白，混淆是非，断章取义，就更谬误可耻了。所以，全面地了解事物，客观地掌握过程，深刻地把握规律，这是科学的态度和正确的方法，而只有在沉静寂寞之中，才能冷静客观公正，才能思之深刻，悟之通透。

十一

鹰和鸡不可能一样，无论鹰怎样失落，无论鸡如何得势；本质不同，品性各异，禀赋悬殊，气度迥异，境界更是天壤之别了。暴发户的身世，唯利是图的心态，得势便猖狂的愚妄，看似容光焕发，冠冕堂皇，威风凛凛，不可一世，其实，金玉其外，败絮其中，鸡鸣狗盗，污浊肮脏；这种人也不可能有什么境界，只是一时得势获利，就把鸡的成就当成了鹰的事业，把个人的欲望当成了人间的至理，终将为天下所唾弃也。现实中人们常常把即得的名誉利益作为衡量的价值坐标，其实，心灵的纯真善良美好，精神的洁净安然超逸，境界的清明晶莹安谧，才是人生的根本，生命的永恒。

十二

今夜的月亮又圆又亮，据天文学讲，此时此刻月亮与地球的距离最远，从人类的角度看，也就是最高了。混沌宇宙，神秘自然，大千世界，万象峥嵘，真理就是这样简单明了，愈远愈高的距离，就是圆满的境界，愈明愈亮的普照，就是超逸的圣地。今夕望月，感到它分外静谧安详，硕大的银盘悬在深邃的天宇，清辉弥漫，静静地抚慰着沉寂的原野，轻轻地沁润着人们的心脾，天上人间，晶莹洁净，恬淡安逸，情思无际，一切都沁润在幽幻的梦里。人们热衷于尘世的繁闹和熙攘，满足于五彩缤纷的炫目和沉醉，殊不知这月夜的清美，才是最佳的境地，唯有此时此处，人与自然浑然一体，心与月亮交相辉映，精凝成纯净的通透，飘散着宁静的安逸。不知月是我，还是我是月，唯有清辉无际。

十三

生命之重在于自我的觉悟，因为，对于任何生物来讲，它都有一个实在的内容和丰富的表象，都有一个或长或短的复杂过程；无论如何适应，怎样改造，想法利用，都必须遵循其规律。所以，生命既是一个生物性遗传进化的必然，更是一个精神性净化升华的过程。只有感悟了生命的意义，才能置身于有限的努力中，融汇到无限的发展里，实现一滴水的使命，一粒沙的责任，从个体的低吟浅唱汇入黄钟大吕的高歌旋律中，从个体的渺小微薄融入高山大海的宏伟壮阔里。感叹生命，感悟人生，敬畏珍重它的存在和意义，领悟它的永恒之谜。

十四

人不能只有思想的内容和形式，而且要有思想的高度和境界，它既是知识积累，阅历丰富，素质禀赋等的必然反映，更是对人生感悟，心灵智慧，精神境界的衡量尺度。大千世界，芸芸众生，人们都有自己复杂多样的经历，都有千差万别的思想，呈现不同的水平和层次；对于世界观人生观价值观来言，唯有在长期的实践中，具有丰富的阅历，经过逻辑的推理，进行系统地思考，不断修炼，砥砺净化，精萃凝聚，灵性升华，才能达到崇高的境界。我们往往只看到了人们思想的普遍性存在，而以普通的标准去衡量，忽视了思想高度的深刻要求和达到这种境界的修炼路径，长此以往，就会懵懂浑然，失去思想的高度和精神的锐利了。

十五

心灵的超逸是最难得的，也是最令人愉悦的，人世间的因缘皆因它而起，因它而灭，它是向往的寄托，又是目的的承载，始终贯穿人生的整个过程，渗透人生的每一个细节。万象峥嵘，百态繁盛，人世熙攘，人生如梦，只有心灵是根本，它挺然于物质形态之上，跃然于精神内核之中，在崎岖蜿蜒中开拓，在风云变幻中前行，成败荣辱，得失褒贬，只有在心灵中得到化解，精神上得到安慰，才能与世俗有单独或总体的解脱，才能与凡尘有轻微或彻底的隔绝，而真正的解脱却是在不能解脱的尘世里靠心灵的超逸才能获得，缘起缘灭，因果循环，唯有心灵，超逸可安。

十六

把向往引向碧空，漫无边际，做一番自由自在的翱翔；把向往伸向原野，山高水长，做一番四面八方的漫游。在幻想中充满了灵动和浪漫，在向往中孕育着期盼和理想，让生命富有激情活力，让精神始终雨露阳光。千万别让向往拘泥于一时一处，千万别让向往僵化于一名一利，因为它破坏了幻想的浪漫情趣，因为它失去了向往的灵动意蕴。向往伴随人生，是不能缺失的精神翅膀，向往激励生活，是不能忘却的灵魂故乡。多留点向往的空间，多留点灵性的时光，切不要把它沉溺于世俗的尘埃，切不要把它堕落为势利的乞讨。轻轻地放在心里，任它自由的飞翔。

十七

又是一个新春佳节。时光飞逝，岁月迅驰，一切都在转瞬即逝的变化中，一切都在日新月异的发展里，唯有心灵依然是那样恬淡，平静得不能再平静了，仿佛深谷幽潭。年年辞旧迎新，岁岁回味憧憬，度过的春节已不少了，由幼时具象的期盼和直接的享有，变成现在意象的思索和心灵的安然。经过冬天寒彻劲砺的洗礼，冰晶雪洁的净化，灵魂清静安然，精神纯洁超逸，此时，享有春的生机活力，迎接春的清新朗逸，心灵是何等的欣悦。又是一个新春佳节。

十八

孤独是一种高贵的痛苦，因为心灵与世俗隔开，灵魂与凡尘断绝，思想的空间更为辽阔深邃，精神的境界更为超逸灵幻。一切都在逻辑的梳理中经纬清晰，一切都在理性的剖析中是非分明，一切都在真善美和假恶丑的交锋中得以辨别，一切都被剥去五彩缤纷的装饰裸露真实原貌的本质。因为孤独，心随天地，意蕴万物，任何一朵浮云淡雾，都能让人浮想联翩；因为孤独，扪心自问，深刻解析，任何一种思想行为，都能让人究根问底；因为孤独，看清了人世，更看清了自己。所以，孤独的痛苦可以凝结智慧，萃取精华，酝酿久深，甘味越醇，芬芳馥郁。孤独是一杯苦涩清醇的茶，一杯浓烈厚重的酒，蕴润精神的独立，思想的自由。

十九

太阳升起来了，彤红彤红的，将原野涂上了温润的色彩，给万物注入了柔和的温馨，一切都笼罩于安详和谐之中。大自然是美好的，一切都在自然的运转中，不会因为任何理由改变自己的步伐，不会因为人世的变故或人们的主观意志而扭曲自己的规律。人类作为大自然之子，人类社会作为大自然的一个组成部分，却总想以主人的身份凌驾于大自然之上，以特殊的结构形态干扰运动发展的客观规律，既是对大自然的亵渎，也是对自身的伤害。从根本上讲，人类应该找准自己的位置，把握好自己的分寸，调整好自己的心态，始终保持平和的精神，真正成为大自然之子，以富裕安康文明进步的硕果，装扮大自然的辉煌灿烂。

二十

雾轻轻地笼罩了一切，在混沌迷蒙中，万物幽隐了真实的身影，显得那样奥秘梦幻，直观的触目变成了轻盈的灵动，赤裸的呈现化为神秘的相像。自然的雾犹如人们心灵中的忧郁缠绵，是对繁闹杂乱尘世的厌倦，总想让那片刻的超脱给灵魂一点休憩，总想用那瞬间的飘逸给精神一点安闲。暂时地寄情于碧空的深邃，暂时地抒意欲于大地的苍茫，有时春风润雨，有时冰晶雪洁，在虚幻的灵境自由自在地翱翔，在神秘的天地无拘无束地畅想。心灵之雾，填补了一些现实生活的直白和刻意，溶解了一些世俗场景的僵硬与单调。雾是大自然的装饰者，也是心灵的蕴润者，精神的调剂师，灵魂的乳母。

二十一

人的气度在于境界，但心灵中的承受能力在能量和时空上是不一样的，因为，从某一个时段和内容上讲，矛盾可能会比较集中，导致一系列因素相互交织，从而使人们的忍耐性突破一定的界限；而从总体上讲，则要把整个的量有所扩展，适当运用于具体的时段这是一个关于气度的总量问题了。所以，从根本上说，一个人的品性和胸怀是建立在先天基础上，由后天的磨砺和阅历造成的。任何事情，任何人都有自己的天地和行程，都有自己的禀赋和个性，但只有提升到更高的境界更大的气度中，才能坦然地面对一切，真正做到海纳百川。

二十二

势利是一种普遍的社会现象，也是一个非常有害的毒素，它侵蚀于尘世的方方面面，只要站在自己的利益之上，为一时之欲望所惑，它都会置社会公德于不顾，为既得利益而毁掉珍重的品性。所以，人决不能以一时之利益，一念之欲望而迷失心性，丧失远大高雅的境界。人们趋利附势是一种本能的抉择，也是人性中的因子，具有客观性的特点，但必须把握其度，以符合人性的本真和道德要求为界限。如果失去底线，就会导致心灵的狭隘，思想的低俗，精神的堕落，一叶障目，弃美好的景色和情谊于不顾，失去自我也。

二十三

仁者必善，智者应良，这才是真正的人格和崇高的境界。善待一切，普爱万物，公平持正，表里如一，光明磊落，清纯雅洁，仁者爱人，这是仁的基本内涵，也是仁的根本要求。世界万物都是平等的，只是自然而成的丰富内容和多样形态，没有什么先天的高低贵贱，等级差别，虽然有后天的诸多差异和区别，但从本质上讲是平等的。所以，只有善待一切，具有仁的境界，才是做人的根本，立世的要旨。智者虽有千虑万谋，述古论今，通天贯地，熟谙人生，但必须以善良为基，以仁要求，方能使智慧公正丰实，光明磊落，直达人性，以明大道，否则，为私利己欲而用，终成邪恶也。仁智相辅相成，是为至高境界。

二十四

世间之事，千奇百怪，但究其本意，都是自然正常的，因为，自然的多样性，世界的复杂性，世间现象也就会色彩斑斓，琳琅满目，在这种多样性中，每个人也难免其俗，见怪不怪了。正因为如此，就要客观地看待一切，正确地评价一切，不能主观臆断，妄自菲薄。有时，人们往往因为受主观意志和认识水平的驱使，忽视了事物差异性的事实，用一种或多种的主观独断代替了对事物的具体分析和判断，用一种或多种色彩浓重的情绪渲染遮蔽了对事物的清晰呈现和展示，因而，形成了错误的结论和做法。所以，只有从客观公正的基础出发，实事求是地分析认识问题，才能全面正确地把握事物的本质和规律。理论是灰色的，生活之树常青。

二十五

处理事务必须有大将风度，镇定自若，游刃有余；处乱而不惊，临危而不惧，繁杂而条理，扰乱而明晰，心静思平，气定神闲，从容布局，详细谋划，临机决断，合理运作。如果心浮气躁，思烦神焦，迷失方寸，阵脚自乱，何能有应对之力乎？大凡修持砥砺，道行高深，智慧俊敏，能力卓越者，必是在久经历练，修身养性中得其真髓，应对自如也。身陋家琐，无有传承之意蕴；学浅识寡，无有博厚之思想；草莽愚夫，躁狂且浮游，终是小人游戏而已。是谓君子者，平静淡泊，无忧惧于天下也，遑论人世哉。

二十六

忍辱负重，是一种品性；宠辱不惊，是一种境界。人生在世，图的是心灵上的宁静，道德上的公允。失去了真善美的内涵，丢掉了人性的纯洁质朴，一切的所谓显世之举，誉世之意，都是过眼云烟而已。所以，做人要有品性，为人要有情怀，心中有道，自然正气，胸中有境界，肯定高品质。世事再难，难不过自身的执迷，世事再险，险不过自心的混浊；执着于一心之狭隘，一己之私利，无视天下，蔑视众生，何等鄙陋矣。

二十七

心中愈空，愈能容纳更多的东西；境界愈高，愈能品味人生的真谛。只有从无中才能生有，只有在无中才能净化一切。人们想得到的太多，心灵中充满了欲望，精神上布满了俗尘，让美好的东西无处安身。从繁杂的有中解脱吧，还心灵一个宁静和超逸，还精神一个淡泊与安然。

二十八

世界之大，无奇不有，但千变万化的事物都有其客观存在的理由，有其内在的本质和运行的必然规律。偶然性是事物的特殊形态和具体表现形式，它因具体的环境和不同的条件而呈现其复杂多样的变化，但终究是受其内在本质和规律制约的。所以，对于任何事物，要透过现象去看本质，通过表面把握规律，只有认识深刻，掌握真理，熟谙规律，才能高屋建瓴，见微知著。否则，只能头疼医头，脚疼医脚，忙于应付，随波逐流了。

二十九

从事业的大局出发去处理问题，就会站得高，看得远，特别是对于用人来讲，就会相对比较客观公正。只有以事业为重，用人择其贤，才能保证战略目标和行动部署的贯彻，才能保证事业的顺利发展。人们不能局限于个人利益而丧失大局，更不能满足自我的好恶而任人为己；置个人于事业之上，置私利于人民之上，看似一时喧闹，一时得利，但终会为时代所唾弃，为人民所不齿。各级掌权者且要牢记，权力来自人民，只有光明正大，公正合理，运权择贤，才是本分。

三十

春天从冬天的怀抱中姗姗而来，陪伴的是冬天依恋的雪花，春天蕴润的雨滴。在这冬的告别和春的到来之际，一种季节转换时的迷离，一种岁月流逝的惆怅，萦绕心头久久徘徊；沉醉过去的追忆还未清醒，憧憬未来的展望才刚萌发，太多的感慨，太多的思索，新旧交织，融入心灵，有很多情怀，也有很多的无奈，只是静静地注视着季节的轮回，遵循着自然的安排。

三十一

在农村，人与自然的相处非常直接，彼此相融，你中有我，我中有你，是一幅美丽沧桑的风景；而在城市，人与自然被钢筋水泥分隔开来，直接的交融缺少了，自然的交流没了，感知岁月流逝的灵性弱化，品味季节轮回的思绪僵化，沉浸在自我封闭之中，虽然接触的社会纷繁复杂，但精神活力没有了灵动，感性的色彩黯淡，缺乏激情和想象，僵硬的条理成了牢笼。其实，最直接的感性超逸是最纯真质朴的，也是最令人难忘的。

三十二

心儿已淡出，所以格外的平静，就像岁月流逝的过眼云烟，季节轮回的循环往复，一切都呈现着无限的空灵。当经历了尘世，品味了人生，享有了成败荣辱、得失褒贬的砥砺感悟后，便是该退隐的时候了。在适当时候的淡出是一种总结，更是一种超逸。不企求什么功名利禄，只希望得到一份安闲宁静；不喜欢什么热闹繁华，只愿意守住淡泊的意蕴；失去桎梏的心灵自由飞翔，解脱枷锁的精神浪漫超越，只是随心的轻扬，只是任意的驰骋。雪花选择了冬天的清静寒冷，雨露适应了春天的生机繁荣，岁月在胸中缓缓流过，那是淡泊平静的永恒。

三十三

窗外春雾迷蒙，一切都在无言中，心灵在雾的幽幻中沉寂下来，天地唯有清静。不要什么辉煌的成果，不看什么可观的收成，只有平静淡泊的心灵，只有像雨像风的思绪。黄金坠翅，不如精神凌空，一切赋予天地万物；硕果累身，不如心灵超逸，一切安然于寂寥的恬静。轻轻地揽起春雾，收下大自然最幽动的赐予，风起云飞，花开花谢，只有这心灵的虚幻才是凌空的意境。

三十四

世俗的尘垢积聚得太多了，以致心灵受到极度的压抑，人们自然的本质性特点被风尘岁月磨去了棱角，人们纯朴质真的天性被污泥浊水蚀刻成了畸形，以致看不清自己，浑浑噩噩，沉溺于醉生梦死的应酬和奢靡腐朽的颓废中；人云亦云，随波逐流，像是无根的浮萍，飘荡的游云。失去了本真色彩的人生是苍白的，让岁月磨去个性是痛苦的，唯有抛弃世俗的羁绊，荡涤欲念的浮尘，把心灵解脱出来，回到本质的源点，才能超越既有的自我，有一个精神意义上的新生。

三十五

不为五斗米折腰是一种人格，是一种境界。世间为名为利为权为势所迷惑的人比比皆是，沉溺其中不知自我遑论他人。虽然，有时对世俗中的媚风艳形俯仰谗嫌感到悲哀，但又由于生存的需要，只能同流不合污，随波不逐流，和光同尘，久而久之，人性中纯真的成分锐减，人格上鲜明的内容萎缩，自己变得不是自己了。所以，看到莲花出淤泥而不染，濯清涟而不妖，不仅是一种天然的高贵纯洁，更是一种意象的精神境界，这种提示和憬悟，人们应该时刻不忘，铭记在心。

三十六

长期从事综合协调的工作，让人的个性有所销蚀，沉溺于世俗的应酬之中，人性中本真的成分不再质朴，精神上峰峦不再陡峭，思想上的锋芒不再锋利，行为上的特征不再鲜明，一种媚俗萎靡的习气笼罩一切，失去自我的人是人生最大的悲哀。所以，要有自己的品格和性情，就要不断修炼，砥砺磨折，净化提升，从境界上去开拓，从精神上去打造，从灵性上去精萃。应付世俗而不苟且，同流决不合污，始终保持心灵的平静和淡泊，精神的清纯和自然。

三十七

人们往往在现实中为了息事宁人而放弃原则，有时强调自我克制而把顺其自然当成了一种借口和托辞；殊不知长此以往，久俗成习，人们失去了为人处世的道德底线，丧失了公平正义的价值坐标，思想上混浊，精神上迷茫，应有的人格品性淹没在世俗的浮尘燥土之中，圆滑世故，八面玲珑，远离了人性的纯真质朴，失去了自我的根本。有的人一生都在砥砺自警，修身养性，提高自己的思想素养和精神境界，无论成败得失，依然光鉴照人，流芳千古；有的人一生都在应付，随波逐流，泥沙俱下，满足于既得利益，只是过眼烟云，荡然无迹。生命的本质不是随意的耗散，人生的意义在于应俗中的脱俗。

三十八

势利之徒并不在于其年龄智慧和能力，而在于其秉性和本质；有的人即便有学问有能力，但品性中的劣根未除，依然是小人心肠庸俗嘴脸。山河易变，本性难移，说的就是有些人的劣根性很难去除。现实中，可以装饰的东西太多，人们在真假难辨是非混淆的迷蒙中，更容易把本质掩藏起来。有些人表面看其语言行为还可以，但从骨子里总是有一股势利之气，所以，隐藏在品性中的才是根本。

三十九

经历了人生的风风雨雨，多了一些历练，有了一些阅历，虽然对人生的感悟还不深刻，但对其基本的内涵和丰富的表现，有了一定的了解和把握。其实，人生就是一条自然流淌的河，发源于雪山冰峰，点滴相涌，聚成溪泊，汇入洪流，历经万水千山，蜿蜒曲折地奔向无限的大海。人只是一滴水，虽然行程不同，特点差异，形态各一，但从根本的意义上讲都是生命的因子，社会的细胞，时代的载体，无论清溪潺湲，瀑布飞流，浅吟低唱，还是波高浪涌，浑然深博，高歌怒放，都是自然的过程，平常的现象，只是这平凡中孕育着伟大，平淡中彰显着崇高。

四十

像春风轻拂原野，像明月清辉普照，让心灵在繁杂中走向沉寂，一片悄然，便是人间最美的佳境。野火春风，年年岁岁，人生如梦，岁岁年年，让时光在无聊中流逝，让岁月在麻木中漂去，这是人生最大的悲哀。唯有时代风云的砥砺，社会浪涛的淬炼，经历人生的荣辱成败，品味生命的生死离别后，有一种顺其自然的回归，平静淡泊的超逸，才是精神家园的境地。寄情天地，感悟人生，运动和变化是永恒的旋律，沉静于自然的恬淡心灵的安然中，春风拂煦，明月抚慰，只是孤独寂寞的无思无行灵幻里。

四十一

轻轻地来，静静地去，人生的起始和归宿自然而平常，只是中间的行程有着丰富的内容多样的形态，令人沉溺其中回味不已。从生命之海中蒸腾，云雨霜雪，融汇于千山万岭，原野江河，蜿蜒曲折，奔向大海，起点归宿都是无限和永恒的怀抱。唯有行程中的欢乐与痛苦，热闹与沉寂，拥有与失去，顺利与挫折，付出与享有，山重水复，柳暗花明，给人以更多的感悟和深刻的启迪。一滴水很微小，也很伟大，只要有太阳的境界，就能闪烁七彩的光辉，彰显生命的意义。轻轻地来，静静地去。

四十二

塞外的春风以特有的劲疾，裹挟着漫天黄沙，叩击着黄土高原，要将禁锢在冬眠中的万物唤醒，在激烈的撕扯中，冬天的大幕徐徐掩上，春天的舞台展现出来；冰雪融化，原野显绿，青山披黛，杨柳垂髫，大自然的变化神圣而执着，一切都匍匐于它的面前，一切都遵循着它的步伐，唯有顺其自然，享受这季节交替的变化，心灵中才有那份感悟和安然。生命的鲜活亮丽是天地的造化，要以春的心情，春的激越，迎接万紫千红的缤纷，安放那颗青春的心灵。

四十三

更加平淡平静平和平常，因为生活工作与年龄经历的对应，一种从容安然的心态油然而生，由过去简单的行为和粗浅的态度上升为一种心灵的境界。在几十年的生活工作中，尽其力，用其思，行其为，做其事，履行了使命，坚守了职责，付出了心血，而现在则开始经历由繁杂到简约的分解与化合过程，精萃净化，化繁为简。当自己从烦琐的事务中逐步解脱出来时，有一种历世的沧桑，超然的孤独，幽深的寂寞，它代表着人生的成熟，彰显着精神的超越，承载着心灵的纯净。生活的本质，生命的真谛，是繁华热闹过后的平静平淡，是名利得失后的平凡平常。

四十四

在纷繁复杂的尘世中，最大的考验在于怎样面对自我；一切外在的东西，以不同的内容和形式作用于人们，有时甚至决定着人们的终极命运和具体过程，但最根本的还是在于人们的精神境界。社会有复杂多样的标杆，人生有参差不齐的坐标，时代有错综繁复的价值体系，人们总想找到适合自己的位置，得到最好的评价，达到自己的标准，但最根本的应该是心灵的境界，精神的高度，它是生命的永恒平台，它是人生的终极坐标。所以，任何作用于人们的外在因素，都要通过自我的认知与度量，都要经过自我的分析与判断，都要在自我的净化与精萃中，才能把握生命的真谛，升华出超逸的精神境界，凝结成纯净安然的心灵。认识自己，才能领略一切，认识万物，才能看清自己，心灵的高度是最准确的坐标。

四十五

静静地淡出，像云雾一般飘散，来时无踪，去时无影，滑过人生的天宇，不留一丝一毫；轻轻地离去，像雨露一样温馨，随风潜入，润物无声，沁入生活的大地，不带半分半寸。行程的起伏，有着缤纷的色彩，丰富的经历，彰显美丽的彩虹；不带一点污迹，不挟半点杂尘，只是不留痕迹的步履，只是不显果实的空灵；心路如一条无形幽幻的曲径，通向神秘莫测的灵境，轻轻地来过，悄悄地逝去。唯有闪烁的星辰，点缀着记忆，唯有漂泊的云雾，弥漫着梦境，唯有空灵呈现着永恒的魅力。

四十六

清明时节，雨是那样的轻柔飘逸，又是那样的凄婉幽灵；点点滴滴，把天地断断续续的连在一起，淅淅沥沥，把过去和未来紧紧相系，飘飘洒洒，把人间和神灵凝聚在相思里。逝去的景物朦胧地呈现着相见的场所，翩然的魂灵倾诉着分离的依恋，即存的人们，追昔抚今中有着太多的悲喜，唯有给未来留下无限的遐想空间，让思绪飞扬，精神畅想，涂抹着迷幻的意境。沉默在雨中，不知不觉中已积聚成湖泊，汪成深潭，沉淀了刻骨的记忆；又跃然化为瀑布，飞流直下，白练九道，一泻千里，奔向永恒的梦里。过去不会中断，依然迈着轻盈的步履，未来不再迷茫，依然挥着召唤的启迪。雨湿处，芳草萋萋。

四十七

年届五十有四，工作四十余载，一路风雨兼程，坎坷砥砺，历经改革发展阶段，深入鼎新创造实际，勤职尽责，力主中枢，沟通上下，联系内外，协调左右，和谐同仁，善待众生；不求扬名于世，但求无愧于心，奉事业为本，重操行于常，修德谋道，俭厚质朴；视荣辱于浮云，鄙名利于草芥，淡泊心灵，清静精神。承蒙众爱，沐浴关怀，敢不竭诚尽忠；晨曦相启，晚暮归燕，岂忘三生石灵；案牍之急，文辞之砺，谁曰夫子精神。是谓君子，心有天地，道通万物，儒雅有致，形态从容，不以物喜，不以己悲，坦荡乎青冥之上，跃然于苍茫之间。是谓精粹砥砺，修身养性，独善其质，兼济芸纷；特立独行，耿骨硬格，岂容谄媚，污俗于心。今辞旧赴新，以启山林，秉持磊落，护守光明，凌霄豪迈，得地虚心，望君烛照，赐之以恒。感慨万千，书中意蕴。

四十八

让心儿慢慢静下来，一切都暂时地停留在自己的时空，人生的意义不只是目标的缤纷灿烂，还有征程的柳暗花明；攀上高峰后依然是高峰，风云过后依然是风云。人们回忆着过去，憧憬着未来，坚守着现在，承担着承前启后继往开来的使命。唯有此时此处，才能领略生命的无限，精神的永恒，唯有此忧此悦，才能抒发心灵的超逸，境界的清明。赞美人生，在于它蜿蜒崎岖的路，山重水复的程；赞美生命，在于它阴晴圆缺的景，柳暗花明的情；赞美心灵，在于它宠辱不惊的品性，来去自由的从容。

四十九

从繁杂的事务中慢慢淡出，向诗意的生活轻轻迈进，心儿抚去了尘埃，洗涤了污垢，拔去了烦躁焦虑的根。几滴露珠，几股清流，在孤独中静静地流淌清润，几朵白云，几缕轻风，在寂寞中轻轻地拂煦慰蕴。人生最好的时节，正是去掉繁盛的装饰，扫除名利的浮尘，裸露原质的本真，心灵平淡安然，意蕴幽深超逸的时刻。入世的拼搏化为出世的淡然，无中生有的进取变成有中生无的超越，该去的去，该来的来，一任自然的选择，社会的冶炼，时代的竞取。心灵轻盈飘逸，无拘无束，自由自在，天地为景，万物为载，只是随意的浪漫。

五十

静静地看着一切，没有认知的思索，没有是非的辨别，没有真假的评判，只有真正让心儿平静下来，一切才能呈现有声有色的面目，一切才能裸露真实深刻的内涵。在繁华和喧闹中，听不到清晰的声音，在粉饰和雕琢中，看不到真实的面容。唯有沉浸在孤独中，漫步于寂寞里，才能将一切真实详尽地呈现；唯有在深刻地净化中，凝聚于陶冶里，才能把一切的真谛精萃。只有听到自己的心声，才能感悟天地的道理，只有看到自己的面目，才能领略生命的纯真。静则灵，寂泽慧，孤则醒，无思无虑中有想象不到的觉悟。

五十一

沉溺于凡尘的喧嚣中太久了，以致把表面的风光看得很重，殊不知任何事物的本质是朴实的。高山耸立，长河奔流，天宇深邃，原野苍茫，人们嬉戏漫游其间，只是满足了个人的精神意趣心灵释放，而大自然则依然伟岸孤寂，沧桑沉默，任凭人世间的繁华喧闹，只是静静地固守着自己的本分，默默地秉持着永恒的安然。所谓寄情山水，挥意万物，附着自然，只是人们解烦脱燥，排忧解难的一种方式而已，大多数基本都停留在这个层面。要真正将心灵融入自然，思想融会万物，以物喻心，以象映神，领略自然和内心的孤独寂寞，品性境界，提炼精神的精粹结晶，超然灵动，没有一番深刻的思索和痛苦的净化，没有一定的升华和觉悟，是难以达到的。孤独寂寞的境地，是品味永恒的佳地。

五十二

人们追势而来，逐利而去，熙熙攘攘，热热闹闹，构成了源远流长的历史发展，书写了丰富博杂的文明长卷，展现了惊天动地的时代画面，殊不知，自然的本质社会的规律是深刻而平常，沉寂而平淡的，是不以主观意志为转移的客观存在，其孕育万物，涵化天地，超然幽幻，通达灵境的永恒，是无法穷尽的。人们只能俯仰其间，以自己有限的生命和渺小的精神去感知，以自己微弱的身体和迷蒙的心灵去觉悟，即便有所成就，也是沧海一粟，高山一粒，没有什么值得骄傲的。从这个意义上讲，人们要真正的认识自然，认识社会，认识自己，就要在繁闹中有所清静，在复杂中保持孤独，始终留有独立思考深刻解析的时空，始终孕育纯洁质朴的精神家园。一点灵性的闪耀，胜过满天的烟云。

五十三

精神的升华在于世间物象的蚀刻和行为的砥砺，有其行必有其思，有其思必有其行，但有时受主客观因素的影响，有其行却没有其思，有其思却没有其行。人生的境界应该是从世俗中走来，向脱俗中走去，如果只是由一种浮华喧闹进入到另一种喧闹浮华，只是场景的变化和情趣的循环，缺乏精神的精萃灵魂的升华，就失去了人生的意义。以俗应俗，作为生存的方式是正常的，但作为人生的目标就浅薄低级了；以俗应俗，作为生活的常态也无可厚非，但作为人生的意义，就毫无价值了。当有了经历的沉淀，有了思考的积聚时，需要的是孤独寂静中的心灵净化，需要的是安然超逸的精神境界。

五十四

离不开世俗之躯，脱不下凡尘之衣，解不开名利之锁，抛不掉欲念之累，随风是风，随雨是雨，把一切都挂在天意的招牌上，把一切都附着在命运的安排里；有时也说点超凡脱俗，有时也谈点安然超逸，只不过是繁杂生活的点缀，只不过是烦琐心绪的陪衬，终究是泥沙俱下，污泥浊水。任何精神的超越，灵魂的净化，都来自对世俗世界的深刻认识，都来自对世俗生活的提炼，都来自内心世界的品味；人们没有脱离世俗生活的理由，但有超越世俗世界的努力，人们没有逃避现实的借口，但有净化心灵的意义。凡尘俗土精神家园的基础，过眼云烟灵魂境界的前提，一切都在自己的心里。

五十五

云淡风轻，原野苍茫，碧草垂柳，湖泊小溪，一行白鹭，几声鸟鸣，满目清爽，心胸朗逸，何看小人龌龊，狗眼势利，坏我心绪。凭高远望，晴空碧透，深邃幽幻，云朵飘逸，俯察万类，生机盎然，山野呈黛，江河凝碧，何论世俗浮尘，漫漶雾霭，失我心旌。犹是乎，寄情于淡泊，安然于平静，行止于坦然；唯星火黄卷，残灯青史，寂寞文章，天籁地音，浅吟低诵，别有一番情趣；三五挚友，一二知己，啜茶饮酒，神飞思扬，意气淋漓，才是人间仙宇。月耀碧空，清辉四溢，万籁俱寂，茅店霜迹，人心静谧，万物远离，不知我是我，天地一旅。

五十六

她始终在微笑，从进门接待每一位患者，把他们带到按摩治疗床前，铺好淡绿色的床单，扶患者就位，再给他们盖上淡蓝色的被单。她始终在微笑，从两手轻缓地在患者身体的某个部位开始按摩，到有力地搓揉和适度地击打，尽心尽力地做好每一个动作每一个步骤。她始终在微笑，当做完按摩的全套过程，深深地舒口气，把患者轻轻地扶下床，收拾好各种器械，送患者到门外一声亲切的告别。她把笑容留给了每一个患者，也深深铭刻在自己的心里，荡漾在美好的记忆中，停留在儿时光明的岁月，因为她是一位盲人按摩师。清爽的春风，嫩绿的杨柳，碧蓝的天宇，洁白的云朵，大自然的给予是在无私无意间就弥漫于世界，温馨于万物，而她的微笑，更清纯更柔和更自然，蕴润着每一位患者的心田。

五十七

她们不只是简单的生存，靠按摩的技艺应对繁杂的人生，靠自己微弱的能力养活自己和家人，而是在残缺中开辟适合自己生存的空间，适应自我发展的途径，憧憬自己美好的向往，追求自我圆满的人生。勤奋的努力，坚韧的执着，把心灵中最企盼的梦幻，化为创造的激情和行动；每个人都刻苦修习了中西医学的有关课程，将残缺的现实转化为系统的发展之中，对于常人来讲，本属平常之举，但对她们来言，却是何等的神圣，那不是简单的学习，而是对命运的挑战与驾驭，对人生的探索与解答。无影无形、无光无彩的世界，唯有心灵才能书写最壮丽的篇章，唯有精神才能描绘最美丽的图画，一滴露水，依然有太阳的胸怀，闪烁璀璨的彩虹。

五十八

长期沉溺于名利场之中，把生活中一些最美好的蕴含都忘却了，对生命中最具有本质意义的精神淡漠了，在遗忘与淡漠中也失去了人性的本真。春天在不经意间蹒跚而来，清风细雨悄无声息地染绿原野山川，万物焕发了生机活力朝气蓬勃，面对如此良辰美景，沉溺世俗繁闹的人们却是熟视无睹，唯有诗意的情怀，多少有些心灵的激动，精神的感怀。在凡尘俗世中的麻木迷失，是长期侵蚀麻醉的结果，把过眼烟云的喧嚣当成了生命的本真，把荣辱成败的计较当成了生活的主题，人性失真，品行失善，心灵失美。其实，真理往往简单明了，它在万物中都会映射出灵性之光，都会闪烁真谛之彩，只是人们沉醉世俗而不能或不愿直面罢了。

五十九

走进大自然是一种状态，而融入大自然则是一种境界了，前者还是主客之分的沟通，有待彼此的交融，后者则是物我两忘的超越，和自然融为一体了。进入是必需的途径，融入是必然的要求，融入是进入的目的，进入是融入的基础，所以，二者既有区别又有联系。只有把心灵真正的回归自然，去除后天的装饰，赤裸淳朴的品性，才能品味自然的奥妙，生命的本质，生活的真谛。进入自然，需要平静淡泊的引领，融入自然，需要精神境界的启迪；由简入繁易，由繁入简难，清除世俗的尘垢，扫净名利的烟云，心灵静如止水，意蕴幽深古潭，便有了点自然的品性，便有了点自由的散佚。

六十

春风轻轻地吹拂着原野，春雨静静地滋润着万物，从僵固中解脱出来，向繁盛中昂扬走去，一切都重新启程，一切都充满憧憬。自然的季节转换也寓意着人生的变化，从热闹到沉寂，从平静到喧嚣，循环往复的心灵历程，分解化合的思想淬炼，使人们了解了世界，看懂了社会，明白了生活，感悟了命运，知道了自我。岁月流逝，季节更替，思绪飞扬，心路漫长，抛弃缠绕的世俗欲望，去掉繁杂的势利外衣，还思想一个质朴实在的纯真，还精神一个温馨润泽的善良，还心灵一个超然俊逸的美丽。春天耕耘播种下这点企盼的种子，让它自由自在地发芽成长吧。

六十一

静观是一种方法，更是一种境界，只有真正的沉静下来，才能深入地认识事物和思考问题；而要将心灵沉静下来，必须远离甚嚣尘上的功名利禄，具有超凡脱俗的意蕴。心静止水，不愠不躁，思如深潭，清明澄澈，事理自然会清晰，本性必然会显现。长期置于繁闹的虚幻之中，沉溺于自我的主观臆断之里，缺少自我反思和心灵净化的时空，随波逐流，人云亦云，失去了应有的品性和思想，缺失了精神的清玥和意志的风骨，混世于当下，苟且于庸俗，这是人生的最大悲哀。所以，沉静下来，不只是一种现象，而是一种精神的升华，心灵的境界。世界的本质是平静的，人心呢？

六十二

把心儿放缓，把步履放慢，让时间延伸，让空间拓展；一路上无限风光尽情享受，一路上风云变幻尽兴领略，迷恋什么功名利禄，沉醉什么荣辱得失。人生短暂事业漫长，把有限的精力注入一个世俗目标的追逐之中，攀上一个接一个的山头，留下一个接一个的足迹，只是一连串的奔波，只是一种原点的重复。一路的山光水色、柳暗花明被漠视，一路的风云变幻、荡气回肠被遗忘，有价值的思想没有被精萃，有灵性的智慧没有被凝聚；记忆的露珠散落在浮尘燥土，感悟的彩虹分解得支离破碎。我们失去了心灵的故土，精神的家园，我们退化成了没有思想，缺失灵魂的寄生。人啊人，哪是你自己？

六十三

宠辱不惊，是一番历练后的境界；来去自由，是一番净化后的超越。唯有对人生的所有经历进行详尽的剖析和深刻的反思，才能跃上超逸的天地。世俗尘垢污染的心，只有经过洗涤才能清净；虚名浮离的行，只有经过净化才能潇洒。对现实的取舍，放到自然的状态，才能回归本来的面貌。所以，上述的境界不只是一种目的，而是一种过程，时时提示我们的修炼，处处要求我们的品行。人们希望达到这种境界，但努力的路程还很长，唯有平静的持久，淡泊的永恒，真正在心灵中扎下自由的思想独立的精神。

六十四

远远地飘在天际，轻轻地滑过碧空，任清风送来，任雨雾撒去，只是淡泊地注目，只是平静的思绪。没有什么僵硬的拘束，没有什么固定的轨迹，心灵中千种意趣，万般情怀，赋予明月清风，相托朝阳夕霞。一朵云，变幻的是形态，不变的是精神，一种飘逸的宁静，散淡的弥漫，却是大道无形的至蕴。淡然于岁月，超脱于名利，只需一种真正的空灵，安放浪漫的思想超逸的精神。

六十五

拿起是一种使命，它以入世的角度，揭示了人们适应自然社会，努力生存发展的状态；放下又是一种境界，它以出世的视野，揭示了人们在生存发展中不断战胜自我，超越自我的精神意象。现实中我们被各种名利所缠绕，总想得到很多，但并不是每件事都能拿得起，有时为了追逐一时之利，只不过巧取豪夺，耍奸弄巧而已，面临大事，真正能拿得起的人又能有几个。同样，放下更不容易，因为既得利益把人捆绑得非常紧，迷失的心灵很难从耀眼的光环中解脱，没有一番深刻的思考，彻底的决裂，是很难做到的。所以，拿得起放得下都是对人的要求和考验，都是一种精神境界和心灵世界的衡量尺度。

六十六

很多东西看似孤立存在，实际上是被其他东西所影响或左右的，人们生活在现实中，总是有很多所谓主观客观的坐标，成败得失的价值取向。人们在紧密地社会联系中，很容易对自己和别人对号入座，往往以一种取向和评价进行衡量和取舍，不由自主地为风气流俗所影响，迷失了本我的真挚和对事物的正确判断。其实，自己的心灵是最根本的，社会并不会因为你的所思所想而改变，只是像一面镜子，折射一下你罢了。所以，要确立好自己心灵的坐标，用平静淡泊的心态善待一切，不以物喜，不以己悲，天人合一，物我两忘，达到一种超逸安然的境界。

六十七

从事工作多年，经历世事沧桑，领略无限风光，用一些简单的语言通俗的事例，把工作的经验生活的意趣串接在一起，也是一件有意思的事。在大海边散步，对于海洋的深奥无限我们了解有限，但对于被浪涛推上岸的贝壳螺屋则俯拾即是，为何不为呢？因为真理往往是最简单最纯朴最直白的，而我们总是被世间表面的现象所迷惑，以致自我迷失；从点滴的感悟做起，穿缀灵性的晶莹，也是一种净化的过程，更是一种心灵的升华。

六十八

境界决定高度，品性决定纯度，知识决定广度，智慧决定深度，方法决定力度，超越决定灵度。从头述来，六度暂列，闲言碎语，不成体统，疏于论证，缺乏博引；唯心迹所出，直抒胸怀，不问闻达，只是随意，信缰由马，不嚼文字，自由涂抹。只慰静心淡意，安然超逸而已。

六十九

不应该有太多的幽怨，一切都应在心灵的清风细雨中消散，抚慰苍茫的原野，滋润精神的家园。不应该有太多的晦暗，一切都应在晨曦月辉中弥漫，迎接希望的黎明，照亮沉寂的夜晚。记忆的清风携着太多的思绪，让心灵泛起幽幻的涟漪，斑斓得像多重的花瓣；追思的清流带着太多的眷恋，让精神扬起旖旎的风光，灿烂得如缤纷的彩卷。总想解脱什么，其实是被自我迷失的烦恼；总想超越什么，其实是被欲念缠绕的无奈。太多的忧虑化为心得千千结，封闭了自我和世界，僵化了思想和心灵。所以，要清除杂念，净化精神，保持自我的平静淡泊，拥有心灵的超逸散淡。

七十

不要把自己看得太重，不要把自己看得太珍，你就是你，芸芸众生的一员，大千世界的一份；犹如山上的一粒沙石，林中的一棵树木，江河的一滴水珠，原野里的一丛小草，来自天国，生在大地，与万物共存共荣，生生不已，交替着生活的季节，轮回着生命的永恒。不要被自我臆造的虚饰所迷惑，不要被俗念的杜撰所操纵，一切的阅历都是人生必然的行程，一切的成败都是生活平常的因果，放下虚荣的心，扫除世俗的尘，唯有明月清辉的朗照，方显净洁芬郁的清纯，唯有平静淡泊的安然，才有浪漫超逸的精神。其实，你就是一个普通的大自然之子，你就是平常的社会之人。

七十一

孩子们长大了，有自己的理想和追求，有自己的方法和行动，他们遵循社会的发展规律，把握时代的发展趋势，适应具体的环境，掌握适度的节奏，实现着自己的理想。世界是丰富的，人生是多彩的，只要有一颗积极乐观的心境，只要有一种努力拼搏的精神，就能克服一切困难，取得美好的成就。现实只是提供了演出的舞台，只有你把握机遇，展示才华，有声有色地展现，才有靓丽的风采。孩子最具有太阳的气度和胸怀，一切真善美的纯洁体现在他们的心中和身上，一切的寄托和希望由他们承载，因为，孩子是未来。

七十二

寄情山水，注目史书，抒情于自然，意蕴于丹青；茅舍青灯，黄卷陈案，自是平常情趣，淡然意境。从凡尘中来，向凡尘中去，唯其形迹；超凡脱俗，净化空灵，只有精神。横扫天地，纵贯古今，探幽寻奇，觅景览胜，也是一点意蕴。世间知识瀚海，文化丰盈，智慧深奥，境界空灵，唯有修身养性，警醒觉悟，才能有所真见卓识，直达心境。抚卷长叹，世间知人者多，知吾者几何？唯自知可安乎。

七十三

历史一页页翻过，每一页都铭刻着纷繁复杂的内容，风云变幻，气象万千，生离死别，成败荣辱，多得让人无法记清，但以生命为代价的事件无法忘却。人们在忙碌的劳作和平静的生活中，突然被大自然的力量无情地摧毁，生命的生与死残忍地对峙着，瞬间改变了不同的轨迹，阴阳相隔恍如来世。但生命又是那样的顽强执着，生死相继，生生不已，生机盎然，勃发而前行。自然以最激烈的方式警醒着人们，人们也要敬畏地领悟自然的启示，遵循规律，和谐相处，真正达到天人合一的境界。

七十四

生命生生不息，生死相互转换，在生死尖锐的对立中，生命得以延续和发展。我们悼念逝者，追忆过去，让刻骨铭心的那个瞬间唤醒麻木的心灵，触动迟钝的感觉，净化庸俗的情感，激发出人性的纯真质朴，善良美好。死是对生的最深刻警示，生是对死的最神圣祭奠，只有继承历史赋予我们的生命责任，彰显生命的辉煌，才能实现生命的超越和永恒。

七十五

人类的悲哀在于自己不能时时警醒，而大自然却以强烈的方式给人们以震惊，从积习深厚的麻木沉醉中，劈出生命的原始之光，展示人性的纯真之质。人们不能沉溺于世俗的欲念之中，不能满足于既得利益的享有里，要有精神的家园，心灵的境界，人性的真善美。死是对生的启示，生是对死的超越，生死相依才有永恒，生死相继才有繁衍，生死不已，才有世界的灿烂。

第十四集 润物无声

DISHISIJI RUNWU WUSHENG

一

久违的雨终于飘洒在干渴而焦急盼望的原野和万物身上，一切都浸润在温馨的抚摸之中；物象的有形被雨滋润更显妩媚，而心灵的感受则复杂而朦胧，企盼中的喜悦带着一份忧郁，浸润后的盎然带着一点苍凉，更多的是一种安然的宁静，淡泊的空灵。温润的雨丝，撒开幽幻的寻觅，弥漫深邃的天宇，笼罩辽阔的原野，放飞精神的灵动。雨珠是水历练后的净化，是水升腾中的结晶，是一种思想的放飞，是一次灵魂的浪漫。淡淡地幽思，轻轻地畅想，一任雨丝的抚慰，在漫无边际的自由飘荡，做一个雨中的精灵吧。

二

干燥的原野要由雨露的飘洒来滋润，干涸的心灵要用雨露的意蕴来抚慰，能感悟雨露意境的只有人们的心灵，能通晓心灵意象的只有雨露的灵动。借助雨露的浸润，心灵安然超逸，依靠心灵的启迪，雨露有了灵魂。自然的造化，人间的奥妙，在错综复杂的交融中，在缤纷万象的展现里；将那雨露的点滴用思线串起，便是精神的乐谱，心灵的旋律。虚无缥缈的灵动有了雨露的承载，把天地相融，把心灵相系，于是就有了灵魂的轨迹。

三

心灵温润了，烦躁才会减退，心灵平静了，行为才会和顺。在红尘俗利中沉溺太久的心灵，污浊太浓，积垢太重，丧失了活力，丢掉了灵性；只是在一些世俗的细微处锱铢必较，只是在一些名利的争夺中忘乎所以，没有精神的反思，灵魂的净化，荒漠戈壁，孤陋寡闻，沉浸其中自我感觉良好，何论自知自警也。要真正让干涸的心灵丰润起来，最根本的方法，就是逐渐平静下来，在宁静中客观的梳理，冷静地思考，深刻地剖析，由平静到淡泊，分解化合，精萃净化，升华到纯真质朴的精神层面，还心灵一个清明洁净的境地。这是一个艰辛漫长的心路历程，更是一种人生的使命和本分所在。

四

真正的放下，是一种精神境界的体现，它超然于世俗的纠缠，名利的羁绊，像朝阳明月一般穿云破雾，跃然于蓝天碧空，不管你是否在意于它，其凌驾万物、志吞天地的凛然气势是震撼心灵的。人生在世，欲望太多反而变成了桎梏，索取太重反而成为了包袱，无止境的需求来自人性的某一面，它既是动力也是阻力，只有适时适度适当，才能实现人类的正常生存和发展，只有理性把握科学指导，才能保证社会的合理状态，只有精神蕴润心灵陶冶，才能实现人生的使命，彰显生命的意义。所以，修持放得下的心境，既是人生的任务，也是生命的真谛。

五

诗意的栖居是一种美好的向往，在物欲横流，世俗弥漫的当今，追求精神的超逸心灵的安然是非常不易的。每当短暂的感官刺激和瞬间愉悦过后，心灵的苍白精神的空虚蓦然而至，说大了是缺失了人生终极意义的目标与追求，说小了是没有了人生平常生活的情趣和意蕴，一句话，人失去了本我。对于人生而言，适度的物质精神享受是正常的，但能否在这看似平常的过程中，萃取精华，净化心灵，有一种超逸的情怀，灵幻的意蕴，构筑纯真质朴的精神家园，享有诗意的心灵栖居，则是必须向往和追求的，失去它人生还有什么意义，连意思都没有了。

六

世间万象，莫过于小人得志而丑陋了，装腔作势，拿捏把玩，不知天高地厚，不顾人间廉耻，仗势狂妄，依权肆意，既不明客观存在现实，又不谙事物发展规律，既不能正大光明做事，又不会秉公合理用权，腹内草莽，混沌污浊，而自以为得意。中国历史源远流长，纷繁复杂，千奇百怪的事不少，但最有特点的就是这种变异性的得志小人，就像去了势的竖宦，丢了脊梁的癞狗，唯有谄媚趋势依附权贵为本，欺上瞒下恣肆众生为业，荼毒当今，贻害后世。人们需要的是阳刚之豪气，坦荡之心胸，顶天立地的品格，光明磊落的襟怀，苟且于乌烟瘴气恶俗浊流之中，真是一种无奈，非要有出淤泥而不染的境界，才能特立独行，保持人格的纯真，精神的高洁。

七

平和以待，心之常情，不以物喜，不以己悲，悠然于天地万物之间，游走于浮尘俗雾之中，唯心静如深潭，淡泊似止水，不求闻达，只愿沉寂。人生在世，处于社会之网络，时代之藩篱，人际之缠绕，平常而又正常；得势者来，失势者去，获利者喜，去利者悲，自古至今循环往复，已成习气。但人乃万物之灵，天地之精，不能为名利而苟且，不能为得失而颓废，必须保持其纯真质朴之本性，必须孕育清静淡雅之禀赋，平静心境，淡泊意蕴，舍我其谁？静观尘世，淡扫烟霾，等闲风云，安适心灵，也是一番自在，清风明月，疏花野草，残灯黄卷，鸡鸣犬吠，不亦乐乎哉。

八

作为一个独立的思考者，只有让自己处于孤独寂寞的心灵沙漠之中，才能抛却一切的尘世的纷扰，去除一切欲念的束缚，还原一个真实客观平静的心境，做一番思想的分解与化合，使精神超逸心灵净化。人生在世，万象共生，受风尘利雾的侵袭，遭世俗欲念的浸蚀，入成败得失之网，迷荣辱褒贬之惑，身心俱困，很难思漫八极，神游天地了。自古圣贤皆寂寞，指的就是要获得思想自由精神独立的代价和境地，因为，只有经过人生磨砺，生活品味，思想觉悟，精神砥砺，超凡脱俗，在孤独中才能认识自我，在寂寞中才能看清灵魂；让心灵回归初始的纯净，让精神保持本真的质朴，平静地看待生活，正确地认识社会，深刻地把握自我。所以，孤独寂寞是思考者的必然路径，也是最佳境地。

九

大自然是公平的，它把自己的喜怒哀乐直接呈现于天地万物；大自然又是不公正的，总是让不同地域不同历史不同人们有着不同的境遇；横看成岭侧成峰，远近高低各不同，这就是自然的神圣法则。任何事物都有其内在的矛盾，对立双方在运动发展的过程中此消彼长，都会突破原有的形态，改变原有的性质，实现新的飞跃。从道理上看是可以理解的，但从感情上讲有时有些事就难以接受，毕竟承载不幸的区域和担当痛苦的人们面对的是直接的损失和伤害。唯有心香一瓣，祝福万千，从物质的层面去帮助，从精神的层面去抚慰。生存的真谛在于生存的莫测，生存的意义在于生存的超越，以惨烈呈现的情怀，以痛苦体味的善良，以悲伤倾诉的真诚，具有刻骨铭心的震撼。

十

任何工作都要做好做精，因为客观存在的事物以其整体性现实性，赋予了我们理想化的要求和完美化的倾向。处理任何一件事，从内容到形式，从原因到结果，都应精心策划周密实施；但需要记住顺其自然是一种具有根本性意义的常态，因为，规律的客观性是任何主观意志都不能逾越的，所以，从事任何工作，处理任何事务，解决任何问题，都要从客观实际出发，按规律办事，这就是顺其自然。这个自然不只是事物的纷繁表象，而是其深刻的内在规律，这个顺应不是随波逐流的简单应付，而是适应客观规律的能动作为。自然既是客观的存在，有其合理性的一面，但它也是各种成分交融，以有差异有层次有区别的面貌呈现，存在的是合理的，但存在不见得都合理，不合理的存在，合理的也可能暂不存在，真善美假恶丑有着泾渭分明的界线，但却是交融并存的。从这个意义上讲，理想化的追求，完美化的倾向是一种积极向上的精神取向，是一种具有使命感责任心的担当，当然，不能求全苛责，因为事物的常态就是瑜瑕并存，要萃精凝杰，起码做到瑕不掩瑜。

十一

丢掉一切幻想，让心儿沉寂深潭，任天光云影徘徊，任日月星辰镶嵌，清风抚慰，禽兽嬉戏，群峰簇拥，花草旖旎，平静地接受时光，淡泊地承纳岁月。几十年的沧桑，是奔腾万水千山崎岖蜿蜒的沉淀；几十年的意蕴，是甜酸苦辣悲喜交织的精萃；几十年的超越，是成败得失荣辱褒贬的净化；几十年的灵动，是岁月砥砺心灵升华的超逸。一颗饱经风霜雨雪的心，承载着人世间的纷纭万象，一颗容纳冷暖浓淡的心，精萃着生命中的圣洁奥妙。重重叠叠的伤口，不断渗出鲜艳的孤独碧血，滋润真善美的根本；飘飘扬扬的思绪，不停闪烁幽深的寂寞意蕴，泽被普天下的枝蔓。孤独中的成长，寂寞里的成熟，平静中的茁壮，淡泊里的丰盈，心灵的原野，春夏秋冬自由徜徉。

十二

深山古木，幽谷碧潭，心灵在孤寂中沉思，精神在苍凉里遐想；风轻轻地抚慰，云悄悄地探看，朝日用金光普照，明月洒清辉蕴润；幽碧凝翠，澄澈清亮，不濯半点浪花，没有一丝涟漪，唯有静静地映照，唯有默默地思考。渴望热烈，更喜欢幽静，羡慕浓烈，更钟情苍凉；平静的心灵是超逸自我的田园，沧桑的情怀是净化灵魂的村庄；一切喧嚣的时俗离我远去，一切炽热的欲念缥缈无影，只有这古木的沉默，深潭的幽静，让一颗心灵安然地释放。

十三

我思故我在，我在故我思，这种智慧让人向往；吾心即是世界，世界即是吾心，这种哲理让人敬仰。我就是我，一番经历后有些疲惫，几多思虑中有点迷茫，只希望在精神的深山幽林中孤独，只企盼在灵魂的清溪碧潭中沉寂，明月清辉，普天的澄澈，孤松奇柏，伟岸的超拔，鸟语虫鸣，温馨的吟唱。我是万物的一员，身在热闹繁杂的尘世，心却向往平静淡泊的梦乡，没有欲念的缠绕，没有名利的羁绊，不在意思想的深刻，不计较意境的高低，只是一种自然的安闲，精神的适意，灵魂的飘逸。我就是我，我不是我，因为心灵的意象让一切都化为精神的托付，运动无限，变化无常。

十四

幽深的碧潭，白云荫罩，清风拂煦，林木掩映，花草环绕，孤独地沉淀着光阴，沉寂地凝结着岁月。太多的阅历，身心疲惫，寻找一处深山幽谷中的僻静，停住奔跑，放弃思索，安放灵魂。因为是孤独的，所以显得格外冷静；因为是沉寂的，所以显得分外的空灵；因为回归了本性的初始，也就有了纯真善良美好的启蒙；因为净化了历程的尘垢，也就有了平静淡泊超逸的意境。这是久居尘世的一种幻想，也是超凡脱俗的一种追求，始终在心灵中闪现，始终在精神中警醒。人们需要物理的时空隔离，以绝世俗的侵扰，更需要心灵的超越，以求精神的升华，灵魂的淡然安逸。

十五

俗事想得太多，以致心灵的负担很重，失去了本来的纯真和灵性。人生最怕的是缺失自我，随波逐流。要想保持自我，必须使心灵时常处于一种孤独寂寞的状态，在远离世俗的纷扰中保持一份平静和淡泊。失去名利的装饰，丢掉欲念的缠绕，一切都非常的直白和简单，但它是真实自然的。世人都喜欢热闹，在名利场中稍有收获，便格外高兴，自我陶醉，但只有透过喧哗，去掉繁闹，反思警醒，保持心灵的平静，注重精神的淡泊，才能恢复自己纯真质朴的本性，才能有真正的自我。生的繁杂和艰辛不在于生活本身，而在于我们拥有什么样的心灵。

十六

心态是否平衡，是衡量人成熟与否的重要标志，但这种成熟不是简单的外在表现，而是具有内涵的心灵境界。世间万物，以其千差万别的特征构成了复杂多样的自然和社会形态，这种差异性在自然界中很容易被人们认识和接受，而在社会生活中则会演化出更多的想法和行为。人们生活的自然环境，历史阶段，时代特点，风俗习惯，文化蕴含不同，因而其评价取舍的价值坐标也各异，内心的追求和自我衡量的标准也不一样，所以，心态的平衡与否是相对的，不平衡则是绝对的，经历了诸多的不平衡，能够深刻反思，陶冶净化，让心灵升华出安然超逸的境界，就是一种平衡。只有在不平衡的现实中，才能实现平衡，只有在平衡的意蕴中，才能正确对待不平衡。

十七

细雨潸潸，天地间挂起无数珠帘，水气朦胧，万物笼罩在弥漫的雾霭之中，一切都被蕴润的芳泽甘霖抚慰；干涸的原野，久渴的嘉禾，繁草林薮，禽兽虫豸，敞开胸怀，挺直身躯，享受温馨的沁润，承载向往的梦幻。山涧的清溪，温柔的流淌聚为欣悦的奔跑，幽潭的休憩变成瀑布的欢歌，叮咚细腻的低吟浅唱汇为黄钟大吕的雄浑豪迈，奔向迷蒙深奥的远方。心儿在雨珠的抚慰中安然，思绪在清凉的滋润下平静，淡淡的忧愁，漠漠的苍凉，诗意的情趣，幽幻的灵境。只是静静地坐在一隅，任雨珠儿的肆意，随雨丝儿的飘洒，心灵化为一片雾霭，无影无形，漫无边际。

十八

世态炎凉，人情浓淡，欲洁还洁的心绪，返璞归真的向往，把三闾大夫的心灵撕裂，流出悲愁的鲜血，滋生绚烂的华章；忠奸不辨，是非谁论，欲诉难言的苦楚，家国兴衰的忧痛，让楚湘赤子的灵魂熬煎，飘逸情怀的伤感，编织企盼的梦乡。发问天地，思虑万物，明辨事理，穷究根由，徜徉在生命奥秘的探索声里，沉浸在代表人类的精神追寻之中。神思太久，翅膀终会垂下，漫游深邃，灵魂还要回归，世俗浓重的烟云，依然弥漫故国，权势张狂的黑暗，依然笼罩家园。行走于田泽，游吟于江畔，渔樵应答，嫠妇泣劝，化为清风白云，轻轻地来，静静地去，只有身影的惨淡。自由的向往，精神的超越，毅然融入江水，做一个永恒的了断，灵魂轻扬，沁润年年岁岁的花香百果，神灵依恋，催动岁岁年年的龙舟竞发，留下超然时空的精神，注入每一个华人子孙的心上。

十九

信念，抱负，当它诗意化了后，变得更纯真更美丽，但也会更痛苦更艰难，因为，超越世俗越高远深邃，精神色彩就越幽幻灿烂，物质精神的距离会拉得很大，矛盾冲突会更激烈。唯有从终极的理想上，螺旋式的上升，实现超越式的交集，才能达到和谐的相容。否则，在短暂的直线中，彼此不能相交，分离的倾向会加重。所以，诗意化的境界在世俗的具体物象中很难印证，只能在超然的心灵中得到呈现。人们离不开现实的生活，脱不去时俗的缠绕，但可以净化思想，超逸情怀，诗意化的生存，有了意蕴的滋润，精神的泽被，心灵的启迪，一切都富有生命的活力和灵动的浪漫。

二十

心的离去，飘然无迹，唯有一点记忆；心的留驻，淡然无痕，只是一种意趣。亘古至今，一个灵魂游荡原野山川，一种精神弥漫神州大地，给这世俗的生活，披上梦幻的向往，给这繁闹的社会，涂上灵动的诗意。岁月不居，时光如流，人们在年复一年中执着地企求心灵的警醒，人们在日积月累里韧性地探索精神的超逸。千古不绝的低吟浅唱，万代相续的高歌颂曲，只是身去魂游的迷茫，只是身在魂去的苍凉。精神的引领，灵魂的呼唤，超越时空，贯通时代，把庙堂和茅居扯在了一起，把现实和浪漫凝成一曲，把高贵和贫贱揉成一团，让人性之本弥漫于无形，又铭刻心上。

二十一

孤独是一种享受，没有干扰，可以独自思考一些问题，让自己处于相对超脱的状态，保持清醒，平时沉溺世俗的迷失可以得到澄清，有一种本我的回归。寂寞是一种意境，没有杂念，可以冷静应对一些事务，让自己直面人生和本性，超凡脱俗，在名利得失中浸泡的心灵得以净化，有一种境界的升华。人生的至高理想，不是绚烂多彩的名利，不是辉煌灿烂的拥有，而是一种平静的心灵，淡泊的意境，真正的幸福是在孤独寂寞中才能感受和品味的，因为，此时你具有最纯真的自我，最明净的心灵。孤独寂寞是人生的境界，是感悟一切，净化精神，超逸灵魂的追求，也是向往。

二十二

太在意世间的一切会失去自我的本真，人是大自然之子，是芸芸众生的一员，是社会的一个细胞，所有的作为都是一种应世的必然，成败得失都是一种命运的正常，没有必要太苛求于己，太求全于心了。理想主义完美精神固然有其可贵之处，但终究忽视了世界的差异化特征。所以，要用一种超逸的境界去引领，要有一种宽阔的胸怀去容纳，要有一种平静的心灵去对待，要有一种淡泊的意韵去承应。热爱生活，热爱生命，热爱人生，不是面面俱到的热闹敷衍，而是实实在在的努力求索，是一种灵魂的升华，心灵的觉悟。

二十三

俗念依然很重，说明心里并不清静，总是带有一种实际成分的企盼和追求，因而心灵不安宁，思想不平静，表现出极大的动摇性，瞻前顾后，患得患失。人们在现实生活中不可能没有各种欲望和利益的追求，但它也会经历一个产生和消亡的过程，因为，对于终极目标的探索，对于精神境界的追求，会使人们不断产生欲念俗行，又会超凡脱俗以达到精神上的安然和超逸，追求心灵的宁静与恬淡。独立的精神，自由的思想，是人格的根本；多年来人们沉溺于物质的享有和欲望的获得之中，满足于功名利禄而无视灵魂，麻木堕落，精神层面萎靡颓废。所以，时刻的自省自警，反思净化，是人们永远不能懈怠的主题，是人类保持自我本性的必须。

二十四

要坚持独立的人格和自由的思想，就要摒除俗想欲念，达到清明淡泊的境界，让心灵得到真正的解脱。经年的积尘厚垢，淹没了人格的纯真，品性的质朴；混迹于世，苟且于生，失掉了人性中最根本的禀赋，物质发展精神颓废，心灵中缺失了真善美的品性，俗尘杂念喧嚣弥漫，人们身心委顿，面目全非。我渴望一种平静的安然，淡泊的超脱，但必须通过深刻的反思，痛苦的解剖，才能实现，因为，长期的生活工作积累，使各种杂念俗想行动作为根深蒂固，变成了僵化的思维定势和行为习惯，没有一种决断的信心和意志，没有一种超越的精神和净化，是很难实现的。所以，抛却世俗，了断妄念，必须从宁静而入，从淡泊而起，有一番持久的修持，有一番刻苦的净化，从达到人生至纯至真的境界。

二十五

正直善良是做人的本分，无论对人对事，其出发点和归宿点都应该是这样。只有这样，每个人才能以自己有限的精力，创造社会之和谐世界之大同。人只是自然一分子，社会一成员，来自四面八方，或汇聚江河，以成沧海，或筑成峰峦，以为山脉，都是以有限去实践无限的；人们来自永恒复归永恒，它是人生的起始也是归宿。正直善良可大可小，可强可弱，但它是自然之本人性之基，是天地的造化人类的根蒂。不能被利益蒙住双眼，不能被世俗遮蔽心扉，透过纷纭变幻的过眼云烟，跃上清明碧透的精神灵境，你会真正的认识自我，看清社会，领略生命的意义。唯有正直善良，才能达到超越安然的境地。

二十六

像清风拂过天宇，不留一丝痕迹；像晨露轻巧凝结，不惊任何芳菲；一颗心自由飞翔，计较什么成败得失，哪管什么荣辱褒贬。人生追求的目标太多，唯有心灵的自由最珍贵，人生的企盼太繁，唯有精神的超逸最难得。现实的利益之网捆绑着心灵，世俗的欲念之笼桎梏着精神，雾霭弥漫中微微透出一丝自由的光亮，寄托着无限的向往。有了生活的阅历，经受了社会的砥砺，承受了人世间的阴晴圆缺，感悟了精神的成败荣辱，从虚饰与自饰的迷幻中走出，犹如一条来自冰山雪峰的清溪，流淌在心灵的深处，回响在灵魂的空谷，清纯的孤独，安然的寂寞，才是真正的精神独立思想自由。

二十七

真正沉静下来是不容易的，因为人们在现实中被各种欲望和利益所缠绕，喧闹遮蔽了一切，繁杂笼罩万物，计较于名利，沉溺于得失，心灵始终处于一种紧张焦灼的状态，所以，平静下来非常不容易。唯有抛却欲念的缠绕，除掉名利的羁绊，心儿慢慢放缓步伐，从繁闹走向寂静，从复杂走向简单，才能找回真正属于自己的天地。由简入繁易，由静入闹易，但要由繁到简，由闹到静则必须要经历一番砥砺和反思，涤除尘埃，清掉恶习，摒弃杂念，超然物外，使精神境界达到一种空灵的程度，才能具有平静淡泊的意韵，真正的沉静下来。

二十八

公道自在人心，芸芸众生中善良质朴的是绝大多数，无论对人对事，保持基本常识和客观看法的都是百姓，因为他们在社会中直接从事具体的工作，与各种群体相互联系，以直观的感受和经验的程度，对人对事有着最直接的认识和判断，有着最明确的态度和方法。所以，用基本的常识去认识处理事务，是最简单的方式，也是最平常的思考。往往人们因为受环境、素质、职位、阅历、年龄等因素的影响，从主观的角度出发，从僵化的思维定势推理，忽视了反映事物本质和规律的常识性内容，妄猜臆断，把简单的事情搞复杂了，把明白的事情弄糊涂了。从这个意义上讲，得道多助，失道寡助，关键在于是否合乎道，是否符合人民的利益，这是基本的标准，也是公道自在人心的标志。

二十九

平心静气地对待一切，纯真善良地容纳一切；心灵中的空旷寂寞犹如无限深邃的海洋，留下无际的想象空间，可以容纳和净化一切。岁月交替，季节轮回，使人们的经历丰富，其特有的内容和曲折的行程，增添了生活的意蕴，延展了生命的启蒙，让你时时思考，处处感悟，始终在探索之中。心灵的时空为人们提供了最广阔最幽深的智慧舞台，可以演出最深刻最精彩的剧目来，但要把握它，就必须从名利场中淡出，在精神的海洋中净化，在心灵的境界里升华。

三十

将自我封闭，并不是一件坏事，在一定条件下，适当的隔绝与世俗的接触，适时的阻断与名利的纠缠，停留在一个相对孤独寂寞的心灵空间，会唤起纯真的性情，看清真实的思想，明白自我的境界。这种封闭，是思想在世俗中的沉淀和净化，是精神在是非中的超越和精萃，人生在世浸染太久，满身的俗尘，满心的杂念，锱铢必较，利益必争，久而久之，失去了自我，面目全非。所以，需要有所决断，适时适当封闭，做一番刻骨铭心的思考，有一种直剖心灵的解析，让本真露出面容，使心灵得到净化，真正找回自己的精神家园。这很难但必须要去做，因为，这是生命意义的检验。

三十一

灿烂的星空和心灵中的道德是康德大师的崇高追求和践行目标，它以智慧的描述，概括了人们应该具有的基本禀赋；敬畏自然，遵循规律，认识自我，提升品性，是人类社会的基本法则。我们有太多的理论体系至理名言，而这个哲理性的表达，体现了真正的天人合一，使我们始终保持警醒，不会被世俗的尘埃遮蔽，不会被内心的困惑所迷失，永远秉持纯真善良美好的品行。历世已久，积垢甚重，污俗浸染，星空黯淡，自我迷失，在喧闹的舞台上灯红酒绿，在炫耀的名利场醉生梦死，杂念丛生，藩篱重重，失去了人性的纯真质朴，认不清社会，看不清自我。此时，重温大师的教诲，不啻醍醐灌顶，精神滋润，心灵启迪，给人以自省自警的动力，给人以灵性的引领。

三十二

看似轰轰烈烈的各种活动，以其主题恢宏场面热烈声势喧闹从历史的舞台一一演绎，留下的大多只是一些残渣剩迹，勾不起任何有价值的思索，唯一的印象，无非是标语口号中的零星回忆。当人们真正沉静下来，深刻反思的时候，才发现人生之戏真要演好也并不容易，因为舞台的搭建场景的设置，剧情的演绎人们的角色，命运的安排演出的效果，是不以人的意志为转移的客观实在，是受到一定规律制约的必然表现。人生之戏的千姿百态，五花八门；人生演出的姹紫嫣红，缤纷灿烂；人生命运的悲欢离合，阴晴圆缺，只有保持孤独的境地，沉寂的心灵时，才能有清楚的观看，才能有清晰的了解，才能有中肯的评价，才能有深刻的品味，从而找到舞台上的我和本真的我，明白其中的区别。

三十三

横亘古今的历史长河，奔腾汹涌波飞涛卷，我们往往沉溺于宏大叙事的追索之中，而忽视或忘记了那弱小但实在的水滴浪花。水的形态缤纷万象，既由江河湖海所呈现，也由水滴浪花所展示。当历史以执着的步伐向前，把一切甩到记忆中时，脑海里充满了气势恢宏的大江东去，浩瀚辽阔的深邃无限，也点缀着溪流瀑布的绮丽蜿蜒，水滴浪花的晶莹飘逸，有时一滴水一朵浪花让人回味无穷，更具有幽深的意蕴，深刻的启迪。我们只看到既成的高山大海原野森林，忽略了铸就宏伟博大的一粒一滴一叶，忽视了它们漫长的历程和日积月累的奉献，起始和过程的意义有时胜过目的，因为，那是纯真稚嫩的向往，经磨历劫的砥砺，艰难成长的努力。我喜欢每一滴水珠，每一朵浪花，它是深邃无限的基因，是博大精深的起始。

三十四

像深山幽谷的碧潭，把一切都沉寂在心里，没有一点声响，不泛一点涟漪。白云飞鸟掠过，清风明月抚慰，隐于崇山峻岭，藏在花草林竹，孤独是好友，寂寞是伴侣。人们追求的东西太多，思想的包袱也就越重，神情恍惚，心灵迷蒙，意趣丧尽，雅蕴殆失，难有平静淡泊的意境。所以，要剥去思想上的重负，清除精神中的俗尘，抛弃灵魂的虚饰，裸露心灵的质朴。我渴望沉寂的碧潭，洗却人间的烟云，沉淀世俗的杂质，净化精神的境界，还心灵一个安闲超逸，散漫恬淡。

三十五

我们苟且于世，麻木于思，懒惰于行，在世俗的名利追求中不择手段的攫取着，在丑陋的权势争夺中钩心斗角的缠绕着，人格分裂，性情变异，失去了本真的自我。有时从心里还保持一点美好的向往，能够真实地看待一切，善良地拥抱世界，星空深邃，心胸舒展，清风抚慰，情趣恬淡，对人世间的万象和自我有些清醒地认识，但一接触具体的人际事务，又会追逐名利，俯仰权势，陷入污泥浊水之中，沉溺苟且萎靡之里，人不像人，鬼不像鬼。所以，人们要保持始终的修炼，不断提升自己的精神境界，让心灵处于宁静淡泊的意蕴中，才能入俗而不俗，俗中有雅，雅以制俗。

三十六

沉溺于狭隘范围人与事的纠缠之中，计较的都是鸡毛蒜皮的琐屑，纷争的都是你拉我扯的烦恼，陷入既得利益和人际关系的泥淖；心灵中的清明被混浊，头脑中的智慧被湮没，一堆腐朽肮脏的垃圾沉淀在精神的殿堂，思想丑陋，行为恶劣，而沉浸其中依然津津乐道，真是人生之耻也。井底之蛙的见识，自我封闭的陶醉，麻木堕落，萎靡猥祟，人世间的一切都变成了随心所欲的沉沦，而不觉醒警惕，人类的退化就难免了。

三十七

看似热闹，实则无趣，从早到晚，行走于名利场，苟且于权势中，捞名于朝，掘利于市，拉帮结伙，明争暗斗，把精力和聪明都用在了狭隘的个人利益和感官刺激上，沉溺其中而不知其害，人生之悲哀也。一个单位，一项事业，一件工作，需要付出很多的精力，可现实中真正用到实处的有多少呢？人生有限，能干的事不多，能干好的事更少，为了既得利益和帮派关系，把智慧和精力全用在这种目的上，实在是匪夷所思。一个良好的社会环境正派的风俗习气，会激励人们胸怀坦荡，光明磊落，积极进取，但要创造这种环境和氛围，需要花费很大的气力，需要长期坚韧不拔的努力。

三十八

远离尘嚣，躲进陋室，青灯黄卷，残章断页，自是一番情趣；管它什么名利褒贬，成败得失，想它什么悲欢离合，宠辱是非；一缕清凉风，几滴露霭水，满腹玲珑透，一腔明月辉，只落得个宁静千般，恬淡万里。人生几何，莫把时光闲抛，莫把岁月空度，冷落了皓月朝阳，疏淡了清风白云，荒芜了繁花碧草，辜负了江河湖海，远离了崇山峻岭。摘一份孤独，扯一片沉寂，苍凉中有枯木老根，揽一点清辉，收一片残霞，忧郁中有小桥人家。深山古潭，空谷幽兰，寂寥中品味古今，听风润雨，呼雾吸霭，超逸里指点天下。

三十九

当把自己的一点权势恣意妄为行使时，好像成了一位叱咤风云的人物，狂妄自大的形态，咄咄逼人的气势，像充满了氢气的皮囊，涂上色彩的画面，高大威猛，不可一世，殊不知金玉其外，败絮其中，空洞虚假而已。对于品性高洁，志趣淡泊，境界远大之人，这只是一种虚幻的狂妄，痴人的臆语，因为，在他们心里，宠辱成败只不过是过眼烟云，丰富的经历，世事的砥砺，让心灵超越凡俗，幻化无形却又坚韧无比。唯有鼠辈得志，猖狂一时，才是跳梁的表演，偷油的把戏。

四十

我有些诗人的气质，淡泊的意蕴，超逸的精神，灵动的思想，所以，从事过分世俗的工作，就会感到难以适应，特别是受制于所谓权势的指使，更觉难以容忍。但为了生存，只能默默地承受，在表面上看似正常，实际上则是极度的心灵扭曲性格变异，一半是魔鬼，一半是圣人，心灵中的真善美和表象上的假恶丑形成巨大的反差，精神境界的纯真质朴和外在的粗俗浅陋构成天壤之别。有时真想脱开躯壳，放飞灵魂，作一番自由的畅想，浪漫的思索，寻觅诗意的家园，精神的故乡。

四十一

人生应该有很多决断，需要一定的时间，但思想总是在超前，已经想得很远；岁月悠长，时光蹒跚，在自然的流淌中达到一个阶段时，思想又会飞得更远。人们珍视时间，不愿让它流逝得太快损失得太多，殊不知，在很多等待中，心灵早已超越，来不及装饰自己的容颜，顾不上刻下自己的印迹，看不清属于自己的成果，像清风白云，或急或缓的滑过天宇，飘洒一路的惆怅和感慨，瞬间渺无踪影，只有沧桑的回味。时间依然。

四十二

心灵的自由要去追求，其实，实现心灵自由的途径非常简单，那就是放下；把一切杂念欲望放下，把一切名利得失放下，沉淀净化后的心灵空间深邃辽阔，自由的精灵展翅翱翔；把一切荣辱褒贬放下，把一切生离死别放下，清静纯真的精神世界幽幻灵动，浪漫的灵魂飘逸轻扬。追求心灵的自由是人生最崇高的向往最美好的企盼，也是最难达到的境界，因为，要做到放下一切非常不易，既得利益的桎梏，思维定势的束缚，行为习惯的僵化，犹如牢固的茧壳，韧性的丝网，把人们的身心捆绑在世俗的战车上，欲罢不能；只有经过痛苦的砥砺，深刻的反思，决绝的了断，才能超凡脱俗，直达心灵深处，唤起平静淡泊的本性，激活纯真善良的根源，呈现仁爱美好的情趣，享有自由的神韵。

四十三

把一切都放下，使心灵的重负逐一去除，留下深邃寂寥的时空，注入宁静淡泊的意蕴，让精神自由飞翔；把一切都丢掉，使思想的桎梏彻底解除，开拓幽幻奥妙的境界，沁入纯真善美的情趣，让灵魂恬淡安然。平静地注视一切，能做的事不能做的事都是客观存在的，无须太多的计较，得失成败只是过程的一个瞬间而已。大江东去无语，青山昂首沉寂，只是冷眼的淡然；高天流云不言，原野苍茫朦胧，只是沧桑的记忆。放下就是升起，没有世俗观念的世俗生活是一个永恒的神秘。

四十四

少言慎言甚至无言，一生说的太多，欲说还休，以致无话可说。本应像春风润雨一样去解疑释惑明道，理不分高低，人不论贵贱，道不说大小，话不管雅俗，普天而适，万物共享，但在不同环境中不同条件下，对于不同的对象，结果却是千差万别；好的说教未必得到好的效果，坏的谬论未必结出恶的果实，好坏的界限是在相互的交织中呈现的，好坏的结果是在相互的矛盾中结出的。如今身还在尘世，心灵已超越，思想的陈述，精神的彰显，意蕴多于表达，风骨甚过表现，气质盖过语言，只是沉寂于心，孤独于形，不求闻达，只愿自明。所以，说的越来越少，谈的越来越淡，只是期待一种心灵的相会，精神的交融，灵魂的碰撞，以期纯洁晶莹的火花。

四十五

顺应自然，遵循规律，慈善为基，以人为本，世间万物，都是造化的安排，命运的巧然，其生存发展的权利是不能被剥夺和蔑视的，天生与斯，公平以待。同样，这种贯通天地，融会万物的精神意蕴又是以参差不齐的状态和多样性反映出来的，是事物本质与规律的具体载体。唯有求同存异，世界才能处于和谐安顺之中，人类才能和衷共济，以得到缤纷灿烂的发展。突出人人平等的精神是天经地义，这是人类的本能和使命，但强调整齐划一的思想意识和单一僵化的行为模式，却是违背自然和社会规律，歪曲人性的。只有求人类之大同，存各族之差异，才会有人民的安康，社会的稳定，时代的发展，世界的和谐。小到一个单位一个群体，不也是一样的道理吗？

四十六

敞开心胸，因为已没有什么东西可以藏匿，人生的悲欢离合，荣辱成败，被反思的利剑斩断，被剖析的扫帚清除，心儿如深山幽谷，清风碧潭，唯有日影月光，云飞雾渡。放开思绪，因为已没有什么内容可以探究，人生的崎岖坎坷，风云变幻，被孤独的平静沁润，被淡泊的苍凉抚慰，精神似海阔天空，深邃无限，唯有自由漫步，灵动超逸。宁静的心灵，净化的灵魂，渺无形迹，化为漫天的春风雨露，滋润纯朴稚嫩的本性，一株幼芽，几朵蓓蕾，也是心灵的映照，也是精神的意蕴。

四十七

扯下外在的装饰，裸露内在的本性，思想中有复杂的路径，精神里有丰富的内容。要去除外在的虚饰，必须清除心灵中的杂念，因为，世俗的风尘留下太多的积习，势利的烟云熏染了太浓的欲念，它们在头脑中扎根，在行动中显形，让人们势利圆滑，趋炎附势，随波逐流，八面玲珑。所以，去除色彩斑斓的装饰容易，洗涤心灵污泥浊水的积垢艰难，一切烦恼焦虑看似来自外部的人和事，其根本却是内心的烦乱和矛盾。只有内外共同的洗涤，只有心灵的净化，精神的超越，才能返璞归真，达到清纯安然的境地。

四十八

人世间的深情厚谊是客观而真实存在的，但其范围和程度又会不同，愈是植根心灵、蕴润精神、淳朴至真的愈显珍贵也愈难得。现实生活中人们因为生存发展的需要，被各种欲望和利益所缠绕，情谊的内容有了太多的杂质，情谊的表象有了太浓的色彩，纯洁真实的成分减少，浮光掠影的应付增多，外延无限扩大，可以弥漫世界，内含任意萎缩，只能固守寸心。所以，不要太在乎情谊的多少，不要太计较情谊的深浅，培植的土壤水分温度不同，抚育的精力心血情愫不同，其成长的枝叶花朵也就色彩缤纷深浅各异了。虽然有所差异，但只要有枝叶花朵的呈现，也值得珍惜，更别说那些发自心灵的真情实意了。

四十九

孤独地坚守自己纯真的风骨，沉寂地保持自己淡泊的意境，一切都融入苍凉的精神家园，一切都沁入幽幻的灵魂故乡，天人合一，物我相忘。尘世已久，积俗愈深，自我迷失，精神委顿，只是在既得的喜怒哀乐成败得失中找到点自己的身影，只能在应付岁月敷衍光阴中看到自己的无聊；久而久之，麻木沉醉，只是一个披着复杂装饰的行尸走肉而已。精神的独居，灵魂的超逸，既是美好的向往，更是现实的挑战，既是深刻的反思，更是习俗的反叛。只有这种清醒的认识，精萃的净化，才能有一种心灵的自觉，诗意的超然。

五十

清华其外，决不媚俗仰势，随波逐流，保持自己人格的纯真，品性的高洁，彰显精神的伟岸，心灵的超然。淡泊其中，决不萎靡颓唐，泥沙俱下，坚守自己精神的独立，思想的自由，承载身心的修炼，境界的升华。欲念退出，势利黯淡，纯真善良美好归来；浮尘扫去，得失抛弃，质朴稚嫩天真生起。人就要这样，才算符合人性的本质，才能彰显人性的高贵，质本洁来还洁去，是人生最崇高纯洁的境界，是灵魂最美丽的家园。

五十一

知道的琐事太多，懂得的道理太少；了解的世俗太深，觉悟的灵感太浅；知道了不该知道的，实在是一种苦恼，了解了不该了解的，实在是一种折磨。常识犹如清风润雨，朝阳明月，我们却视而不见，俗念陈腐污浊，泥沙俱下，我们却奉为至宝。用道听途说编织虚假之网，拾信口雌黄混淆是非之界；把蝇头小利视为泰山，将虚名假誉当成黄河，失去本真，一切倒置，迷失性灵，浑浑噩噩；没有了真善美的家园，没有了诗意的栖居，没有了精神的源流，没有了自我的巢穴，呀，这是哪方的神圣，在此干吗？

五十二

渐渐地远离繁闹的名利场，悄然把自我融入沉寂苍凉之中，心灵平静精神淡泊，一切都安然平和。人生的发展犹如雪山冰峰溶化的晶莹之珠，在点点滴滴的汇集中，化为涓涓的溪流，沿着崇山峻岭一路激越欢快地奔跑，时而瀑布飞鸣，浪花飘洒，时而幽谷深潭，湖光旖旎；逐渐聚集能量，以成江河，由小到大，由浅到深，中流激荡，汹涌澎湃，惊涛拍岸，雄浑豪迈；即将入海之时，江平河阔，平缓安和，透显着深沉的意蕴，期盼着灵动的超逸，慢慢涌入深邃博大、幽幻奥秘的无限之海，以实现灵魂的净化，生命的超越。归宿的沉寂与沧桑，依然是起始的纯真，过程的充实，精萃的辉煌，一切都在心灵中低吟浅唱。

五十三

平静，再平静一些，像大海碧水连天，容纳一切，安然恬淡；淡泊，再淡泊一点，像群峰壁立千仞，超越万物，沉寂伟岸。唯有心灵远离世俗的喧嚣，灵魂才能得到片刻的安谧，唯有精神脱去欲望的缠绕，自我才能彰显品性的纯真。人世间风云变幻，万象峥嵘，人们因为生存和发展的需要，受到各种主客观因素的影响，时刻被烦恼和忧虑所困扰，这是正常的事，但久陷其中，就会麻木颓废，迷失自我。所以，要有心远地自偏，心净尘不染的境界，处世愈深久，心灵愈淡然。

五十四

撕去这虚伪的面纱，剥掉这繁杂的装饰，本色裸露，性情坦然，无非是五官七窍，凡人品相，七情八欲，平常心思。有什么天经地义的神旨圣意，有什么仁义道德的冠冕堂皇，千古的说教，万代的熏染，只是涂脂上光，只是粉墨登场。自然之造化，社会之徒孙，时代之过客，时光之逆旅，有什么气宇轩昂，剑拔弩张。山中一沙石，林中一草木，水中一点滴，人中一分子，有何傲慢，凭甚猖狂。染缸里浸泡，酱缸中发酵，醋缸里是非，酒缸里睡觉；身披霓裳，不识仙姝魑魅，口诵禅道，不悟天机地理；不论别人聪明，哪管自己糊涂，终是个装神弄鬼，赶一个水月道场，终是个痴癫泼赖，要一回傀儡伎俩。天昏地暗，人间迷茫，人生短暂，精神颓唐，心灵朦胧，灵魂胡逛。咿呀，我的老天爷，你看咋样？

五十五

凡古今成大事者，必顺乎于道，据之以势，筑实于基，正之以名，行之有矩，抚之于民，横扫天下，一揽九鼎，成就伟业，以为正朔。如果心胸狭隘，志趣低俗，逐利去义，谋眼前弃长远，重局部轻全局，虽能苟且于一时一隅，终为败丧也。所以，只有正名守道，据势瞻远，民心义利，方能运筹帷幄，决胜疆场，攻坚克难，明法清政，以固长久也。然时人缺此意志，少有智慧，不以古鉴，不以今理，妄自菲薄，识不远力不达，终为一时之功也。

五十六

谗言媚态，仰人鼻息，钦慕权势，附着污俗，人间之一景也。然守其私欲己利，自以为成就，渲染夸张，呈骄露傲，实在是丑陋不堪。人生在世，百态俱有，唯有不自知者让人鄙夷。心之明正，为人所评，行之磊落，为人所论。出乎光明正大之心，方能奉公守法，以合天理，以适民心；行于公正磊落之行，才会实事求是，尊重规律，讲究方法。险陋之人，窃以权柄，据以私欲，播乱于世，行恶于民，是谓用人择任必防之弃之，以绝祸害。

五十七

思想中沉淀的东西根深蒂固，因为长期积累，不断凝结，并被生活的经历进一步强化，所以，特别具有顽固性，在一定的时间内，无论采取什么办法，都很难改变和去除。历史上许多高僧大德之所以持心向壁，沉寂荒芜，孤独原野，藏匿山林，长期修炼，精萃砥砺，就是要克服心魔意障，以求净化觉悟，可见心灵之超越，精神之升华何其难也。因此，修身养性不是一时之为，而是持久的过程，思想提升不是唾手可得，而要付出艰苦的陶冶。经世愈久，其思愈广，涉事愈杂，其虑愈深，思维的定势愈固，行为的习惯愈重；这就更要持之以恒，认真学习，深入思考，直面心扉，净化灵魂，以达到宁静淡泊的意境，心灵的安逸。

五十八

彻底的放下有时需要一种物理层面的隔断，就像高僧大德在修炼时，总会选择一些崇山峻岭荒郊野岛的僻静之处，就像道观僧宇在开坛时，总会建筑在远离繁华避开喧嚣的清静之地。因为这样可以相对减少一些世俗的侵扰，避免一些时局的影响，阻断一些权势的干涉，防范一些思潮的侵蚀，有利于清心寡欲，修身养性，净化觉悟，以成正果。但在现实中，人们要生存发展，不可能孤立于社会，不食人间烟火，不可能脱离群体，不谙人情世故，不可能随心所欲，为所欲为。所以，身居尘世，行在俗习，只能从精神的角度开辟修行的境地，从心灵的视野打造净化的场所，这种隔断非常艰难但又意义深刻，是对精神境界的挑战，是对心灵超逸的检验。“问君何能尔，心远地自偏”。

五十九

竹篱茅舍，讲究的是一份恬淡清雅；残灯断桥，品味的是那点情趣意蕴；青史黄卷，感慨的是人生如梦，江山如画；鸡鸣犬吠，唤醒的是幼时嬉闹，梦中老家。生在繁闹喧嚣的尘世，扑面的俗风欲雨，浸润的名利得失，熏染的烦躁浮华，沉醉的情趣意蕴，堕落的精神睿智，颓败的心灵家园。何处有安身立命的净土，何处是清静安逸的境地，总想创造一个属于自我的精神天地，总想开辟一处安放情趣的风花雪月；世俗的敷衍，心灵的超越，让人性分解化合，使生命生死相替，为灵魂自由翱翔，你还在等什么？

六十

人生真正能做点什么？当走过漫长的历程，有了一定的阅历后，感觉有些收获，细心琢磨，回头一看，却是一事无成，一无所获；该积累的没有多少，不该积累的充满了头脑，俗念欲望弥漫思想空间，知识智慧退居精神一角。当真正想做点事的时候，却发现所具备的能力素质太差，思想贫乏，精神苍白；这就是长期沉溺于名利场中，注重于势利，计较于得失，麻醉与荣辱，混迹于污浊，满足于庸俗的结果。真是回头无趣不堪忆，过眼云烟只是虚。还好及时地惊醒，深切地回味，深刻地检讨，严厉地剖析，虽然痛苦，但流血的心灵会滋润纯真的幼芽，善良的小苗，美丽的蓓蕾，展现一个意蕴清纯，境界幽静，思想自由，精神独立的未来。期盼中努力，努力中期盼。

六十一

长期沉溺于名利场中，会养成了一种投机圆滑八面玲珑的世俗之习气，苟且于人生，混迹于江湖，随波逐流，无以自立，不过是混事而已。试想人生有限，岁月无情，大好时光，充沛精力，只是浑浑噩噩于混日子傍权势捞名利趋时髦，就很悲哀了，如果不自知不觉悟，幡然猛醒，悬崖勒马，依然我行我素，那就可耻了。现实生活中，人们要从事各种工作，处理各样事务，接触各类人物，适应各种环境，选择各种生活，这是正常的，无可非议，但这绝不是丧失人格，颓废意志，萎靡精神，污浊灵魂的理由，绝不是随波逐流，恣肆放任，沉醉麻木，自暴自弃的借口。固然恶俗盛行，腐败滋生，物欲充盈，但江山壮丽，天地辽阔，众生质朴，民心善良，时代进步，社会发展是主流大势，代表着人类的未来，彰显着人性光辉，有此境界，何不做一个神清气爽，心明志坚，精神超逸，情趣美好的自己。

六十二

人们追求的任何东西，在一定的条件下，都包含着积极消极两方面的内容，只不过其比重不同，地位差异而已。因为，人们生活在一定的历史背景和社会环境中，再美好的愿望，再公正的做法，再善良的情怀，也会被时俗风气和各种因素所影响，为人处世必然会有所缺憾，甚至于种下龙种，收获跳蚤，而有时则会有意栽花，无意得柳，歪打正着。这里就有一个思想水平和精神境界的问题，能否审时度势，把握规律，运用智慧，把积极因素发挥到最大，把消极因素抑制到最小。现实是客观存在的万物，又会被各种因素变成凸凹镜式的表象，呈现朦胧弥漫的状态，需要人们具有客观认识事物现象，深刻把握事物本质，科学掌握事物规律的水平和能力，需要不断地学习和历练，不断地提高和升华，需要持久的努力不懈的追求。

六十三

世间任何事都是有其因缘的，由因而起，因缘而生，由因而灭，因缘而寂，物质不灭定律，精神之魂永恒，只是在不同的时空中，其表现形态具体内容有所不同罢了。所以，这生生灭灭，生灭相继的因缘乃是一种客观的必然，无须为此感到迷惘，更不要神秘。在现实中，把住因，抓住缘，顺其自然，顺势而为，就会自有一番造化；把心态放好，平静恬淡，天地为室，万物为邻，用质朴之心，纯真之意，善良之怀，美好之情对待一切，也就适应了因缘，了断了凡尘，净化了自我，放飞了灵魂。

六十四

几十年转瞬之间，逝去的岁月，流去的时光，仿佛就在当下；几十年过眼云烟，熟悉的场景，清晰的容颜，感觉就在眼前。一个风狂沙舞的黄昏，一个躁动喧嚣的夜晚，驱车远行，到一个偏远的基层单位讲课，室外风声急促，室内温润安然，爽朗地讲解，亲切地交流，笑语欢声，沁润心田。突然断电，黑暗中有几株红烛燃起，温柔的光泽弥漫，一种超然的灵动笼罩心间。时光荏苒，人生短暂，今天依然，没有了风沙的伴奏，没有了红烛的温润，台上台下面容大多依旧，只是多了岁月的蚀刻，时光的侵染，有了年轮的皱纹，有了经历的鬓发，有了更多的恬淡安然。那时节，青春年华，朝气蓬勃，激情充盈，热浪飞翻，课堂上交流始终，有汲取不竭的知识，有说不尽的观点，课后相互倾诉，有探究不完的话题，有欲说还休的依恋，恰似清溪欢悦，瀑布飞溅。今天犹如江河的浑厚，沉淀了历程的坎坷，砥砺了风云的变幻，有太多的感慨，有太多的回忆，有太多的沉重，心灵中充满沧桑的云烟。眼前依然烛光温馨，笑语盈盈，在心间。

六十五

人生短暂，变化万千，以不同的形态内容，不同的场景人物，留下深刻的思索，难忘的记忆。风雨兼程，砥砺前行，沧桑蚀刻心灵，沉寂爬上双鬓，红叶晚照，桑榆夕晖，正是人间好风景。有多少拿得起放得下的名利得失，有多少说不清理还乱的荣辱褒贬，在岁月的洗涤下，落花流水，过眼云烟。缤纷万象的场景，回肠荡气的演绎，叱咤风云的雄浑，情深意切的温柔，在历史的洗礼中，幽深思长，只是梦境。人们会被世间的杰出人物和伟大事迹所感动，也应为自己的努力而骄傲自尊，跳跃的音符奏响时代的旋律，一滴露珠也能映射太阳的七彩光辉。

六十六

平静心情，淡泊意蕴，拒绝诱惑，保持清醒。挺傲骨于世，立品性于人，不苟且于势利，不混迹于污俗，超然于形，根本在心。平常之态，身体力行，平凡之意，是为基准；不以己喜而傲于世，不以己悲而拒于人。清风皓月，空谷足音，朝霞夕晖，深潭幽影，只求的眼明耳清心静。世间万物堪看，唯有自知之明。一点心思放飞，管它天南地北，东寰西宇，任君行。

六十七

生活中的平静不是生活本身，而是心灵对它永恒性的感悟，是精神对它根本性的提升。不管有什么样的内容形式，生活依然执着地前行，其深奥的意蕴仍然是根本，人们在生活中可以扮演各种角色，演绎各种剧情，实现各种目标，但终究都是生活本质的反映，都是生活内容的表征。生活的历练愈多样，生活的内容愈丰富，生活的形式愈缤纷，心灵的感悟就愈明透，精神的境界就愈宁静。所以，生活不只是直接的享有，而是心灵的品位，精神的意蕴。

六十八

平淡的心情格外清爽，一切人世间的荣辱成败，名利得失都烟消云散，留下的是空旷的沧桑深邃的幽奥；心灵被彻底的洗涤，清新朗洁，可以萌生纯真的梦幻，精神被严格的净化，恬淡安然，可以孕育丰富的向往。时间被重新梳理，不再沉溺世俗的应酬，空间被重新安排，不再满足名利的装饰。返璞归真，一切都趋于平淡，一切都安然平常；脱胎换骨，一切都沁润平静，一切都呈现平凡。回归的苍凉是精神的大美，宁静的返乡是心灵的希望。

六十九

听其言，观其行，察其实，识其理，然后再论。因为，现在开展的有些活动，仅停留在表面形式上，没有实质性的内涵，而且被一些趋炎附势的人所利用，五彩缤纷的装饰，冠冕堂皇的声势，喧嚣繁杂的说教，把简单的事搞得神秘莫测。其实这种繁闹的空洞，啰唆的苍白，形式的油滑，节奏的夸张，只能扼杀活动的目的，销蚀活动的内容，造成适得其反的结果。但现在此风盛行，因为，一部分人就是靠开展活动而生存，依靠活动而谋取名誉利益的，是打不破的金饭碗，断不了的摇钱树；而且有越演越烈之势，并且成为社会生活的一个重要组成部分，大众心理的一种普遍状态。这种风气只会阻断思想的交流，阉割精神的内核，拉开心灵的距离，使社会成为分裂的碎片，失去凝聚的力量。

七十

需要更大的宽容，需要更多的平和，自然的千差万别，社会的风云变幻，人心的复杂莫测，都是正常的现实存在，都有其内在的客观规律，只能以超越的精神，正确的思想，安然的心态去对待。人们的欲望很多，人们的企盼很广，但真正需要什么，自己也搞不清楚，因为，太多的欲望包袱压垮了自主的精神，太多的尘俗迷失了纯净心灵，人们成了迷途的羔羊，随波逐流的浮萍。所以，要从迷茫的雾霾中走出来，就必须让心灵平静，精神淡泊，胸怀开阔，能容纳一切，也就能超越一切，沉溺一切，只能迷失于一切。

七十一

真正的坦荡是无须掩饰的，只有心胸磊落，光明澄澈，才能容纳一切，净化一切，就像朝阳明月，清风碧水，原野苍穹，抚慰万物，安纳众生，承载差异，净化清浊，壮阔的气势在于无限的胸怀。人心有时非常博大，可以容纳天地万物，人心有时非常狭小，容不得芝麻谷粒，这在于心灵是否被世俗所蒙蔽，精神是否被物欲所代替，思想是否被恶习所荼毒。其实，人心不需要太多的东西，因为人生有限，不可能穷尽一切；人心不需要过分的遮掩，因为生命鲜活，不喜欢桎梏束缚。心是日月星辰的孩子，就让它自由地闪烁，心是天地万物的内核，就让它自然地游荡。

七十二

应当保持一种随性和豁达，因为，人世间的事情太多太杂，万象缤纷，参差斑驳，如果沉溺其中，拘泥于琐屑，锱铢必较，势必影响心灵的修持，品性的陶冶。人生经历多，涉世深，阅历广，是好事，但如果沉浸在具体的计较，琐屑的评判上，看不到事物内在的本质和发展的规律，就会变得猥琐鄙陋，心胸狭隘，境界低下。过分的刻意，不是真正的精萃，僵化的安排，不是科学的布局，造作的遮掩，不是精巧的奥义，因为，违背自然，掩饰本性，就失去了为人处世的根本。

七十三

每个人都是凡夫俗子，没有什么可炫耀的，因为，大自然公平的造就了人类，赋予了生命存在发展的权利；虽然在社会发展中，人们因为各种主客观的因素，形成了不同的阶层，呈现出巨大的差异，并且不断在物质层面精神领域固化，但要始终记住自己从何而来，又会向何处去；只有正确地认识自己，不以世俗的成败得失凌驾人性的平等精神，只有理性地把握社会，不用荣辱褒贬扭曲人类的自由意志，才能达到心灵的安然，实现人生的意义，领悟生命的真谛。

七十四

平常心非常难得，因为，人们在生活中都有自己的经历和成就，都有自己的信念与理想，都有自己的思维定势和行为习惯，看待事物，处理问题，平常心会被一些世俗的雾霾所遮蔽，凭借经验或权势，主观臆断，漠视客观事实，违背客观规律，扭曲了心灵，丧失了人心，损坏了事业。这就需要不断学习，深入思考，提高理论水平，升华精神境界，超凡脱俗，保持一颗平常心。在平常中有不平常，在不平常中有平常，看你如何对待了。

七十五

心儿远离了嘈杂的所谓中心，心儿脱离了喧嚣的所谓主流，既是一种精神自觉，也是一种心灵回归。长期混迹于名利之流，清浊交杂，是非混淆，失去自我，迷失本性，现在能独居一隅，享有孤独，拥有寂寞，真是天地的钟爱，人间的造化。扫除一番，清洗几遍，心儿空了，意儿淡了，精神超逸，灵魂安然。远离世俗是亲近心灵，抛弃名利是净化灵魂，只觉得清风拂面，惠雨润心，天高地阔，意境深远。

第十五集　低吟浅唱

DISHIWUJI DIYIN QIANCHANG

一

忘了自我，融于天地万物，还原为自然之子，这是一种平静淡泊的境界。人本来就很渺小也很平常，但依靠自己的社会性特点和思想与技能，总想凌驾于一切之上，把争斗蔓延到自然社会和人类自身，非要创造出一个三六九等的社会结构和尊卑贵贱的等级来；殊不知，抛却时代的装饰，剥掉世俗的光环，人只不过是万物的一个组成部分而已。寄情于山，你就是山，寄情于水，你就是水，离开自然，脱离社会，你什么也不是。所以，只有无我，才是自我。

二

明证本心，在于觉悟，清风淡云，何须见证。纵有千般成败得失，只不过瞬间幻象，谁论荣辱褒贬，定是过眼烟云。时空转换，岁月流逝，生死相继，昙花菩提，唯有当下的身心，才是明鉴的道理。如今心灵蒙尘，精神积垢，失去了超逸的灵性，褪去了净化的功用，只是浮光掠影的存在，只是随波逐流的痴迷。只有来一番彻底的洗涤，深刻地反思，精萃意蕴，净化境界，方能灵光重现，本真回归。心灵净了，尘世就远了。

三

人生百态，各有其义，客观存在，自然规律，无须惊诧，不必失迷。世态纷纭，万象峥嵘，曲折幽奥，阴晴圆缺，何必花眼，不用在意。透过五彩缤纷之现象，越过繁乱喧闹之尘埃，剥去冠冕堂皇之装饰，无非势利的争夺，名誉的获取。人世间趋势附利是一种生存的必然，无可厚非，但关键是要有明心见性的精神，淡泊超逸的智慧，身在俗世，心有清明，能保持纯真洁净的心灵境界，这才是人生的真谛。

四

和小人同列是一种无奈，因为时刻要看到其丑恶的嘴脸，龌龊的勾当让人不可忍，但还要和光同尘般的去应付。人生最大的悲哀并不是所谓的心死，而是一身正气，光明磊落，却处于污浊秽泽之中。但品察自然，却可以看到很多美好的东西往往都生长在腐烂污浊之中，如出淤泥而不染的莲荷，被粪肥哺育的庄稼，残枝腐叶蕴润的林木。其挺立昂然，清香四溢，五谷丰硕，关键在于其本质是纯真洁净的。所以，现实中身在俗世，不要有俗气，同流决不合污，保持自己的品行和风骨，有一种凛然的正气和超逸的精神。小人奈何矣。

五

青松翠柏生于崇山峻岭，成长艰难，但傲立苍穹，一览万物，风餐露宿，朝阳明月，自有一番情趣；红梅霜菊身处寒冬深秋，万物萧条，但虬枝挺拔，灿烂缤纷，芬芳四溢，孤傲俊洁，独占欣荣春意；莲荷植于淤泥之中，接天碧叶，映日璀璨，清香飘逸，承雨接露，根洁枝挺，蓬实花雅，是何等的境界。人生在世，尘风俗雨，荣辱得失，关键在于自己的精神境界和心灵意趣；陶渊明不能忍，归乡避野，以求心远地自偏的净土，而身居闹市，只要有壁立千仞，海纳百川的胸襟，一样超然于外，有物我相忘得境地。

六

就像夏天正盛，人们世俗的追求名利的向往狂热起来，把持不住自己，让既得利益在欲望的催化中，不惜血本极力放大，以致自我迷失，思想偏执。人们都有其存在的必然性，发展的客观性，但让欲望迷住双眼，名利充斥头脑，满身地世俗之气，而且冠之以各种堂皇的名目，悬挂各种欺人的头衔，俨然一副道貌岸然的做派，好生了得，其实，只不过是历史舞台上的跳梁小丑，表演得愈充分愈滑稽，心灵的丑陋就愈裸露。人生在世，面对任何名利和诱惑，都应保持自己做人的根本，时刻自省自警，始终拥有平静淡泊的精神，切不可喧嚣躁狂，失去自我。

七

沉默如山，寂静似海，清溪潺湲，古潭幽深，峰峦起伏，碧波深邃，日月星辰若出其里，天光云影徘徊其中，只是孤独的闲适，只是沉寂的安然。唯有此时，融入心灵的深处，还一个本真的自我。人类的自由在于身心的愉悦，而人生的身役心役始终制约着自己，生存的现实，发展的要求，劳碌而奔波，疲惫而烦躁；哪怕片刻的宁静，瞬间的安逸，也能让心灵有一点自由的灵动。于是，心境的打造就显得极为重要。身处闹市而心远山林，需要平静地面对，淡泊地看待，从心灵深处蕴润超凡脱俗的意境，让精神有自由的时空。

八

很难诉说自己的心情，麻乱一团，没有头绪，缺失条理，几十年的征程，有了诸多的阅历，但心灵的承受力依然很脆弱，因为，浪漫色彩太多，理想成分较重的人，内心的思考和磨折就会多一些，痛苦必然深一些。风雨人生，砥砺生活，岁月留下很多记忆，但都是无形的精神，过眼云烟般的虚无缥缈；虽然有一定事业的建树，但创造的内容太少，值得提炼的精华不多；特别是修身养性的自我净化心路，常被世俗的繁杂琐屑影响，似有所思，却无深思，终不能有所感悟，上升到高的境界。所以，抚慰心灵，注入平静，安于淡泊，超逸精神，净化灵魂，把握自己，既是一种要求更是一种现实。

九

家是靠老伴维系的，因为，她是我们心灵的寄托，精神的依赖；无论什么时候什么环境，她承载着一切，培育着温馨的家园，提供着安逸的故乡，人世间的一切珍贵莫过于有一个心胸开阔、知理晓事的主妇了。这是多年风雨的历练、艰难的砥砺、相互理解、彼此包容、相濡以沫的结晶，是倍感珍重的福祉。其实，太阳和月亮经常不被人们注目，但行运天宇，普照万物，并不在乎人们的赞颂，只是把光和热无私的奉献，而她也正是以炽热的精神，化解一切，无形地引领着家庭的航向，驶向幸福的彼岸。语言的感激是苍白的，文字的倾诉是无力的，唯有心灵的祝福，才是永恒的。

十

坚韧一些，任何事情都会遇到，只有直面的应对，磊落的处置，才是坦然地心胸，超逸的情怀。人生在世，各种事务问题困难接连不断，每解决或战胜其后，都会有一种精神愉悦的感受，而且承受的痛苦越大，磨难越深，心灵的感悟和欣喜就越浓，境界的超逸就越清明安然。痛苦可以贮藏，可以发酵，可以酿造甘醇的美酒；思考可以放飞，可以驰骋，可以升华美好的意蕴。只要能在孤独中沉思，寂寞里遨游，与天地万物对话，与自我灵魂交谈，真善美的本性就会长出参天的大树。

十一

真正的事业是留在人身后的，千万不要把行程中的东西当成终极目标，那只是一个时段的表现而已。即便走过一段路程，取得一点成绩，达到一定的目的，也只是发展链条的一个结点，人生没有所谓的终极目的，只有不断地追求和终极理想的召唤。人们往往很在意阶段性的成果和既得利益，它固然很重要，但绝不是事业的全部，因为事业在无限的探索之中，代代相继，永无止境。人们取得的成绩，只是一粒粒珍珠，被永恒之线穿起来时，才是历史项链，挂在时代的胸前。

十二

既然已是深谷幽潭般的心境，就安静地独守一隅，闲看日月星辰，无意清风白云，山林倒映，鸟兽嬉戏，漫野碧草，疏枝淡影，自是一番超逸的心境。人，天地之过客，时光之逆旅，岁月之风尘，行程崎岖，磨难砥砺，都经历过由单纯到复杂，由喧闹到寂静的过程。繁闹之时，看似忙碌，其心却是静的，因为没有时间思考，只是一种浅层次的应对；而真正闲暇之际，门前罗雀，庭院空寂时，心灵有了活跃的境地，反而会思索得更深刻，想象得更丰富。孤独寂寞，平静淡泊，是思想升华的沃土，是精神超逸的温床，不受世俗的侵扰，不为欲念的缠绕，追古抚今，纵横天地，清晰地看待社会，准确地认识自己，有了深刻的反思，有了心灵的净化，也有了这恬淡的意趣。

十三

世俗的浮尘积的太厚，势利的污垢藏的太多，几十年的经历只不过有点应付世态的雕虫小技，终不过是个琉璃弹子万金油而已。就像一块抹布，把肮脏的要擦干净，把透明的要擦模糊，还要始终保持自净。混迹于不同领域，蹿跳于不同部门，游走于不同人群，俯前仰后，左右逢源，八面玲珑，看似忙碌，实则苟且，麻木堕落也。本性迷失，自我颓丧，精神萎靡，意趣晦暗，哪有什么胸怀与境界，谈什么人格和风骨，自欺欺人也。很多事心头缠绕，不能放下，就其原因，还是凡心未泯，世俗太重。所以，要真正认识自我，必须要深刻反思，砥砺思想，净化精神，还一个平静淡泊的心灵，才能有安然超逸的情怀和意境，彰显自己的风骨与品性。

十四

超脱的希望不能寄托在别人身上，只有靠自己才能实现，因为，心灵的世界只有自我觉悟，精神的境界只能自己营造。世间诸事，皆有其存在的理由，世俗万象，定有其客观的必然，人们生于斯长于斯，沉溺其中，难免久习成弊，落入俗套，为欲望所束缚，为名利所缠绕，心灵苦恼烦躁。总想脱离苦海，以求清静安然之地，总想超凡脱俗，以达纯净空灵之境。人们为生存发展，行走于名利之中，应对于人际之间，时常会感到疲惫压抑，郁闷烦躁，精神萎靡，意趣黯淡。所以，必须从心灵中开源溯流，洗涤风尘，涤荡俗烟，净化灵魂，以求真正的超越，而这种修炼只能靠自己。

十五

相信自己，因为沧桑的经历，丰富的知识，灵动的智慧，纯净的境界，已将自我带到了一定的生命高度。不必苛求于世俗，俯仰于权势，无须沉迷于名利，缠绕于荣辱。当应该付出的心血和努力，融入事业的宏伟大厦时，你会从回忆中品味成功的喜悦；当从崎岖蜿蜒的征程中砥砺奋进，汇入生命的大海时，你会从憧憬中感悟人生的意义。当我们精萃思想，净化灵魂，升华精神时，真善美的清流滋润，仁义爱的清风拂煦，心灵的澄澈碧透，情怀的激越爽洁，是何等的高尚。因为，真正有了洗礼后的自我，才能真正把握生命的意义。

十六

水总是由高处向低处流的，人们在生活中总是从低处向高处奔的，有时一味的注重攀登而忽视了对高低的辩证认识，因为，高低代表着一种状态，并不意味着失败或成功。世上登临珠穆朗玛峰的人不少，但到达大洋底的人有几个呢？然而后者则要艰难得多。所以，水的高贵之处是代表一种趋向，从有限奔向无限；同时，水又能以各种形态弥漫一切，由海陆升腾的云雾，化为雨雪，飘散万物，滋润山河，又由冰山雪峰，奔腾而下，灌溉原野，融入沧海。所以，水的禀赋是自然而崇高的，其形态又是多种多样的，高低不同代表了不同的行程，顺其自然却是其根本的使命。人生何尝不是如此。

十七

水至柔是一种境界，可以容纳一切。因为，所有的蜿蜒曲折飞流瀑布都融入其中，化为平静，所有的低吟浅唱黄钟大吕都汇集于此，得以净化。水是哲学的意境，水是精神的家园，只有经过千锤百炼，才能有至柔的品性，只有砥砺风霜雨雪，才能有至柔的意韵。云蒸霞蔚，雨雪雾霭，溪流江河，深潭湖泊，一路的奔走，九曲的回肠，污泥浊水，清流碧波，平静地涌入，淡泊地回归，在生命的无限之海中沉淀净化，在生命的温暖怀抱里超越升华。人生的境界就应该是水的境界，至柔的品性和超逸的情怀是生命的真谛。

十八

放不下是因为思想不够清明豁亮，精神不够超脱安逸；总是计较于名利得失，总是在乎于名誉声望，总想把事情做得极致完美，总想让别人挑不出一点问题。其实，这种想法和做法本身就说明了思想还未达到一定的水准，精神还停留在初级的层次。大凡拿得起放得下的人，会把一切都归置于平常平淡之中，用一种平静恬淡的心态，呈现纯真质朴的意韵，认识事物，解决问题，客观公正，遵循规律，合理适情，达到浑然天成的效果；如果赋予太多的色彩，太苛刻的强制，反而会表现出一种虚荣和造作。人生短暂，生命永恒，万物皆有差异，一切都是自然，求同存异，这是世界的本质，把这点悟透了，心灵就会平静安然，精神就会超越恬淡，该放下的自然就放下了。

十九

生命的历程，对于个体来言非常漫长，对于整体来讲非常短暂；生命从何而来，我们不甚明了，生命向何处去，我们更觉迷茫。生命的每一滴水珠都会映射太阳的七彩光芒，有限中彰显着永恒；生命的大潮汇集江河湖海，无限里承载着奥秘。有限的生命注入无限的动力，短暂的人生投入宏伟的事业，激情永驻，蓬勃向上，在时代的主旋律中高歌，在社会发展的时空里翱翔。有时流连湖泊深潭，有时驻足原野芳林，暂时的休憩，片刻的安逸，只是积聚更大的能量；有时的低吟浅唱，有时的孤独寂寞，只是深刻的思考，净化心灵，提升境界。赞美生命，平凡中的伟大，平常中的崇高，平静中的深奥，平淡中的超越，为每一个生命的分子骄傲。

二十

想得到的未必能得到，想失去的未必失去，人们在现实中追求的非常之多，但命运之神总用最简单的语言概括，那就是拿得起放得下。人生在世，依据具体的条件和环境，在主客观因素的合力下，不断充实自我，提升自我，这是必然的路径，但只有放到类的层次，才能在社会性的高度，达到心灵纯净本真的境界；只有置于精神的领域，才能在灵魂的家园，享有超逸清静的安然。既要贯通天地，融会世界，深入社会，感受生活，又要净化灵魂，精萃精神，陶冶性情，保持自我，只有纯真高洁的境界才能实现生命的超越。灵魂直上，天愈碧透明净，也更为苍凉和寂寞，才好安放那颗幽幻的心灵。

二十一

小窗残月心已去，陋室疏星意正清。唯有寂寥无声处，此情只缘随人听。

星疏灯昏黄卷暗，月残烛照陋室明。凭栏何处萧瑟曲，诉与清风不忍闻。

谁把轻狂付熏风，不求天地唯问心。留得仙气乾坤游，梦里依然是故人。

轻狂自傲谪仙人，飘洒随意无身影。悠然荒野遥相望，原来糊涂一草翁。

二十二

心中无欲，何必忧世间烦事；胸中有情，哪怕它冷暖阴晴。立世关键在于无欲，立行关键在于有容，格物致知，修身的基础，正心诚意，养性的根本。顺其自然，法天循地，本性的必然；物我相忘，天人合一，人间的至境。平常之心，平静之意，平淡之态，便是人间的明月清风；万象虚实，荣辱褒贬，得失成败，只不过世俗的过眼烟云。茅舍陋室，门可罗雀，青灯古卷，寂寞人影。据一瓢饮，一箪食足，低吟浅唱，高歌咏诵，乐在其中。身在闹市，心远僻静，庙堂荒野，幽思幻想，意蕴深沉。好一个散淡的闲人，无业的游民，不求闻达，只愿宁静。

二十三

在生活中，会遇到各种事情和各样人物，形态五花八门，表现灿烂缤纷，但都是自然或社会的客观存在，都是时代和人生的正常现象。

因为，真善美和假恶丑始终是共生共存的，只是在一定的条件下，其内容和形式有所不同，其比重含量深浅不一罢了。哲人云，存在的就是合理的，是指其存在的客观现实性，同样，也会有一个相互转化和不断发展的过程，一切合理的存在都会失去其合理性，一切不合理的存在可能会取得合理性。人们要正确地对待现实，就是要清晰地判别是非曲直，不断培育生长真善美的幼芽，清除假恶丑的根须，始终保持人性的纯真社会的正气。

二十四

当人们在平静时观察，冷静时思考，会发现事物都是在最常识的状态下运作，尽管表面现象五花八门色彩缤纷，但其本质和规律都是简洁明晰的。当人们在烦恼时了解，浮躁时思索，就会陷入繁杂琐屑的表象之中，看不清事物的本质和发展脉络，迷茫而短见，狭隘而固执。离开了平静的心态，一切都喧嚣杂乱，失去了冷静的思考，一切都朦胧迷茫。人们喜欢追求繁华热闹，但不能失去平静淡泊，人们热衷实现博大精深，但不能没有孤独寂寞。任何事物都有一个合理的内核，其本质是简洁质朴沉静明晰的，只有平静地相守，冷静地深入，才能把握它的本质，领略它的奥妙，享受它的风采。而这一切，都需要人们不断地学习修炼，提高素质，精萃思想，净化精神，达到灵魂的超越和安逸，才能具有真正的平静，才能真正地感悟人生和世界。

二十五

没有远大目标和具体目的是一件痛苦的事情，因为，精力不知如何聚集，不知如何使用；特别是在经历一段人生历程，旧的品味无法满足心灵的需求，新的想法还未形成时，人很容易陷入一种虚无惆怅的状态。岁月不居，时光如流，大道不至，境界未到，仍是生活的磨砺，心灵的煎熬，精神的烦闷。唯有安静读书，沉溺古今，徜徉原野，超逸世俗；相对隔离于名利是非，暂时抛却掉荣辱得失，苍凉沉寂之情怀油然而生，超凡脱俗之意韵翩然而至，有点独上高楼，望尽天涯路的境界。此时已不是如何立志的憧憬，而是如何超越的期盼，犹如荒漠中遇到清泉，燥热中迎来清风，要的是皓月清辉，翠溪碧潭的空灵，神游天地，思漫无限的浪漫。

二十六

把眼光放低了，把速度放慢了，把复杂简单了，把繁闹平静了，说起来容易做起来不易。人们在高速的运行中，一切都匆匆而过，来不及思考和品味，场景和人物已过去了；要把握节奏，放慢速度，由急到缓，由忙到闲，在相当一段时间内是很不适应的。当从所谓的主流中脱离，有了独行的流经，当从所谓的主体中分离，有了特立的形态，前进的时速会调整，繁杂的形式会简化，生活的内容会平淡，人们会有短暂的迷惘和困顿；孤独一隅，沉寂苍凉，朝阳般的炽热会转化成清风似的柔和，月光如水，银辉充溢，那是一个认清社会，看明自己，回归本性的时刻，安闲是灵魂的故乡，超逸是精神的家园。

二十七

平静地接纳一切，就像深山峡谷中的深潭湖泊，碧透幽静，沉寂安然，承接清风明月的抚慰，映照天光云影的徘徊；碧草环绕，芬芳四溢，鸟语虫鸣，溪流低吟，瀑布欢唱。一位风尘仆仆的游子，一位阅历丰富的过客，停驻漫游的步履，卸下坎坷的思路，放飞疲惫的灵魂，安适倦怠的心灵，一任岁月流逝，一任时光无常，只是沉寂得让虚无弥漫，只是孤独得让静止据守，不再有思想的热烈，不再有行动的张狂。远离了世俗的喧嚣，隔绝了凡尘的侵扰，唯有平静淡然，唯有辽阔苍茫。我渴望这空灵之境，更喜欢在它的家园进入超越的梦幻，一切都恢复了本真的面目，一切都开始纯洁的生长。

二十八

气定神闲，必须有一定的境界才能实现。看淡世俗的名利，脱去凡尘的欲念，抛却得失的束缚，让心灵平静恬淡。人生如梦，转瞬之间，一路上只是目标的召唤，急促的步履，曲折的行程，来不及浏览山高水长柳暗花明的景致，来不及品味急风暴雨云淡风轻的意蕴，只是在回味中有点朦胧的记忆，有点似曾相识的茫然。人生短暂，目标长远，精力有限，任务繁多，实际的获取，理想的目的，让人一味的努力奔波，无法暂时的驻足，做一点沉静后的思索，有一点心灵的浪漫。时至今日，依然停不下脚步，放不下思虑，心绪繁重，步履蹒跚。所以，只有让一切世俗的进取放慢速度，让一切的欲望的膨胀萎缩凋零，净化精神，安逸心灵，给灵魂一个散淡飘逸的时空，才能有真正的气定神闲。

二十九

有些事情看似着急，其实未必急，在正常情况下，很容易做的事情，只要顺其自然也就处理了；当遇到一些特殊情况时，可能会变得复杂起来，因为受主客观因素的影响，会有一些变化，但始终要记住，关键是事情的本质是否发生了变化，不能因其表象的变换而影响正确的认识。现实中有时对事情的过分关注和对目标的苛刻追求是不可取的，因为，主观的色彩往往会影响正确的判断，过度的行为会违背客观的规律。要顺势而为，在坚持原则的前提下，采取灵活多样的方法，达到理想的效果。给心灵一定的空间，给思想一些余地，让精神适当轻松，以良好的状态面对一切。所以，急与缓，重与轻，不仅在于事情本身，也在于人们的精神。

三十

四十年前（一九七〇年十五岁）迈着稚朴的步伐进入军营，成为一名战士，驻守贺兰山麓；今天故地重游，山峦依然，人世沧桑，感慨万千；当年的青头稚子已是双鬓白发，往日的阵地兵营已成云烟，岁月催人老，时光难复返。历史犹如一阵风，吹过亘古至今的巍峨峰峦，蚀刻下崎岖蜿蜒的历程，飘洒下斑驳的记忆碎片，让人思绪万千；历史像一朵云，轻轻地来悄悄地去，飞快地划过生命的苍穹，留下雨雪雾霭的沁润，唤醒纯真质朴的意蕴，让人泪湿青衫。只是山峰耸立，悬崖突兀，林木蓊郁，花草翕然，鸟鸣虫吟，溪流潺湲，依然相伴年年岁岁；只是阵地枪炮，营房炊烟，队列纵横，歌喉嘹亮，容貌声影，仿佛就在眼前可又遥远。夕阳映红了天地，融化了万物，凝结了古今，弥合了碎乱，浑然的璀璨里，我手持钢枪，巡逻在山间，还是那样的稚嫩，还是那样的纯真，还是那样的顽皮任性，还是那样的青春理想，思不断，泪涟涟。

三十一

自古圣贤皆寂寞，人生至理名言。不脱俗流，何能超凡，不入寂寞，何能圣贤。人生在世，总要生活在一定的社会环境中，置于一定的人际交往里，纠结于一定的事务中，因为各种情趣意向所引，各种追求欲念相系，人们会因各种机缘走在一起，结成不同的群体，形成不同的风气。因兴趣而交是一种相识，因品性而遇是一种相知，因学问而相契是一种意境，因事业相共是一种信念。但要求得心灵的纯净，精神的淡泊，灵魂的超逸，只能在孤独中深思，在寂寞里净化，抛却世俗的缠绕，洗涤凡尘的侵蚀，脱离思维定势的束缚，打碎行为习惯的桎梏，砥砺思想，精萃智慧，净化心灵，升华精神，才能有超越万物，浑然天地，意贯古今的见识和情怀，才能有宁静恬淡，安然潇洒，物我相忘的智慧和境界。所以，孤独是圣贤的天然伴侣，寂寞是圣贤的精神家园。

三十二

任何人都有自己的世界观、人生观和价值观，是在实践过程中经过历练逐步形成的，并且会随着实践的深入而有所改变，但相对来讲，其基本面不会有太大的变化，正所谓“江山易改，本性难移”是矣。往往先天的遗传和传统的影响具有基础性的作用，后天的经历和修炼决定着其质量和力度；先天不足，根基浅蕴含弱，后天不够，则学识不广，见识不深，智慧不足，境界不高。而且先天后天可以互相转化，先天弱，后天则可强，先天强，后天又可能弱，关键在于自我的修炼了。特别是一些先天不足者，更要加强学习，深入实际，勇于实践，提高思想理论水平，升华精神境界，树立正确的世界观人生观价值观。不然，愚顽未除，恶习沾染，虽有一时之得，终为昙花一现，浅薄之徒也。

三十三

来自任何一个地方的东西，都有其生存的理由和表现的形态及发展的历程，是主客观因素在一定时空的有机统一。所以，对待一切事物，要有一种平等的理念，公正的精神，博爱的情怀，不要过分看重它们的表现形式，不要苛刻计较它们的本质内涵。生存的道理，万物一体，生死相继，生生不已，是根本的一致，不管其如何变化，谁都无法摆脱，只能在这一客观规律中实现自我的价值。从生命的本源出发，回归到生命的本源，一切就这么自然简单，何必沉溺于一时的名利，何必拘泥于一事的得失。燃起自我的生命之火，融入事业的烈焰，点亮自我的星辰，闪烁深邃的苍穹，一切都在无限中呈现，一切都是永恒的瞬间。

三十四

人世间有两种景致非常感人，那就是孩子的天真童趣，老人的沧桑恬淡。他们差别悬殊，但呈现了生命的真谛，阐释了生命的意义，在稚真与沧桑中给人以精神的震撼，心灵的启迪。他们的言谈举止，音容笑貌，没有丝毫的造作，他们的思维情趣，心灵脑海，没有虚饰的矫情；天然的流露和直白，犹如清风拂面，瀑布飞流；质朴的表达和形态，犹如皓月当空，清流见底。成长的纯真昂扬，回归的恬淡安然，交织出人世间最美丽的图锦，奏响着生命里最深奥的旋律。每一句随意的话语，每一个任性的动作，每一种自然的表情，直出心田，直抒胸臆，碧泉清溪，澄澈纯净，让人如沐春风细雨，让人净化超逸。小与老是人类的精萃，小与老是生命的晶莹，初始和回归彰显了人生的璀璨，连接老小处在中间的我们，如何面对？

三十五

日子慢慢地过着，生活淡淡地熬着，转瞬之间，夏去秋来，又是一个检验的季节。春耕夏耘的辛苦，勤勉劳作的付出，在秋的怀抱中以五彩缤纷的绚烂昭示，在秋的原野上以丰硕饱满的果实展现。而在这色彩斑斓的物象背后，是一次精神的评价，是一种思想的检索。凝结的岁月，沉淀的时光，被丰盛的物质盛宴充溢；淡泊的孤独，空灵的寂寞，为净化的精神洗礼清场。因为有了物质的丰收，心里踏实了，因为有了精神的检验，心儿空幻了，因为回忆和向往同时展开双翼，把过去未来编织成现在的网，因为积累和洗涤一起发力，让思想的砥砺精神的升华筑就心灵的梦乡。秋的热烈张扬，秋的寂寥苍茫，秋又一次刻在心上。

三十六

细雨一场，悄然而飘散，没有雄浑的气势，没有激烈的回荡，扯着珠帘游幕，拉着迷蒙幽幻，轻风中曼舞飘逸，随意里低吟浅唱；沁润了苍茫的原野，绿意更加浓郁，净化了深邃的天宇，空气分外清新。

走在朦胧的雨幕里，任凭泪湿青衫脸庞，领略的是久违的情思；掀开细柔的雨帘时，远眺幽静的疏柳长亭，品味的是离别的感伤。一路征程烟云，几度坎坷风尘，纵然是金戈铁马，剑拔弩张，叱咤风云，依旧枯树昏鸦，夕烟茅舍，天涯断肠。唯有天精地杰的魂灵，滋润干涸的心境，有了宁静的清凉；唯有自然纯洁的洗礼，清除烦躁的意境，有了淡泊的透爽。不知你在雨中，还是雨在你中，只是静静地相望。

三十七

放开心胸，不拘手脚，殚精竭虑，身体力行，尽职履责，不管什么事情，都要用心去做尽力而为；不要计较得失，不必在乎名利，大千世界，诸事繁多，要想个个顺意，件件圆满，是不现实的，只要尊重事实，把握规律，突出重点，讲究方法，尽其心力即可也。过深的理想化色彩，过度的完美倾向，过分的精雕细琢，苛刻的偏执求全，只能造成一种深刻的自我伤害。任何事情的处理都要适时适度，任何问题的解决必须合情合理，这是现实的要求，也是理想的结果。

三十八

平平淡淡是一种大美，真真切切是一种大德，一切都回归到了常态，顺其而生，循其而成，无须过多的刻意，不必繁杂的粉饰，唯有真情率性，坦荡自然，相谐成趣，相得益彰。丢掉世俗的欲念，抛弃凡尘的奢求，平静淡泊，安然超逸，此乃人生的造化。从起点走来，向终点走去，不是简单的行程，而是返璞归真的历练，是对人生的品味，是对生命的觉悟。一切的本质是平凡平淡平常，只有心灵的平静才能真切地承载，只有精神的纯真才能领略。

三十九

当生活的压力迫于人们时，都会产生应对的办法，大自然造就了人类独特的能力，它来自于自然，适应于自然，这种本能与后天的培养锻造相结合，就会产生意想不到的效果。当社会的挑战面临时，人们依然勇敢地应对，社会的熔炉冶炼了人类的智慧，它产生于社会，运用于社会，这种精神在先天的基础上，能释放巨大的能量。我们经常耳闻目睹，几岁的幼童承担家务操持家事，十几岁的孩子挑起生活的大梁，残疾的身躯依然撑起艰难的责任，年衰的老人承受命运的残酷与艰辛，更遑论那些担当更大责任更重使命的人了。这就是生命的崇高，这就是人性的伟大。年年岁岁，野火春风的催唤，岁岁年年，风雨雷电的砥砺，顽强的生命力是任何东西无法阻止的，也是任何东西无法压抑的。要看到这生命本源是我们生存发展的根基，是生命意义的真谛。

四十

秋天来了，清风吹拂，原野斑斓，呈现出一个五彩缤纷的场景，描绘着一幅璀璨浓烈的画面。已经收获的即将收获的交织成气势雄浑的旋律，已经检验的即将检验的汇集成回肠荡气的感叹。喧闹中逐渐平静，繁杂里开始简单，浓妆艳抹的装饰不断被剥离，苍茫辽阔的意韵逐步裸露；天空澄澈明净，深邃碧透，被清风白云一遍遍拂拭，迎接清辉四溢，万家团聚的花好月圆。心儿平静得如一泓秋水，只是映射的安闲，一切都精萃后冷却，一切都净化后凝聚，祈求一个轻扬的梦幻。年年岁岁的秋天，今年怎么有点格外的安静？

四十一

很多事本来可以办得稍好一些，只要考虑得周全一点就行了，由于没有真正从思想上重视，认真对待，因而造成一些问题。其实，从平常的角度看，有些事情有些问题本来非常简单，有时恰恰是被人为地搞复杂化了。人们追求一种平淡的心态，但有些事总是会产生一些偏差，让人平淡不下来；人们追求一种平常的状态，但有些事总会有一些复杂，让人平常不了；人们追求一种平静的心情，但有些事总是喧嚣繁闹，让人平静不了。大凡世间诸事，本来自然平常简单而已，但在其运行的过程中，受各种因素的影响，会呈现多样化的特点。所以，人们认识事物解决问题，出发点和思考要全面长远一些，高屋建瓴，见微知著。

四十二

很想沉寂下来，但生存发展的要求使你不能停步；总想孤独一点，但繁杂喧闹的环境让人不能解脱。把心灵寄予清风明月是一种奢望，因为宁静安然的地方太少；让精神飘逸蓝天碧野是一种期盼，因为清澈纯净的境界缺失。只能从心灵中营造沉寂的天地，只能在精神中培育孤独的幼苗，让灵魂慢慢沉静下来，让意蕴深邃辽阔，田园诗般的栖居，空灵飘逸似的梦幻。“心远地自偏”只是一种浪漫，更是一种现实，在艰辛中渗透着坚韧，在苦楚中蕴润着甘甜，心灵中的桃花源是人们精神向往的境界，也是人们精神的内涵。

四十三

漫长的行程，不管会留下什么，都让它自然的逝去，就像一朵云，轻轻地来，悄悄地去，曾经的身影融入深邃的苍穹没有一丝痕迹。记忆的小溪流在脑海中奔腾跳跃，映射出美好的时光画面和人物场景，只是一种不断品味后的升华，而不是凝固的沉溺；唯有把心灵放到初始的原点，雪山冰峰溶化晶莹，汇成清溪，才有生命的纯真洁净，才能感悟生命的无限奥妙。当真正抛弃僵化的思维模式和行为习惯时，人们才有了认识自我的智慧，回归平凡平常平淡平静的境界，有了心中的那份安逸。

四十四

命运是一种主观和客观交互的结果，是一种时势和规律的安排，所以，承天受命，载地适生，应时而做，顺势而为，乃是人生的必然。大千世界，万事万物都有其丰富的形态和深刻的内容，都有其崎岖蜿蜒的行程和发展轨迹，只有顺应天时地利人和，摆正位置，调好心态，理顺关系，才能达到天人合一的境界。人们烦躁在于内心的不清静，人们喧闹在于精神的不淡泊，沉溺于世俗欲望，计较于名利得失，导致牢骚满腹，郁闷烦躁，儒雅皆失，浅薄粗陋。从根本让讲，只有真正持有平静淡泊的意境，才能深刻地感悟命运的意蕴，成为命运的主人。

四十五

秋云淡，秋风轻，秋雨柔，天高地远，苍茫辽阔，无限惆怅。青灯黄卷，竹篱茅舍，小桥流水，残月霜迹，自是世外的桃源；穹隆深邃，幽碧妙幻，日月星辰，风雨雷电，气象万千，也是人间的佳境。孤独一隅，沉寂无语，心弦自鸣，融会万物，暗香浮动，却是沧桑的情怀；残酒剩茶，断垣破壁，老树枯藤，梅兰松竹，红叶霜菊，定是意蕴的诗章。唯静默，听天籁地音，不知有我。

四十六

秋云浓密，一切都笼罩在灰色的幔帐之中；秋雨欲至，一切都蕴润在湿霭的润泽之里。秋风许来，飘散清凉，抚慰转换的季节轮回的岁月；秋意漫卷，江山辽阔，牵起回忆的温柔拉着憧憬的浪漫。感秋是忧伤的凝翠，感秋是离别的晶莹，太多的追忆无法掩上忘却的帷幕，太多的想象无法追上空灵的飘散。化为一片秋叶，染红生命的时光，点缀天地的璀璨，劲舞中的超越，拥入奥秘的梦境，又一个万紫千红的明天。

四十七

抛去遮掩在身上的一切装饰，回归到平常，感到一阵轻松；丢掉压抑在心头的一切欲念，回归到平静，感到非常超逸。唯有失去繁闹与喧嚣，才会呈现生活的平凡本质；唯有扫除巧取与豪夺，才能体现生活的平静意蕴。不需要任何造作与矫情，不需要任何虚荣与名声；心灵随畅，精神超逸，犹如明月松间，寒梅映雪，清溪深谷，幽潭幻影。多少年总是行路蜿蜒，心路曲折，匆忙中迷失了本真，烦躁中丢掉了自我，混迹于俗流之中，苟且与凡尘之里。而今得以解脱，尘俗即去，心灵回归，做一个平凡平常的人，有一颗平静平淡的心，其乐无穷。

四十八

雾霭迷蒙，一切都笼罩在混沌之中，似隐似现的街道楼堂行人车流，披上了纱幔，失去了刚劲和躁闹，变得幽幻起来。雾是水的精灵，既不凝结成珠，也不挥洒为汽，而是弥漫成纱，给万物以灵动的缥缈，给精神以幻觉的浪漫。人生需要雾般的调节，因为太过于直白裸露，让人感到枯燥烦闷，扯过一团雾来，滋润抚慰，便有了轻灵的曼妙，朦胧中多了几分惆怅，虚无中有了几多愁绪，燥热中有了几分清凉。雾的弥漫是灵魂的散步。

四十九

拥有一颗平常心，做一个平常人，才是平凡的真谛，人生如梦，成败得失，荣辱褒贬，只是过程的色彩而已，其起始和归宿则是一样的。往往人们容易迷失于行程，沉醉于结果，把虚幻当成了真实，把阶段当成了全程，以致心灵始终处于一种焦虑之中，思想始终沉溺于繁琐的世俗里。有时自然反而能给人们以清醒的启迪，当秋天来临时，人们的思索多了起来，可能和秋风劲扫，万物萧瑟，原野苍茫的意境有关，因为去除装饰，失掉繁杂，给人以深邃辽阔的感觉，给人以宁静致远的境界。

五十

秋天来临，大地逐渐褪掉浓妆淡彩，裸露苍茫的本色，人生也是一样，步入一定年龄后，历史行程中成败得失的印迹，社会舞台上承担的各种角色，开始发生变化，由炙热醒目逐步平静暗淡下来，本真的心性得以透过尘俗的烟云，露出纯净的质地。在尘世的浸润太久，身心疲惫不堪，沉溺名利的取得，计较荣誉的获取，苟且俯仰之间，麻木随波逐流，离精神的家园愈来愈远。是该回归的时候了，在这收获的季节，一切都得到彻底的检验，洗涤灰尘，扫除污垢，净化心灵；一切都得到精萃和提炼，晶莹剔透，纯净超逸，升华精神，一切都真正融入心间。

五十一

掩在夏天的浓荫里，青枝翠叶将原野遮蔽得葳蕤碧绿，呈现着旺盛的生机活力，孤独的心灵沧桑的灵魂有了一种抚慰和寄托，融入欣欣向荣的繁茂之中，有了淡然的意蕴。当秋天来临，原野斑驳缤纷，在秋风的吹拂中逐渐由绿变黄，无边落叶纷纷下，一切都褪去了浓艳的装饰，天地萧瑟，万物寂寥，心灵的空间更加广阔，此时的孤独感愈厚重深沉，寂寞心愈幽幻清明，一种精神的离群索居油然而生。繁华过后的沉寂是心灵的家园，哪里有纯真质朴的感悟，喧闹失去的精神是灵魂的源泉，一切都从净化后的晶莹开启。

五十二

心灵需要一点休闲，寄情山水是一种很好的选择，因为任何抚慰都莫如大自然的怀抱，人们从它那儿来，也终将回到它那去，只是在繁忙的行程中有时忘记它的存在，所以，适时回归自然的怀抱，也是一种精神的汲取，心灵的陶冶。很多事情看似繁杂，但在大自然中就显得简单多了，因为一切都是造化的安排，命运的使然，天时地利的巧妙，风云变幻的铺衬，人们只有适应客观规律，发挥主观能动，才能达到实现自我与奉献社会的有机统一，物我相忘，天人合一。极目远眺，天地苍茫，秋高气爽，五彩缤纷的原野逐渐褪去浓妆，裸露的胸怀承纳一切的回归。此时深入自然的山野，沁入清幽的溪流，享受清风明月的抚慰，品味朝阳夕霞的璀璨，一种孤独的领略，一种沧桑的感悟，一种忧郁的品味，才是心灵安然的家园，精神诗意的梦乡。

五十三

心里总是放不下，说明精神境界还未达到一定的高度。世间万事，纷纭复杂，人生轨迹贯穿其中；得失成败，荣辱褒贬，名利绳索束缚捆绑；其实，只是过眼烟云的幻象，世界本质的虚饰。心里始终想抛弃这些，实际上说明还是没有真正放下，修炼不到，觉悟不够，在计较中有所迷失。真正的放下，应当是一种超逸后的宁静，净化后的淡泊，安然于平常，意蕴于平凡，来之不惊，去之不惧，顺其自然，物我相忘。有时人们最大的弱点就是虚荣，满足于即得的利益暂时的名誉，而丧失了品性的纯朴洁净。所以，放得下是一种状态，更是一种境界。

五十四

梦境中的事物总是令人回味，因为它是飘逸散乱的思维放射，超越常识的臆想杂念，奇异奥妙的精神漫游，捉摸不定的灵魂跳跃，让你百思不得其解，又为它的场景画面和离奇情节而惊叹。梦是一种人生的幽幻影射，是一种情感的变异呈现，它以非常理的荒谬折射人们心灵的欣喜和困顿，它以跳跃式的异动反映人们精神的迷惘和寄托。所以，有时沉溺于梦中，它就像一阵清风，一片雨露，滋润干涸的心灵，浇灌不毛的灵魂，以期生命的新芽，实现生命的永恒。人在梦中，梦在心中。

五十五

推开一户门，让清风吹进来；打开一扇窗，让细雨飘进来。敞开胸怀，让秋天涌入，万木霜天，缤纷灿烂；放飞心灵，让精神飘逸，江山辽阔，天地苍茫。阳光温柔和煦，轻轻地抚慰着身躯，月色清凉爽透，静静地净化着心灵。秋色架起七彩的虹桥，飘向深邃的碧空，秋歌吟动深情的旋律，弥漫空旷的原野。一湾澄澈的碧水，几丛疏黄的芦苇，一杆钓钩的风云；一弯清亮的明月，几颗疏朗的星辰，一室青史的沉寂。听着秋声，和着秋韵，徜徉在秋的幽幻里；享受沉寂，感悟萧瑟，徘徊在秋的意蕴中，做一个秋风秋雨的伴侣，做一个秋景秋情地知音。

五十六

秋雨连绵，天地笼罩在一片水汽之中，一切都清凉湿润，即将收获的果实，逐渐枯萎的枝叶，原野斑驳纷呈。伫立雨中，沿着雨线思索，随着水汽畅想，感受清凉的抚慰，享有寂寥的引领。耕耘后收获的喜悦，收获后惆怅的迷蒙，付出的努力，接受的果实，有太多的回忆，有太深的感慨。自古人生多悲秋，大概也是一种征程的追索，情感的回味，真切的反思，具有悲情色彩的意蕴吧。“霜叶红于二月花”的浑厚，彰显了成熟季节的缤纷灿烂，富有生命的律动；云淡风轻的飘逸，也净化了繁杂喧闹的凡尘俗土，给心灵以清纯宁静的安逸。秋雨中，沉静了自我，放飞了灵魂，做一个精神的游客。

五十七

思绪万千，不在于江河湖海，高山峰峦，而是思考于生活中的小溪流、碎沙石，因为构成世界最根本的是平常平凡的东西，人们往往总是漠视它们的存在，却过分注目于建立在其基础上的宏伟与光鲜，这是世俗的浅识功利的陋见，是人们思想的误区心灵的狭偏。人们注目的不应一味是功名利禄的浮尘俗烟，而应是人格品性的纯真，做人做事的坚韧，追求超越的执着，平静淡泊的坦然。只有站在坚实的大地上，才能有承载一切的力量；只有融入深邃的碧空中，才能有升华精神的境界；只有从平凡平常的源泉探寻，才能有心灵的纯洁安然。从平凡平常中走来，向平凡平常里走去。

五十八

重归俗世，情绪一下灰暗了许多，但心灵深处依然豁亮，毕竟大自然中漫游了一遭，在青山绿水的洗涤中，拂去了一些凡尘俗霾，在清风白云的抚慰里，扫去了一些浮躁烦恼。人生如梦，总是在乎功名利禄的得失褒贬，其价值坐标是社会性的；而在自然山水中，只是亘古的苍茫万世的恒久，其价值坐标是自然性的。所以，生活在尘世中，长期沉溺于功利的进取，欲望的实现，恶俗陋习的缠绕，思想会麻木，精神会委顿，心灵会迷失，唯有自警自省的反思，可以保持头脑的清醒，而深入自然的怀抱，更是一种超凡脱俗的净化。人们不仅要始终前行，而且要不断回归，从本源中汲取精神的启迪，心灵的意蕴，才能走得持久而不迷失。

五十九

置身俗世，心在灵境，不为浮躁乱其思绪，不为烦恼迷失心灵。淡定自如，任它风来雨去；宁静安然，管它花开花落，一番超逸的灵幻，几多安闲的潇洒。入世太久，蒙尘太重，销蚀了本真的质朴，虚幻了品性的纯净；锱铢必较，芥末之事以为胸中丘壑；随波逐流，污浊之沫便是情怀江河，是谓君子，洞悉万物，明晰其理，神游天地，灵动寰宇；不以物喜，不以己悲，修身养性，砥砺志趣，蕴润情怀，净化灵魂；求得自我的明鉴，自我的超越，德蕴其内，道行其中，形逸其外，有天地之正气，人间之公义。所以，心灵的故乡是否清明，精神的家园是否洁净，人的品性风骨就会呈现不同的状态。

六十

一个单位没有文化就如一个人没有了灵魂，一切只能在混沌朦胧中运行，沉溺于随风飘荡遇水逐流的应付，失去理论的基础和精神的引领，缺失智慧的沁润和心灵的境界；其战略目标总体布局必然是狭隘紊乱的，其运作机制实施方法肯定是无序低效的，其人心的凝聚团队的士气也会松散萎靡，这是致命的缺陷。往往很多单位不注重文化的建设，满足于既得利益的获取，特别是有些领导缺乏文化的底蕴，只是做一些表面文章，涂抹一点装饰性的色彩，看重自己的名利，置单位的长远于不顾，导致事业的衰败。没有灵魂的单位是短命的，而领导人缺失文化是要害。

六十一

阅读了很多书籍，经历了许多事情，还不明白有些事理，弄不清有些理论，认识不了有些学说，把握不了有些思潮，主要是自己的愚钝，但也说明书籍本身或多或少存在一些问题。人们在长期的实践中，把自然，社会，思维的知识，逻辑化的梳理，系统化的整理，理论化的总结，以深奥或简洁的文字图画呈现，是让人们明白事理，提高思想认识，增强理论蕴含，更好地生活和工作。有些书籍文辞优美，情趣盎然，读时很有意兴，但其说明的问题却往往让人陷入迷茫之中，特别是把一些简单的事情描绘得非常复杂，把一些正常的事情陈述得稀奇古怪，瞒天过海，首尾不见，终不得其意旨。当然，也有把复杂的东西说得简单，把深奥的内容讲得明了，容易接受，却又觉过于裸露直白，没有一点蕴润之气，缺少情趣妙意，让人无法产生丰富的想象和幽幻的灵感。所以，把简单复杂，把复杂简单，不是一种浅层次的方法，而是在于具有深厚的学识和精神底蕴。

六十二

秋天是令人喜悦又惆怅的季节，收获了或大或小的成果，把过去的劳作和经历凝结成一种满足，享有物质精神的双重愉悦；而劲风扫荡的剥离，拂去缤纷灿烂的装饰，让承载万物的原野裸露本色，天高云淡，苍茫萧瑟，意蕴深邃，心里又一片空旷，有了太多的惆怅。失去的五彩缤纷，依然在眼前漂浮，印象难去；面临的空旷寂寥，让缺陷和追悔深刻反思，前景幽幻，时间的流逝，空间的深邃，加深了思绪的浓重，好一个愁字了得。少女伤春，文士悲秋，只是一种文学的意象，而深层的渊源，却是心灵的飘逸，精神的漫游，灵魂的向往。

六十三

波澜壮阔史诗般的时代过去了，因为那是英雄主义的天地，千帆竞发，百舸争流，沧桑大地，谁主沉浮；民族与国家的命运，人民的幸福安康，在于一批志者的奋勇拼搏艰辛求索，在于仁者的铁肩道义毅然担当，在时代风云变幻的舞台上，演绎了惊天动地的史诗壮剧，在世界潮流汹涌的撞击中，铸就了开天辟地的宏伟事业，数风流人物，非他们莫数。时已去矣，今日之平庸时节，在于点滴之积累，日常之建树，日积月累之功力，务实求稳之耐性，多了些沉闷的琐屑，少了些磅礴的气势，但更讲求精神的内涵，心灵的超越，志向的高远，情趣的盎然。如果失去血性的张扬，就没有了灵魂的崇高风骨的刚健。

六十四

时代飞速发展，以致我们还来不及回味，新的事物又呈现在面前。为创建中华人民国共和国，实现民族解放国家独立人民幸福，无数仁人志士前仆后继，赴汤蹈火，用血与火开辟了中华民族的新纪元，创立了自立于世界民族之林的坚实基础，掀开了实现民族复兴的宏伟历史篇章。弹指一挥间，已是六十年，在人类历史长河中，只是短暂的一瞬间，在一个民族的历史记忆里，只是一个标志性的符号，在无限的发展链条中，只是一段闪烁的光环，但它的精神辉煌，事业灿烂，鼓舞人们开创更加美好的未来。今天，回味往事，心潮起伏，思绪万千，感到自豪骄傲，热血沸腾，激情豪迈，因为我们是复兴大业的承担者，使命光荣，责任艰巨，任重道远，与共和国同行，为她做出应有的贡献。

六十五

保持心态的平和平静，随遇而安，顺势而为，尊重事实，遵循规律，既不跟风也不趋利，既不捞名也不取誉，坐得正行得端，光明磊落，胸怀坦白。人生一世，要看得开，想得透，山重水复，柳暗花明，崎岖平坦，成败得失，只是经历的砥砺，意志的磨炼，思想的丰富，精神的精萃。人们看重名利也无可厚非，痴迷欲望也不见怪，但它有底吗？终其一生，怎样来的怎样去，只是留下应该的付出和有限的贡献，只是给生活添一个音符，只是给时代一点火花，那就很了不起了。所以，保持平静淡泊的心灵，拥有单纯简洁的生活，做好自己的本职工作，就是对时代最好的答案。

六十六

谁都想把事情做得很好，特别是自己的事，但任何事都有一定的限度，不可能无限的扩张，关键是事物的本质和生活的意义是什么？如果一味的寻求物质的享受感官的刺激，那就会产生无限度的欲望，导致人们沉溺在名利的攀比上，陷入精神的苍白和萎靡之中；而且时代在发展，社会在进步，人们的生活内容生活方式生活水平也会有所不同，人生却是有限的，不可能穷尽自己无止境的贪婪。所以，只有平静心情，淡泊意蕴，安身立命，适时适度，顺其自然，才能让思想充实，精神愉悦，心灵安逸，真正的珍视生命，热爱生活，品味人生，感悟世界。尽心尽力做好每件事，但决不片面偏执，苛刻求全；身心愉悦地感悟生活，享受物质精神的成果，但决不贪婪妄念。保持心灵的超逸安然，是生命的内涵和本质。

六十七

六十一甲子，对于一个人而言，可谓山高水远，征程漫长；对于人类来讲，则是过眼烟云，弹指之间；在大自然面前，只是沧海一粟，峻峰一粒；在心灵之中，更是刹那瞬息，灵光一现。共和国六十年的风云变幻，砥砺奋进，共和国六十年的革故鼎新，茁壮成长。中华民族携历史长风，激时代巨涛，扬青春活力，展宏伟基业，矗立于世界民族之林，创造着复兴大业的辉煌。追忆历史，吾家几代投身时代大潮，融入宏伟事业，先辈血沃热土，创业立基，后代承前启后，奋力拼搏，可谓世家也。只有把祖国和人民的利益放到首位，只有把民族和事业的兴旺纳入胸怀，才是个人的使命，家族的责任；勇敢地担当，赤诚地奉献，家国情怀，君子境界，乃是齐家治国的法宝，育人传世的根脉。

六十八

生活是美好的，因为它具有崇高的意义，丰富的内容，众多的形式。生活的根本在于自然人类的有机统一，赋予了客观的必然主观的意蕴，升华出了涵盖天地，贯通古今，融会万物的精神。就像太阳每天从东方升起，光芒四射，彰显生命的意义；夕阳西下，晚霞璀璨，诠释着生命的奥秘；在激越与热烈中给人以生命的召唤，在温厚与淡然中给人以生命的启迪。在平常的日子里，人们做着自己的主人，在非常的时刻中，人们变成社会的附庸；在自然的岁月中，人们安然于时光流逝，季节交替，在时代的风云里，人们汇入惊涛骇浪，奋勇搏击。人们可以改变自然的面貌，社会的形态，时代的场景，个人的角色，但始终不能丧失纯真善良美好的品性，不能漠视生活的内容形式，不能忘记生命的意义。

六十九

文人多悲秋，是一种指向性的意蕴，因为秋天是一个收获的季节，也是一个深思的时刻。把过去辛勤的付出在收获中得以检验，油然而生的满足感充溢心头，不管成果大小多少，毕竟是一种获得；同时，原野褪去色彩斑斓的装饰，将本真的面貌裸露，一切显得空旷辽阔，苍茫萧瑟，惆怅幽幻弥漫心间。大自然造就了人类，社会培育了人们，同样也会以自然和社会特有的方式给人以警示，给人以抚慰和启迪。季节轮回是最适宜的方式，给人们最沉静寂寥的场景，抒发最深切的情感，也就有了意蕴优美幽幻的诗意。

七十

放不下的都是红尘禄利的得失，浮光掠影的应付；放得下的都是平静淡泊的意蕴，超然飘逸的灵感；但放得下的时时刻刻萦绕心头，放不下的点点滴滴漏失遗忘。人是大自然的精灵，社会的主体，精神的内涵，思想的层次，灵魂的境界依然是本质所在，根脉之基。人世间许多事，经历了未必能参透，参透了未必能解脱，解脱了未必能超越，超越了未必能忘却，忘却了未必能追忆；唯有不断地丰富自我，砥砺自我，反思自我，净化自我，拥有超逸的情怀，清朗的意趣，安然净洁的心灵，才能接受连绵不断纷繁复杂的事物，应对劈头盖脸无孔不入的名利欲念，保持自我的那份清醒和恬淡。有时看似无意的思考，无用的思绪，却是心路的真正伴侣，一种自我真实的映射。

七十一

看透了的许多东西，始终重复出现着，让人们不断去应付，长此以往就会感到无奈和疲惫，虽然表象形态千奇百怪，五花八门，但万变不离其宗，无非名利作怪欲望捣鬼。人生就是在这样的纠缠中延续着，代代相继，虽有新的内容和丰富的形式，但本质依旧，没有什么根本的变化。所以，要想深刻的思考，必须突破僵化的思维定势和行为习惯，透过纷繁复杂变化莫测的表象，认识事物的规律，把握事物的本质，思想上有所创新，精神上有所超越，特别是心灵上一定要平静淡泊，“会当凌绝顶，一览众山小”，才能深谙事理，超凡脱俗，达到纯真质朴，光明磊落德境地。

七十二

在现实中，人们企盼的欲望越淡泊，追求的目标越简单，心灵就会相对平静一些，烦恼就会减少一些，因为，欲望太浓烈，追求太复杂，心灵的承载太重，精神的空间占满，没有了思考的余地，失去了向往的憧憬，宁静的天地充斥繁杂喧闹，洁净的家园涂抹五颜六色，生活就会琐屑，生命就会猥琐。人生百态，各有千秋，但万流归宗，其起始与归宿是一致的，这是人们认识世界，把握自己的根本，要知道自己从哪里来，要明白自己到哪里去，要清楚自己在何处立。人生可能是风调雨顺，平坦畅行，也可能会旱涝交织，崎岖蜿蜒，唯有内心的平静可以化解一切的浮躁，唯有精神的安然可以平息一切的盲动。平凡的人生，平静的心灵，平淡的生活，平和的胸襟，却是人生的至境。

七十三

海边一游，正值清风送爽，白云逶迤，碧波涟漪，万木葱茏，鸡鸟翔集，渔歌唱晚，风光旖旎，别是一番南国情趣；更有城市舒展，群宇巍峨，车水马龙，花草葳蕤，霓虹璀璨，流光泛彩，定是人间盎然生机。自然与社会相交融，人生与时代相砥砺，这是自然的造化，人世的精萃。试想人生不就如此吗？一方面追寻荣华富贵，安享尊荣，搏一生之名利，一方面探究淡泊意蕴，平静心态，得一生之情趣。入其尘世，谋求的是生存发展，脱离苦海，追寻的事超逸境界，二者你中有我，我中有你，交相辉映，彼此衬托，大概人生如此，也是佳境了吧。

七十四

人生之途，总感觉时空被安排得满满的，仿佛有走不完的路，做不完的事；其实，只是一段时间，一度空间而已。现实中诱惑太多，人们倾注了毕生的精力，但收获微乎其微，迷失于既得利益的享有，沉溺于欲望的深渊，不知疲倦地随波逐流，还冠之以奋斗的招牌，关键还是思想的迷蒙，精神的缺失。人生的舞台博大深邃，生活的场景纷繁复杂，人们的角色千姿百态，不能一味地追求，拼命的索取，应该保持心灵的平静，精神的淡泊，既做好事情，又陶冶性情，松紧适度，张弛有据，达到自我的身心愉悦，和谐的物我相忘。

七十五

冬天将至，凛冽的寒风涤荡了原野的一切装饰，塞外北国苍茫萧瑟，裸露粗犷的坦诚，呈现质朴的辽阔。一切仿佛回到了生命的源点。唯有心中依然是秋天的眷恋，时刻回味璀璨斑斓的丰盛，霜叶浸染的浓烈，天高云淡的深邃悠远。我喜欢季节的交替，岁月的轮回，品味不同的人生境界，欣赏迥异的人生风景，咀嚼丰富的人生百味，因为，从中净化了灵魂，陶冶了情趣，升华了精神，安逸了心灵。拥抱一个冰晶雪洁的冬天，也会晶莹剔透，神妙幽幻。

第十六集　登高远望

DISHILIUJI DENGGAO YUANWANG

一

九九重阳，秋风萧瑟，秋江澄澈，秋云恬淡，登高而望，天地辽阔，万像缤纷，在璀璨的秋色中，大地逐渐褪去浓艳的装饰，原野开始裸露萧瑟的苍茫，万物呈现朴实的本色，以承接晶莹的洗礼。古人选择此日登高望远，萦绕乡恋，倾诉思念，遥追岁月，感慨人生，可谓意境深邃高远也。因为唯有此时，至尊相交，极致相伴，天高地远，心灵空幻，一切都在回归中得到真正的净化，一切都在精萃中有了本真的凝练。登高是一种心灵的升华，遥望是一种精神的超逸；只有回归到简单，一切才呈现真实，只有安于平常，一切才是根本；只有恬淡到平凡，一切才呈现本色，只有处于平静，一切才是真谛。唯有登高，才能远望，唯有远望，才是登高；思想的深邃，情怀的丰盈，心灵的幽幻，精神的净洁，只在这九九的交汇中闪烁。九九重阳，今又重阳，君在何处，心在何方？

二

平静中一切喧嚣都沉寂了。平淡里一切躁动都黯淡了，失去繁杂的修饰和欲望的冲动，心儿就如秋江一样的澄沏清透。人生如梦，总是在瞬间就轻舟万里，过眼烟云了，而唯有最真实的自我，经过大浪淘沙的历练，解去名利的包裹，卸掉世俗的装饰后，剩下的只有平常和简单了。一切都归于平静，静中万物回到了原点，一切都归于平淡，淡中万物呈现出了本色。人们在现实中总是把欲望的烈火燃得炽热，攫取的目标定得宏伟高大，占有的步履风驰电掣，贪婪的方法五花八门，看起来气宇轩昂，轰轰烈烈，殊不知，在历史的长河只是几朵浪花，在岁月的山峦只是几粒沙石，从根本上讲只是人生的轨迹，社会的安排，时代的特色，其骨子里依然是道法自然的命运，天人合一的归宿。因为，天道地理是执着的，虽然有不同的人生内容，不同的时代特色，不同的社会场景，但其根本是一致的，那就是一种平静中的淡泊，淡泊中的平静。

三

名利对于一个曾经沧桑的人来讲，已是过眼烟云，任风吹浪打，臧否褒贬，只是一阵轻风吹过，拂动空虚，掠起无聊而已。有时心里放不下的就是一个虚名，其实这不过是一种自欺欺人的自慰而已；有时丢不掉的就是一点实利，其实这只是一种萎靡困顿的借口而已。因为，世俗的坐标在不断变化，时髦的价值在不断变幻，成败的评价在不断修订，人们只是随波逐流的把历史淡淡地闪现在思想的某一时，人们只是泥沙俱下把人生默默的沉淀在精神的某一处，淡忘是人类的本性之一，漠视是社会的遗传，消解是时代的惯技。看秋风落叶，一片苍凉，那才是真正的境界；因为只有失去外在的装饰，内心的本真才能裸露，精神的内核才能呈现，直白虽然有些难堪，裸露虽然有些不雅，但其真实而实在，让人更清楚地认识自己。

四

平静是人生的一大境界，因为在现实世界中，喧闹的东西太多了，各种名利把人们融入到混浊的贪婪和偏执的攫取之中，各种思想和行为都在为其具体的目标凝精聚力，于是风飞浪涌，天地变幻，人们随波逐流，甚器尘上，以致失去了自我，只留得一种空洞的繁华无聊的苍白。当真正遇到一种成就或挫折时，又会坠入到更为激烈的锱铢必较之中，悲喜交织，得失品度，左思右想，上颠下覆，不能自持。所以，要达到一种平静是非常之难的，因为，没有艰难的人生历练，深刻的精神反思，不能使心灵处于一处淡泊安和的状态，就很难达到恬淡超逸的境界。平静，它蚀刻着人生的修炼过程，标志着人的修养程度，彰显着品性的特质，蕴含着人的精神内核，呈现出心灵的本真属性。

五

虽然年龄已让我平静得像一泓秋水，但心头的波澜依然；虽然岁月已让我斑驳的像一片原野，但心头的激情依旧。藏在心中的，未必都是不该说的，畅所欲言的，未必不是藏在心中的；唯有一种隐忍的意蕴，在心灵周围设置出重重的精神篱笆，把那慈爱仁和富有情趣的灵魂约束起来，呈现出平静的寂寥淡泊的苍茫，有一点孤独幽幻的意境。在淡淡的注视中，任风雨磨砺，在静静的承载里，任世间荣辱，一切都归之于本真的寂然，一切都安顺于质朴的散淡。但我总感到心灵的火山在奔腾，精神的海洋在翻滚，激情萌动，意蕴昂扬，仁慈博爱积累的能量博大而精深，浓烈而厚重，于是，就有了老夫聊发少年狂的尽兴，不时呈现出顽劣的身影。是修炼不到，还是返璞归真?

六

无语并不是没话可说，而是要说的太多太深而无法倾诉了。当对人世间品味太多时，一切滋味都失去了特色。唯有静静地去阅读，眼和心浏览过一个个字词，注视过一页页章节，翻阅过一本本书籍，不让思想停顿，不让灵魂思索；因为，即刻的停歇，稍微的感慨，满怀的激情，深刻的觉悟，马上会让宁静下来的心灵又风起浪涌，波涛连天了。默然地看着秋云淡起，孤寂地聆听秋风的细语，秋叶蹁跹，秋水寒彻，秋野苍茫，秋意萧瑟，于天地融为一体，附着万物，弥漫每一个角落；时光穿透躯体，岁月调节着心律，没有刻意的安排，没有精细的雕琢，一切都自然地从心灵中流过，因为，所有的过客都是这样，划过时空，流逝岁月，行走江湖，落迹原野，在时代中暂住，在社会里奔波，在人群中穿梭，游云散淡，轻烟一缕，缥缈无际，空明澄澈。生命周而复始的循环，构成无限的幽幻奥秘，唯有静寂收纳着一切。

七

冷空气仿佛把一切都要凝固，天宇如碧，原野苍茫，山川萧瑟，万物凋零；呈现在眼前的是一幅寂寥深邃的远山近水的画卷，清俊料峭的篇章，意蕴幽幻的旋律。初晨，一牙弯月仿佛被冻僵在了西边的天幕上，不能悄然离去，散发着幽暗的残辉；而太阳则安然地躺在东边的地平线上，不愿急切地升起，搂着炽热的暖床，只是撒一点胭脂般的柔和，迟迟不愿把金色的光像箭一样发射过来。伫立在窗前，远望大地，寂寥苍茫，秋山凌峭，蜿蜒萧瑟，秋水淡澄，长练萦绕，一切都是那样的安静又是那样的幽静。塞上城市冬天的初晨很有意趣，因为凝冻住的外在时空意蕴和流动的内在车流人流具象，仿佛是一种天然的默契，在凝结中有一点喧闹，在喧闹中又有一点凝结，反复循环在凝固与融化的交替中，有时让心儿静止一会，得到些思考的感悟，有时则让心儿激动一阵，有了情趣的蓬勃。

八

历史都是由后人记忆撰写的，但都是前人践履创造的，有众多遗迹丰富的记载，但更多的都湮没在了岁月的长河之中。一些重要人类事件社会变化时代特征，让人感到格外的震撼，也感到格外的平淡，因为历史的创造和记忆无论如何纷繁复杂，云诡波谲，万象纷纭，但最后都归寂一种发展的必然法则之中；历史的横面缤纷璀璨，历史的纵面新旧交替。原点不断被拔高，历程不断被丰富，形式不断被多样，内容不断被充实，但其规律依旧，本质依然。沉浸其中，让人领略许多东西，但最根本的是看到人类来自于自然，成就于社会，彰显于时代，而终归于自然这样一个亘古不变的永恒规律；无论社会发展阶段如何，时代特征怎样，人类面貌如何，生活方式怎样，其遵循的规律是永恒不变的，所以，从具象上看，历史是复杂的，从抽象上讲，历史又是简单的。

九

傲立于世，不与奸佞小人同台共舞；凌然正气，岂与谗谄媚俗同流合污；特立独行，秉持正义，清明纯真，胸怀天地，意通万物，情趣优雅，德行良惠，慈爱仁和。白眼看世俗，风云变幻，扑朔迷离，灵性黯淡，精神逶迤，只是混吃等死的寄生；清心蕴人生，竹篱茅舍，青灯黄卷，寂寥苍凉，幽幻深邃，才是真正超凡脱俗的俊逸。势利之市，无须费神耗力，得失之间只是冷眼二字；名誉之场，不用聚精会神，荣辱之间只是淡泊意趣。岁月不居，时光如流，历史沧桑，时代更替，物是人非，依然红日东升，明月西坠，四季轮回，万物兴衰；管什么英雄豪杰风流人物，谈什么宏图伟志雄才大略，镜中花水中月，只是过眼的烟云，虚幻的影集；精雕细琢，依然是精神的空中楼阁，刻骨铭心，照旧是心灵的荒芜之地。想吾辈，前不负先贤，后不愧苍生，虽沧海一粟，群山一粒，修身养性，尽心毕力，也是本分的使然，责任的担当；只要心怀天地情韵万物，致力民生惠及大众，只要情趣超逸意蕴深邃，宁静淡泊闲云野鹤，小人与吾何哉！

十

初冬的第一场雪，纷纷扬扬，天地间飘逸着水的精灵，弥漫着柔和的氤氲，笼罩着幽幻的奥秘，宇宙浑然于蒙沌之中。雪来的及时，也很突然，稍微形成花瓣的雏形，来不及舒展便从天空中急切舞动，在一粒粒一朵朵地拥挤中，飘然而下，落在大地身上，不断地融化，不断地凝结，不断地积淀，不断地铺延。初冬的大地不愿马上进入寒冷的境地，依旧热情地拥抱着原野，不时把落在道路上的雪融化，形成黑白相间的斑驳，不时抖落树枝上的雪晶，露出一些嶙峋的沧桑。一种迷幻的灵动仿佛驾着雪花在追寻着什么，急急匆匆，不停脚步，一种奥妙的奇异犹如漫天的朦胧，掩饰着什么，神神秘秘，难与言说。此时，诗情画意的雪景正在展开露白的序幕，我只是默默地等待，一任飘雪的抚摸。

十一

漫天大雪，将大地笼罩在飞花与雾霭之中，一切都失去了原来的意蕴，任何颜色都让位于纯洁的白，任何温度都让位于清冽的寒。真欢喜啊！天地深邃辽阔，人世繁杂喧闹，撕一天的轻纱将一切掩去，还一个洁净的世界。人生如梦，生命如旅，在有限的生存无限的企盼中遇到的东西太多，以致人们淹没在名利的追逐中得失的计较里，逐渐失去了自我，本真的内核被虚幻的表象迷惑，纯洁的情趣被眩晕的装饰遮蔽，看似繁华热闹，缤纷璀璨，但却丢失了灵魂，玷污了境界。看那雪花漫际的飘洒，一切都披上了洁白的圣纱，只有在这冰清雪洁的超逸之中，心灵才能得到净化，宁静地去回味思考，倾听自己最真实的声音；只有借助这天造地设的启迪，精神才能得到精萃，恬淡地超越，实现灵魂的升华。落雪无声，落雪无意，却在心中。

十二

烦躁的心绪终因一场清爽洁白飘雪的滋润冷静了，精神中的斑杂的萦绕也让一场晶莹剔透的凝结净化了；心灵中有了一些淡淡的惆怅，又多了一份静静的思索。人们总想把生活搞得丰富多彩，把人生装扮得缤纷璀璨，贪婪的追求无止境的欲望，狂妄地攫取无界限的享受，丰盈的成果堂皇的装饰，虚无的精神迷茫的心灵，把自己搞得面目全非，不能自我。特别需要放缓一下疾驰的脚步，松弛一下紧张的思想，梳理一下繁杂的精神，调理一下混乱的心灵，而冬天的初雪恰如其时的给人们带来了物我相照的对应，天人合一的契机，它直观地呈现白茫茫大地真干净的场景让你冷静，它寒冽地昭示冷清清世界真实在的现实让你清醒，引导你回归到原点的状态，不再注意自己注目的既得，不再计较自己迷恋的名利，还原一个真实的自己。乾坤之间，浑然银装素裹，人生此时，已是冰清雪洁，心灵被其净化，精神被其陶冶，灵魂被其升华，何等的欣喜。像一朵雪花，随风起舞，不管行程如何，不顾结果怎样，只是随心所欲的飘逸。

十三

心淡如水，似春溪，像夏河，是秋江，更是冬的冰与雪，在清澈寒冷中，呈现着自己的本质，不断将行程中的污浊清理，不断将纯净凝结成晶体，以求一种坚固的回返，以求一种形体变幻中的印证。人本身就是大自然之子，离其怀抱后的任意游走，便忘却了自己的源泉，丢失了根本，疯狂追逐无穷无尽的名利，贪婪于得失荣辱的感受；粉饰的东西太多，失去了本来的面目，追求的目标太杂，失去了心灵的单纯。有时一阵醒悟，感到了某种不对，但瞬间又被新的欲望和追寻所代替，疲惫不堪。所以，要像水一样顺其自然，利万物而不自持，蕴苍生而不自矜，泽天下而不自誉，永远是一种淡泊清纯，质朴静雅。

十四

苟且于世，随波逐流，对于一个常人来言，没有什么难的，但对于一个仁人志士来讲，就非常痛苦了。宏伟的抱负远大的志向，博识的聪慧精进的能力，被一种世俗的生存所钳制，被一种时髦的风习所束缚，拘泥于名利得失的狭小天地，困顿于成败荣辱的沟洫藩篱；虽能独善其身，明月清风，琴棋书画，原野山川，松梅竹菊，碧草野花，但终是一种无奈的寄托随意的消遣，而不能胸有大志，腹有良谋，指点江山，激扬万物了。唯动心忍性，拘天地之灵韵于胸中，融人世沧桑于心里，淡泊宁静，砥砺修炼，涵蕴意境，超逸精神，方为至上的选择。因为，久居尘俗，常谙时习，清浊混淆，是非错乱，假以时日，郁垒堆砌，偏执寄成，胸怀难以舒展，意气不得顺畅，精神萎靡，心灵黯淡，情趣滞涩，行为乖张，自甘沉沦也。所以，清明自知，暗香浮动，心远地偏，孤独寂寥，也是一种避俗的妙趣，心灵的造化吧。

十五

雪花是水的精灵，从大地上海洋中被太阳蒸腾，洗涤了征程的灰垢，净化了身心的雾霾，升华为一种灵动的晶莹，清风抚慰，光明陶冶，幽形幻化，从天际轻曼飘逸地散落下来，山川笼罩，原野覆盖，万物一色，还世界一个纯真洁净的本真。这是自然意蕴深奥的一种安排，更是醍醐灌顶般的一种警示。人们啊！要时刻洗涤掉心灵的尘垢，要及时清理胸中的阴霾，哪怕一时短暂的宁静，哪怕片刻即逝的感悟，让心灵呼吸到洁净的空气，让心灵沐浴透明的光泽。漫天的飞雪，天使般的唤起心灵中的纯真，精神中的圣洁，净化了的身心，呈现着晶莹剔透的澄澈，彰显着真善美的人性之光。雪花飘飘，染白了原野，总有被人们又玷污的地方，但很快又被雪花覆盖，白茫茫大地真干净，心灵呢？

十六

雪花将一切掩去，是一种自然的躲避，因为看不到繁杂，呈现出单一洁白的原野，让人感到有一种心灵的解脱，一切都是那样的单纯，回归原始的本真之色。何尝不想让一种精神的晶莹雪花，遮蔽一切世俗的痕迹；何尝不想用一种思想的清凉寒冽，净化浑浊的名利；充满欲望的头脑哪怕有一丝的淡泊，疯狂攫取的喧闹哪怕有一点的平静。得失成败，荣辱褒贬，一切都让漫天飞雪将其掩埋，唯有一种宁静的散漫，唯有一种淡泊的氤氲。人世中的名利之争让人揪心不已，衣食住行的升级标准越来越高，灯红酒绿声色犬马的享受越来越无度，社会的恶习陋俗越来越浓重，时代的短视既得越来越急迫；内容不断增加，花样不断变换，人们疲于应付，劳于筹措，急于攫取，哪有片刻的宁静，短暂的淡泊；精神高地虚无，心灵家园荒芜，人性沉沦，灵魂游荡。唯有这雪暂时地将一切隐去，展示了一种启迪和警示的提醒，但人们能否惊悟，还不好说。

十七

这是天的垂青，这是地的怜悯，这是精神的感喟，这是心灵的泪花；天地浑然，轻曼飘逸，多少行程的砥砺，多少世态的历练，多少世俗的侵蚀，多少风习的熏染，却始终挡不住奔腾的步伐，终于净化成超逸的轻扬，升华为一种幽幻的精灵，在深邃的天宇做一番脱胎换骨的涅槃，凝结出最奥妙的结晶图案，飘洒而下，覆盖了原野，笼罩万物，将一切都容纳，不管其形态各异，内容复杂，是非混淆，良莠莫辩，一视同仁的轻轻抚摸，默默的覆盖，消去参差不齐的起伏，填平凸凹深浅的鸿沟，呈现出平坦洁净的大地，映照深邃静谧的天宇。雪花朵朵，不管来自大地的某一个角落，江河的某一个时段，天空的某一区域，飘洒中挥发着自我，落下后融成洁白的无我，彰显着真正的本我。

十八

雪后日出，红妆素裹，天地间弥漫着一种静谧和吉祥之气，阳光在洁白的雪野上铺撒着，积雪在阳光的照射下变幻着自己的色彩，光的律动与雪的映照，把冷和热有机地连在了一起，以最单纯的至美呈现着自然的神奇。宇空被鹅毛般的雪扇扫拂得清爽净洁，深邃碧透，大地被无垠的白雪覆盖，寂寥广阔，苍凉而冷峻；一切都在凝结中交织着内在的活力，光和雪成了交响乐的主旋律，它们在人生的五线谱上下跳跃，一串串音符飞向天空大地，无论是黄钟大吕，还是低吟浅唱，只有用心灵去倾听，只有用灵魂去感悟，才能真正懂得其中奥妙，只有在这光的普照与雪的映射中，才会有精神的欢悦。

十九

太阳跃上被大雪拂拭后的蓝天，金光四溢，给白茫茫的大地涂上了尊贵的色彩，安谧寂静，天地通透，清明爽洁；积雪在起伏的原野上，斑驳地呈现出阴阳的波纹，幻化出神奇奥妙的图释，让人感到光的跳跃是那样的灵动。这是一首自然的优美旋律，更是一曲绝响的天籁之声，因为一切均在悄无声息之中，自然的造化就这样实现着彰显着自己的永恒。真想变成一朵雪花，真想变成一束光泽，在挥洒与照射中，在凝结与跳跃里，来一点彻底的净化，做一番深沉的思索，让一切都归于无声无形，唯有心灵随着光的律动面跳跃，随着雪的沉寂而宁静，在这天光雪影的互动中，感悟生命的真谛，求得人生的意义。

二十

心情萎靡黯淡，虚无寂寥之感笼罩。生命的起伏跌宕已不值得太多的思考，人生的成败荣辱也不用过多的计较，唯有萧瑟苍凉的意蕴，孤寂幽幻的情调。看白雪晶莹，能平息几多胸中的烦躁；看寒风拂面，能淡定多少心中的烦恼；唯有无所事事的茫然，付与地老天荒的寂寥。在点与线的交织中，编织着人生的梦幻；在形与色的混合里，延续着生命的奥妙。寄情天地，只觉自身的渺小；寄情人世，只觉世态的炎凉。只有简单地将自己在琐事中麻木，只有杂乱的把思想在无聊中解构，这是一种情绪的反应，也是一种心境的映照，更是一种精神的痛苦，灵魂的无奈。于是，唯有竹篱茅舍的孤独，青灯黄卷的寂寞，古今圣贤的苦吟，往来英雄的感叹，化为清风明月，抚慰远离世俗的清静，朗照抛弃名利的恬淡。

二十一

太阳金光四射，展现着一天的晴朗，白雪清辉映照，铺展着原野的寂寥；自然的造化，奥秘的安排，让人神追不能，心动不已。伟大的太阳，在人类最早的诗史中就有您尊贵的位置，在自然博宏的记事中唯您最为夺目，但太阳总是谦虚地站在一旁，忠实地履行着自己的使命，将光芒与热能洒向大地，滋润生机，沐浴万物；不管是风云变幻还是晴空万里，总是迈着均匀而执着的步伐，行走于天际。无论人们怎样注目，无论人们如何漠视；无论人们怎样赞颂，无论人们如何贬损；只是仁爱地抚慰一切，慈祥地普照万物；只是执着地燃烧自己，坚定地承担使命。伟大的都是平凡的，尊贵的都是平常的，热烈的都是简单的，高雅的都是平静的，这是太阳给我们的启迪更是教诲。每个人都是自己的太阳，都有燃烧自己普度万物的使命，无论能量大小，光芒明暗，泽被多少，都是命运的担当，人生的至理，关键是我们能否有太阳的境界。太阳照耀着我们。

二十二

世俗之中遁入陋室，繁杂之境躲进书斋，人情事务淡之于形，情趣意境守之于心，正所谓“躲进小楼”的清净，“不畏浮云”的超逸，

“一览众山”的境界，也是一种心在凡世隐匿荒芜的淡定，身在江湖心如草莽的意蕴。试想人生如梦，蜿蜒曲折，跌宕起伏，不知有多少山重水复的砥砺，阴晴圆缺的感受；虽然行路坎坷，但心路的精萃和淡定，却应该是本真的使然也。回忆历史，追溯行程，无非是一些零碎的飞鸿印迹，歪斜的断垣残壁，幽幻的羚羊挂角；纵然细心梳理，精雕细琢，必有矫饰之嫌；如果直笔抒来，又为情趣所碍，不能实事求是；于是只在记忆中前赴后继，思索中游来荡去，终不能付于笔墨，书于章籍。人之难，就在于秉笔直书达意的见识，求得公正客观实在的精神；就在于博览卓识精慧的能力，达到事清理明道通的境界。所以，唯心论史的人与事太多了。然一些真知灼见的卷帙，精进地到的论述，客观公正的鸿篇巨制，翔实全面的资料引据，令人百看不厌，纳入情怀，入心进脑，以增见识也。

二十三

人生需要不断地反思、解剖、深化、蜕变，达到一种新的境界；量的变化积累非常重要，越厚重深刻，就会让质的突破及日后的扩展更为显著；凤凰涅槃的精萃是一种真正的超越，浴火重生的陶冶是一种彻底的升华。因为，一切都在燃烧中淬去杂质，保留精华，并在痛苦的历练中升成一种新的境界和高远深邃的意象，这种精神的超越更为宏大深远气势磅礴。要实现凤凰涅槃式的浴火重生，必须正视自我，尊重历史，深入现实，去掉一切伪饰，克服私心杂念，从曲折的行程中历练品性，从得失的结果里陶冶情怀，从荣辱的褒贬中明辨是非，透过风云变幻的万象，呈现纯真实在的本质，还原于一个最真切的自己。万般幻象去，方知我是我。

二十四

旭日东升，霞光万道，白雪覆野，晶莹清亮，红装素裹，分外妖娆，江山如此，人何以堪！一路征程，春风夏雨秋霜冬雪；几度岁月，春耕夏耘秋收冬藏；回首已是百代过客，驻足正在山高水长。看时光飞渡，四季交替，万物兴衰，唯有精神日月，乾坤胸怀，意气万象；笑傲江湖，淡看世间风云，闲对世俗喧嚷；孤独在野，寂寞为伴，漫卷诗书自张扬。一杯浊酒，邀得个清风皓月，梅兰松菊；几片残茶，看它个朝霞夕晖，渔樵答唱。抬眼望，碧空澄澈是我心胸；俯身看，沧桑寂寥是我情怀。青史做伴，三更灯火五更鸡，谁论古今是非；黄卷为友，七级浮屠九层台，岂管人仙真伪。英雄已逝，豪杰不再，仁者困顿，哲人隐匿，闲云野鹤，虚幻无极。恰得冬雪，万物匿迹，苍茫一色，空阔寂寥，还一个清纯宁静的天地，也好看清一个真实的自己。

二十五

人生如梦，岁月如歌，一路行程，几多感怀；远看青山崎岖，近览绿水逶迤，山河依然，人世沧桑。清风白云，竹篱茅舍，梅兰松菊，总恋精神家园；朝霞夕晖，明月星光，俚俗野趣，不忘心灵故乡。灞桥边，阳关三叠送故友；杨柳岸，晓风残月迎知己；枯树老藤，西风瘦马，游子何日归故里？长堤断桥，暗香如故，才子哪时遇佳人？大江东去，英雄豪杰何处在？古刹钟声，高僧大德哪里寻？只落得个碧海青天的幽幻，苍茫大地的寂寥。身在红尘俗雾里，心在名缰利锁中，只有成败得失的计较，荣辱褒贬的拨弄，哪谈得上超逸的情趣，散淡的意蕴，高雅的境界，纯净的心胸？一杯浊洒，浇湿青史黄卷；几片残茶，滋润孤独寂寥；一点笔墨，凌乱人生轨迹；几句闲言，散漫心灵愚蒙。心有千般结，全在一个淡定，思有万般意，只是一个平常。黄钟大吕，激越高歌，胡琴琵琶，低吟浅唱，也是自然的事理，人生的本真。

二十六

今日何日，朝霞漫天，金光四溢，是我当今之情怀；今日何日，白雪覆野，万物萧瑟，是我当今之思绪；今日何日，清风寒冽，纯真净洁，是我精华之意蕴；今日何日，把酒高歌，山高水长，是我超逸之境界。今日不是简单的时日，一种历史的回顾显得格外凝重，今日又是个平常的日子，一种现实的存在显得格外自然。日子久了，经历多了，思想中的积垢需要清除，行为上的僵化需要打破；时间长了，历练深了，精神中的精华要进一步精萃，心灵里的境界要进一步升华。正是这样一种承前启后，继往开来的使命，宁静致远，淡泊明志的责任，今天的日子非常特别，因为在冬的寒冷清冽中，去掉一切装饰，净化一切尘霾，还心灵一个永恒的纯真善良美好，还一个平凡平静平常的自我。今天是五十四岁的生日！

二十七

静处一隅，就像幽谷里的草木，只有风中的拂动；就像深涧里的溪流，只有自由的蜿蜒；就像高悬的明月，映照在崇山峻岭和深潭碧湖之中；就像炽热的太阳，执着地将光芒普照大地温润万物。人间的桃花源何处可觅，只有在心灵中拓展自由的家园，只有在精神里建造独立的故地。寄情于东篱黄花，五柳村圃，近有田园可据，远有南山可依；安然于繁华喧闹，名缰利锁，来时风云变幻，去时过眼烟云；一切都是物象的虚幻，一切都是抽象的随意，只有精神的源泉始终充盈，只有心灵的翅膀翱翔天际。心远地偏的潇洒，需要决绝的胆识，超凡脱俗的净化，更要超逸的情趣。久居尘世，太多的名利缠绕，太多的炎凉侵袭，身心疲惫，特别需要一种心理的隔绝；无论是寄情自然山水，还是孤寂凡尘闹市，只要让心灵安静下来，一切都会脱去装饰，丢掉虚伪，呈现品性的本真；只要让精神淡泊下来，一切都会化合分解，砥砺精萃，彰显生命的奥妙。静处一隅。

二十八

静守一处，竹篱茅舍，鸡鸣犬吠，残灯断烛，浊酒淡茶，春耕夏耘秋收冬藏，琴棋书画骑射游猎，只是梦幻中的田园意境，早已不复存在了。身居闹市，钢筋水泥，车流人海，霓虹璀璨，花天酒地，名争利夺锱铢必较，是非混淆成败荣辱，已是生活中的平常态势，成为社会的习俗。红尘滚滚，裹挟万物，雾霾漫漫，迷失人心；只是在短暂的时空中，有一份孤独厮守着精神的火花，有一点寂寞护持着心灵的温馨；只是在无奈的寂寥中，收拾一些残破的历史碎片，展现一点风云变幻的历史场景，延续一丝气壮山河的历史余脉；在随波逐流的混沌里，有一点中流砥柱的坚持，清者自清的明白。把心儿放入一个最孤寂的地方，那是希望的空灵之地，在炎凉世态的急风暴雨中，撑起的一点绿荫，承接纯真的沐浴；把心儿放到一个最淡泊的地方，那是梦幻的自由之境，在荣辱成败的烟云霭雾中，净化一片碧净的天宇，让灵魂轻扬飘逸。孤独的坚守，寂寞的等待，田园荒芜，心灵何时归来？

二十九

善良的心无须去负担更多的沉重，因为，它是在对不善中呈现出自己的风骨，彰显着自己的禀性，就像一条河流，清流自清，浊流自浊，清浊混杂，都在大海中得到了净化，善良的心比大地海洋天空更为深邃高远，它将一切涵蕴，它将一切升华。只是在人世间，太多的权势依附，太重的名利贪婪，太强的既得享有，让人们缺乏从善良的角度去考虑问题，一切依得失而定，一切依褒贬而行，仿佛只有抓住这些才是一种生存标志，才是一种价值体现；殊不知，那只是随波逐流的沉沦，一种虚无的只能让实物代替的浅薄。面对一切，只有从热爱自然、社会、人类、生活的根本出发，才能彰显善良，把它渗透到为人做事的点点滴滴，方方面面；只有从人性的善良源泉出发，才能上善若水，清流潺湲，江河奔涌，滋润原野，沐浴稼禾，推动舟船，汇入无限的生命大海。善良没有大小多少，但决不为恶习陋俗所束缚，被强权豪势所压抑。

三十

守住心灵的那份坚贞，守住精神的那份清明，风骨刚劲，气宇轩昂，挺立于四面八方的风雨中，高傲的枝干刺向苍穹，坚韧的根系扎入大地，挺一身伟岸，留一片绿荫，这是做人的气节，这是立世的根本。不能随波逐流，淹灭纯真，过分追求世俗的名利；不要泥沙俱下，丧失品性，无度迷恋虚幻的权势。人之于世，历经万般，不外乎名利，总计较得失，看似重要，但也只是岁月的清风，季节的流云，形态变幻，本质依然，是最平凡最平常的，无须刻意的精雕细琢，不用强制的攫取索求。淡淡的云，清清的雨，飘飘的雪，静静的露，为什么让人觉得沉静安逸，是它没有那么辉煌的铺垫和热烈排场，完全以一种平常之态，滋润原野，沐浴万物，把纯真善良美好融入散淡飘逸之中，把坚贞清明刚劲体现在平静平常之里。风格风度风骨即人，你又是哪种呢？

三十一

就像溪流来自千山万壑，冰峰雪岭，蜿蜒曲折，汇集了不同时间不同地域的水系河流，由细小到博大，由清浅到浑厚，终于融到了无限的大海；此时，胸怀已博大得无法量度，气势已雄宏得不能描述。一种超然的平静，在辽阔中四溢；一种淡定的平凡，在深邃里弥漫；这是人生的镜像折射，这是生命的意蕴表达，这是精神的升华，这是心灵的超越。无论你经历过多少征程，无论你取得多少成果；无论多么璀璨的物质装饰，无论多么灿烂的精神光环；只是一种溪流小泾的低吟浅唱，只是一种长江大河的怒吼高歌；上善若水，彰显着生命的真谛，因为平凡恬淡超逸是它永恒的内核；大象无形，承载着人生的意义，因为心灵的纯净精神的升华是它无限的追求。不应面对生命的无限深奥而自感卑微，不应满足人生的有限成就而狂妄自大。

三十二

碧空辽阔深邃，云海波起浪伏，太阳在云朵的间隙里时隐时现，闪烁着金色的光芒，云朵在太阳的跳跃中忽明忽暗，不时镶上绚丽的花边。无论晴空万里，还是浓云淡絮，不管雨飞雪舞，还是雾霭阴霾，太阳总是慈祥地普照，仁爱地抚慰，坚定地承担着自己的使命，执着地履行着自己的职责，决不会因为任何变幻而弱化自己的坚守。它总是兴致勃勃地从东海中跃起，光芒温韵，抚慰生灵，沐浴万物；它总是情趣盈盈地从西山落去，漫天晚霞，升起炊烟，安然众家。世上再没有这样的执着坚定了，因为它持一颗平凡的心，做一番平常的事，把万物视为自己，把自己融于万物，你中有我的兼容，我中有你的含纳。于是，在被人们千古不绝的崇拜颂扬中，它是那样谦虚恬淡；被人们淡忘漠视的时候，还是那样的宽厚平静，平凡的伟大已经到了一种难以述说不可描绘的至高境界。人们应该有太阳的精神，因为，一滴水也可以反射太阳的七彩之光。

三十三

越是博大精深的境界越是平静和平淡的，就像深邃奥秘的天宇，苍茫辽阔大地，犹如日月星辰的朗照或闪烁，生命万物的兴衰与更替；因为其博大精深的境界贯通一切，容纳一切，因而显得格外的宁静极度的淡泊。没有矫情的装饰，没有虚伪的造作，没有刻意的精雕细琢，没有妄为的铺张煊赫，唯有一种平凡的意蕴平和的情怀，唯有一种平静的心态平常的表达。从不为人们的赞扬所陶醉，更不会为人们的污蔑而颓丧，以慈爱善良的本真面对一切，以纯真质朴的品性承纳一切。

特别是它非常的平静，在我们看来任何惊天动地的大事，在它那里都只是一种正常的现象，它非常的平淡，在我们看来任何辉煌灿烂的伟业，在它那里只是一些过眼的烟云。博大精深是平静平淡到超逸境界的精神故乡心灵家园，在它的怀抱中，人性纯洁质朴厚重，品性真挚善良美好，你才能真正领略人生的真谛。

三十四

孤独、寂寞是人生的最好伴侣，唯有此时，才能够真正的思索，彻底的反思，更加看清人世间的一切包括自己。处于喧哗繁闹的各利场中，被成败得失的计较所缠绕，被荣辱褒贬的衡量所包围，很多心思没有切实放到事业中，很多精力并未真正用在工作上，一天到晚紧张忙碌，看似努力进取，尽心事业，其实只是一种既得利益的攫取，虚幻名誉的享受而已；久为这种世俗的风习所影响，沉溺其中而不自知，苟且于世而不自警，昏然于行，逐渐变成了没有思想和风骨的世俗之人。所以，孤独是一个将心灵脱离世俗外，不受乌烟瘴气熏染的自我净化；寂寞是一个把精神远离喧闹中，不受恶俗陋习侵蚀的自我精萃；境由心造，事在人为，就像太阳太空漫步，孤高伟岸，执着而行，大音无声；犹如月亮碧宇轻盈，清辉氤氲，阴晴圆缺，唯心是问。孤独是精神独立的伴侣，寂寞是心灵自由的知音。

三十五

在风雨的历程里，生命中总有萎叶和幼芽的交替，总有衰亡与新生的更迭；而生命不能承受之重，在于纯真善良美好品性的丧失，在于平静淡泊超逸情怀的委顿。人们总是为了世俗的名利低下头颅，屈下膝盖；为了时髦的权势阉割了意志，抛弃了信念；失去了生命的本质，丢掉了人生的魂魄，浑噩偷生，苟且于世；如无根之萍，随意漂荡，似墙头之草，左右摇摆，这是生命的耻辱，人生的悲哀。人不可能没有衣食住行和受到社会尊重的要求，也不乏名利的获得和享有，但这必须是建立在自强自立的基础上，有自己的思想，有自己的风骨，有自己的胸怀，有自己的情趣，任其东南西北风，我自岿然不动。生命之树常青，在于具有深厚的历史积淀，丰富的现实历练，广阔的未来憧憬；生命之树常青，在于不断拓展时空的境界，不断实现新旧交替的净化，不断升华纯洁高雅的精神。

三十六

任何事物都有其产生、存在、发展、衰亡的原因和过程，都有其丰富的内容和变幻的形态；旧事物终将被新事物所代替，老问题必然被新问题所接续，但遗传与变异、继承与创新却是发展的永恒之铁律，正如泰戈尔云："枝是空中的枝，根是地下的枝。"唯有贯穿古今，立足现实，开拓未来，才能真正承担起社会的责任，完成时代的使命。要从历史的根脉汲取深厚的营养，要从现实的枝干增加茁壮的年轮，要从未来的时空开拓发展的远景。一根一须的坚守，一枝一叶的奉献，一时一事的认真，一点一滴的尽心，事业之基牢固；一滴雨露的沁润，一朵雪花的抚慰，一缕阳光的沐浴，一阵清风的吹拂，生命之树常青。

三十七

寒冬将一切都收到自己的怀抱，在寒冽与寂寥中，让它们得到短暂的休憩，片刻的安宁；失去的是喧闹和斑驳，留下的是坦然和洁净。生命的交替和延续就是这样生死相继，生生不已，在岁月的流淌季节的循环中，春耕夏耘秋收冬藏，赋予不同的内容，披上不同的装饰，展示不同的画卷，诠释不同的意蕴。冬日依然，年年岁岁，将它慈爱的光芒洒向原野，轻轻地抚摸着一切，让光的弥漫把一切都淹没，一切又都浮起；岁岁年年，白雪依旧，不时扯起漫天的晶莹飘逸，让洁净掩去参差的山川斑驳的大地，还一个清凉纯净的寰宇。人生之旅，就是这样不断的前行，不断的倒退，不断的继承，不断的抛弃，不断的精明，不断的迷茫，构成无限的发展之链，铸就永恒的生命之谜。

三十八

雾锁乾坤，霭笼万物，朦胧氤氲之气飘逸，一切都似隐即现，给人神秘的幽幻，一切都如影随形，让人诗情画意。大自然总是以自己的独特的方式演绎着丰富的场景，人生又何尝不是如此呢！有时晴空万里，有时风雨交加，有时天朗气清，有时风雪弥漫；征程曲折，磨难繁重，让人们在“山重水复疑无路”的探索拼搏中，也领略了“柳暗花明又一村”的成就和欣慰。无论成败得失的衡量，荣辱褒贬的评价，都如过眼烟云，虚无缥缈，而那清流小溪畔的短暂休憩，碧草野花旁的驻足，竹篱茅舍的安息，鸡鸣犬吠的意蕴，却始终伴随着精神的蜿蜒崎岖，心灵的曲径通幽。太直率的表达，太裸露的展示，太直白的了解，多少让人有些视觉的疲惫，感悟的尖刻，精神的粗糙；当漫天的雾霭扯起纱帐让一切飘逸时，给人以灵动的曼妙，幽幻的畅想；软化了万物的僵硬，蕴润了山川的灵动，融化了天地的距离，洗涤了精神的俗气，萌发了心灵的梦意。雾霭中有最富情趣的诗意，最具浪漫的情趣。

三十九

躲进小楼是一种心态的表达，一种向往的企盼。因为，一切都有其变化的轨迹，在跌宕起伏的运动中，波峰时高歌不已，浪谷里低吟不断，心灵的感受是天壤之别般的深刻，精神的觉悟是浴火重生后的超越。人世间，各种名利权势吸引着人们，诱惑着灵魂，从不同的角度和需求去追索，以致人们的常常自我迷失于繁杂喧闹之中，误把世俗当成了本真，沉溺于名利得失的计较，醉心于权势大小的拨弄，周游于污泥浊水之间，苟且于随波逐流之中。这种浑浊颓废的生存也不是一条直线，时有起伏，于是在波峰浪谷之间就有些千奇百怪的表现，诡谲怪异的形态，复杂矛盾的心绪。所以，人们的自省自警，大多是在波峰浪谷两个极点上，因为极致的处境会产生一种决断，或进或退，或隐或显，就看觉悟的程度，心灵的境界了。

四十

隐匿于野，不求闻达于朝，不求彰显于市，安于孤独，沉浸寂寞，营造一个清静淡泊的心灵家园，孕育一处纯洁超逸的精神世界。泥沙俱下，出淤泥而不染，随波逐流，濯青莲而不妖。悄然的执着，沉默的坚守，拒绝尘俗的侵扰，免除名利的纠缠。茫茫苍野，芸芸众生，清风白云般的飘逸，日月星辰似的安然。陋室空堂，唯案头青史，手里黄卷，追古思今的感叹；断烛残灯，只寻章摘句，文赋诗词，迄天接地的幻想；相交于历史的长河，相忘于当下的江湖。意蕴古今，仁人志士的雄才大略，高僧大德的清妙睿智；情溢天地，得意诗词的潇洒豪迈，落魄文赋的低吟浅唱。浊酒一壶，邀清风明月，自有心里妙意；残茶几杯，请朝霞夕晖，谁知腹内的情趣；壶中天地大，杯里日月长。试感世人争之于锱铢，计较于得失，多一分少一分，不损天地之一毫，兴一时败一时，不动岁月之一寸；只是不能自知之明，一味沉溺于名利既得，苟且于巧取豪夺罢了。如今身居闹市，心处偏僻，孤独寂寞，修身养性，惕厉自我，也是品性的使然，风骨的所在，本真的回归吧。

四十一

随心所欲，顺其自然，依天地之道，遵万物之理，循规蹈矩而行，卓然超逸而立。生命的历程，人生的发展，莫不以自然之规律、人性之根本、社会之法则、时代之要求而立而行的。就像一滴水终归回复沧海，一粒沙必然委身于大地；人生的历程蜿蜒曲折，经历不同阶段，具有不同特点，内容参差，形态迥异，成败悬殊，但其由生到死，由死到生，生死不已的铁律是根本的。再千差万别的人生，也是人生，再复杂多样的人生，也是人生；有从起始到归宿的行程，有从幼小到强大的发展，因因相系，果果相随，因果循环，因果印证。注目天宇，有一种深邃奥秘的幽幻之感；遥望越野，有一种寂寥苍茫的沧桑之情；独处一隅，毫厘之事无不淋漓尽致；寂寞之时，天籁地音无不入耳沁心；高瞻远瞩，察微致毫，这就是人生中胸怀的两重境界，精神的两重天地，它始终贯穿人生的全过程，渗透在每一个细节中，不必强求其得当，不要刻意其合适，顺其自然，物我相忘，天人合一，才能随心所欲。

四十二

胸怀坦荡，风骨刚劲，意气自如，何须趋炎附势的鞍前马后；情趣博雅，意蕴超逸，宁静淡泊，岂论追名逐利的乌烟瘴气。是谓大丈夫者，生于天地之间，胸中自有浩然正气，呼风唤雨，携雷挟电，志吞九州，情漫八荒，指点江山，丰功伟业，达则兼济天下，舍我其谁的豪情壮志；是谓大丈夫者，行于名利场中，心灵自有超然境界，孤舍陋室，松梅竹菊，残灯断烛，青史黄卷，意蕴古今，修身养性，穷则独善其身，无我不能的淡泊宁静。风云际会，自是一番惊天动地的伟业；时运滞涩，也是超凡脱俗的修为。英雄之志向，始终根深蒂固；豪杰之情怀，总是源远流长。淡泊之意蕴，精神超逸的翅膀；宁静之境，心灵安逸的故乡。

四十三

伟大在于平凡，这话说来简单，但其意蕴深奥，内涵深刻；因为人们总是比较关注伟大的人物及宏伟的事业，往往忽视了其本质的平凡与平常。特殊的人物和典型的事件在历史的发展中，适应某一时代的某一阶段，符合某一社会的某一环境，具有了天时地利人和的机遇，因而创造了一番事业，成就了一番造化，身上布满了璀璨的光芒，事业披上了灿烂的装饰。但终其所为，乃是遵循规律的奋斗，高瞻远瞩的布局，合乎实际的作为，匠心独具的运作；时代造就英雄，英雄彰显时代，离不开人生的根本轨道，脱不去社会发展的基本规律，离不开时代特征的具体环境。所以，伟大是内容和形式有机统一的标签，伟大是平凡与平常提炼精萃后的结晶。在历史发展的长河中，伟大是平凡的一朵浪花，从人类成长的历程看，伟大是平凡的不竭子孙。

四十四

富有激情地去生活，因为人生的一切都是流动的河；富有朝气地去奋斗，因为人生的所有都是高耸的山。一滴水在河流中歌唱，在大海中欢跃，一粒沙在大地上匍匐，在高山上耸立；只要来自于自然，生命就有其丰富的内涵，只要容纳于时代，人生就有多彩的历程。赞美生命，热爱生命，因为，生生不已的长河奔腾向前，一路高歌怒吼低吟浅唱，汇入大海的永恒；创造人生，激越人生，因为，蜿蜒崎岖的山岭绵延横亘，一路荆棘乱石羊肠曲径，领略登峰的空灵。偶尔的徘徊潺湲，检点一下行程的轨迹；短暂的休憩回顾，充实一些前行的动能。生命的音符在人生的五线谱上跳跃，人生的旋律在生命的乐章中奏鸣，赞美生命，热爱人生，时刻在行程中谱曲，永远在心灵中歌唱。

四十五

旺盛的生命力来自于内心的坚定精神的执着。人们在现实中可以有很多表现，很多追求，但其根本的信念和品格是不能随波逐流的，正所谓“威武不能屈，富贵不能淫，贫贱不能移”，浩然正气是生命力的根本标志。风霜雨雪，山重水复，经磨历劫，不要忘记过程中的风景；成败得失，荣辱褒贬，悲欢离合，不要淡漠心灵里的演绎。不断地增加，不断地减少，不停地接纳，不停地抛弃；及时清除世俗的尘垢，经常打扫欲念的垃圾，精萃传承的优良禀性，净化超逸的精神世界。人们有衣食住行的基本生存要求，也不乏荣誉名声的精神享有，但这并不是人生的唯一目标，因为，深入其中，淡出其外的先天禀性和后天修炼达到的觉悟，会有一种崇高的境界和昂扬的风骨，这乃是生命力的根本所在，是谓君子之道矣。

四十六

心如朝日，不为浮云所遮，不为浓雾所迷，秉持一腔赤诚，无私地将光明和热量洒向天地，沐浴万物，蕴润生机；从不以人们的喜恶褒贬改变自己的坚守，从不为市风俗雨侵蚀自己的品性，亘古绵长的气势，博大深邃的胸襟，宏伟壮观的意境，仁慈普爱的情怀，融入到平静之中，渗透到平常之里。周天遨游，默默的运行；光明磊落，朗朗的普照；任劳任怨，无私的奉献；温润拂煦，灵动的启迪；伟大体现在平凡中，崇高彰显在平静里。真正的伟大是难以用语言表述的，真正的崇高也是难以用笔墨描绘的，人们常常迷失于对太阳的表面感受中，而不能真正了解其博大精深的内在，只是享受其光泽与温暖，而不去了解它纯洁坚毅的内心。人是太阳之子，应具备太阳的品性与心灵！

四十七

人们追求的不应只是一些具体的目标和可观的形态，虽然没有这样的需求人们无法生存，时代不会进步社会不能发展，但问题在于，这种具象的东西太多了，应接不暇，人们一味沉溺其中而弱化了理想的憧憬，淡漠了精神的追求，导致了人性的畸形，时代的短视，社会的片面；所以人们应在适应性的生存与开拓性的发展中，拥有美好的理想，追求更高的境界。只有精神高尚，境界清明，灵魂纯洁，心胸开阔，情趣健康，才能不断洗涤世俗之风尘，净化心灵，升华精神，还一个纯真善良美好的品性，拥有一个真实超逸的自我，营造一个健康向上的社会。过分注视于具体的目标，刻意打造攫取的功能，过度满足既得的享有，人们迷失的就越多，犹如久居鲍鱼之肆不闻其腥，久居幽兰之室不闻其香也。应该保持心灵的平静与淡泊，既有务实的进取，也有精神的追求，身居尘世，心有超脱，修身养性，砥砺精萃，始终拥有自己的精神家园，心灵故乡。“我思故我在”，但不能我在而不思吧！

四十八

坦荡而激情，让心中充满善和爱。大千世界，芸芸众生，万事万物，皆有其意理，皆有其形态，视万物于同类，视万事于一体，从公正而出，以平等理论，寻求一种和善之心态，宽容之胸怀，何事不可化解乎！看时光流逝，岁月荏苒，世事沧桑，人生如梦，何必一天为琐事忧愁，杂乱烦恼。寄情天地，蕴含万物，喜则喜，忧则忧，顺其自然，成则成，败则败，过眼烟尘。浮云蔽日，淡雾遮月，总有清风吹拂，一天的碧净；凡尘陋俗，恶习丑欲，总有急雨洗涤，满心的澄澈。人生在世，何必名缰利锁，束心缚情，抑志丧怀；百代过客，谁论兴亡存替，成败得失，消解意兴；全在于一个淡泊宁静，物我相忘的情怀。是以坦荡之胸，激情之意，包容万物，涵蕴生机，也是一番自在。

四十九

将心儿沉寂到最幽远最深邃之隅，一任风吹雨拂，云来雾去，自然地承映着一切，没有一点声响，没有一丝张扬；唯有碧潭明月，疏枝残阳，唯有物是人非，寂寥苍茫。把世间的一切淡淡地忘却，把行程的一切默默地掩去，只是安谧的静坐，沉寂的回归。人们总是沉溺于尘世的奔波，劳累于名利的攫取，欲望太多，占有太甚，以致心灵太沉重，精神太疲惫，失去了情趣盎然的灵动。数月来，静静的消解一切成败得失的藩篱，默默的融化一切荣辱褒贬的枷锁，让心灵虚无，精神幽幻，处于混沌的状态，回到起始的原点，还一个本来的面目，有一些真切的感悟。心儿静了，一切才恢复了纯真的境界。

五十

逝者已去，人生的一切与之隔绝，唯有清风吹拂，在天宇飘逸残缺的思绪；唯有白云散淡，在大地投影斑驳的想念。苍茫的岁月，繁闹的生活，化为一缕轻烟，轻扬直上，虚无缥缈，落在心里，已是永恒的怀念。人生短暂，岁月如梭，飞流直下，轻舟已过，从头到尾的通透，一眼击穿；人生漫长，蜿蜒曲折，阴晴圆缺，悲欢离合，生死相继的奥秘，回味无穷。像一阵风云来，像一片雨雪去，不带半点的牵挂，没有一丝的依恋；品性之高洁，胸怀之博大，情趣之丰溢，留给后人的是梦中的嘱托，醒时的泪眼。时常会想，人是自然之子，生于斯归于斯，唯有行程中的时空暂时属于自己，而两头却是生命起始与归宿的永恒，生命生生不已的无限。瞩目天宇，风中有你的问候，云中有你的祝福。

五十一

朔风吹拂，蓝天深邃，白云飘散着变幻莫测的形态；太阳从东方慢慢地升起，给大地涂上金色的光辉，给云朵镶嵌上浓重的花边。山脉在寒冷中峻峭挺拔，河流在凝结中晶莹剔透，失去装饰的原野，裸露本色的世界，苍茫辽阔，天高地远，萧瑟寂寥。唯有人世间初晨涌动的车流行人，在匆忙中汇集成蜿蜒流动的长龙，组合着斑驳变幻的团块，在城际的大街小巷喧闹着。阳光洒进屋里，到处充溢着温馨的色彩，微尘在明亮的光中起舞，光在微尘的漫动中游荡，说不明光与尘的特征，分不清尘与光的界线，大概是“和光同尘”的呈现吧！淡泊的意趣，静静的散漫，没有聚焦的执着；飘逸的思绪，默默的发散，不用刻意的轨迹；茶香弥漫，光尘交融，意境深邃，心灵幽幻。

五十二

一元复始，万象更新，又是新的一年。天空碧蓝，清风徐来，白云飘逸，丽日普照；群山冷峻，江河凝碧，原野苍茫，万物萧瑟。我们掩上年年岁岁的画卷，展开岁岁年年的篇章，以一种深沉的回忆告别过去，以一种灵动的向往憧憬未来，继续品味全新的每一天，充实希望的每一年。生命之海永远充满期待的召唤着人们，人生之河永远激情豪放地催促着行程，唯有持续的有限奔流才能彰显无限的深奥，唯有深沉的思索昂扬的意趣才能奏响生命的华章。赞美生命的每一天，每一年；热爱人生的每一年，每一天。无论征途如何蜿蜒曲折，我们都坦然地走过，一路山高水长，一路风云变幻，一路的春耕夏耘，一路的秋收冬藏；无论事业如何艰辛磨砺，我们都欣快的应对，一路花开花落，一路云来云去，一路阴晴圆缺，一路悲欢离合。年年岁岁，从这一天结束，岁岁年年，从这一天开始。

五十三

晨光熹微，朝霞初蕴，新的一年新的一天又开始了。年年岁岁，人们在交替的岁月中回忆着过去；岁岁年年，人们在变幻的时空中谱写着未来。历史张开臂膀，牵着过去的蛛丝马迹，扯着未来的缤纷经纬，历史敞露胸怀，接纳往事如烟的沉淀，承续幽幻深奥的精华；历史舒展画卷，收罗山重水复的残页，描绘柳暗花明的华章；历史奏响旋律，镶嵌激越的高歌怒吼，串连柔情的低吟浅唱。疏浚历史和现实的源流，让人生的河流有自己丰盈的意蕴；架起记忆与憧憬的桥梁，让生命的山脉有自己璀璨的光芒。时光如梭，织就人生的缤纷万象，岁月如画，展现生命的旖旎风光；读懂岁月，蕴润品性的高洁雅致，明了时光，净化人格的纯真善良，一切美好皆在精神的家园，心灵的故乡，年年岁岁的祭祀，岁岁年年的祈祷，都在心上。

五十四

唯有内心的宁静淡泊才是精神的底蕴，因为，自己的品性风骨决定了傲然于世的态度和行为。把各种贪婪的欲望清除抛弃，让心灵安谧下，以更多的宁静消解人世的喧闹；把各种狂妄的行为约束起来，让精神超逸灵动，以更大的淡泊精萃人生的积淀。人生的真谛就是求得精神的清明超逸，生命的奥妙就在于领悟灵魂的纯净安和。无论风霜雨雪，电闪雷鸣，无论晴空万里，天地澄澈，永恒的生命之海容纳一切；无论悲欢离合，成败得失，无论生离死别，荣辱褒贬，无限的人生之链贯通一切。黄钟大吕的高歌怒吼，琵琶胡琴的低吟浅唱，都是心灵的呼唤，精神的追索。真的，割断名缰利锁的束缚后，心儿宁静，意蕴淡泊，精神矍铄，风骨盎然，胸襟开阔，情趣曼妙，有了一种回归本真的超越，有了一点真正的自我。

五十五

学识越多越好，智慧越少越好。因为学识要广博深邃，智慧要简单纯真，正所谓“为学日增，为道日损”，学识是一种日积月累的获取和沉淀，智慧是一种超凡脱俗的精萃与升华，学识增加思想的广度和深度，改变行为的能量与力度；智慧净化精神的意蕴和灵性，达到灵魂的纯真与超逸。只有取掉诸多的杂念欲望，才能使心灵更为纯净，只有克服诸多的恶习陋俗，才能使行为清明坦荡，智慧是一种终极的觉悟。人生在世，适应生存，求得名利，谋取成就，无可非议，但不能完全沉溺于此，抛弃人性之根本，生命之真谛。各种哲学理论宗教神谕，都在追求人生的过程中极力探讨精神的意义，都在穷尽生命的奥秘中倾心描绘灵魂的终极涵蕴，其根本目标就在于让世间的人们生存时，不要忘却那灵魂的根本。由此而适当适度，不为暂时的名利所迷失，不为局部的好坏所麻痹。以求得到一种现实的觉悟，实现天人合一的境界。

五十六

纯净的天空不时微风吹拂，不时云雾漫过，无论晴空万里，还是风雨霜雪，它依然那样的从容淡定，深邃辽阔；日月星辰，孕育其中，涵盖宇宙，包容万象，气势之宏伟，胸襟之博大，是任何自然现象无法达到的境界，同样也给我们一种深刻的启示，人生应该具有怎样的意蕴，生命应当具有何等的品质。固然，由于生存和发展的需要，人们不断地在追求物质的丰富和精神的享受，四面八方的诱惑将我们引入到各种物质的精神的名利追索之中，但往往人们总为这种过分的追求所迷失，陷入其中不能自拔，这就可悲哀了。地球的历史不过六十亿年，生命的历程也就几十亿年，人类社会发展的进程区区几百万年，而宇宙则是无限的，孕育生机，萌发万物，就在于它博大精深的胸怀和超逸永恒的品性，在于它安谧的心灵境界与灵动的精神意蕴。人们生活在天空之下，却很少瞩目它，以致目光短浅，胸怀狭窄，情趣鄙俗，失去了最好的教诲，没有了心灵的自觉。瞩目天宇，开阔视野，净化心灵，这是自然的启示，也是心灵的企盼。

五十七

人之品性，既有先天的基因遗传，也是在后天的学习磨炼中精萃的结晶，但其深层次的一些劣根性却是始终存在的。特别是有些人，由于先天的不足与后天的不良，低劣的素质和鄙俗的心理，常常披着缤纷璀璨的虚伪装饰，说着华章丽词的谄媚语言，打着冠冕堂皇的旗号，将阴暗的心灵污俗的禀性伪装起来，把巧取豪夺的贪婪奸佞的行为掩藏起来，趋炎附势，随波逐流，狐假虎威，欺上压下，一时得势便不可一世，让人感到可悲可叹。世风日下，社会低俗，精神颓唐并不可怕，因为可以去教化引导制约规范，但每个人的深层禀赋却不是容易改造的，一遇合适之环境，必生邪恶之枝干，正所谓“中山狼”之品性不可不警也。其实，人世间此辈丑类，虽有暂时之得，终为时代所弃也，只不过善良之人不与计较而已，对于仁人智者来讲，就更谈不到嘴边，去不了心里了，只是一笑而了之吧！

五十八

胸怀坦荡，纳得失于平常；情趣优雅，容成败于平淡。高屋建瓴，一览天下的情怀；见微知著，涵蕴万物的品性。身居庙堂，不忘荒野，心在陋室，意蕴天下。人之为人，山不在高，水不在深，品性之纯洁，精神之高雅，在乎于一种心灵境界精神气象也。当把世俗的名利看得太重，时髦的荣辱计较得太多时，心性就会浅陋，眼界就会短视，胸襟就会狭隘，风骨就会委顿，不是趋炎附势，就是媚俗阿谀。唯有超凡脱俗，淡泊名利，把物质的享受精神的欲念降到最基本点，才能坦然面对，呈现本真，涵蕴品性，风骨劲然矣。是谓君子者，正其心，养其性，修其身，明其志，壮其行，自有一番独善其身的修为，兼济天下的情怀。

五十九

心平意静，风霜雨雪洗涤后的蓝天，碧净通透；气定神闲，春夏秋冬轮回过的大地，苍茫寂寥；壁立千仞，无欲的刚劲；海纳百川，有容的博大。宁静中的深远，思鹜八极；淡泊里的幽幻，神游九霄。小溪流的低吟浅唱一路奔腾，带着自己的天真活泼，也带着自己的烦恼与狂躁，经历了蜿蜒曲折的行程，沉淀了污浊的糟粕，精萃了清流的晶莹，汇成深沉壮阔的江河湖海，净化了心灵，升华了精神。宁静中感悟着人生的奥妙，平淡里，品味着生命的永恒。人们需要宁静，因为世俗的喧闹甚嚣尘上，无法倾听自己的心声；人们必须淡泊，因为名利的纷争乌烟瘴气，无法蕴润精神的家园。宁静的回归，淡泊的拥有，只在孤独的把持，寂寞的坚守。

六十

只能在电话中和孩子片刻的沟通，只能在视频里与孩子短暂的相见，看他满怀信心地在学习工作生活，看他精神抖擞地努力拼搏奋斗，感到非常欣慰。特别是孩子克服了许多难以想象的困难，适应了许多不曾料想的环境，实现了自我的充实和精神的超越，心中有一种难以表达的自豪，同时，也为不能为他分忧解难而难过。没有给孩子提供什么好的物质基础和精神条件，也没有给孩子提供什么便利的社会关系和人脉资源，唯一能做到的，只是从心灵里时时的祝福，只是在情感上时时的挂念。他的丰富经历给我拓展了人生的视野，他的切身感受给我增加了生命的情趣，他的成就让我欣喜慰藉，他的忧虑使我沉思不已。很想时时见面，但又远隔千里，只是心在一起，你中有我，我中有你。思念的翅膀飞越千山万水，牵挂的源泉流过江河湖海，遥望南天，一遍遍的祝福，吉祥如意。

六十一

太阳谦虚地站在天际的一隅，白云却披上了五彩的盛装。人生就是如此，真正伟大的总是平凡的，而耀眼的总是闪烁表面上的。人们往往沉溺于对喧哗繁闹的名利追求，而忽略了真正的精神意蕴所在；那是高山峻岭的伟岸孤寂，那是江河湖海的宽阔深邃；没有冠冕堂皇的装饰，无须缤纷璀璨的打扮；没有粉墨登场的热闹，无须巧言花语的喧嚣。宁静中的坚守，寂寞里的执着。有时总被一阵世俗的风尘迷乱双眼，有时总被一片名利的雾霾遮蔽心扉，停留在得失的计较上，沉迷于荣辱的拨弄中，精明中显露着浅薄，麻醉里泛着浮躁。人生如河，蜿蜒曲折，时段不同，流程迥异；人生如山，跌宕起伏，峰高谷低，崎岖陡峭；但因人而异的有限特征，终将融入涵蕴万物的无限之中。一个真正的人应该是平凡平静的，就像太阳一样，始终坚守自己的使命，承担应尽的责任，光芒普照大地，孕育生机盎然，沐浴万物成长。

六十二

与世俗的名利场相对隔离，营造一处宁静的心灵天地；人们往往强调人世间的数量交流和能量转换，但只是沉溺于世俗的交际利益的纠缠，并不是真正的思想交流意趣碰撞。因为只有经过内心思索，悟出真正的道理来，才能实现在精神层面的对接，心灵境界上的交融，才能达到认识和改变世界的目的，才能实现了解自我把握时代的方法。所以，有时寂静下来，沉浸在知识的海洋里，徜徉于学问的山脉中，不断充实能量，才能丰富精神的蕴含；有时平淡下来，深刻的思索，反复地精萃，不断地净化，才能升华心灵的境界。读书学习，砥砺思考，看似与世无涉，其实那才是一种真正的修持。平凡是生命的本真，平常是生活的根本；建筑其上的社会舞台时代场景，表演其中的英雄豪杰芸芸众生；演绎的宏伟蓝图，抒发的悲欢离合；都是其特定历史条件下具体现实环境中生命的彰显人生的呈现而已。不要痴迷于表面的缤纷万象，不要沉醉于虚幻的得失成败，始终保持平凡平淡的本真，相对隔离一点吧，适度远离一下吧！在孤独寂寞和宁静安谧中坚守着心灵的超逸和精神的淡定。

六十三

寒风偏爱枯枝叶，残灯犹恋半卷书；陋室空堂唯有月，胸中还剩几句诗？一种萧然的冷瑟，一种苍茫的孤独，唯在此，才能体味一种深邃幽幻的意蕴，一颗心在淡泊和寂静中自然地跳动，与万物齐律，和自然押韵；唯有此，才能彰显一种寥廓空灵的胸襟，一样情在寒冽和凝结中安然地结晶，与山河映照，天地同俦。寒冷直率的鞭笞，是一种刺激，更是一种警醒；清辉苍白的映射，是一种反观，更是一种启示。书中的道理在凝结，晶莹剔透的闪烁着灵动的光泽；胸中的情趣在精萃，悲欢离合的感悟升华着精神的意蕴。疏星淡月，越发寂静清冷，残章断句，只是随意的吟诵，只需意会神通地品味，无须精雕细琢的求证。

六十四

残月西坠，贺兰山清峻冷廓，山脊分明，丘壑纵横，一片淡淡的云萦绕在山边，给群山镶了一道幽幻的裙边。初晨熹微，东方发白，疏星暗淡，在逐渐发亮的晨光中，悄然隐退。大地苏醒了，人流熙攘，车流滚动，仿佛沸腾的水，喧嚣繁闹起来。人生如梦，在这黑白交替之中，风云变幻，转眼就是回忆；生命如梭，在这昼夜循环里，生死相继，瞬间成为历史。有多少历程来不及回顾，有多少感悟来不及品味，得之快捷，失之迅速，来之猛烈，去之戛然，让人思不及追，神不得悟。旧的装饰刚刚褪去，新的时尚又在孕育，冬天还在顽强的坚守，春天的生机已悄然萌动。昨夜未曾平复的思绪，今晨又泛起涟漪，一圈圈的飘散，不知向何处寻觅？

六十五

又是一年春风吹，又是一岁春草绿，太多的感慨，太多的情趣。只是孤独的沉浸在岁月的修持中，只是寂寞的坚守在时光的觉悟里；将过去的行程浓缩后精萃，凝结成晶莹剔透的历史记忆，映射人生的悲欢离合；把未来的憧憬净化后提炼，升华为灵动飘逸的理想梦幻，彰显生命的生生不已。初升的朝阳，霞光四溢，温润的预示着一个朦胧场景的开启；清冽的晨风，抚慰八方，柔情的催生着万紫千红的演绎。年，年年过，人生如梦；岁，岁岁行，生命似歌。逐渐衰老颓败的生理和依然朝气蓬勃的心理相互纠缠，名利得失的计较和成败荣辱的纠葛彼此撕扯，回忆中掀起了往事的跌宕起伏狂风巨浪，展望里淡泊了未来的云淡风轻山高水长。平静的心，轻轻地漫步曲径通幽的妙境；淡泊的情，默默地飘逸暗香如故的心房。山河依旧在，人世几沧桑，年年岁岁的普度，岁岁年年的超越，只在这春风里，只在这春草中。

六十六

世态之变，犹如四季之交替，而其变化之剧烈，更为季节之甚也。故君子修身养性，求道甚于交友，得理胜于相亲，既是一种现实的应对，又是一种无奈的选择。世间争名之熙攘，夺利之喧闹，乃是正常，但需取之有道，得之依理，合之以规矩，行之以法度。虽千歧万途，莫衷一是，没有定数，唯有明其道正其义者，方能定于一是，不迷失矣。以道御人，依理处事，是非自明，好坏自清。所以，为君子者，不为歧路繁杂而失其道，不为欲念之乱而失其理，格物致知正心诚意，独善其身，齐家治国平天下，兼济苍生。痴迷于一时一事，人性狭隘之瑕，计较于一得一失，人性鄙陋之疵；贪婪名利，交接世俗，趋炎附势，终为君子所耻也。与其沉溺人情世故，麻醉关系网络，不如孤独自守，寂寞以待，求得一点精神的清明，心灵的超逸，不亦乐乎？从这一总而言，求外不如求内，求人不如求己。唯有修炼自身才能达到纯真静谧的意境。

六十七

自守贞慧，安于清贫，远离尘嚣，淡泊名利，如傻似愚，守拙之谓也。是之以能而示之以不能，是之以智慧而示之以愚鲁。不求闻达，自甘孤寂，聪慧不显，情趣隐匿；弃小聪明，去小技巧，与天地同俦的境界，与万物共存的胸臆。人生的江河湖海，清者自清，浊者自浊；人生的奇峰峻岭，高者自高，低者自低。人生有限，其行程曲折，跌宕起伏，远近高低各不同；人生复杂，其内容繁乱，心路斑驳，悲欢离合任纷呈。顺其自然，沉寂于无声，遁迹于无形，淡雅情趣，清明意蕴；去其装饰，淡泊于名利，超脱于交际，思骛神游，超逸灵动。颐养品性就是要浑然自如，而不发聒噪之音，煊虚饰之形也；陶冶情趣就是要修身养性，清心寡欲，纯真质朴。

六十八

退守于尺寸之间，存乎于弹丸之隅，翱翔于辽阔穹宇，游走于苍茫原野，大小之度在于心境也。是谓天地万物，大小相形，自然之本真，造物之妙意；心灵境界，大小相融，思想之深浅，精神之高下。物随思走，可大可小，心与神游，可小可大；名利充盈，胸怀狭小，淡泊情趣，意蕴博大；沉溺得失，锱铢必较，超凡脱俗，心灵空阔；大小之别，全在于精神气象心灵境界了。是谓君子者，傲然于天地，容纳于万物，挺立于时代，彰显于社会，必然是天地的情怀，万物的胸襟，绝不会浑噩于名缰利锁，苟且于恶习陋俗。高堂大厦，不乏鼠目寸光之辈；竹篱茅舍，不少雄才大略之人；权高位重，未必德才双馨；江湖草莽，岂无高士贤俊；大小在心而不在形也。寄居于蜗室，狭陋不堪，依然风云万象，孤寂于偏隅，残灯断烛，照样山高水长。

六十九

年年岁岁，时光飞度，岁岁年年，生命轮回。不知不觉中，青春不在；不紧不慢里，暮霭已临。风云变幻，万象更新，时代的场景缤纷璀璨，社会的剧目琳琅满目，人生的演绎五花八门；不断书写历史的记忆，不断描绘未来的憧憬；不断掩上过去的残页，不断打开当今的篇章；旧的低吟浅唱余音绕梁不忍离去，新的高歌宏曲情怀意蕴激越奏响。只有生命秉持生生不已的执着，涵蕴万物；只有人生坚守继往开来的使命，承接希望。人生的历程，在波澜壮阔的历史洪流中不过是一滴水珠，一朵浪花；人生的成就，在蜿蜒起伏的时代峰岭上不过是一粒灰尘，一块砂石；但只要在有限的时空留下自己的身影，就能在无限的境界领略生命的永恒。“老骥伏枥，志在千里；烈士暮年，壮心不已”。

七十

君子之志，在乎于山水间吗？非也！其在乎接触山水后的一种情趣意境，精神享受。可以说，天地之道，万物之理，既要直观的感受，更要精萃的感悟，既要真情的相融，更要超越的升华；方能随其形而入其神，阅其貌而得其道也！任何接触的物象，都全给人以最丰富的形象印迹和精神寄托，因为它是自然内涵的表现，物象本质的折射，体现着丰富的情趣内容，闪烁着深刻的精神意蕴，但它又不直接的呈现本质，而是以一种特殊的形态，让人们去接触去感受，去思考去领悟。这就是山水的意趣，自然的奥妙。寄情山水，不是沉溺，而是精萃，不是缠绕，而是超逸，不是麻醉，而是升华。在于一种超凡脱俗的净化，幽幻灵动的散淡，天人合一的境界。

七十一

真正沉静下来的时候，不是身体的舒适，而是心灵的恬淡，精神的安谧。只有对世间万象富有情趣的感受，充满仁善的接纳，秉持理性的着待，才能从万象纷纭中把握感性的直观，领略天道地理的深邃悠远，享有精神超逸的奥妙。沉静是探寻的佳地，思考的乐园；沉静是心灵的回归，精神的重塑。人们往往满足感官的享受，注重表象的繁华，沉醉既得的感悟，而忽视了本质的探寻，规律的认识，理性的升华；缺乏情趣的培养，思想的精粹，心灵的感悟，精神的意象。这也难怪，因为生活往往是由直观的现象表达的，本质只能在沉静中去思索，在孤寂中去品味。纷繁的现实之花，让人应接不暇；灿烂的名利之果，让人趋之若鹜；既得就在眼前，享受就在当下；五彩缤纷，气象万千的生活表象，把本质的内涵深深掩藏，也让人们的视野狭隘，情趣鄙陋，思想浅薄，精神萎靡，心灵荒芜，时间久了，也就淡忘丢弃了，失去了人生意义的追寻，生活真谛的探索。

七十二

八大山人的书画，让人感到清峻寒冽，意蕴幽幻，凄苦悲凉；花鸟草石，鱼虫字词，冷眼的斜睨，倔强的疏离，桀骜的孤寂，如此之胸臆气韵者，非钟鸣鼎食，泽被明堂，横遭变故，身陷草莽之身心而不能得也。一枝直矗，不枝不蔓，欲折又刚；白眼斜睨，不惊不诈，孑孓傲立；孤寂于一隅，飘逸于碧霄，来之清风，去时淡云；画之空廖，心之恬淡，思之幽邃，久视而不能言矣，唯有心绪痛楚，清泪千行。每每观此，甚觉笔锋如刀，削荣去辱，字画如流，涤污荡浊，去伪存真，化繁为简，只留得一个痴呆的淡定，幽幻的散漫，灵动的飘逸。恰恰这就是一种超凡脱俗的浴火重生，凤凰涅槃后的生命意象。情之所寄，非在乎外物之形态，而在乎心之所系；傲然于世，一叶一枝，一虫一草，一花一石，一禽一兽，一点一滴，此乃大境界是也！

七十三

外在热烈，内在淡泊，志存高远，不在乎名利而在乎境界是了。人生在世，名利得失，荣辱褒贬，不过是过眼烟云；唯有生命之本真乃是根本所在，而生命之本真又蕴含于平凡平淡平静平常之中；唯有人生之境界才是真谛呈现，而人生之真谛又渗透在崎岖陡峭蜿蜒曲折的历程中。从古至今，感悟生命，诠释人生的人多得数不过来，修身养性的方法五花八门；无论是竹篱茅屋，隐居荒野，还是庙宇朝堂，藏匿尘市；无论是寄情山水，梅兰松菊，还是舞文弄墨，诗书画章；唯有追求一种精神上的散淡，心灵上的超逸，才能达到一种纯净质朴的境界。“自古圣贤皆寂寞”，平淡起来，平静下来，孤独地坚守，寂寞地护持，默默地修炼，静静地等待。

七十四

繁轶章籍驳杂书卷，把历史记载，将现实呈现，把未来描述，虽然带有作者的感情色彩和主观取舍，但毕竟是一种向大众的公开展示。因此，其公正性的含量以公开的形式表达，接受时间的砥砺和事实的检验。因为公开，就必须要尽量做到公正，让所有眼球和心灵给以正确的评判；如果失之毫厘，以偏概全，颠倒是非，混淆黑白，妄断臆造，谬误百出，就会引起公众来自不同方面的非议了。所以，大凡公正的前提往往是公开，就像大自然一样，崇山峻岭，江河湖海，树木花草，飞禽走兽，春夏秋冬，风霜雨雪，天地万物，芸芸众生，质朴真实地呈现在我们的面前，让你亲近或疏远，关注或淡漠，取舍不一，感悟不同，领略的意象也就千差万别了。公开是一种表达的形式，公正是真正的内涵，公开不是随心所欲的泛滥，而是公正客观真实的彰显。公开只有建立在公正的基础上，才是真正的公开，公正只有充分利用公开，才能呈现本真的内核。

七十五

把自己的心扉敞开，把自己的身影藏匿，这是一种非常好的选择；心胸辽阔深邃，吞吐天地，含纳万物，日月星辰涌其中，春夏秋冬孕其里，何等的境界；身影渺无踪迹，超凡脱俗，淡泊名利，清风明月安然孤寂，梅兰竹菊诗酒茶章，何等的情趣。来去自由的平常，得失随意的平淡，宠辱不惊的平静，人生如梦的平凡。人的欲望太多，四面八方的诱惑纷至沓来；人的贪婪太甚，巧取豪夺的攫取此起彼伏；

人的心胸狭隘蔽塞，晦暗龌龊；人的精神黯淡萎靡，困顿颓唐。人已不能静其心，明其意，敞其怀，抒其情，只是沉溺于既得的名利当下的享受，满足一时的虚荣片刻的浮华。人们总是为了达到自己的目标，把心扉隐匿，让身影彰显，以求引人注目的张扬，以求自欺欺人的麻醉。敞开心扉吧，让阳光普照明月抚慰，隐匿身影把，让清风散漫白云飘逸。

七十六

像长江大河一样，从冰峰雪岭而来，蜿蜒曲折，向大海奔去；像崇山峻岭一般，从灰尘砂石而积，连绵起伏，向苍穹耸立；这是一种精深博大气象宏伟，这是一种天地情怀深奥意趣。有时的一滴水，一粒沙，一棵草，一朵花，依然风情万种，因为其具有无限的基因；有时一缕风，一朵云，一场雨，一片雪，依然风光旖旎，因为其蕴含永恒的真谛。来时的随心，一个生命形态的诞生，一场人生剧目的演绎；去时随意，一段山重水复的行程，一节悲欢离合的旋律。轻轻地凝结，又淡淡地消融，一种空灵的境界让人心动；缓缓地接纳，又慢慢地消解，一种幽幻的精神让人超逸。一滴水一粒沙的渺小，涵蕴生命的伟大；一棵草一朵花的柔弱，彰显人生的意义。伟大孕育于平凡，崇高藏匿于平常，热烈扎根于平静，璀璨萌发于平淡。啊！生命的博大与永恒就在其中就在心里。

七十七

淡淡地幻化成溪流泉潭江河湖海之水，在太阳的炽热蒸腾中升华化为白云的散淡飘逸，游荡于深邃辽阔幽幻奥秘的天宇，做一番生命的化合分解净化精萃，来一点人生的精雕细琢深思熟虑。看万物生机盎然蓬勃蓊郁，那是一种平凡孕育的宏伟与壮美；看人生跌宕起伏丰富多彩，那是平常造就的剧目与旋律；黄钟大吕低吟浅唱，那是平静疏浚的源远流长；成败荣辱悲欢离合，那是平淡酿造的甘霖琼浆。何必阻滞于一星半点的得失计较，何必沉溺于一时半会的荣辱思考，人生的音符始终在时代的乐章漫步，生命的旋律永远在生活的琴弦跳跃。我们渺小，依然是一滴水一粒沙的柔弱身躯短暂行程；我们超越，变成天上的日月星辰地上的春夏秋冬。我们彰显着人生的五彩缤纷，我们闪烁着生命的璀璨晶莹，我们轻轻地走来，一朵云的憧憬，我们静静地归去，一朵云的依恋。